MEMÓRIAS DE ALDENHAM HOUSE

ANTONIO CALLADO

MEMÓRIAS DE ALDENHAM HOUSE

2ª edição

Rio de Janeiro, 2015

© Teresa Carla Watson Callado e Paulo Crisostomo Watson Callado

Reservam-se os direitos desta edição à
EDITORA JOSÉ OLYMPIO LTDA.
Rua Argentina, 171 – 3º andar – São Cristóvão
20921-380 – Rio de Janeiro, RJ – República Federativa do Brasil
Tel.: (21) 2585-2060
Printed in Brazil / Impresso no Brasil

Atendimento direto ao leitor:
mdireto@record.com.br
Tel.: (21) 2585-2002

ISBN 978-85-03-01244-7

Capa
Carolina Vaz

Livro revisado segundo o novo Acordo Ortográfico da Língua Portuguesa.

CIP-BRASIL. CATALOGAÇÃO NA PUBLICAÇÃO
SINDICATO NACIONAL DOS EDITORES DE LIVROS, RJ

	Callado, Antonio, 1917-1997
C16m	Memórias de Aldenham House / Antonio Callado. – 2ª ed. –
2ª ed.	Rio de Janeiro: José Olympio, 2015.
	400 p. ; 21 cm.
	Estudo crítico e perfil do autor
	ISBN 978-85-03-01244-7
	1. Romance brasileiro. I. Título.

	CDD: 869.93
14-15953	CDU: 821.134.3(81)-3

PARTE I

And often, when I have finished a new poem,
Alone I climb the road to the Eastern Rock.
I lean my body on the banks of white stone:
I pull down with my hands a green cassia branch.
My mad singing startles the valleys and hills:
The apes and birds all come to peep.
Fearing to become a laughing-stock to the world,
I choose a place that is unfrequented by men.

Po Chü-i (772-846).
Tradução Arthur Waley

(E muitas vezes, quando acabo um novo poema,
subo sozinho a estrada da Rocha do Oriente.
Debruço-me no paredão de pedra branca:
Arranco com as mãos um verde ramo de cássia.
Meu canto doido espanta vales e montes:
tudo que é macaco e pássaro vem me espiar.
Com medo que o mundo ria de mim,
escolho um lugar vazio de gente.)

Sentado à beira da cama do seu hotel de segunda classe no Cais do Porto do Rio de Janeiro, Facundo Rodríguez estava resolvido a comunicar à mulher, logo que ela chegasse da rua, sua decisão inabalável de voltar a Assunção, de retomar a luta. Ele já tinha explicado dezenas de vezes a Isobel, mas agora, longe de casa, razões novas, ou pelo menos palavras novas, lhe acudiam à mente. Ele diria a Isobel: "Nossa história não é como a francesa, ou a inglesa, onde há rainhas guilhotinadas e reis barba-azul, onde há mil anos acontecem mil coisas, mil vezes por dia. A nossa é uma história tão pequena, tão simples, que vira história pessoal, íntima. Uma tragédia familiar. Nós só temos, como você já está cansada de saber, três heróis nacionais, e, para mim, é como se fossem meu bisavô, meu avô, meu pai, e moramos, por assim dizer, na mesma casa. Não posso abandonar uma família pobre e atribulada como a minha. Desculpe, meu amor, mas preciso voltar."

Bateram à porta e Facundo se aproximou.

— Sim.

— Sou eu, *honey*, pode abrir.

Isobel entrou, exausta do calor e do muito caminhar, rosto respingado pela garoa morna, o leve vestido meio borrifado também mas bem dependurado nos ombros retos e elegantes, e os olhos, uns belos olhos azuis, acesos de alegria.

— Tudo arranjado, *honey*, vamos mesmo no cargueiro *Pardo*, da Mala Real Inglesa. Está aí no mar, quase defronte de nós, com seu carregamento de café e laranja. O destino é Liverpool, onde havemos de chegar sãos e salvos, depois de escapar às ciladas dos submarinos alemães.

Facundo Rodríguez e sua mulher inglesa conversavam quase sempre em espanhol, já que o espanhol dela era melhor que o inglês dele, mas, fosse qual fosse a língua que estivessem falando, Isobel, para todos os efeitos, só chamava o marido *honey*.

— Escute, meu bem — disse Facundo —, eu estava pensando. Você não acha meio precipitado a gente viajar assim, sem mais nem menos?

— Como precipitado? Como sem mais nem menos?

— O que eu quero dizer é que agora, no Paraguai, todos sabem que eu saí do país, que estou longe, que tão cedo não vou dar trabalho. Portanto, eu podia…

— Voltar às carreiras e ser de novo preso pela Polícia de Morínigo, com seus eternos "suicídios" de subversivos no cárcere? É isso que você podia? Não, *honey*, não pode não. Não deixo.

— Mas quem falou em voltar às carreiras? Eu fico um tempo quieto, aqui no Rio, dando tempo ao tempo, e…

— E será preso pela Polícia de Vargas, que devolverá você à Polícia de Morínigo. Não, *honey*, loucura não. Ainda mais agora, que está tudo dando certo. Tenho na bolsa a carta do adido de imprensa da Embaixada Britânica para a BBC, e já conversei com o capitão Murray, do *Pardo*, que tem dois beliches para nós, numa cabine minúscula. Você não vai me recusar essa lua de mel romântica e perigosa, nós dois nos amando por cima do mar infestado de torpedos.

Isobel falava em tom ligeiro, e chegou mesmo a cantarolar alguma coisa, enquanto andava pelo quarto acanhado como se não estivesse de todo preocupada com o que ouvia Facundo dizer. Enfiava, com gestos enérgicos, nas malas abertas pelos cantos, roupas de que não iam precisar, até o embarque, sapatos, uns poucos livros. No entanto, apesar do calor, tinha as mãos frias, e sentia que, se já haviam evaporado de sua testa os respingos de chuva, pequenas gotas, frias também, de um suor de aflição iam tomando seu lugar.

— É que eu — disse Facundo — estive pesando os prós e os contras, praticamente em reunião comigo mesmo, em debate angustiado com meus mortos da Guerra do Chaco e com os antigos mortos da guerra contra o Brasil e…

Isobel olhou para os lados, como um conquistador que tem medo de ser ouvido, e disse:

— Eu sei, eu cruzei no corredor com um homem que parecia um velho guerreiro paraguaio…

— Cruzou com quem?

— …semblante sombrio, cuia de chimarrão na mão, esporas desse tamanho, com as rosetas riscando o chão.

— Não é preciso zombar de mim — disse Facundo.

Isobel olhou, sorrindo, o marido trigueiro, não tão alto assim mas belo e sólido, maciço, e deu um, dois, três beijos leves nos lábios dele.

— Eu prometo a você, *honey*, que logo que acabar a guerra e com ela acabarem os tiranos da América, voltaremos os dois ao Paraguai, onde compraremos o casarão da buganvília no muro e da magnólia no jardim. Há tantos quartos na casa que vamos poder abrigar lá todos os seus heróis.

Ao chegar, depois de deixar a mala no camarote, ao tombadilho do *Pardo*, e ao receber na cara finas chicotadas de chuvisco, aplicadas pela ventania que o Pão de Açúcar soprava contra o navio, Perseu Blake de Souza tentou pôr um mínimo de ordem nos pensamentos. O Pão de Açúcar, que ele jamais tinha visto assim tão de perto, ficava, à medida que o navio se aproximava dele, mais malévolo, hostil, como se fosse uma sentinela do ditador Getúlio Vargas, um tira de Filinto Müller, ou um daqueles soldados por quem tinha sido recebido na Polícia do Exército, dois meses atrás, debaixo de uma tal saraivada de safanões e pontapés que ele desde então mancava, fraco do joelho esquerdo. Sair da masmorra para aquele vendaval oceânico já era de confundir qualquer um, mas havia mais, havia a rapidez com que dona Cordélia, sua mãe, e Maria da Penha, a noiva, tinham aparecido na prisão com a mala dele arrumada e o passaporte em perfeita ordem, expedido pela Polícia, visado pelo Consulado Britânico. O encontro não tinha tido nada de arrumado, digno e tranquilo, pois as mulheres choravam, ou, pior ainda, reprimiam soluços, fungando e enxugando os olhos nos lenços que traziam embolotados na mão, tentando, o tempo todo, sorrir, enquanto Perseu, irritado, procurava disfarçar que capengava um pouco da perna esquerda, e vetava em si mesmo qualquer veleidade que tivesse de demonstrar emoção diante do coronel-comandante.

— Quer dizer que eu estou sendo solto, mãe?

— Com a graça de Deus, meu filho, está — disse dona Cordélia.

— Então vamos embora — disse Perseu, fazendo menção de partir.

— Bem — interveio Maria da Penha —, você...

Perseu interpelou o coronel:

— Se não estou sendo posto em liberdade, estão me transferindo para onde?

— Isto é um momento de reencontro, que não deve ser desperdiçado com perguntas desnecessárias.

— Desnecessárias? Estou querendo saber para onde me levam, ora essa!

— O senhor já verá — disse o coronel. — Não esqueça o passaporte.

— Passaporte? — ironizou Perseu. — O Brasil já tem passaporte interno? Acabou o direito de ir e vir?

— Tenente! — gritou o coronel —, acompanhe o preso até a viatura.

— Calma, Perseu, querido — disse Maria da Penha. — Você está livre mas vai viajar.

— Vai para a Inglaterra — disse a mãe —, onde está seu pai. Tudo vai dar certo, meu filho, fique tranquilo. Em breve nos veremos. Todos.

Acompanhado, no carro da Polícia do Exército, por um sargento que durante todo o percurso não abriu a boca,

Perseu tinha dito a si mesmo, não sem certo mau humor, que pelo menos sua mãe estava, no plano da vida pessoal dela, empurrando o filho de volta ao pai, Roberto Blake de Souza. Funcionário graduado da Western Telegraph do Brasil o pai tinha desaparecido há uns três anos, quando devia estar fiscalizando a implantação de novos cabos submarinos no Nordeste, e só há um ano dera sinal de vida, escrevendo uma primeira carta, na qual fornecia seu endereço de 10 Station Road, Thames Ditton, Surrey. Contava na carta uma história pouco verossímil de *surmenage* e prometia, sem maiores especificações de data ou época, que em breve voltaria ao lar.

E, já no tombadilho do navio, Perseu, evocando Maria da Penha, apenas revista na prisão, gemeu, em voz quase alta, a ventania arrancando de sua boca as palavras, quando ainda mal tinham sido formadas: "Cá estou, no limiar de uma peregrinação absurda, me afastando da minha vida e da minha noiva, ai, minha noiva, o sexo ainda por possuir de Maria da Penha! Violar Da Penha, um dia, será como derrubar Vargas."

No momento em que, transposta a barra, ultrapassado o Pão de Açúcar, o navio entrava na primeira praia atlântica, do Leme e Copacabana, e Perseu se voltava para trás, para retornar ao interior do navio, deteve-se brusco, com a sensação de que estava sendo observado, espreitado.

Visto pelo outro lado, pelo lado de fora da baía de Guanabara, o Pão de Açúcar, enorme, ameaçador, parecia a própria cabeçorra de Getúlio Vargas, Getúlio de perfil, uma nuvem bojuda e branca boiando no céu diante dele feito uma baforada do seu havana, um Vargas que mal continha o riso com que dizia adeus a Perseu, com que lhe desejava boa viagem, bom exílio.

Comandava o *Pardo* o capitão Murray, um escocês vigoroso que, com suas bochechas rosadas, bem escanhoadas, seus cabelos grisalhos mas fortes, cor de aço, podia servir de estampa a qualquer anúncio de uísque ou mingau de aveia. Com afabilidade, mas no tom de quem sabe que aquilo que o comandante do barco propuser é um comando, Murray, por ocasião do primeiro jantar a bordo, apresentou uns aos outros os passageiros do *Pardo*, e depois disse o que esperava deles. Eram quatro esses passageiros, sentados à mesa do comandante, que fez a descrição introdutória: o casal Isobel e Facundo Rodríguez, ela inglesa, professora de inglês, ele paraguaio, jornalista, a caminho do Serviço Latino-Americano da BBC; William Monygham, inglês, engenheiro, especialista em prospecção de petróleo, trabalhando no Recôncavo baiano, a caminho de Londres para se operar de um problema do intestino, e, finalmente, Perseu Blake de Souza, contratado pelo setor brasileiro do mesmo serviço Latino-Americano da BBC de Londres. Foi quando Perseu ficou sabendo o que ia fazer na Inglaterra! Ao cumprimentar os demais com a cabeça, depois de apresentado, ele tratou de não demonstrar qualquer surpresa exagerada ao descobrir o que é que a mãe e o pai, trocando cartas e manipulando sabe-se lá que pistolões, tinham lhe arranjado como ocupação no desterro inglês. Mas ninguém estava prestando atenção a suas possíveis manifestações fisionômicas, pois o capitão Murray já tinha entrado na segunda parte da sua exposição.

— Quero explicar aos meus prezados hóspedes que este navio mercante que eu comando só está transportando passageiros, ainda que pagantes, por cortesia da Mala Real Inglesa, sensível às dificuldades de viagem que predominam no mundo em guerra. A verdade é que o *Pardo*, aceitando passageiros, reduz sua tripulação, e que a tripulação inteira, exatamente por estarmos em guerra, é necessária a bordo. Ah, sim, ia me esquecendo!

Depois dessa exclamação o capitão Murray fez uma pausa quase ensaiada, teatral, pigarreou e explicou:

— Nosso navio está autorizado a viajar sem se incluir em qualquer comboio da Marinha Britânica. Por isso nossa vigilância a bordo deve ser permanente. Por isso, também, o desfalque da tripulação me leva a pedir aos passageiros Rodríguez, Monygham e Souza que aceitem revezar com a tripulação na permanente guarda que montamos no convés, por trás de nossa metralhadora giratória, para o caso de ser avistado submarino, ou avião inimigo.

O capitão Murray ia continuar sua exposição mas foi atalhado por Isobel, que tinha erguido a mão, pedindo para ser ouvida.

— Não me exclua das tarefas, capitão — disse Isobel. — Eu também estou ocupando o lugar de um tripulante e quero fazer pelo menos uma parte do trabalho que esse tripulante faria.

— Se houver qualquer emergência — disse o capitão Murray se curvando, galante — garanto que usarei seus préstimos.

— Me inclua na rotina — pediu Isobel, sorrindo —, não me reserve para a emergência. Faço questão de cumprir também meu quarto de vigia, no convés.

O capitão Murray acedeu, e, depois de mencionar ainda os deveres menos bélicos de cada um, pediu ao taifeiro que servia à mesa que trouxesse a garrafa de vinho da Madeira, que, como se pôde comprovar no curso da viagem, era o grande consolo que havia, ao jantar, para tirar da boca o gosto do café de bordo. O capitão propôs, ao erguer o cálice, um brinde duplo:

— A uma travessia tranquila. À nossa marinheira.

Isobel fez questão de trincar seu cálice com o do capitão, e a seguir beberam todos, enquanto o Monygham distribuía em volta o que chamou de "presentes da Bahia": um disco que deu ao capitão, para a coleção de bordo, charutos, que tirou da caixa que tinha diante de si, na mesa. Depois falou, sorrindo e enfiando a mão no bolso:

— A olorosa fumaça do charuto baiano afugenta o azar e o mau-olhado. Agora, contra ameaças maiores, vindas do mundo em guerra, tenho aqui fitas do Senhor do Bonfim. Eu mesmo fui à basílica do Bonfim para comprar — ou *trocar*, como se diz piedosamente no Brasil quando são compras de igreja — minhas fitas bentas.

Todos aceitaram as fitas e também aceitaram, em meio à conversa, outro cálice de madeira. Facundo Rodríguez examinou com especial atenção a fita que tinha escolhido. Ergueu, mesmo, contra a luz a tira de seda.

— Estou vendo — disse o capitão Murray — que o Señor Rodríguez aprecia talismãs. Eu também acho que eles podem ter seu valor. Na Escócia até hoje o povo toma precauções e guarda feitiços, pois a verdade é que ainda são em muito maior número do que as coisas conhecidas as coisas que o homem desconhece.

— Nunca tinha visto você, *honey* — sorriu Isobel —, prestar muita atenção a esses, como se chama, amuletos, bentinhos.

— Tem razão, tem razão — disse Facundo. — Eu estava prestando atenção em outra coisa. Estava me lembrando que hoje, precisamente no dia de hoje, 20 de setembro de 1940, faz um século que morreu Francia.

O total branco de ignorância, quase de assombro, que se estampou em todos os rostos circunstantes, fez com que Isobel, praticamente sem interromper Facundo, se curvasse para adiante, na mesa, e falasse, breve e informativa:

— O patriarca, o fundador do Paraguai moderno.

— É curioso — continuava Facundo — como essas fitas saíram do bolso de Mr. Monygham no preciso momento em que eu pensava no centenário. Um acaso.

— Aquela força, que os homens distraídos chamam acaso — recitou Isobel, olhando para Facundo.

— Bela frase — disse o Monygham.

— Também acho — disse Isobel —, só que é de Milton, não é minha.

William Monygham ergueu o cálice:

— Viva Milton, e vivam as pessoas que sabem Milton de cor.

— Viva Francia — disse Isobel, erguendo o cálice para Facundo.

Facundo bem que agradeceu a Isobel — não só com o toque de cabeça que fez na direção dela como pelo quase imperceptível, mínimo, mas terno sorriso com que confirmou o aceno —, mas o que disse foi:

— Em termos marxistas a Inglaterra fez, no passado, uma colossal acumulação primitiva de cultura, mas já gastou quase tudo.

Sentenciosa, além de intempestiva, a frase interrompeu a conversa feito uma pedra que caísse do teto entre os cálices e charutos. Isobel mergulhou os olhos no seu vinho. Os outros pareciam esperar que Facundo falasse mais, se explicasse melhor, mas Facundo, plácido, não parecia, pelo menos de momento, ter nada a acrescentar. Coube ao Monygham romper o silêncio. Adotando um tom jovial e soprando para o teto a fumaça do charuto, ele falou:

— Pois olhe, eu estava lendo outro dia — num jornal da Bahia, veja bem — uma reportagem sobre as atividades culturais da Inglaterra mesmo debaixo dos ataques aéreos nazistas. Um teatro estupendo. No *Romeu e Julieta* do Old Vic, uma noite Laurence Olivier é Romeu, John Gielgud é Mercutio e na noite seguinte trocam os papéis. O resultado é que grande parte do público quer ver a peça duas vezes, para comparar as duas interpretações. Os londrinos fazem filas durante a noite, à porta do teatro, para comprar as entradas mais baratas. Isso com bomba caindo. E que me diz da publicação de livros, Señor Rodríguez? Com a guerra, o papel de impressão ficou grosseiro, *utility paper*, como dizem lá, mas os livros continuam a chegar ao povo numa verdadeira avalanche, uma inundação.

— Chegam — disse Facundo. — Uma avalanche. Uma inundação. Mas de romances policiais.

— Devagar com o andor — disse o Monygham, sorrindo e contemplando a cinza, que crescia, do seu charuto —, nunca faltam escritores na Inglaterra, desde os Maugham, Morgan, Galsworthy até…

— Olhe — disse Facundo —, quem entende de literatura inglesa, lá em casa, é minha mulher, aqui presente. Já ouvi dela, até dando aula particular, em nossa sala, que só dois irlandeses, veja bem, irlandeses criaram obras monumentais em inglês neste século, Bernard Shaw e James Joyce. Ah, ia me esquecendo, tem um poeta também, muito dos amores de Isobel, chamado Eliot, mas este é de uma colônia ainda mais distante que a Irlanda.

— Pobre Inglaterra! — exclamou William Monygham. — Não conta mais, não vale mais nada.

— Vale, vale — disse Facundo —, e ainda valerá, durante algum tempo. Acumulou cultura e fortuna, e, para usufruir ambas com certa paz de espírito, dedica-se a obras beneméritas, socorrendo perseguidos e aflitos. Recebe, por exemplo — e aqui se dirigiu a Perseu —, paraguaios e brasileiros proscritos, não é assim?

O capitão Murray, apesar de sério o tempo todo, não podia negar alguma admiração ao panache daquele paraguaio insolente, que falava assim dos ingleses num navio inglês, e um certo mérito histriônico na calma com que iniciava debates que sabia desaforados, arriscados, com um ar tranquilo de quem diz verdades universalmente aceitas. Botou o assunto dele em cima da mesa — disse a si mesmo, com respeitoso assombro, o capitão Murray — como se fosse um aquário, mas um aquário com uma tempestade dentro. Mesmo assim, enquanto se desenrolava a pouco promissora conversa, o capitão tinha pedido ao taifeiro que ligasse a vitrola, para tocar o disco trazido pelo Monygham, e, de repente, tomou conta dos ares a voz do grande sucesso do Brasil no momento, Dorival Caymmi. "Acalmam-se as águas do aquário", disse o capitão aos seus botões dourados, enquanto olhava em torno os homens agora em silêncio, contemplando a fumaça dos charutos, e Isobel que, depois da longa tensão de até aquele instante, parecia se dissolver na música. O ritmo era estranho aos seus ouvidos e as palavras quase ininteligíveis para ela, mas o canto daquele gondoleiro desconhecido era tão melodioso que Isobel se integrou no que escutava, e, quase sem saber o que fazia, bebeu afinal, em lugar de ficar apenas olhando para ele, o vinho madeira que, de tanto tempo que tinha ficado no cálice, estava quente do calor da sua mão. O capitão Murray aproveitou a paz que fluía do disco talvez bento também, *trocado* na igreja, para encerrar o jantar e a conversa, desejando a todos boa noite e lembrando que ao romper do dia, depois do primeiro chá, os passageiros receberiam instrução no rodízio de vigia dos marujos.

Mal acordou, em plena noite, ouvindo Facundo que gemia e se debatia, Isobel estendeu o braço para lhe dar calma, como de costume fazia, mas sua mão não encontrou o corpo de Facundo e sim a moldura de pau do beliche em que ela dormia, o de baixo. Imóvel, olhos fechados, cheia de sono e do embalo do mar, ela pensou, resignada, que pela primeira vez desde que haviam se casado Facundo ia ter de enfrentar sozinho o contendor, o sonho mau que o tempo não parecia capaz de apagar. Ao ser detido, rapazola ainda, num protesto de rua motivado pela prisão de um colega de estudos e de partido, Facundo tinha sido encarcerado pelo chefe de Polícia, Emiliano Rivarola, famoso pelas tramas que armava em torno de presos políticos, numa cela onde já se encontrava, só que morto, enforcado, o dito colega, pendente do próprio cinto atado à alavanca do basculante de uma única e alta janela. A morte foi dada, em nota oficial de Rivarola, como suicídio, sem que ninguém se preocupasse em explicar como, na cela onde só havia uma esteira no chão, o prisioneiro tivesse conseguido se içar tão alto, puxando-se, por assim dizer, pela própria correia. O diálogo com o morto, que durou dias, era a matéria do pesadelo de Facundo. Quando foi afinal solto, escreveu no seu jornal, *Libertad*, um artigo de exorcismo, denunciando o crime, descrevendo o cadáver na cela e o medo que sentia, o tempo todo, de que o corpo afinal se desprendesse da cabeça e caísse no chão. A censura vetou o artigo e Rivarola fez saber a Facundo que se insistisse em divulgar a história seria formalmente acusado, preso e fuzilado por haver, "por motivos ideológicos óbvios", assassinado seu companheiro no cárcere.

Quando esse pesadelo aconteceu pela primeira vez depois de começarem a dormir juntos, Isobel, assustada, confortando Facundo, ouviu dele frases que a princípio imaginou que fossem ainda parte, continuação do sonho.

— Ele é o gênio do mal, e só morrerá esmagado por uma cachoeira.

— Sim — disse Isobel —, agora se aquiete, durma.

— O gênio do mal ficou de pé, no canto da cela, me mandando trocar de lugar com o enforcado.

— Sei.

— Enquanto o Império afina o piano das colônias, Rivarola afina o nosso.

Desde aquela primeira vez, Isobel, nas noites de pesadelo, ia acordando Facundo aos poucos, devagarinho, envolvendo ele nos braços, quase ninando, como se faz com filho pequeno que fica agitado no meio da noite. Lamentava, no íntimo, seu despreparo diante dessas memórias de acontecimentos tão crus, violentos, e relembrava, em busca de apoio e informação, menos as histórias de que Facundo falava, policiais, do que as de príncipes meninos apunhalados e degolados na Torre de Londres, ou balbuciava, sonolenta, o acalanto em que o berço absurdamente entalado na alta forquilha da árvore vai ser sem a menor dúvida derrubado pelo vento, com o bebê dentro. Mas no navio, devido aos leitos superpostos, Facundo ia lutar sozinho, contra o pesadelo, contra Rivarola, ela só tendo, na realidade, uma certeza, a de que, contra suas esperanças, o pesadelo tinha também embarcado com eles dois no *Pardo*.

Perseu de Souza foi o último a receber a aula, que parecia simples, de acertar, com balas de metralhadora, as barricas que o imediato lançava ao mar. A barrica era jogada da amurada, punha-se logo a corcovear na esteira de espuma do navio, feito um boto, e o atirador — recostado no anel de ferro em que se montava a metralhadora, e já de dedo pousado no sensível botão de disparo — apertava o botão e a saraivada de projéteis ia em busca da barrica nas ondas. A posição do atirador, que se incorporava à arma, era de grande conforto, o disparo era um sonho de rapidez, de docilidade ao toque, e a barrica no mar era óbvia. No entanto, disparadas pelos novatos, as balas pipocavam na água, furavam o mar — e não acertavam o alvo. Só Perseu, naquele primeiro exercício, teve o gosto de despedaçar uma barrica. Quem mais desanimou com o insucesso, exatamente por querer demonstrar que uma mulher valia qualquer artilheiro naval, foi Isobel.

— Não compreendo — disse, consternada, ao imediato — como pude errar o alvo disparando — gastando, é claro — tantas balas. Minha barrica era enorme.

— Não se apoquente com isso não — disse o imediato —, que o submarino alemão, se aparecer no seu quarto de vigilância, é alvo muito maior.

Terminado o exercício, Perseu deixou-se ficar no tombadilho, já que o *Pardo*, ainda em águas tropicais, singrava, com uma escolta aérea de peixes-voadores, um mar de grave, profundo azul. Em parte, diga-se de passagem, prolongava assim, contemplando a esteira do navio, o prazer extravagante, com o qual jamais havia sonhado, de espatifar, a tiros de metralhadora, uma barrica em alto-mar. Pouco depois surgia ao seu lado Facundo Rodríguez, que em lugar de descer com os demais tinha resolvido, pelo visto, dar voltas no convés, para fazer exercício, a cabeça coberta com um gorro tecido em vivas cores, que lhe dava um ar de índio do Altiplano.

— A vida tem caprichos curiosos — disse Facundo, sem maiores introduções. — Há, na face da terra, dois países com os quais eu jamais teria querido estabelecer qualquer vínculo que fosse, a Inglaterra e o Brasil. Pois me casei com uma inglesa, com ela me refugiei no Brasil para não ser morto no Paraguai, e agora estou condenado, com um brasileiro a bordo, a chegar à Inglaterra.

— Bem — disse Perseu vagamente agastado, dando de ombros —, há sempre a esperança de um torpedo alemão que nos abra o casco e nos encerre o passeio no meio da travessia.

— Claro, bem lembrado, isto seria ainda pior do que chegar à Inglaterra. Mas o que estava me ocorrendo, no meio das cismas que a gente tem em alto-mar, sobretudo num cargueiro como este, onde não há nada para fazer, é que, já que estamos indo para a Europa, bem podíamos estar indo para a França.

— Onde cairíamos nos braços dos alemães. É esse seu secreto desejo, Señor Rodríguez?

— Não me chame Señor Rodríguez — riu Facundo —, senão passo a chamar você Doutor Perseu, à moda brasileira. Você está hoje com mão certeira, contra tonéis e outros alvos. Realmente os alemães conseguem ser piores do que os ingleses e até do que os brasileiros. Mas não custa sonhar com a França, não é verdade?

— Você diz isso como puro basbaque latino-americano ajoelhado diante de Paris ou tem alguma ligação especial com a França?

Uma forte lufada de vento quase arrancou da cabeça de Facundo o gorro, que foi seguro com ambas as mãos, e Perseu reparou então que faltavam dois dedos à sua mão esquerda.

— Todo homem de bem — disse Facundo, ainda segurando o gorro, mãos na cabeça —, tem alguma ligação especial com a França. A vergonha do instante que vivemos é que o mundo inteiro não se haja unido para limpar logo a França dos alemães.

— Já existe um movimento de Franceses Livres, na Inglaterra — disse Perseu.

— Este é o pior insulto — disse Facundo. — Com licença.

E foi se afastando, mãos cruzadas em cima da cabeça, já agora um tanto de troça, como se estivesse iniciando uma dança, uma representação. Não vai sem tempo!, teve ímpetos de berrar Perseu à medida que Facundo se afastava. Que topete o desse paraguaio insolente, que não só provinha de um minúsculo país inviável como era, ainda, incapaz de, mesmo com uma possante metralhadora na mão, acertar uma pobre barrica na esteira do navio. Bem, não perdia por esperar, o pobre-diabo. Inclusive que se cuidasse, pois tinha mulher que, além de ser bonita, era a única a bordo de um navio numa viagem que devia, segundo o capitão Murray, caso tudo corresse bem, durar pelo menos três semanas. Só uma coisa, no monólogo em que arquitetava planos de se desforrar das provocações de Facundo Rodríguez, fazia de repente com que Perseu se abrandasse, perdesse o ímpeto: uma mancha vermelha que surgia diante de seus olhos, um pano vermelho, com fios dourados, que agora, por exemplo, se erguia sobre o mar como se fosse desfraldado e carregado pela escolta de peixes-voadores.

De noitinha, à hora dos drinques, o capitão Murray fazia as honras de seu cargueiro como se estivesse entretendo hóspedes em castelo de sua propriedade, propondo jogos e leituras, contando histórias de portos seus conhecidos em cada um dos sete mares, e relembrando, em tavernas exóticas, picantes refeições, antes que se sentassem todos para o jantar, que consistia, com frequência, em carneiro frio com salada e, como sobremesa, doce de ruibarbo em calda rala. Mas os drinques eram bons e se exalava do capitão Murray — robusto e rosado, empacotado à perfeição no uniforme alvo, de botões dourados — uma aura tão forte de saúde e satisfação com a vida em geral que Facundo Rodríguez não resistiu, e, esperando encontrar na armadura reluzente a falha humanizadora, fez a pergunta:

— Por que é, capitão, que vocês, escoceses, não aproveitam a guerra e se separam da Inglaterra?

Isobel mirou o azulado gim-tônica no seu copo, e, de certa forma, desceu por ele, mergulhou nele, como se atravessasse o espelho. Recordou que, antes de se apaixonar por Facundo, imaginou ter, no que se referia ao amor, educação completa, pois sua experiência incluía um ardente namoro em sua província natal, e, a seguir, um caso bastante perturbador com um homem casado, pai de filhos, professor dela na London School of Economics, caso que fizera com que ela afinal deixasse Londres e os estudos para ir ensinar inglês no colégio britânico de Assunção. É bem verdade que seus estudos de economia e sociologia eram pretextos que tinha encontrado para deixar no Yorkshire os pais e o namorado, e ir para Londres, para a terra onde viviam os poetas, onde vivia Yeats, e, sobretudo, Eliot. Mas não era menos verdade que seu caso amoroso com o professor de Sociologia — que gostava muito dela, dizia, mas não atava nem desatava, preso aos filhos, temeroso da mulher — tinha acabado por fazer com que ela desse o grande passo de partir para Assunção, sentindo-se livre, independente, senhora do próprio nariz.

Um professor mais velho, de Direito anglo-saxônico, *Sir* Cedric Marmaduke, que cortejava Isobel a distância, sem maiores esperanças, tinha reforçado a imagem que, naquele momento de ruptura e aventura, ela fazia de si mesma, dizendo, voz meio comovida:

— Você, Isobel, é a nova mulher, que as sufragetes anunciavam. Só que, ao contrário delas, as rudes pioneiras, você é cheia de doçura e de graça.

Isobel tinha embarcado para o Paraguai se sentindo um pouco como um herói de Conrad partindo para o Congo, e convencida de que o amor era para ela uma etapa vivida e ultrapassada, que poderia ter reprise, claro, mas sem apresentar feições inéditas: pelo menos o amor entre mulher e homem, o amor ao alcance de todos, pois, como comprovava no poeta Eliot, esse amor, ordinário, transitório, perdia logo seu brilho de joia de imitação, que só por um instante reflete, e assim mesmo pálida, a labareda de ouro do amor permanente, o dos *Quartetos*.

Aí, num dia em que ela saía do colégio cercada de crianças, tinha surgido Facundo Rodríguez, que trabalhava perto, no jornal *Libertad*, que lhe cravou um olhar longo e fundo, e passou, mas que, no dia seguinte, à mesma hora, lá estava, e que Isobel, nos dois dias seguintes, só pedia que ele falasse, que dissesse alguma coisa, pois já então a grave cara dele, de altos zigomas, a silhueta, de ombros largos, o ar sombrio e romântico diziam a Isobel que talvez ainda lhe restasse alguma coisa a aprender acerca de amor anterior aos *Quartetos*. E chegou o dia dela ouvir de Facundo a pergunta mais estapafúrdia que alguém poderia fazer, sobretudo no tom súplice em que foi feita:

— Me tranquilize, por favor: você não é inglesa, é?

Com toda a dignidade que conseguiu chamar a si, respondeu:

— Por pouco que isto pareça lhe agradar, sou.

O resto tinha sido uma história que já durava dois anos, um amor insondável, vertiginoso, e um casamento sem cessar atropelado e sobressaltado por momentos como esse, por perguntas como essa, dirigida por Facundo ao capitão Murray. Isobel bebeu o azulado gim em que tinha andado imersa, enquanto o capitão respondia:

— Já pedimos e exigimos o desquite várias vezes, mas não há meio de os ingleses se conformarem. Que seria o Reino, sem a Escócia?

Como Facundo, sorridente mas impiedoso, não dissesse nada, o capitão completou:

— Nós temos o Scotch, compreende, temos Scott, e ainda temos o *tweed*.

— Bravos, capitão, bem respondido! — disse Isobel, com alívio, sempre pronta a desmontar situações difíceis que Facundo armasse.

Facundo sorriu mais abertamente, aceitando de bom grado a interrupção, mas, possivelmente sem maus propósitos, acabou levando Isobel a outras aflições.

— A mãe de Isobel é escocesa, capitão Murray, e é tão doce e simpática quanto a filha. Já mandou me dizer, em carta, que está estudando espanhol para falar comigo quando nos encontrarmos. Mas o pai só me chama de... como é mesmo, Isobel?

— *Honey*, que assunto! Por favor.

— Já me lembro — disse Facundo. — *Dago*. É feito chamar preto de *nigger*. *Dagos* somos todos nós, os *cucarachas*, você sabia, Perseu?

— Bem, *cucaracha* é termo resultante da popularidade da música mexicana, não é mesmo, *La cucaracha*. Quanto a *Dago* eu sempre soube que é a maneira inglesa de pronunciar Diego. Quer dizer, são apelidos pejorativos, mas…

— Mas aplicados a espanhóis ou a *hispano*-americanos! — riu Facundo. — Claro. Brasileiros estão acima de apelidos desagradáveis. A Tríplice Aliança, que em 1870 destruiu o Paraguai e matou todos os paraguaios, inclusive o dirigente supremo e chefe das forças paraguaias, era formada por dois países *dagos*, Argentina e Uruguai, mais o Brasil, país o quê? Grego? Romano? Ah, já sei, país *nigger*, ou que pelo menos só mandava para morrer na frente do combate seus negros, os escravos.

O capitão Murray ficou, pela primeira vez, sério, quase contrariado, e fitou Facundo um pouco como o anfitrião que se julga responsável por tudo aquilo que digam ou façam os que têm assento à sua mesa, bebem da sua adega, dormem no seu linho. Disse:

— O Señor Rodríguez é um homem exigente. Quer de repente, em pleno Atlântico, que eu separe a Escócia da Grã-Bretanha e que o Senhor Souza cancele a Guerra do Paraguai. Acho que devemos ambos declinar da honra de aceitar tarefas tão trabalhosas. Vamos, em lugar disto, tomar nosso madeira à luz das estrelas, antes que cheguemos aos mares do norte.

Saíram todos para o convés, Isobel dando a Facundo o braço direito, oferecendo a Perseu o esquerdo. Assim, entre os dois, conversando com ambos, Isobel não iria adivinhar

— ela que pretendia apagar, ou diluir o mais possível o tom agressivo de Facundo — que Perseu, a partir do instante em que Facundo falara no chefe das forças paraguaias, mal tinha prestado atenção ao resto da frase. Ele descobrira, de repente, que pano vermelho era aquele, surgido diante dos seus olhos, com bordados de ouro, carregado pelos peixes-voadores acima da esteira do navio: era um roupão, um *robe de chambre* de homem, cuja virtude era fazer com que ele ficasse extremamente tolerante em relação a Facundo Rodríguez.

Coube a Perseu, antes de raiar o dia, fazer seu quarto de vigilância, repousando as costas nos curvos braços de ferro da metralhadora, olhos pregados no mar. Mais ainda que um navio qualquer, o *Pardo*, viajando sem comboio, cuidava com o maior empenho dos seus barcos salva-vidas. Pendurados de cordas com reluzentes roldanas eram mimados pelos marinheiros e foram, no primeiro dia, apresentados aos passageiros quase como pessoas, amigos modestos, mudos, mas excepcionalmente bem tratados, sempre pintados de novo, prontos a baixar às águas a qualquer momento, com os remos em suas argolas, uma vela enrolada no fundo, a içar em caso de mar manso e vento bom, com rações de comida e água potável isoladas em oleados e estocadas debaixo dos bancos. No entanto, esses botes ali estavam como se, no seu hipotético castelo, o capitão Murray apresentasse os hóspedes a cães de guarda em seus canis ou a extintores de incêndio em vãos de escada, isto é, como se comunicasse a amigos que, caso o impossível aparecesse, seria prontamente colocado em seu devido lugar. Instalado em sua metralhadora Perseu a si mesmo dizia que o *Pardo* chegaria a Liverpool da mesma forma que, saída do cais flutuante do Rio, uma barca inglesa da Cantareira inevitavelmente chegava ao cais flutuante de Niterói. Ele ainda sentia, ardendo o tempo todo em sua consciência, a indignação de ter sido manipulado e trazido como um fardo, um volume a despachar, até o portaló do *Pardo*, mas sentia, ao mesmo tempo, que nada havia de impedir que chegasse ao seu destino de derrubar Vargas e possuir Maria da Penha, e a preliminar para isto é que o *Pardo* atracasse no cais de Liverpool. Ele se concentrou de tal maneira na esteira do navio, olhou tão fixamente, nas águas ainda cinzentas de madrugada, o canal bordado de espuma que o barco ia cavando, que acabou por ver, revelando-se à flor d'água primeiro pelo periscópio, que fendeu as ondas feito uma espada de espadarte, e depois por sua própria massa, um submarino nazista, aos poucos dividindo o mar em dois, seu dorso escuro e oleoso ostentando a suástica, feito uma baleia vindo à tona com uma enorme estrela-do-mar grudada no lombo. Assestou com cuidado a metralhadora até colocar a suástica no centro da alça de mira, comprimiu o botão prrrrá! e viu as balas costurarem a couraça do submarino que pronto se desgovernou, veio à tona de vez, numa espécie de pressa vergonhosa, infamante, até emergir por completo, remover sua coberta, sua tampa, enquanto uma bandeira branca se erguia e a tripulação ia aparecendo, silenciosa, por cima da carcaça agora imóvel do submarino que boiava à deriva, como um cetáceo morto. A tripulação do submarino lançou para a amurada do *Pardo*, que também agora tinha parado as máquinas, uma ponte, como aquelas dos filmes de pirata de Douglas Fairbanks, e, mãos para o alto, os alemães derrotados vieram se entregar a Perseu. Todos e cada um dos alemães que saíam do bojo do submarino baleado se chamavam Müller, marinheiro Müller, sargento Müller, capitão Müller, e afinal, humilhado, cabisbaixo, a farda em frangalhos, entrava no *Pardo* por aquela ponte de suspiros, ainda sob a mira da metralhadora de Perseu, o almirante Filinto Müller.

— Perseu de Souza! O que é isso? Dormindo de olho aberto?

Era Facundo Rodríguez, que vinha render Perseu como sentinela no convés, e Perseu, extraído de repente de sua visão de triunfo, ainda estremunhado de glória, quase contou a Facundo a delirante vitória que acabara de obter, mas se conteve a tempo, sacudindo a cabeça, pondo as ideias em ordem, e afinal resumindo, com dignidade, sua breve mas tônica alucinação.

— Eu estava sonhando com a derrota de Filinto Müller, o chefe de Polícia de Vargas.

— Ah — disse Facundo —, nosso inimigo comum. Não fosse por Filinto Müller, não fosse a fidelidade dele ao seu colega paraguaio, Rivarola, eu ainda estaria no Brasil, armando a resistência a Morínigo, armando, quem sabe, a invasão do Paraguai por paraguaios.

Perseu sentiu que Facundo Rodríguez tentava, de certa forma, desfazer a impressão que sabia haver causado. Jamais se retrataria, ou pediria desculpas, achava Perseu, mas o simples fato de tomar a iniciativa de reencetar o diálogo dava ideia da contrição a que havia chegado. E Facundo foi um pouco além, dando a Perseu uma oportunidade de fundar ali, sem maiores demonstrações, uma amizade que ia resistir a vários embates.

— Eu não sei se você, como brasileiro, entende, quer dizer, como cidadão de um país que não chega nunca ao seu brilhante futuro mas que tem um brilhante futuro a alcançar, o que significa ser paraguaio. Nós ficamos tão aleijados, tão deformados por aquela guerra que estamos até hoje gemendo e lambendo as feridas. Morreram todos os homens. Quer dizer, ficaram alguns meninos, caso contrário não haveria eu, como Isobel já me fez ver algumas vezes. Ficaram alguns meninos para repelir, em 1932, a invasão dos bolivianos treinados pelos alemães.

— Um país sofrido o seu — disse Perseu, vago, olhando o mar vazio.

— Francia, morto há um século, plantou no chão do Paraguai o bulbo da única flor original da América. Uma tulipa guarani. O bulbo só precisava, para medrar, de tempo na terra escura e úmida, no silêncio, no isolamento. E esse isolamento acabou por irritar de tal forma o Império Britânico que seus banqueiros, em nome do santo comércio, alugaram, como pistoleiros, os *dagos* uruguaios, argentinos, e se você me permite, brasileiros, que mataram todos os paraguaios e o chefe Francisco Solano López.

— Ouça, Facundo, preciso interromper você para lhe fazer uma confidência. É sobre um roupão, Facundo, um *robe de chambre*. Vermelho.

— Roupão? Que diabo de roupão é esse? — perguntou Facundo, espantado.

— Vi no museu, quando era pequeno. O roupão de Solano López, Facundo, no Museu Histórico do Rio, como se fosse um troféu de guerra, entre lanças de cavalarianos, espadas, canhões, mosquetões. Um roupão. Até bonito, com alamares de ouro.

Facundo Rodríguez olhou Perseu sem nada dizer, apenas meneando a cabeça afirmativamente, e Perseu, agora um tanto sem jeito, acrescentou:

— Bem, essas coisas de guerra, não é mesmo? Mas que ideia! — exclamei cá comigo desde a primeira vez que vi, assombrado, o tal roupão. — Guerra é guerra, claro. Até a morte de López, afinal, se compreende. Mas...

— Mas não era preciso — disse Facundo —, depois de arrancadas as armas e a própria vida do vencido, arrancar também o roupão, claro.

— Nunca mais me saiu da lembrança, Facundo. Eu sei que Solano López não estava de roupão, quando foi morto. Estava de farda, armas na mão quando... quando nós o matamos, em...

— Cerro Corá. O roupão deve ter sido encontrado no palácio de Assunção, quando os brasileiros ocuparam a cidade e López ainda lutava nas montanhas.

— Mas desde menino — continuou Perseu —, quando vi o roupão, imaginei — e até hoje essa fantasia me acompanha — que o roupão tinha sido arrancado ainda quente do corpo dele e que, pelo menos em parte, a cor vermelha...

— Sim, sangue. Está na minha hora.

— Como?

— Acabou sua vigia. Nos vemos na hora do almoço.

— Ah, sim. Que horas são?

— Estou lhe dizendo que é minha vez, agora. Passe a metralhadora. E me deixe aqui, sozinho.

Depois de afastar Perseu, Facundo se colocou por trás da metralhadora mas manteve as mãos nos bolsos do casacão que vestia para resistir à tentação de comprimir o botão de disparo até o fim do longo pente de balas, até o fim do seu ódio. E a si mesmo ele falou: "Eu devia, em lugar de enfiar no bolso estas mãos que tremem, era virar a metralhadora para dentro do navio e para cima deste verme. Como é que ousa ter pena do pai morto? Quem deu a ele o direito de enxugar suas lágrimas de crocodilo nesse roupão vermelho cuja existência eu ignorava e que de agora em diante não vai mais me deixar em paz, que vai ficar para sempre exposto na capela fúnebre que carrego comigo, com três mortos, com velas acesas que queimam minha cabeça por dentro? Não sei. Só sei que faltava esse roupão às minhas noites, se abrindo feito uma cortina de dramalhão sobre os dias que passei com o companheiro enforcado, esperando que ele afinal encerrasse seu número e se esborrachasse sem cabeça no chão, ou sobre as noites do Chaco, quando eu esperava que a gangrena me subisse logo da mão pelo braço acima e fosse até a cabeça me apagar a memória para todo o sempre. É claro que agora, quando eu acordar em sobressalto, bruscamente sentado na cama, vendo que cai do céu o avião em que fizeram assassinar meu comandante do Chaco, e quando eu contemplar no chão os destroços do aparelho e os restos do herói, verei que a farda empapada de sangue é igualmente — vejam, senhores, o truque extraordinário, o milagre! — o mesmo roupão vermelho, que virou deboche, prêmio, troféu de campeonato num museu do Rio de Janeiro."

No Rio, antes de embarcar no *Pardo*, William Monygham tinha comprado vinhos e conservas, para celebrar a passagem do equador, e pediu ao capitão Murray licença para organizar uma ceia que, mesmo observados todos os mandamentos de guerra e blecaute, fosse uma festa de confraternização. Enquanto estiveram presentes à ceia o chefe das máquinas e mais uns três oficiais, a reunião foi um sucesso, o vinho do Monygham animando uma cantoria em que se ouviu mais de uma balada escocesa e mais de uma marchinha de carnaval. Com a partida dos oficiais ficou o grupo de sempre. O Monygham, que afinal de contas, como dono dos comes e bebes, era quem presidia a festa, deu um pouco o tom da conversa, e, à medida que ele se avinhava um pouco, esse tom — como a si mesmo disse Perseu mais tarde — adquiriu vibrações calvinistas anglo-saxônias.

— Você conhece a Bahia, Perseu? — perguntou o Monygham.

— Não.

— Acho vocês meio... incuriosos, sabia? Como é que um brasileiro residente no Rio não vai sequer à Bahia?

— O país é muito grande — disse Perseu, disfarçando um leve bocejo, que aliás era fingido. — Curiosidade a gente tem, claro. Mas é preciso oportunidade, tempo, dinheiro.

— Sim, sem dúvida é preciso que a pessoa não se incomode de se amolar um pouco, de abrir mão do conforto, quando não houver dinheiro fácil, ou tão fácil assim. Mas quando se é jovem e não se padece de *incuriosidade*, dá-se um jeito, não? Aliás, acho que isso vale um pouco para a América Latina em geral, essa falta de curiosidade em relação à... à pátria não digo, que até se fala muito em pátria, talvez demais, me parece às vezes, mas em relação à terra em que se vive, onde se nasceu.

Neste ponto William Monygham fez uma pausa, esvaziou o copo, mas se imaginava que Facundo ia morder a isca e dizer alguma coisa perdeu tempo, já que ele, mão dada com Isobel, partilhando os dois o mesmo copo de vinho, não parecia nem ter escutado, ou se limitava a dizer, a tudo, sim, com a cabeça, afirmativo e vago ao mesmo tempo. O Monygham continuou:

— Como diz a antiga canção brasileira, "A Bahia é boa terra, ela lá e eu aqui". Você sabia, Perseu, que a Bahia é o único estado do Brasil que produz múmias?

Perseu ficou olhando Monygham em silêncio, decidido a não auxiliar o outro naquela espécie de meio sermão que, ao que tudo indicava, ameaçava desembocar em alguma ampla descrição das viagens dele, engenheiro inglês, pelas ilhas do Recôncavo, o vale do S. Francisco, ou, quem sabe, sertão acima, onde teria encontrado não petróleo e sim as legendárias minas de prata de Robério Dias. O Monygham prosseguiu, impávido:

— Lampião, Maria Bonita e mais uns doze cangaceiros estão com as cabeças em exibição em Salvador. Foram todos degolados e mumificados três anos atrás.

— Dois — disse Facundo, plácido —, dois anos. Foi em 1938. Eu estava na prisão mas li tudo a respeito do fim do bando. Figura esplêndida, Lampião, muito mais bravo e mais consciente daquilo que fazia do que os brasileiros que puseram os pretos para morrer no Paraguai.

— Agora, veja, Facundo — disse o Monygham, animado —, a Bahia é o grande monumento do Brasil-colônia, sua capital tem mais igrejas que os dias do ano, tem jazidas de óleo, que estamos demarcando, em Lobato, e, de lambuja, tem essas espantosas cabeças, cada uma com seu chapéu de couro, nos olhando não como as outras múmias, do fundo de um passado remoto, e sim de anteontem, de um par de anos atrás. No entanto, não desperta a curiosidade dos brasileiros. Ela lá e eu aqui. E veja bem, Lampião foi exterminado por tropas do governo porque era uma espécie de chefe de um governo alternativo.

— Ora, Monygham — disse Perseu —, só porque o *Pardo* já passou por cima do equador, você não precisa começar a falar como Livingstone explicando os negros a eles mesmos.

— Escocês, escocês — disse o capitão Murray.

— Como? — disse Perseu, perdendo um pouco o fio do que dizia.

— Perdão pela interrupção — disse o Murray. — Eu só quis lembrar que o grande David Livingstone era da melhor cepa da Escócia.

— Ah, sim — disse Perseu —, mas voltando ao nosso assunto. Lampião chefe de governo alternativo! Pelo amor de Deus! Como se você achasse que Robin Hood foi chefe do governo alternativo na Inglaterra medieval. O pitoresco tem seus limites mesmo quando se está escrevendo sobre países tropicais.

— Eu só quis acentuar que Lampião... Mas você tem razão. *Touché!* E comecei, pobre de mim, querendo apenas dizer que os latino-americanos viajam pouco em seus próprios países.

Neste ponto — talvez de pura fadiga, talvez, mais provavelmente, por achar que a conversa virava discussão — o capitão Murray ergueu seu copo de vinho, desejando a todos boa-noite, e resistiu aos apelos de William Monygham, que acenava com um brinde de despedida, uma veneranda bagaceira portuguesa, comprada na Confeitaria Colombo, no Rio.

— Nem que fosse um puro malte escocês! — exclamou o capitão. — São horas de dormir. E espero que meus marujos honorários não esqueçam seus quartos de vigia. Submarino inimigo é peixe noturno.

Com a despedida do capitão, a decisão geral foi tomar um só trago de bagaceira, um cálice, e tudo indicava que, se a conversa ainda ia prosseguir, tomaria rumos diferentes. Mas de pronto ficou claro, graças, ao que parece, a uma certa obsessão temática que a bebida comunicava ao Monygham, que na realidade o assunto não estava ainda esgotado. Monygham perguntou a Facundo Rodríguez:

— Você terá por acaso conhecido, na Embaixada britânica de Assunção, uns poucos anos atrás, o ministro conselheiro Herbert Baker?

Fleugmático como sempre durante a conversa daquela noite, Facundo respondeu:

— Não. Nunca me convidaram para ir à Embaixada britânica, e, caso me convidassem, eu não teria ido. Você se lembra, Isobel, de algum patrício seu com esse nome, em alguma visita sua à Embaixada, ou dele ao seu colégio?

Não, Isobel não se lembrava de haver encontrado Herbert Baker, e o Monygham prosseguiu, para chegar, dando uma e outra volta, aonde queria.

— Pergunto porque tanto você, Facundo, como igualmente Perseu vão sem dúvida trabalhar com o Baker. Ele me escreveu há algum tempo dizendo que se aposentara. Seus conhecimentos de espanhol e da América Latina estão agora sendo usados pela BBC. O Paraguai, sobretudo, o Baker conhece como a palma da mão. Aliás ele estava lá durante todo o período da Guerra do Chaco, de 1932 a 1935, e sabe tudo a respeito.

— Acredito — disse Facundo, ar grave —, acredito plenamente. Ele estava de que lado, o Baker? Da Standard Oil?

— Da Inglaterra, suponho — disse o Monygham dando de ombros.

— Ah, evidente — disse Facundo —, Royal Dutch & Shell.

Monygham sorriu, batendo com a cabeça, como quem apreciou a piada, e respondeu:

— O Baker, que é um *wit*, como dizemos nós, um homem de muito espírito mas de pouca paciência, teria alguma resposta adequada a dar a você. Mas olhe, ele realmente estudou o assunto, como diplomata e homem de valor. Foi ao próprio Chaco, na fase mais dura dos combates entre os paraguaios e os bolivianos. Muita gente, que fala e escreve sobre o conflito, nem se deu o trabalho de ir lá.

— É verdade — concordou Facundo.

— Você esteve lá, sem dúvida — insistiu o Monygham.

— Estive e diria mesmo que ainda estou no Chaco.

— Interessante — disse o Monygham, sorrindo, amável, mas como quem por sua vez abafa um imperceptível bocejo.

— Esteve e ainda está.

Facundo Rodríguez levantou a mão esquerda, onde faltavam o dedo mínimo e metade do anular.

— Se você pesquisar bem, ao redor do forte do Boquerón, talvez encontre essa pequena amostra de Facundo que lá ficou, quando minha coluna foi atacada por um avião Junker do general Kundt.

O Monygham se inclinou para adiante, erguendo o cálice de bagaceira e sorrindo, voz meio hesitante:

— Eu... Bem... Eu ia dizer que sinto muito, ou que não imaginei... Bem, à sua saúde, Facundo.

A notícia, depois de intermináveis dias de viagem, de que o *Pardo* faria escala em Port-of-Spain, capital da ilha de Trinidad, alegrou todo o mundo, e tornou expansivo, quase falador, o próprio Facundo Rodríguez, que olhava da proa, ao lado do capitão, a manobra final de atracação. De calças brancas e sapatos brancos, camisa azul, ar de turista, rindo de alguma observação do capitão Murray, Facundo provocou comentários de William Monygham, que, cá embaixo do posto de observação da proa, se debruçava na amurada, ao lado de Isobel.

— Acho que Facundo — disse o Monygham — está começando a se sentir desquitado do Paraguai.

— Como assim? — disse Isobel.

— Conformado. Ou, mais do que isso, aliviado. Paixão cansa.

— Se você acha que a paixão dele pelo Paraguai está baixando, engana-se, Monygham.

— Pois olhe, eu acho que ele se salva.

— Se salva como? — disse Isobel. — Ele se salvou quando se casou comigo.

— Claro. Se aproximou da Inglaterra.

— Ó, Monygham — exclamou Isobel, rindo. — Depois você diz que Facundo só pensa no Paraguai. E você? Pensa só em quê?

— É diferente. Nós somos uma realidade que pode ser avaliada, julgada de um ponto de vista impessoal. Pode ser adotada como medida, pedra de toque.

Monygham pigarreou, constatou que não havia ninguém por perto, e assumiu um ar professoral para continuar:

— Não foi por nada que o meridiano número um ficou conosco, em Greenwich, e que de lá ditamos as longitudes e a hora do mundo inteiro. Nós inventamos virtudes novas (defeitos, pouquíssimos) que foram por nós testadas e depois difundidas, aplicadas em escala imperial, para todos verem, desfrutarem delas. As pessoas capazes de se educar a si próprias, se civilizar, construir com orgulho seu próprio país e sua própria vida são as que vão ficando…

— Parecidas conosco.

— Boa aluna, boa aluna — disse o Monygham, levantando a cabeça e acomodando no nariz um imaginário pincenê.

— Você adota uma postura cômica mas bem que acredita no que está dizendo.

— E você, por acaso, não? — perguntou Monygham voltando ao natural. — Você pode fingir que não concorda mas, no fundo, não faz outra coisa. Parecidas conosco.

— Por isso é que você acha que Facundo, com duas semanas de navio inglês…

— Acredite, Isobel, que Facundo — sem dúvida predisposto a isso: veja, a propósito, seu casamento — está encontrando uma das estradas reais da... da...

— Da Comunidade das Nações Britânicas.

— ...da nossa intrínseca maneira de ser.

— Que maneira é essa?

— O senso de humor.

— Monygham, Facundo está alegre porque vamos pisar terra, terra firme. Mas senso de humor? Facundo é por demais apaixonado para cultivar meias palavras com duplo sentido. Ele pode ser mordaz, sarcástico, mas senso de humor é algo muito... *efeminado* para ele.

— Bem — riu o Monygham —, não precisa perder o *seu* humor só porque eu disse que seu marido está adquirindo o dele.

— Você querer que Facundo, doente de amor por uma terra como a dele, cultive o humor é como querer que o chefe de uma família faminta cultive flores em vez de couves. Quando acabou a Guerra do Chaco, Facundo foi condecorado — e encarcerado. Já estava semeando revolta entre os soldados desmobilizados e sem terra.

— Perigoso, perigoso. A você posso dizer isso.

— A mim? A mim como? Eu me chamo Isobel *Rodríguez*.

— Claro. Eu sei que você é Rodríguez, mas é também inglesa, foi o que eu quis dizer. E falei perigoso para ele, seu marido. Esses temperamentos excessivos. Vocações de mártir. Só o senso de humor garante a paz.

— É a primeira vez — disse Isobel, balançando a cabeça —, que eu vejo um homem obcecado, quase atormentado pelo senso de humor. Cuidado que um dia martirizam *você*, e do alto da sua cruz você responderá aos algozes forjando, com seus últimos suspiros, trocadilhos e paradoxos.

Passageiros e tripulação passaram horas em Port-of-Spain, entre tavernas indianas, facilmente identificáveis, ou aspiráveis, pelo cheiro das comidas afogadas em molho de caril, bodegas espanholas, anunciando calamares e polvo com arroz e vinho em caneca, tabuleiros de bolinhos vendidos por mulheres pretas, tudo isso dominado pela presença administrativa britânica, os policiais de capacete de cortiça e calças curtas, as pilastras vermelhas das caixas de correio, os prédios governamentais de Informação, Agricultura, Obras Públicas. Em breve se viu que só o capitão Murray tinha alguma ideia acerca da ilha que estava ainda tão perto da Venezuela mas já parecia um outro mundo.

— Nós trouxemos da Índia os hindus e os muçulmanos — disse o capitão.

— Nós quem? — perguntou Facundo. — Os escoceses?

— Bem. Pode ser. Com frequência as iniciativas, ou as ideias, são de escoceses. Mas eu falei de forma genérica, pensando em nós, britânicos.

— Mas trouxeram por quê? — continuou Facundo. — Havia indiano demais na Índia?

— Nunca pensei nisto — disse o capitão —, e talvez fosse essa uma das razões. Mas a razão principal é que aqui tinha pouca gente para o trabalho. Os espanhóis, antes de nós chegarmos, tinham dado cabo dos indígenas de Trinidad, e, em seguida, dos negros importados da África.

— E os britânicos chegaram para quê? — disse Facundo.

— Para governar, é claro, pôr ordem na ilha, criar o serviço público, as instituições livres.

— Há chineses também — disse Facundo —, olhando, vizinhos, uma tinturaria e um armarinho com nomes chineses nas tabuletas.

— É, também — disse o capitão meio vago, com ar de quem já ensinou o que sabia e mais não pode informar.

Com isso Facundo se satisfez, ou pelo menos parou de fazer perguntas novas, mesmo porque o grupo em breve se dividiu, abandonado por William Monygham que, disse, ia botar no correio cartas e postais escritos a bordo, e pelo capitão, que ia despachar nos escritórios da Mala Real. Isobel se colocou entre Facundo e Perseu, alegre, despreocupada.

— Está bom aqui, nesta cidade, nesta ilha — disse Isobel.

— É verdade — disse Perseu. — Eu acharia que estava no Brasil, um pequeno porto brasileiro, se não fossem os asiáticos. No mais, podíamos estar…

— Na Bahia, do Monygham e das múmias — disse Facundo.

— Que aroma neste ar — disse Isobel, cabeça levantada, narinas dilatadas. — Estou me sentindo…

— De férias — disse Facundo.

— Pois não é isso não — disse Isobel. — Estou me sentindo em Assunção.

— Bem — disse Facundo —, pensei na liberdade, no espírito de férias. Não tomávamos férias desde… nem me lembro mais.

— Eu lembro — disse Isobel —, desde nossa lua de mel.

— Nossa lua de mel — disse Facundo —, não foi um período de férias, pelo menos para mim, e sim de... Olhe, Isobel, bastou você falar... Onde estão? Onde estão?

Era Facundo que, agora, farejava o ar, olhando ao redor, feito um perdigueiro, procurando, buscando, tratando de localizar o perfume.

— Isso é que é amor, Isobel — riu Perseu. — Bastou falar na lua de mel que você e Facundo começaram logo a ouvir anjos e cheirar rosas.

Mas Facundo, entrando agora, rápido, numa rua transversal, ainda feito um cão que vai abrindo caminho, no capim, com patas cuidadosas, enquanto capta no ar, pelas narinas, a trilha da caça, chegou à casa, à pequena chácara toda plantada de laranjeiras, e ali parou, nariz enfiado agora entre duas ripas da cerca de madeira.

— Laranjeiras — disse Facundo. — Você tinha razão, Isobel. Laranjeiras como nas ruas de Assunção.

Isobel se colocou ao lado de Facundo, os dois dando mais a impressão de assimilar, de incorporar, do que de apenas aspirar o perfume dos botões de laranja.

— Só que em Assunção — disse Isobel — as flores e as laranjas não ficam por trás de cercas. Se oferecem no meio da rua.

— No nosso reino de miséria — disse Facundo —, são árvores que sobraram do paraíso e portanto nem pertencem a ninguém nem se recusam a quem quer que seja.

Ficaram, os três, parados, caras entre as ripas do cercado, um pouco feito crianças que, nas clássicas estampas, contemplam, através do vidro, os doces de uma confeitaria. Coube a Perseu, que, apenas por cortesia e companheirismo, participava do êxtase em que se misturavam lembranças, aliás bastante aparentadas, de flor de laranjeira e lua de mel, propor a etapa seguinte.

— Ao que me consta — disse Perseu —, o rum da ilha é um dos melhores do Caribe.

Foram tomar um *planter's punch* num bar bem perto da chácara, e davam ainda um primeiro gole nos longos copos ornados de limão e hortelã, quando se aproximou da mesa um homem, um jovem, vestido com a simplicidade local, feito um trindadense qualquer, de extração espanhola, mas com um toque de outras plagas, nos traços. Dirigiu-se exclusivamente a Facundo, em espanhol:

— Me perdoe, mas você é paraguaio, não?

Facundo assentiu com a cabeça, sem abrir a boca, obrigando o estranho a falar mais.

— Desculpe, uma vez mais, por me intrometer assim onde não fui chamado, mas ouvi a conversa de vocês, quer dizer, a conversa não, que não sou de escutar o que os outros estão falando, mas ouvi os sons, as vozes, e concluí que o amigo era paraguaio, sem sombra de dúvida, e que...

— E que você, sem sombra de dúvida, é boliviano — disse Facundo.

— Isso! — exclamou o outro, sorrindo. — Meu nome é Miguel Busch, e fugi da Bolívia há um ano, quando assassinaram meu tio, o presidente da Bolívia, Germán Busch. Disseram que era suicídio, mas eu sabia tanto que não era que fugi, para não morrer também. Meu tio foi, com Villarroel, o grande herói da *nossa* guerra.

— Nossa Guerra do Chaco — disse Facundo.

Miguel Busch ficou um instante em silêncio, olhando Facundo, e afinal falou:

— Você — disse ele — é o primeiro paraguaio que eu vejo... fora do Chaco, quero dizer. Fora do campo de batalha. Ouvi sua voz, seu sotaque, e fiquei... curioso. Perdoe. Me deu uma vontade danada de ver você de perto. E de apertar sua mão. Tenho a certeza de que ainda vamos fazer grandes coisas juntos, os paraguaios e os bolivianos.

Facundo se levantou para declinar seu nome e apertar a mão de Miguel. Depois lhe ofereceu uma cadeira.

— Sente aí — disse Facundo. — Tome um trago conosco. Com Isobel, minha mulher, com meu amigo brasileiro, Souza.

— Não, muitíssimo obrigado mas não quero interromper. E não tenho nada para dizer. Quer dizer, nada de superficial. Imagine se fôssemos, nós dois — disse ele sorrindo —, começar a falar no Chaco! E a tomar tragos! Porque eu nunca tomo um trago só, diga-se a bem da verdade. Vocês estão aqui de passagem, não?

— Caminho da Inglaterra — disse Facundo. — Vamos trabalhar no setor latino-americano da BBC.

— Eu estava no continente — disse Miguel —, na Venezuela. Agora arranjei trabalho num navio canadense e embarco como marinheiro, servente de bordo, e fico no Québec até conseguir chegar à França. E libertar a França. Com licença. Adeus, até mais ver.

Ficaram os três olhando o boliviano que se afastava, Facundo sem dúvida emocionado, mas cioso em não demonstrar seus sentimentos. Isobel, sorrindo, ia dizer alguma coisa mas se conteve, enquanto Perseu, fazendo cara de espanto, ia fazer alguma observação sobre os planos de Miguel Busch, mas Facundo, sem olhar para nenhum dos dois, falou antes:

— Os bolivianos perderam o mar para o Chile. Perderam a floresta para o Brasil. Perderam o Chaco para o Paraguai. O mínimo que podem fazer agora é libertar a França.

Ficaram em silêncio. Das mesas do bar ainda se sentia o cheiro que vinha das laranjeiras da chácara, por onde passaram de novo, dando um último e longo giro pela cidade antes do retorno ao *Pardo*. Quando iam atravessando a praça central, Isobel quase fez sinal ao Monygham, que saía de um edifício com porte de prédio governamental. Não chegou a fazer o gesto porque notou que, ao avistar o grupo, Monygham tinha recuado para dentro da entrada, para a sombra do teto do pórtico de entrada, apoiado em colunas. A placa dourada à porta dizia Ministério da Informação.

Quando o navio zarpava de Port-of-Spain, Perseu de Souza pegou umas folhas de papel com timbre da Mala Real e escreveu a primeira página de um diário que seria seu companheiro pela vida afora:

"Em tempo! Inicio aqui meu diário do exílio. A ideia me veio inda agorinha, quando andávamos pelas ruas de Port-of-Spain (Facundo só dizia Puerto España) e me fez estacar. Como é que eu ainda não havia pensado nisto, quando o diário é o meio que tenho de não me afastar do Brasil e do meu destino, não perder contato comigo mesmo, com Da Penha? A verdade é que já começava a me preocupar o desmembramento, a dispersão espiritual que podia vir a ser o exílio para mim, quando, na verdade, o remédio já existe há tanto tempo, este velho remédio de se debruçar alguém sobre uma folha de papel como se nela já estivessem descritos em letras esfumadas os acontecimentos do dia: basta ir recobrindo as letras, feito criança aprendendo caligrafia. Pretendo que, sem que eu me furte ao registro honesto do que for ocorrendo, o diário tenha aquela qualidade que o professor de Direito Romano dava como básica dos latinos, a *gravitas*, que eu sinto que vai crescendo dentro de mim desde que fui preso, injuriado, maltratado. Eu sempre tive uma propensão à virtude oposta, ou ao correspondente defeito, para ser exato, o defeito da... *frivolitas*? Agora, nesta viagem, grave em si mesma, amarga, a *gravitas* passou a fazer em mim sua morada. Tanto assim que, em vez de sonhar com outras mulheres (havia belas morenas em Port-of-Spain, mas me limitei a constatar o fato, o fenômeno local, como, digamos, o Monygham constataria, em Salvador, a um só tempo, a presença de belas mulatas e belas múmias), me concentro cada vez mais no meu amor por Maria da Penha. Mesmo Isobel, que de início me atraiu... Bem, não exageremos. Pelo menos por enquanto o amor desses dois, Isobel e Facundo, torna o casal, de certa forma, inexpugnável. Seja como for, a mera menção de Facundo me leva a um outro aspecto que há de ter o diário que começa nesta folha, e que é o de me fortificar, me individualizar ao máximo, no meio em que vou viver. Sem dúvida encontrarei um ou outro brasileiro na BBC mas estarei sobretudo cercado de hispano-americanos, cucarachas. O diário terá a virtude simbólica de me manter a mim em minha especificidade brasileira, em nossa diferenciação. Por pouco que falemos nisto, pois parece arrogância, a verdade é a verdade, a História é a História, e, como dizia meu avô Souza, um homem é um homem e um gato é um gato. Há mais semelhança entre quaisquer dois países hispano-americanos — todos, sem exceção, caudilhescos e militaristas — do que entre qualquer um deles e o Brasil. Vargas, proveniente do sul espanholado, é, para nós, um desvio de rota, um enxerto hispânico ocasional.

Descobri, de repente, com quem se parece Facundo Rodríguez. Com Euclides da Cunha. Um Euclides bonito, ou um belo galã de cinema fazendo o papel de Euclides. Comuniquei minha descoberta a Isobel, que, naturalmente, não tinha noção de quem pudesse ser 'Da Cunha', como disse, mas que ficou impressionada quando eu, depois de lhe dar uma ideia de quem se tratava, acrescentei, sem pensar muito no que dizia, que havia em ambos, na expressão de ambos, uma espécie de expectativa de tragédia.

— E Da Cunha encontrou alguma tragédia? — Isobel perguntou.

— Morreu numa troca de tiros, quando tentava matar o amante da mulher.

Isobel balançou a cabeça, pensativa, preocupada, e eu, já um tanto arrependido do extravagante assunto que havia inventado, acrescentei, num meio gracejo, ou meio galanteio, bastante sem graça, só para dizer alguma coisa:

— Tragédia assim Facundo não vai viver.

Mas Isobel estava séria, triste, quase como quem teve a confirmação de uma suspeita.

— Expectativa de tragédia — disse ela — é como falar em... desejo de tragédia, não? Eu acho que há pessoas assim."

O *Pardo* já ia entrando em águas frias naquela manhã em que o capitão Murray, ao dar uma volta de comandante pelo navio, se aproximou de Isobel que, sentada numa espreguiçadeira do convés, bem encapotada, cachecol de lã no pescoço, simplesmente olhava, livro aberto mas abandonado no colo, o mar. O capitão fez, diante dela, um marcial cumprimento de cabeça.

— Está se familiarizando de novo com mares esbranquiçados e dias cinzentos?

— É o jeito — riu Isobel —, mas tenho, no porão de bagagem do seu navio, um enorme baú, cheio de céu azul que iremos usando aos poucos.

— Bem — suspirou o capitão, sentando ao lado dela —, céus baixos e dias nublados talvez ajudem as pessoas a pensar, a se estudarem mais a si mesmas.

Estranhando, no capitão, esse tom meio sentencioso, e um tanto de pé atrás com as teses de William Monygham, Isobel se enrijeceu na cadeira, preparada para ouvir, quem sabe, considerações sobre a importância da cerveja quente ou do jogo de *cricket* na condução dos negócios do mundo.

— É — disse Isobel em tom vago e cauteloso —, há gosto para tudo.

— Seu marido — disse o capitão —, ele... ele escreveu algum livro sobre o herói do Paraguai, esse Señor... Francia é o nome, não?

— Bem — disse Isobel, ainda mais atenta —, acho que Facundo tem cópia de praticamente todos os documentos relativos ao governo de Francia que há nos arquivos do Paraguai. Ele pretende, na Inglaterra, e, se puder, na França, depois, completar os estudos.

— Sei, sei. Eu pergunto porque há pouco tempo a BBC pôs no ar uma excelente peça de radioteatro sobre D. Quixote. Eu não ouvi tudo porque embarquei antes do fim, mas ouvi boa parte. Coisa muito boa.

— Sim — disse Isobel. — E então?

— Ah, claro. Eu estava pensando, ontem à noite, que, pelo que diz seu marido a respeito desse herói Francia, uma peça poderia ser escrita baseada na vida dele, não?

— Uma ideia muito simpática, capitão. Vou até conversar com Facundo. Eu não sei se entre D. Quixote e o Dr. Francia...

— Ele existiu, não?

— Quem? Francia?

— Não, o Quixote.

— O Quixote, que eu saiba, não — disse Isobel. — É um trabalho de... de ficção, como se diz, um romance antigo.

— Sim, sei, Cervantes e tudo isso. Mas não se baseava na vida de um nobre, um cavaleiro? De carne e osso?

— Bem — disse Isobel, conciliatória, até certo ponto...

— Mas não, capitão Murray. Inventado, D. Quixote. Com muita carne e osso, é verdade, mas trabalho de imaginação.

— Minha impressão... Mas você sabe melhor que eu, claro. Sabe o que é? O programa não esclarecia bem. O autor era um Señor Villa, colombiano, creio. Não, venezuelano. Ele parecia crer na existência do Quixote. Você sabe como são esses latino-americanos. Meio vagos, não? Aliás, me

52

deixe logo dizer, sem favor nenhum, que não é o caso do seu marido, pois o Señor Rodríguez é muito positivo, e às vezes até franco demais, como, aliás, eu prefiro que as pessoas sejam. Acho que ele devia desde já pensar numa peça radiofônica sobre o Francia, para tornar o Paraguai mais conhecido no mundo, que diabo, mais respeitado. A Espanha, ela própria, andava um tanto malvista com essa guerra interminável entre os republicanos e o general Franco, e a peça do Quixote foi ótima para mostrar uma Espanha diferente, cheia de...

— Senso de humor — disse Isobel.

Mas o capitão Murray nem pareceu ouvir, limitando-se a assentir, um tanto automaticamente, com a cabeça, enquanto prosseguia:

— Interessante, muito interessante, ouvir o Señor Rodríguez falar com tanto entusiasmo sobre Francia e o antigo Paraguai. Me lembra um velho amigo meu, quando fala no *Lallans*.

— Fala em quem?

O capitão balançou a cabeça e franziu os sobrolhos:

— Está vendo? Mesmo você, uma moça culta, filha de mãe escocesa, nem sabe o nome da língua da Baixa Escócia! Já ouviu falar no poeta McDiarmid?

— Sim, o nome me diz alguma coisa. Espere.

— Um poeta que só escreveu em *Lallans*, o McDiarmid. Aliás, o verdadeiro nome dele é Murray. Talvez sejamos até parentes, já que nós também, minha família, somos do Dumfriesshire. É um poeta nacionalista. Quer a independência da Escócia, no sentido de não permitir que a gente desapareça, se dissolva definitivamente na Inglaterra, como pouco malte em água muita. Tenho pensado muito nessas coisas, sobretudo agora, aqui a bordo, e, quando a guerra terminar e eu estiver aposentado...

— Eu achei que Facundo estava sendo um tanto impertinente — disse Isobel —, ou que lhe parecesse irônico, ao falar em independência da Escócia, em separação.

— Bem, estamos em guerra contra o inimigo comum, num navio de bandeira britânica, do qual eu sou o comandante: não podia tratar de tal assunto em tal momento. Mas todo homem quer independência, assim como quer uma casa com quintal. Vamos defender, por enquanto, o Reino Unido, mas é bom pensar...

— No malte puro — disse Isobel, assentindo com a cabeça, mas, a bem dizer, meio perplexa diante das confidências do capitão Murray, e talvez, mesmo, um tanto escandalizada, chocada. Ainda bem que, embora a tentação lhe viesse, não chegou a fazer nenhum gracejo sobre o perigo de um cidadão tão cegamente inglês quanto o Monygham ficar ciente de tais inclinações por parte do comandante do navio. É que o próprio capitão Murray já abria a boca para dizer:

— Além do mais, temos de levar em conta a presença, entre nós, do William Monygham.

— Desconfia dele, capitão?

— Não consigo formar uma opinião a respeito do Monygham, confesso, e é isso que me perturba. Ainda que ele possa exagerar na... franqueza, digamos, a gente sabe sempre a quantas anda com o Señor Rodríguez. E garanto que devia ser o mesmo com esse Dr. Francia.

— Ou D. Quixote — disse Isobel.

— Mas o Monygham! — exclamou o capitão. — Ele não dá a impressão de falar em seu próprio nome, sei lá.

— Falará em nome de quem?

— Da Escócia eu garanto que não é.

Mal se afastou, depois de uma galante curvatura, o capitão Murray, Isobel foi dizer a Facundo que, indiretamente, ou mediante uma simples pregação pouco metódica, ele já começava a abalar os alicerces do Império: ao despir o uniforme, depois da aposentadoria, o capitão Murray só andaria de saiote e só falaria *Lallans*. Isobel teve o cuidado de manter o tom jocoso e de fazer Facundo jurar pelos seus três patriarcas — Francia, López, Estigarríbia — que não ia, nos restantes dias de viagem, provocar qualquer conversa que desse ao bom capitão Murray a ideia de que Isobel de alguma forma se divertira, ou se enternecera, com as suas confidências, ou inconfidências, como se fossem, em última análise, meras tolices.

— Aliás — disse Isobel, pensativa —, me enternecer o velho capitão enterneceu. Independência e uma casa com quintal...

— Um mundo de Suíças — disse Facundo —, e cada suíço com seu chalé.

— Buganvília no muro, magnólia no jardim.

— Isso, pelo menos, um dia teremos — disse Facundo, dando dois, três beijos leves nos lábios de Isobel. — Estou restituindo, acrescentou, os beijos que você me deu quando, naquele hotel horroroso em que ficamos no Rio, falou em nossa futura casa de Assunção.

— Mas escute, *honey* — disse Isobel, de repente preocupada —, não vamos deixar escapar a parte mais importante da minha conversa com o capitão. Quem será William Monygham?

Facundo tornou a dar outros beijos em Isobel, enquanto dizia:

— Engenheiro inglês, doente do intestino, razoavelmente chato.

— Pois eu acho — disse Isobel —, como parece achar o capitão Murray...

— Você e o capitão Murray, britânicos que são, acham que todo o mundo no mundo é assassino, espião, ou detetive. Vamos para o refeitório que é hora de almoço.

Isobel passou tranquila o resto do dia, depois de um almoço alegre e de uma longa sesta que haviam feito, ela e Facundo, não cada um em seu beliche mas os dois no dela, que era o de baixo e que ambos — bons marinheiros que eram, nada dados a enjoos — apreciavam mais ainda quando mais se acentuava o balanço do navio. O balanço nesse dia foi tão fundo e pausado, de ritmo tão regular que, faltando embora com a verdade, Facundo subiu sozinho ao salão, antes do jantar, para alegar enjoo de Isobel e trazer para ambos um farnel, além de, só para ele, disse, uma garrafa de vinho, voltando em seguida ao beliche de baixo, onde ficaram ambos até a madrugada, que era a da vigia de Isobel. Guardando ainda o calor de Facundo na lã grossa do capotão de bordo, no gorro de pele e nas botas forradas de couro de carneiro, Isobel, ao render o marinheiro que se achava no posto do convés, imaginou que nenhuma preocupação ou cuidado conseguiriam chegar perto dela nessa manhãzinha. E ai do submarino alemão que ousasse mostrar um periscópio à flor d'água! No entanto, mal se acomodou no assento, foi envolvida pelo sentimento do fim da viagem. Tudo agora — o ar gelado, o próprio acúmulo de lã que fazia dela uma espécie de ovelha do seu Yorkshire natal madura para a tosquia — anunciava a chegada à Inglaterra. E, como depois de sua noite, dulcíssima porém enérgica, só tinha tomado chá, sem aceitar o cereal ou as salsichas que o copeiro oferecia, ela começou, estimulada pelo estômago vazio, a organizar seus temores um pouco à moda de um cardápio, imaginando que pratos Facundo ia aceitar (rosbife com pudim do Yorkshire? torta de carne e rim?) e quais o fariam recuar, lívido (o *haggis* de miúdos de carneiro e aveia cozidos ao fogo depois de costurados no estômago do próprio bicho?). Fosse essa a viagem normal, de férias, com que sonhava desde o casamento, ela estaria certa de que tudo ia correr bem, e de que as férias, para Facundo, teriam, como *savoury*, a visita à França, ao vale do Loire, onde enobreceriam o corpo com a cozinha clássica e o espírito com a vista dos castelos. Mas bem diferente era a viagem que faziam, com Facundo no exílio e o Império em guerra, com as imensas dificuldades de adaptação que ele teria... Isobel já pensara mais de uma vez em dar a Facundo o presente de núpcias definitivo, o que ele mais apreciaria: o dos papéis de naturalização dela, do seu abandono da dupla nacionalidade, Isobel paraguaia, guarani. Mas, assim, ela (e por nada deste mundo diria isto a Facundo) diminuiria a segurança *dele*, e, de certa forma, ela achava Facundo sempre ameaçado... Em Port-of-Spain, no instante em que o Monygham, depois de pôr o pé na rua, voltava à sombra do pórtico, como quem foi... pilhado?... apanhado em flagrante de...

— Estou interrompendo algum monólogo secreto?

— Ui! Credo! Você está é me assustando à toa, Monygham.

— Desculpe, Isobel, eu só quis...

— Quis me assustar, é claro. Parece até um primo meu. Quando éramos pequenos e ele estava lá em casa, eu, antes de abrir qualquer porta, já soltava um berro: para não dar a ele, que *sempre* estava do outro lado da porta, o gostinho de me assustar.

— Me perdoe, peço de novo. Perdi o sono e resolvi dar uma volta.

— Pois então circule, Monygham. Estou aqui para não ser surpreendida por algum guerreiro nazista e não para ser assustada por um mero engenheiro britânico em férias.

— Somos dois agora, em matinal vigília pela Inglaterra. Acho que foi a escala em Port-of-Spain que me tirou o sono. Fiquei com saudades da Bahia.

— Não esqueça que, segundo o capitão Murray, você saiu da Bahia para se operar do intestino, em Londres.

— O que não me impede de sentir falta da Bahia.

— Na Bahia há escritório do Ministério da Informação?

— Você então me viu entrando lá?

— Não, saindo.

— Eu estava vendo se encontrava um meio de passar um telegrama para os meus, em Londres.

— Seus o quê?

— Ora, Isobel, minha gente, minha família. Você pensa que não tenho pai, mãe? Era difícil, pelo telégrafo comum.

— Sei.

— Facundo é que encontrou lá um amigo, não? No bar.

— Não.

— Ué, curioso, conversando com Perseu ele me disse...

— Não era um amigo. Era um inimigo. Lutou contra Facundo, no Chaco.

— Ah, sim, inimigo nesse sentido.

— Quer saber mais alguma coisa?

— Não, não! Vejo que você não está mesmo querendo conversa, Isobel. Vou voltar ao camarote. Até já.

— Até já, Monygham. E agora quem pede desculpas sou eu. É a barriga vazia. Estou no chá puro. Sem nem torrada.

Que chato! exclamou para si mesma Isobel, que mal viu o Monygham de costas se aconchegou de novo em suas lãs, olhando firme o mar noturno, quase desejando que aparecesse o inimigo claro, evidente, leal. Aliás, caso o Monygham pertencesse ao serviço secreto, ou lá o que fosse, e não tivesse nada a ver com Facundo Rodríguez, Isobel desejaria a ele boa sorte, que fosse muito feliz e deslindasse e desfizesse mil planos infernais do adversário nazi. Mas mesmo nesse caso, ela, palavra, gostaria de dizer a ele que levasse mais a sério sua vida de máscaras e dissimulações: para quem ia para Londres a pretexto de operar as tripas, ele andava comendo demais, bebendo demais, ostentando uma saúde invejável demais. Dos que se colocam a seu serviço — resumiu Isobel, enquadrando uma onda no aro da alça de mira — a Inglaterra exige compostura e eficiência, que diabo!

O *Pardo* chegou a Liverpool numa manhã fria e serena. À sua proa se concentraram desde cedo os quatro passageiros, possuídos do espírito da chegada, devidamente encapotados,

Facundo, por exemplo, com a cabeça emergindo de um grosso e sóbrio poncho, o capitão Murray envergando agora um garboso uniforme azul-marinho. Intensa, voltada para si mesma, a atividade portuária parecia curiosamente desligada da ideia de mares em guerra e de portos ameaçados, eles próprios, a qualquer momento, de algum ataque aéreo ou submarino, ou até, quem sabe, de uma tentativa de invasão. Para quem não sabia de que se tratava, a própria rede de balões prateados da defesa antiaérea, alta acima das águas, dava a impressão de ser, naquela primeira claridade da manhã, parte de algum cenário de festa, as esferas de prata formando um pálio para cobrir um concerto aquático promovido, como despedida aos hóspedes, pelo anfitrião capitão Murray, de Dumfriesshire. Facundo e Perseu estavam um pouco afastados do grupo formado por Murray, e, a cada lado deste, Isobel e William Monygham. Absorvendo pelos olhos e ouvidos a espantosa azáfama portuária, orquestrada por buzinas, apitos, motores de barcos menores que gargarejavam com as águas, Facundo murmurou:

— O comércio, o comércio acima de tudo. Mas um dia chegarão os guerreiros pelo mar. Não fosse o mau tempo, os espanhóis teriam desembarcado.

— Os espanhóis? — disse Perseu, confuso.

— Em 1588.

No outro grupo era o Monygham o mais animado, o de bochechas mais rosadas, exalando com gosto, ao falar, o bafo nublado que o ar frio provocava, e batendo, em busca de aquecimento, as mãos desenluvadas.

— Esplêndida chegada — disse o Monygham, alegre, ao capitão Murray. — Bem à altura da esplêndida travessia que fizemos. E, não esqueçamos, travessia de mares perigosíssimos. Meus cumprimentos.

Como se estivessem no meio de uma conversa travada algum tempo antes, o capitão respondeu, sintético:

— Eu, se fosse comandante de submarino, acharia mais fácil descobrir um comboio inteiro do que um navio só. E acharia mais proveitoso torpedear todo um rebanho de navios mercantes do que um cargueiro único.

— Sim — disse o Monygham ainda animado —, descuidado, mas é também muito mais perigoso, para o submarino, enfrentar o possível, provável combate com os torpedos e canhões dos barcos de guerra que pastoreiam o chamado rebanho. Por isso há comboios.

Na manhã diáfana e ingênua, coberta com sua touca de fios de prata, um desconcertado Monygham se viu de repente em guerra, entre dois fogos, o do capitão Murray e o de Isobel.

— Há quem ache — falou o capitão, enigmático — que só a união faz a força.

— Bem — disse o Monygham, sorrindo mas em tom já cauteloso —, eu supunha que o conceito fosse… um tanto axiomático.

— Para quem se beneficia da união é axiomático, sem dúvida — disse Isobel, menos por convicção, ela admitiria, que por implicância.

— Devo estar me exprimindo mal — disse, finalmente com certa irritação, William Monygham. — O capitão Murray é um homem de traço heroico, e eu não sou. Agora, já que estamos no porto, amarrados a um cabrestante, posso confessar que mais de uma vez acordei durante a noite quase que ouvindo o torpedo nazista que rasgava o mar e furava o casco do *Pardo* bem na altura da minha cabine e me atirava pelos ares, com cama e tudo. E então...

— Imaginação doentia — disse o capitão Murray.

— Falta absoluta de senso de humor — disse Isobel.

— Não acabei de falar — protestou o Monygham. — Nesses momentos de... fraqueza, concordo, ou até, se preferem, de covardia, eu sentia falta de um comboio envolvendo o *Pardo* e repetia para mim a veneranda verdade de que a união...

Perseu de Souza e Facundo tinham se aproximado dos três, pouco antes, e Facundo atalhou o Monygham:

— A união faz a apatia, ou, como se diz agora, a entropia. O que se quer são unidades nacionais pequenas e ativas. Chatas e avisos paraguaios puseram a pique imponentes vasos de guerra do Brasil no rio da Prata.

— É — respondeu o Monygham —, mas como você mesmo vive dizendo, o Paraguai perdeu a guerra depois que se uniram ao Brasil a Argentina e o Uruguai. A união deles fez a força. Elementar, meu caro Watson.

Sem esticar o braço, apenas com um movimento da cabeça que emergia do talho do poncho e que, com o queixo, apontava o porto, Facundo falou:

— A força era essa aí. Comércio, os outros quisessem ou não. A indigestão de riqueza, em seguida. Apatia, melancolia, tédio. Os ingleses inventaram então o cadáver como herói da história. Eles próprios eram o cadáver, claro. Mas não passava a má digestão crônica, angustiosa. E ocorreu, num imperial arroto, a invenção do caro Watson e de Sherlock Holmes pelo gênio inglês por excelência, Conan Doyle.

— Perdão — exclamou o capitão Murray. — Escocês. Conan Doyle nasceu em Edimburgo e se formou pela Universidade de Edimburgo.

Já entravam então no navio não só as autoridades portuárias e os representantes da Mala Real, muito satisfeitos, aliás, de constatar, pés solidamente colocados no convés do *Pardo*, que o navio estava ali, íntegro e flutuante, como ainda um representante da BBC, que se apresentou como Moura Page, Charles Moura Page, acrescentando que ali estava em busca do casal Isobel e Facundo Rodríguez e de Perseu de Souza Blake.

— Blake de Souza — disse Perseu. — Aliás, Perseu de Souza. Até cheques assino assim, sem o Blake.

— Ah — disse Moura Page, afável —, pensei que você, anglo-brasileiro como eu...

— Eu não sou anglo-brasileiro, sou brasileiro — disse Perseu, mais aborrecido ainda porque Facundo ouvia o diálogo. — Tenho sangue inglês, mas da avó paterna. Meu pai já nasceu no Brasil.

— Pois é, feito eu, mesma coisa — disse alegremente Moura Page. — Pai e mãe também nascidos no Brasil, mas colégio aqui, na Inglaterra, e a gente acaba ficando com dois países, não é mesmo, duas línguas e assim por diante.

Perseu quis continuar, dizer que era aquela sua primeira vinda à Inglaterra, feita muito contra sua vontade, a bem dizer, que ele tinha cursado o ginasial no Colégio Pedro II e cursava agora a Faculdade de Direito do Catete, que... Mas Moura Page já tinha retomado a palavra, e, jovial, torrencial, explicava que sua missão era a de levar os três a Londres, a Broadcasting House, e de lá diretamente ao

Serviço Latino-Americano, sediado em Aldenham House. Com ele, porém, de imediato, iriam apenas Isobel e Facundo Rodríguez, pois o pai de Perseu fazia questão de receber, sem tardança, a visita do filho, no arrabalde londrino em que morava, de Thames Ditton. Perseu sentiu crescer dentro de si uma cólera surda e a vontade imperiosa de se negar à farsa do pai fujão que dera prova, ao desaparecer, de extraordinária dureza de coração. Sentiu mesmo, com um arrepio, a presença maciça, ao seu lado, de Facundo Rodríguez, que jamais aceitaria ser tratado assim por um pai que tivesse abandonado a ele, à mãe dele, e à própria pátria dos seus antepassados. Quando, no entanto, ia dizer com energia a Moura Page que se recusava a partir em romaria à casa de um mau pai e mau brasileiro, ele se conteve. Iria, sim, visitar o velho, pois precisava descobrir por que misteriosos meios e modos tinha ele sido catapultado para a Inglaterra. Se consolou, ademais, com a explicação que se deu de que não devia criar um escândalo na própria hora de desembarcar num país estrangeiro em estado de guerra. Precisava, custasse o que custasse, marcar diferenças. O jeito, o modo de ser brasileiro era outro.

Do Diário de Perseu de Souza:

"Ontem, quando saímos do *Pardo*, viajamos de trem para Londres, Isobel, Facundo e eu, escoltados pelo Moura Page, que é bastante falador mas cuja tagarelice foi bem aceita, absorvida e afinal monopolizada por Isobel. Eu não estava nada interessado em conversa, mas, ainda assim, com Moura Page ao meu lado, não tive remédio senão palestrar um pouco com ele, de início. Facundo, sentado ao lado de Isobel no banco fronteiro ao nosso, parecia ainda menos interessado em falar do que eu, e, a despeito de manter bem abertos os olhos, me fez pensar na mirada fixa de uma criança que, no instante em que deixar cair as pálpebras, já estará ferrada no sono. Descobri em pouco tempo, e à medida que um diálogo se entabulava entre Isobel e Moura Page, que não era bem assim, e que desperto estaria Facundo, com seu ar pensativo, quase sombrio, a cabeça — a testa ampla e os zigomas salientes bem esculpidos à luz que vinha da janela — emergindo da fenda do poncho quase como se estivesse decepada. Ele estaria, achei eu, sentindo pela primeira vez a presença esmagadora, aterradora da Inglaterra. No navio Isobel tinha estado entre ingleses, mas agora, e cada vez mais, só haveria ingleses ao redor dela, no trem, nas casas, nas ruas: uma ilha repleta, abarrotada de ingleses. Moura Page se dirigia sempre a mim em português — sotaquezinho inglês muito discreto — mas não deixaria de usar sua verdadeira língua com uma patrícia, e Isobel, é claro, estava interessada, queria saber não só como era Aldenham House, e que tipo de trabalho iam exatamente fazer, como ouvia com evidente interesse, às vezes com quase paixão, avidez, notícias da *blitz*, dos incêndios em Londres, do racionamento da carne, dos ovos, da manteiga. Quem acabou por cochilar fui eu, e, terminada a viagem na estação de Waterloo, fui pelos três acompanhado — eu estremunhado, de mau humor — à plataforma do trem suburbano que me levaria ao encontro de Roberto Blake de Souza, meu excelentíssimo pai.

Aliás, perdão! Pela carta amável que ele me havia escrito, aos cuidados da Mala Real, para chegar às minhas mãos em Liverpool, constatei, com estupefata indignação, que ele agora se assinava Roberto S. Blake. O tom da carta, ou bilhete, era amável, até carinhoso, mas no papel timbrado o nome dele vinha como Roberto S. Blake, quer dizer, enquanto o Blake passava a predominar, o Souza virava mera referência, inicial intermediária. Dei de ombros. O pai me interessava muito pouco desde que o seu desaparecimento tinha ficado configurado como um banal abandono de lar, de família, ou quase, como eu via agora, de nação, de raça, o nome materno, inglês, roubando ao pai Souza o pátrio poder. Pois que se divertisse muito em sua nova existência, com sua nova personalidade. A única especulação que me permiti foi a suposição de que ele, como era provável, estaria casado, ou amigado com alguém, e era preciso que eu tratasse essa madrasta de maneira civil, ainda que fria, distante. Continuava ardendo em mim a irritação de me sentir movido por mãos alheias, feito uma peça de xadrez no tabuleiro, levantado do cárcere para o navio, do navio para o trem e afinal, às quatro horas de uma tarde chuvosa… Abri o portão, malona na mão, caminhando entre os canteiros do jardim até a porta da casa. Parei um instante no capacho, com a vaga esperança de acordar de repente, senhor uma vez mais do meu destino, ainda que acordasse no meu catre de prisioneiro da Polícia do Exército. Dei um golpe seco com a aldraba de bronze dourado e a porta se abriu.

— Entre, meu filho.

Ali estava o pai, os cabelos apenas mais grisalhos mas bem de aparência, um tímido sorriso de acolhimento nos lábios. Não tomou nenhuma iniciativa em termos de maiores saudações, ou demonstrações, mas sou capaz de jurar que imaginou que eu fosse dar um beijo no seu rosto ou fosse oferecer a testa ao beijo paterno. Estendi o braço, também sorrindo discreto, e trocamos um aperto de mão.

— Me dê logo sua mala, Perseu, e vamos ao andar de cima, onde seu quarto foi arrumado. Deixo você lá e depois você desce, para tomarmos um chá, ou café, se você prefere. Quero que você conte suas agruras e aventuras com a ditadura no Brasil.

Desci à sala de estar bastante reconfortado pelo exame bisbilhoteiro que tinha feito do sobrado, sobretudo do banheiro: nada indicava que houvesse mulher na casa, pelo menos em caráter permanente. Na sala de estar aconchegante, com boa luz de abajures, a lareira de lenha estava vazia, apagada, as reluzentes tenazes de pinçar brasa encostadas, ociosas, à guarda de arame que sem dúvida protegia o tapete da sala quando crepitasse ali um fogo de madeira ou carvão. Mas já estava aceso, e aceso permaneceu, o fogareiro de gás, que irradiava bom calor e emitia um agradável ruído de gato ronronando. No instante em que o fogo baixou, o pai inseriu uma moeda de xelim no medidor e o gás ronronou de novo. Na mesa imperava um chá dos mais animadores, com fumegante chaleira e bule de cobre, leiteirinha azul com leite gelado, sanduíches de presunto e de pepino com ovo, geleia, um bolo, bolinhos, e até aquela especialidade que eu aprenderia a identificar como *muffins*. Achei que o pai, com aquele chá quase ridículo de tão inglês, queria talvez me impressionar de cara com a terra que tinha adotado, da mãe dele, minha avó Gwendolyn, vó Gwen. Só a custo — mas comendo com gosto um dos sanduíches, dando um gole no chá perfumado — me proibi a mim mesmo de fazer perguntas acerca do sobrenome Blake, que tinha dado um salto por cima do de Souza. Ao contrário, quando reparei, no friso da lareira, antigas fotos nossas, tomadas no jardim da casa de Niterói, resolvi adotar um tom bem natural, que me permitia não entrar em intimidades, muito menos em explicações, menos ainda em recriminações.

— Se eu tivesse podido dar um pulo lá em casa, antes de embarcar, teria trazido alguma coisa sua, livros, aquela japona azul-marinho, bem grossa, que poderia ser útil aqui, ou o relógio que foi do avô Souza, com a corrente de ouro. Sei lá, alguma coisa, acrescentei, aborrecido de ter mencionado o relógio, ou, mais explicitamente, o nome, rebaixado, do bom velho Souza.

— E aquele álbum colorido de passarinhos do Brasil? — perguntou o pai. — Continua na sala, perto do licoreiro? Aquele, do tico-tico na capa.

— Álbum?

— Sim. Com um estudo sobre pássaros nossos e os trazidos de fora. E fotos antigas, como aquela da primeira guerra: o prefeito do Rio, Pereira Passos, soltando uns passarinhos no Campo de Sant'Ana. Homens de sobrecasaca, chapéus de palha. Lembra-se?

— Confesso que não estou lembrando não. Bem, o álbum, por exemplo, podia estar aqui, comigo, com você. Só que me levaram direto da Polícia para o *Pardo*.

— Claro, claro, não tem importância. Importante é que você esteja aqui, são e salvo. Sua mãe ficou bem, não? Mais tranquila, agora que você está solto.

— Sim — disse eu —, ou pelo menos espero que sim, depois das angústias que sentiu com minha prisão e da força que fez para me tirar de lá. Talvez eu devesse dizer: da força que *vocês* fizeram. Aliás, fiquei muito tentado a lhe telefonar, de Liverpool, para informar que eu ia direto a essa tal de Aldenham House, suprimindo a escala de Thames Ditton, mas resolvi vir até aqui para lhe perguntar: como é que fui solto? Por que cargas d'água as autoridades brasileiras me deixaram sair, de repente, para tomar um navio na Praça Mauá, com destino à Inglaterra?

— Bem, exatamente — disse o pai, se mexendo na cadeira, servindo mais chá a nós dois.

— Exatamente o quê?

— A garantia de que você viria para a Inglaterra, ao meu encontro, isto é, de que você sairia do país, do Brasil, foi fundamental para que as autoridades concordassem em soltar você. Mas olhe, o chá não exclui um brinde pela sua chegada, o que, aliás, já devíamos ter feito, ou eu já devia ter proposto, se fosse um pai mais atento. Que tal um vinho do porto? Ou talvez você prefira um *cherry brandy?* Está fazendo frio, e nada como um *cherry brandy* para aquecer.

Tive vontade de ser grosseiro, de repente, e acabar com aquela comédia e de dizer ao pai, por exemplo, que o frio que ele estava sentindo era outro, era de alma, era o da sua fuga covarde, provavelmente atrás de uma mulher que não tinha aguentado muito tempo a companhia dele, era o frio do abandono da mãe, coitada, que nos primeiros meses sem notícias tinha de fato penado, envelhecido, enfeado, já envergonhada, no fim, de tanto ir à Polícia e à Western Telegraph à cata de alguma informação, alguma pista, alguma esperança. O que de certa forma salvou o pai, que estava levando o tempo que podia para tirar duma cristaleira a garrafa do porto e a da aguardente de cereja, foi, quando a última frase dele ainda soava, o alarido, lá fora, das sereias do alarma antiaéreo, aquele concentrado gemido de mil vozes, subindo e descendo, subindo e descendo. Ficamos aguardando em silêncio, enquanto o pai, depois de colocar as duas garrafas na mesa de chá, ajustava melhor nas janelas as cortinas pretas do blecaute. O rumor que afinal ouvimos, de bombas e baterias antiaéreas, era confuso, longínquo.

— Qual dos dois você prefere? — disse o pai, afinal. — Vinho do porto?

— Não, vou tomar a cachaça aí.

— A instrução clássica — disse o pai, enchendo dois cálices com o *cherry brandy* — é que, com o alarma, a gente procure o abrigo antiaéreo mais próximo, mas Thames Ditton só foi atingida uma vez. Você?...

— Não, podemos ficar aqui mesmo. Desgraça pouca é bobagem, como dizemos *nós*, brasileiros. É bem verdade que se eu morrer de uma bomba dessas, alemãs, vou achar que foi um equívoco, que morri a morte de outra pessoa. Eu sei que o Filinto Müller esteve outro dia em Berlim, para visitar o Himmler, isto é, para aprender com o Himmler a fazer uma Gestapo ainda mais eficiente no Rio, mas meu inimigo de verdade é o Müller, não é o Himmler, e até agora não sei como é que vim parar em Londres. Como foi?

— Bem — disse o pai, depois de engolir o primeiro cálice da aguardente —, como contei naquela primeira carta que escrevi a respeito a sua mãe...

— Não sei o que você contou em carta nenhuma, pelo simples fato de que não li nenhuma das suas cartas. Aliás, já que falamos nisso, por que é que a mãe tinha que ir buscar suas preciosas cartas na Western?

— Era mais seguro, meu filho. Me garantiram que, com a guerra na Europa e a censura no Brasil, era perigoso enviar cartas pelo correio. A companhia...

— Sim, entendi. De qualquer maneira a mãe estava habituada a ir lá, primeiro para mendigar notícias suas, depois para receber um ordenado que, como ela própria disse num dos seus raros dias de revolta, era como receber uma pensão de viúva.

— Escute, filho, precisamos mesmo conversar e...

Aqui, quem virou o cálice dum só trago fui eu, antes de insistir:

— Como é que eu fui arrancado às garras de Filinto Müller? Quem é que se arrastou no chão aos pés dele para me libertar? Minha mãe?

— Ninguém — disse meu pai, que me pareceu afinal quase irritado —, ninguém se arrastou aos pés de ninguém. Filinto Müller cedeu, foi obrigado a ceder — com a única condição, que mencionei, de você deixar o Brasil — por pressão muito forte do grupo favorável aos aliados dentro do governo Vargas. Você conhece *Sir* Geoffrey, não conhece?

— *Sir* quem?

— Nosso embaixador, quer dizer...

O pai aqui fez uma careta, de tanto que se aborreceu de chamar "nosso" embaixador ao embaixador britânico no Rio, e mascarou a interrupção da frase com outro trago de *cherry brandy*.

— ...o embaixador britânico no Rio. *Sir* Geoffrey Stevenson, lembra-se?

— Bem, claro, estou me lembrando do nome, agora que você falou. Mas não sei de quem se trata.

— Pensei que você tivesse guardado alguma lembrança pessoal dele, mais antiga, dos tempos em que ele era apenas Geoffrey. Era filho de uma amiga da sua avó Gwen.

Felizmente reboou nos ares o alegre escarcéu do *all clear*, do fim do ataque aéreo, um grito só, alto, sustenido, num mesmo nível de alívio exagerado, quase histérico. Uma outra espécie de alívio senti eu, e, creio, o pai também. Ele falava, quando soou o final do ataque, na grande amizade existente entre o tal *Sir* Geoffrey e o amigo íntimo de Vargas e embaixador seu em Washington, Oswaldo Aranha, mas falava de maneira confusa, que mais me irritava do que me esclarecia. O *all clear* deu-lhe a oportunidade de calar, por um momento, a boca, e a mim a de alegar fadiga, de pedir licença para subir ao quarto. Mais tarde o pai bateu à porta do quarto e me convidou para jantar num restaurante próximo, à beira do Tâmisa, The Swan.

— Acho que fui eu — disse ele — quem levou você ao primeiro bar da sua vida, você bem rapazinho ainda, pouco habituado às calças compridas. Você tinha vindo, com Cordélia e comigo, a um casamento na igreja de Nossa Senhora da Glória do Largo do Machado, e de lá fomos ao bar do Hotel dos Estrangeiros, na Praça José de Alencar.

Eu bem que me lembrava, os lambris escuros, os garçons compenetrados, garrafas forrando as paredes de alto a baixo. Eu me lembrava até da impressão que tinha tido, de que havíamos entrado numa biblioteca de bebidas. Mas deixei trancadas em mim as lembranças, principalmente depois que o pai introduzira em sua frase, com uma insidiosa naturalidade, o nome da mãe abandonada.

— Não — falei —, não lembro não.

— Mas pode crer em mim. E hoje levo você ao seu primeiro *pub*.

Como um perfeito pai que, depois de embebedar o filho na véspera, cuida da ressaca dele no dia seguinte, o pai, no dia seguinte, me entrou no quarto de manhã trazendo meio copo de suco de laranja e uma xicrinha de café pelando. O pior é que ele queria me trazer o *breakfast* inteiro no quarto, numa bandeja, ideia que execrei pois seria, para mim, como negra traição a minha mãe, viúva de homem vivo, que não tinha sequer marido que lhe fizesse companhia no jantar, que falar em marido que lhe trouxesse o café da manhã no leito, numa salva.

— Não, muito obrigado, já vou descer — disse, severo, ao pai que esperava que eu acabasse de sorver o café.

— É da Yarner's.

— Quem?

— O café. É o melhor que se encontra aqui desde a guerra.

Eu ia dizer ao pai, para dizer alguma coisa, que o *Pardo* não só tinha vindo carregado de café, como de laranja também, mas me contive, para não prolongar aquela conversa sem pé nem cabeça e que ia se tornando, de uma forma sutil, matreira, íntima e familiar. Desci para um *breakfast* — havia até rim misturado ao toucinho frito, encaracolado — que me preparou para a longa viagem no dia cinzento e frio.

— Quando chegar a Edgware — disse o pai —, você procure, em frente à estação do metrô, o ônibus privativo da BBC que faz o serviço de vai e vem para Aldenham House.

— Coisa fora de mão essa tal de Aldenham House, não? — observei eu, restaurado no físico pelo extraordinário *breakfast* mas sentindo ainda na cabeça vapores ruivos de cereja e negros fumos da cerveja *stout* do Swan.

— Bem — disse o pai, paciente mas com um didaticismo e um britanicismo que me agravaram o humor sombrio —, a BBC não podia se arriscar a ser silenciada pelos alemães. Não sei se você sabe que, logo no começo da *blitz*, a BBC propriamente dita, Broadcasting House, sofreu um impacto direto.

— Sinto muito — disse eu, bocejando.

— A bomba — continuou o pai, imperturbável — varou o prédio de alto a baixo e foi parar, sem explodir, no subterrâneo, onde funcionava o Serviço Polonês. Depois desse impacto e desse milagre a BBC se descentralizou pela Inglaterra afora.

— Por isso, eu, que não tenho nada a ver com a coisa, vou trabalhar na roça, no cabo da enxada.

O pai foi comigo até a estação, que era ali na esquina, e quis até carregar minha malona, o que eu terminantemente recusei, com muita energia e pouquíssima amabilidade:

— Não, tinha graça. Eu sou muito mais moço do que você e nunca sofri nenhum... esgotamento nervoso. Não foi isso que você teve, quando sumiu de nossa vida?

— Foi — disse o pai com simplicidade, assentindo com a cabeça e não fazendo mais nenhum esforço para carregar a mala."

PARTE II

Cardeal Rufo:
Em que pensa, cardeal?

Cardeal Gonzaga:
Em como é diferente o amor em Portugal!
Uma lágrima... Um beijo... Uns sinos a tocar...
Um parzinho que ajoelha e que se vai casar.

Júlio Dantas, *A Ceia dos Cardeais*

O outono da chegada virou inverno sem que os frutos da terra tenham virado conserva e compota: este pensamento, que saiu da cabeça assim, sem tirar nem pôr, pelo menos fez Isobel sorrir, o que não lhe ocorria há dias. A imagem dos vidros de conserva era uma recordação da despensa de sua casa nos seus dias de menina, a despensa em que, quando o inverno impedia correrias pelas campinas hirtas de frio, ela de certa forma continuava a conviver com o verão e o outono passados diante daqueles frascos transparentes, com suas tampas de vidro grosso, onde tinham ficado, dormindo em salmoura ou calda, pepinos e aspargos, maçãs e cerejas.

Tinham chegado a Aldenham House ainda no outono e se o percurso, na caminhonete da BBC, de Edgware a Aldenham House, já tinha representado para ela um reencontro com o campo inglês, a entrada nos portões de Aldenham House tinha mergulhado o próprio Facundo num quase devaneio, interrompido por significativos movimentos de afirmação com a cabeça, como se ele estivesse à beira de dar parabéns a Isobel pelo que via da janela. Moura Page, pela parte que lhe tocava, parecia fazer questão de manter sob controle sua tagarelice, e, em voz baixa e frases breves, como algum discreto guia de catedral, se limitava a indicar de vez em quando algo que o homem houvesse feito para merecer, ou complementar, aquela paisagem de um chão ainda gramado de verde, sombreado de altos olmeiros, cortado de sebes de madressilva e azaleia. O grande bosque à direita se chamava Boreham Wood, dizia em voz contida Moura Page, e o Bernardo Villa, do radioteatro, autor do *Quixote* famoso, tinha adaptado o nome: Bosque del Jamón Aburrido, do presunto aborrecido. E — continuava — aquele arroio, que vai faiscando no leito de seixos, dá a volta por trás de Aldenham House e em seguida é represado num belo lago bem escavado, de margens escoradas em rochas, para servir de piscina nos tempos de verão. Dois tenistas se enfrentavam, sem maior empenho, numa quadra que ficava tão perto da casa (até agora invisível) que, quando ainda acompanhava a jogada alta e preguiçosa do tenista mais distante, Isobel teve sua visão da bola, no espaço, cortada de chofre, pois uma derradeira e suave curva do caminho, curva que parecia desenhada para anular tudo ao redor, só descortinava, ao fundo, Aldenham House, uma sólida casa de dois andares, com seu perfil de chaminés contra o céu, seu vasto telhado em rampa até as colunas do pórtico. A cada lado do telhado, dois torreões encimados por telheiros pontudos de duas águas, e, mais alta que eles, à esquerda, uma torre, quase um campanário, de onde subia a longa flecha de ferro em que se empoleirava, dourado, um galo-cata-vento. Moura Page murmurou uns nomes de arquitetos, que ele achava, sem maiores certezas, que tivessem sido os autores do risco da casa, e Isobel prestava vagamente atenção, quando, como se tivesse sido advertida por alguém, se voltou para Facundo, que não dizia nada desde que Aldenham House tinha tomado conta do campo geral de visão. Viu logo que, por algum motivo, Facundo tinha se ensombrecido, tinha perdido aquele seu ar de há pouco, de quem, a começar pelas árvores e as águas, parecia inclinado a aprovar tudo mais em torno.

A verdade é que, a partir do momento em que Aldenham House tinha surgido, teatral, diante do amplo para-brisa da caminhonete, uma espécie de feroz antipatia, de incompatibilidade irremediável se fundava entre a casa vitoriana e o exilado paraguaio. Era isso que se dizia, agora, Isobel, no pequeno apartamento em que residia o casal Rodríguez, bairro de Belsize Park, a meio caminho entre Edgware e Londres, ou, em termos de trabalho, entre Aldenham House, com seus amplos escritórios e estúdios de gravação, e a pequena redação do jornal *A Voz de Londres*. A prevenção, ou aversão pessoal, quase física, de Facundo pelo casarão, tinha de imediato criado para Isobel um problema, ou vários problemas. Ela sequer voltava a pensar, ou a se debruçar, sobre seu desapontamento diante da inimizade declarada entre Facundo e casa, quando ela própria, para falar a pura e simples verdade, tinha sentido, ao chegar, o maior entusiasmo não só pelo local, pelo parque, como, sem a menor dúvida, e talvez mais ainda, pela casa. Agora, como sempre leal a Facundo, havia, digamos assim, esfriado em sua relação com a casa, embora não fosse negar que, se sozinha estivesse, de bom grado se haveria instalado à sombra de Aldenham House, num dos apartamentos que a BBC tinha mobilizado bem pertinho, em Elstree e em Edgware: quem por ali morava podia dizer que vivia, comia, trabalhava e folgava no casarão, nos jardins, no parque. A penosa procura de outro tipo de apartamento, distante e mais caro, como o de Belsize Park, já era fruto do desejo de Facundo de não virar, como dizia, um apêndice daquela casa tenebrosa, mal-assombrada. Aliás, lembrava Isobel, no exato momento em que, ao chegarem, entravam em Aldenham House, Facundo tinha perguntado, sério, a Moura Page:

— Quedê o cadáver?

Moura Page, parado, quase boquiaberto, achava que não tinha entendido bem, ouvido direito, e Isobel, sorrindo e impelindo o grupo para dentro, tinha explicado, em tom ligeiro, que Facundo achava que mansões inglesas lembravam romances policiais, e se divertia fazendo perguntas assim, um tanto embaraçosas.

O fato é que não só tinham ido parar, do ponto de vista residencial, em Belsize Park, como, quando estava de serviço em Aldenham House, Facundo se enfurnava, tentando escapar à casa, na biblioteca, não na parte ocupada com livros e discos da BBC, mas na parte isolada do que tinha sido a biblioteca da família. Escondido ali, folheando velhos livros ou bisbilhotando papéis, Facundo às vezes voltava ao encontro de Isobel dando risadas e lendo, em voz alta, medonhos trechos de *O Monge* ou da peça *Curiosidade Fatal*.

— Ainda hei de desmascarar esta casa, tinha ele dito, mas preferia não ter que ficar dentro dela o tempo todo.

E foi assim que resolveu procurar Herbert Baker no escritório da *Voz de Londres*, em Portland Place 55, no pleno centro da urbe imperial, entre Oxford Circus e os roseirais e os marrecos de Regent's Park.

Herbert Baker disse que já sabia de quem se tratava, quando Facundo se apresentou a ele como "exilado paraguaio, companheiro de bordo de William Monygham", e Facundo sentiu que esse nome despertava real força afetiva no velho e curvo dândi que tinha diante de si, com seu terno antigo mas de bom corte, colarinho alto, relógio de corrente de ouro no colete, cravo branco na lapela.

— William Monygham! — exclamou Herbert Baker.

— Excelente pessoa. Estive com o Monygham, por um período breve, até na sua terra, Señor Rodríguez. Aliás — acrescentou —, no Paraguai encerrei minha carreira como ministro conselheiro.

Herbert Baker parou um instante, olhando o vácuo diante de si, e prosseguiu:

— Nunca cheguei a embaixador de Sua Majestade.

Como ele se detivesse, em nova pausa, Facundo disse, para continuar a conversa:

— O Monygham é seu grande admirador.

— Culpa minha — disse o Baker.

— Como?

— Se não cheguei ao topo da carreira.

— Ah, sim.

— O mesmo pode acontecer ao Monygham, como não canso de dizer a ele. O Monygham não é diplomata, claro. Jamais poderia chegar a embaixador, conclui-se. Mas eu me refiro às... áreas, digamos, às zonas em que se pode atuar.

Importa pouco, Señor Rodríguez, a carreira escolhida, mas o topo é muito desejável. Acho que o Monygham, a despeito de sua grande inteligência, anda meio... distraído. Ele me telefonou, ao desembarcar do... como se chama?

— O *Pardo*.

— Isso. Falou na excelente viagem, falou a seu respeito, a respeito do bom capitão, que é capaz de ser torpedeado um dia desses, e me falou nos planos que tem aqui e para o estágio que pretende fazer em Londres, acho.

Facundo se divertiu mentalmente lembrando as dúvidas de Isobel e do capitão sobre Monygham, mas falou sério, sem toques irônicos:

— Creio que ele depende inclusive de uma operação, não?

— Operação?

— Sim. Cirúrgica.

— Ah, que cabeça a minha — disse Herbert Baker. — Esse é mesmo o objetivo maior da viagem dele, claro. Mas agora me diga: está se dando bem na BBC?

Detendo Facundo com um gesto da mão antes que pudesse vir a resposta, Herbert Baker chamou a secretária, que se sentava a um canto escuro da sala, e pediu chá. Facundo resumiu então, no mínimo possível de palavras, as razões de sua saída de Assunção, para poder se concentrar mais depressa, quando ambos já tomavam o chá, na razão da sua visita.

— Eu preferiria tanto — disse — vir trabalhar aqui em Londres, Mr. Baker, em lugar de ficar nos estúdios de Aldenham House.

— Bem, quem já começou aqui foi o outro companheiro seu do *Pardo*, o brasileiro, Senhor Souza, Perseu de Souza (há um Blake no nome dele mas ele faz predominar o Souza, e gosto não se discute) porque me fazia falta um jornalista de língua portuguesa para *A Voz de Londres*. Mas da edição castelhana, isto é, de *La Voz de Londres*, cuido eu, Señor Rodríguez.

— Sim, eu sabia que era essa a organização, mas achei que poderia talvez aliviar seus encargos, colaborando em *La Voz de Londres*, repetindo um pouco o que faz Perseu de Souza, que tem funções aqui e lá... lá no outro escritório.

Herbert Baker teve um sorriso quase imperceptível, antes de insistir:

— Lá? Aqui e lá?

— Lá em Aldenham House — disse Facundo.

— Olhe, não tiro sua esperança não. Aliás, eu gostaria mesmo de ampliar o jornal, quer dizer o jornal castelhano, *La Voz*. Afinal de contas o Brasil é grande mas é um país só, e, cá entre nós, meio paradão, sonolento, enquanto há vinte agitadas repúblicas falando espanhol. Acho, aliás, que consigo o que quero, acho que chego lá, que dou uma importância maior ao que estou fazendo eu próprio, aqui na BBC. De imediato, porém, não posso lhe prometer nada. Vamos aguardar. E, enquanto aguardamos, me conte: o que há de tão desagradável no ambiente de trabalho em Aldenham House?

Facundo Rodríguez respirou fundo, e, sem muito pensar, vendo diante dos olhos a massa de tijolo, os torreões, relógio e cata-vento, disparou:

— Não é ambiente, é Aldenham House, é a casa, a própria casa. Já andou pelo sótão, pelas águas-furtadas, o porão, inclusive pelas salas reservadas, *out of bounds*, como se diz por lá? É preciso pedir a chave a uma espécie de vigia, de chefe dos faxineiros, tal de Holt, Chris Holt. Ele não se diz mordomo — me explicou — porque mordomo serve a uma casa, uma família, como ele próprio já serviu, e Aldenham House, agora, é uma repartição, ou um clube popular, fundado sobretudo para congregar — e isolar, palavra dele — estrangeiros enquanto durar a guerra. Mas o Holt até gosta de emprestar as chaves, que destaca de um molho enorme pendurado ao cinto, e às vezes acompanha a gente, cômodo a cômodo, contando casos. A biblioteca é extremamente curiosa, atulhada de livros que, encadernados a capricho, tratam de quase nada, quer dizer, falam minuciosamente sobre comerciantes e lavradores da família residente, enriquecidos e enobrecidos, mas lá também existe uma preciosa coleção absolutamente típica de romances populares que vão retratando o Império: romances góticos, os primeiros romances de mistério, e afinal a pujança vitoriana, refletida nas primeiras edições de Conan Doyle, que Aldenham House tem completo, inclusive o dos romances históricos. Em livros de marroquim vermelho e letras de ouro, com as armas do clã, a gente chega a praticamente à última aventura de Sherlock, *O Vampiro de Sussex*, onde há uma dama peruana que chupa o sangue do filhinho. O Império aí já está completo, sua santa trindade nutrida e crescida para durar indefinidamente: Holmes, o bem, Moriarty, o mal, e o cúmplice passivo, a massa do povo inglês, Watson. O mal só aparece em *um* dos cinquenta e seis contos e quatro romances, mas vive em todos, oculto.

Herbert Baker ficou sem dúvida interessado, e muito, com a repentina e concentrada loquacidade de Facundo Rodríguez, sua paixão anti-Aldenham e provavelmente anti-Britânia, tão interessado que comprimiu os lábios, empalideceu um pouco, afrouxou o nó da gravata, levando, mesmo, a secretária a se aproximar, a pretexto de carregar as xícaras.

— Deseja alguma coisa? — perguntou ela.

— Sim, desejo não ser interrompido. Continue, Señor Rodríguez. Sou todo ouvidos. Aldenham House, portanto, a seu ver...

Facundo olhou para os lados — sem reparar que Mrs. Ware se afastara mas olhava para ele com um ar de censura — e sorriu, antes de prosseguir:

— Eu estou coligindo, nas entranhas de Aldenham House, dados para um programa delicioso, Mr. Baker. Sabe o que é que o grande Alexandre von Humboldt trouxe de mais precioso ao regressar de sua longa viagem à América do Sul?

— Bem, entre suas enormes coleções de botânica, de mineralogia, de...

— Sabe o que foi? Titica de pássaro marinho.

— Não vejo bem o elo, a...

— O elo é de ouro — disse Facundo — mas me deixe terminar a pesquisa, para que reluza bem a, digamos assim, moral da história.

Herbert Baker ficou um instante assentindo com a cabeça, como se estivesse absorvendo e analisando o que acabava de ouvir, enquanto recompunha o nó da gravata no colarinho. Afinal falou, num meio suspiro:

85

— Imaginei, quando ouvi o nome de Humboldt, que ia ouvir o do outro sábio, companheiro dele de viagem, Aimé Bonpland, que ficou anos e anos imobilizado no Paraguai, prisioneiro do Dr. Francia.

— Bonpland transpôs a fronteira do Paraguai — disse Facundo —, o que era proibido. Tinha que ser preso. É fácil compreender a reação de Francia.

— Bolívar, se não me falha a memória, não compreendeu muito bem, não é verdade? Quase invadiu o Paraguai para libertar Bonpland, não?

Mas era Facundo Rodríguez, agora, quem dava sinais de surpresa, de desconcerto, depois de, contra seus hábitos, haver mergulhado sem maiores precauções numa conversa arriscada. Talvez por isso mesmo Herbert Baker sorria amável, mais à vontade, enquanto detinha Facundo, que se preparava para responder:

— Perdão — disse Herbert Baker —, eu lhe explico, eu lhe digo por que, numa associação de ideias, o nome de Humboldt me levou aonde levou. Eu fui informado do seu plano, Señor Rodríguez, de criar uma grande representação dramática para celebrar o centenário de Francia, que, se não me engano, acaba de ocorrer, não é assim? Foi o que me fez pensar no pobre Bonpland. Sabe que a relação dele com Francia, a infinita paciência que ele teve que gerar em si mesmo para lidar com El Supremo, me lembra muito a relação de Jó com o Senhor?

Só nesse instante Facundo lembrou do Monygham descrevendo Herbert Baker como homem muito espirituoso mas de escassa tolerância, pouca paciência com o próximo, ou algo assim, e sentiu que sua própria tolerância, também pouco abundante, aconselhava um fim da conversa.

— São dois projetos totalmente distintos, inconfundíveis por sua própria natureza. Não me importa o tempo que eu deva consagrar ao estudo sobre José Gaspar Rodríguez Francia, e, uma vez terminado, ele só se transformaria em radioteatro se houvesse por parte da BBC o maior empenho e interesse e...

— Empenho e interesse não faltarão, é evidente. Figura histórica muito... original, a do Francia. O maior interesse, pode ter certeza.

— Sim — disse Facundo —, espero. Mas o que eu queria dizer, acentuar, é que jamais se cruzariam as linhas de um programa sobre Francia com algum outro, sobre...

— Sobre titica de albatroz. Nada a ver!

— ...sobre Aldenham House. Mas vamos deixar a discussão para quando minhas pesquisas estiverem mais avançadas. Voltaremos a falar.

Quando Facundo Rodríguez chegou ao apartamento de Belsize Park, Isobel ficou preocupada com a expressão dele — expressão que não via há algum tempo e que era sempre a dele pouco antes de deixarem Assunção, os músculos da face contraídos, a mirada fixa — e imaginou, primeiro, que ele tivesse recebido más notícias de lá, do pai, da mãe, ou, quem sabe, dos companheiros do jornal, que continuavam a luta como podiam. Isobel resolveu falar em tom ligeiro, quase de afetuosa implicância:

— Que cara, *honey*! Parece que você acabou de ser interpelado, no meio da rua, por Aldenham House em figura de gente.

Facundo, resignado, deixou que um sorriso lhe desarmasse a carranca.

— Adivinhou, Isobel. Acabo de conhecer Herbert Baker.

Escreveu Perseu de Souza em seu Diário:

"Parece incrível que eu já esteja há três meses em Aldenham House e só agora encontre tempo para retomar este diário. Isso ocorre, em parte, porque estou cuidando tanto — menos, talvez, por virtude e amizade do que por não encontrar escapatória — da espécie de guerra particular, dentro da guerra mundial, que se travou entre Facundo Rodríguez e Herbert Baker, e, menos pessoal mas também encarniçada, entre o mesmo Baker e Bernardo Villa.

Seja como for, antes de mais nada, quero lavrar meu protesto contra o mau tempo que faz nesta terra. Os restos de outono que ainda encontrei aqui se embrumaram rapidamente em dias sem céu, sem sol, e agora é o inverno, o solo negro e duro, ou coberto de geada, as árvores feito espantalhos, ou, pior ainda, feito esqueletos se desenterrando, furando o lençol de neve. Brrr! Graças a Deus há aqui, para que a gente não esqueça que o verde existe no mundo, os olhos verde-folha de Elvira O'Callaghan Balmaceda, suculenta chilena de enxerto irlandês, secretária de Moura Page. Quando cheguei, o Moura deu uma volta comigo por toda a casa, me apresentando a um e outro, aqui e ali, percorrendo comigo escritórios, salas de transmissão de programas, e até a própria cozinha, com seus caldeirões, seus tachos, suas cozinheiras de barrete branco, o que me pareceu amável mas um tanto excessivo. Depois, pediu licença para voltar à sua sala e foi então que me passou aos cuidados de Elvira, para que me mostrasse jardim, quadra de tênis, casa de chá perto da piscina, e em seguida me encaminhasse à hospedaria da BBC, onde eu teria um quarto e café da manhã, até escolher meu próprio apartamento, entre os que a BBC oferecia a preço módico.

Logo que Moura Page se afastou, dei a entender a Elvira que não achava o tempo apropriado para passeios em jardins e quadras de tênis.

— Você pode ver o jardim e a quadra de tênis da janela da discoteca, sugeriu Elvira. Nossa coleção de discos é excelente. Temos admiráveis gravações de Bach e Haendel, de Hitler e Churchill.

Sorri, agradecido mas incapaz de aceitar qualquer espécie de proposta, de programa, e disse a Elvira que eu na verdade gostaria era de chegar à tal hospedaria e abrir a mala, descansar.

— Estou entendendo — disse Elvira. — O Página (às vezes é assim que a gente chama o Moura Page) me disse que você tem um passado interessante, de prisioneiro do governo Vargas. Gostei muito do seu nome. Pouco comum. Perseu.

Dei de ombros, tratando, agora, apesar dos olhos verdes de Elvira, de não demonstrar impaciência, e ela prosseguiu:

— Desculpe esta minha observação... um tanto pessoal. Eu ando estudando a balada de Persse O'Reilly e o nome Perseu pode apontar possibilidades novas. Ainda mais que você saiu de uma prisão, de *dentro* de uma cela, tal como o *perce oreille* sai de dentro de uma orelha, que no seu caso seria a orelha de Vargas.

Como Elvira estava falando com certa naturalidade, e parecia movida por um real interesse, não me ofendi, ou me aborreci, mas confesso que achei a moça ou bem um pouco deficiente ou afetada demais para meu gosto. Adotei o que julguei ser o castigo adequado: não perguntei a que balada se referia ou que diabo seria isso de *perce oreille*.

Elvira me deixou na casa de hóspedes, afinal, e só depois de tomar um belo banho de banheira — chuveiros são uma raridade na Inglaterra, como comecei logo a comprovar, e bidês inteiramente inexistentes — e de escrever uma longa carta a Maria da Penha, e outra, mais curta e mais difícil, à mãe, é que fixei a principal impressão que tinha me ficado da primeira visita a Aldenham House: a do extraordinário número de moças que ali trabalhavam ao lado dos homens. O elenco feminino ia das que eram ainda quase adolescentes, às moças-moças, que formavam a maioria, às maduras e maduronas. Mas esse povo mulheril só me chamou a atenção pelo número, a quantidade, pois, nas salas mal aquecidas, todas — as que datilografavam, as que cuidavam da mesa telefônica, ou dos estúdios, as que comandavam equipes de tradução ou de transmissão de programas — se confundiam um pouco umas com as outras debaixo das suéteres grossas, dos vestidões, quando não dos capotes, das saias de freira, das botas de soldado. É claro que, aqui e ali, por trás das máquinas de escrever, ou do vidro dos estúdios, surgiam caras de fresca pele pintada pelo simples carmim do frio, e olhos azuis, verdes, ou cor de avelã, *hazel*, na língua deles. Mas mesmo esses rostos eram feito quadros suspensos no ar, rodeados pelos lenços atados sob o queixo, ou que terminavam na gola alta dos agasalhos, como se não tivessem corpo nenhum por baixo. Concluí, sonolento, que a Inglaterra, aperreada pelos ataques aéreos, ameaçada, como a França, de ocupação física, não perdia a calma, não tirava os olhos da tarefa a cumprir, e tratava de pensar o menos possível no que fosse distração, ou desvio de energia vital. Provavelmente só na hora de tomar banho, e no breve instante, antes de dormir, em que trocavam as roupas do trabalho pelo pijama de flanela, é que se saberia direito quem eram os marinheiros e quem as marujas do país, levando-se em consideração que, como disse o poeta Castro Alves, 'a Inglaterra é um navio que Deus na Mancha ancorou'. Já na cama, e à beira de pegar no sono, pensei em acrescentar à carta de Da Penha, que seria posta no correio pela manhã, um p.s. em que lhe juraria fidelidade. Ia ser fácil, na Inglaterra ascética e guerreira, continuar eu mantendo o regime de castidade da Polícia do Exército."

Nas reuniões em que se debatiam os programas a vir, quem ocupava a cabeceira da mesa era Moura Page e a opinião que quase sempre prevalecia era a de Herbert Baker. O venezuelano Bernardo Villa costumava dizer que ali se defrontavam povo, nobreza e clero, o povo sendo a bancada latino-americana, Moura Page a nobreza e Herbert Baker o clero. É o nosso druida e xamã, dizia o Villa do próprio e ao próprio Baker, e quando, ao fim de uma discussão, a caturrice do Baker lhe cortava algum voo mais ousado, o Villa acabava aceitando o interdito e exclamando, mão no peito: shanti, shanti, shanti.

Os problemas rotineiros de palestras, noticiário, variedades eram prontamente resolvidos e afastados, para dar lugar às decisões mais trabalhosas. No momento, por exemplo, ou já há algum tempo, havia sobre a mesa dois ossos a roer, duas obsessões, segundo Herbert Baker. Uma, para dizer a verdade, consumia tempo mas não chegava a preocupar, já que a própria proposta inicial, básica, só ficaria pronta, segundo ainda o Baker, quando vigorassem as calendas gregas: tratava-se do *Finnegans Wake*, livro que havia estourado na Europa quando estourava a guerra, e que a chilena Elvira O'Callaghan Balmaceda estava, numa primeira fase, traduzindo para o espanhol com o intuito de, em seguida, transformar em peça radiofônica. A ideia de Elvira é que o livro, escrito por um homem praticamente cego, era puro som, pura voz humana, e portanto nascera para o rádio, e que, sendo uma história noturna da Irlanda, era também a história da América Latina, já que a história irlandesa estava para a latino-americana como o Antigo Testamento para o Novo. Dado como inteiramente inexequível mas posto a brilhar com grande verve por Elvira, o projeto do *Finnegans Wake* tinha uma graça especial de baile planejado em detalhe mas sem qualquer data visível ou imaginável. Perseu de Souza escutou, ao pé do ouvido, a voz de Herbert Baker que lhe dizia:

— Essa discussão que a Señorita O'Callaghan promove, com zelo incansável, é bizantina, inútil, mas tem o grande mérito de encurtar a discussão do *Bolívar*.

A proposta bolivariana do venezuelano Bernardo Villa era, ao contrário da de Elvira, consistente, pormenorizada, objetiva. Bernardo Villa tinha como suporte natural a fama que colhera com seu *D. Quixote*, e, como todos concordavam, seus dotes de dramaturgo radiofônico brilhavam tanto no *Bolívar* como haviam brilhado no *Quixote* e os efeitos sonoros já registrados — os ventos soprando nevascas nos páramos andinos, cavalos relinchando, clarins ressoando entre imprecações espanholas e clamores indígenas, e, dominando tudo, a voz do Libertador anunciando pátrias novas ao fim de cada jornada — passavam, mesmo na parte inglesa da BBC, por incomparáveis. Mas num determinado ponto o *Bolívar*, segundo Herbert Baker, descarrilava: na tentativa que fazia Bernardo Villa de transformar o herói num marxista. E a discussão chegou afinal ao seu dia decisivo, o dia da crise.

— Cabe ao nosso prezado Moura Page — disse Herbert Baker — resolver em definitivo. Meu parecer é que criar um Bolívar influenciado por Marx é mais grave do que inventar, por exemplo, um Napoleão discípulo de De Gaulle, pois estes dois são pelo menos do mesmo ramo e país. Quanto ao Bolívar que o estimado Señor Villa põe ao microfone doutrinando *llaneros* acerca da mais-valia, francamente...

— Protesto! — berrou Bernardo Villa. — Mr. Baker está me ridicularizando só porque *eu* sou marxista, comunista, e ele é um imperialista na Inglaterra, franquista na Espanha, antibolivariano na América. Meu Bolívar não fala em mais-valia e sim "no esforço extra de vocês, *llaneros*, que se transforma no repouso do patrão". Aliás, Mr. Baker é totalmente incapaz de separar o marxismo, como essência histórica definitiva, da pregação de um certo filósofo alemão chamado Marx.

— Humildemente reconheço — disse o Baker — que sempre imaginei que houvesse uma forte ligação.

— E há! — berrou Bernardo Villa. — Deixe de ser *facetious*. Dê uma trégua à sua série de *jokes*. O que eu quis dizer é que quando o marxismo já estava no ar, já emergia do espírito da História, Bolívar *sentiu* que a América só podia ser... marxista.

— Hum. Mas haverá maneira de transmitir esses mistérios ao ouvinte? Marx tinha o quê? Dez anos, doze, quando Bolívar morreu?

— Nem eu digo, em lugar nenhum, que os dois fumaram o primeiro cigarro juntos. Eu me limito a *sugerir* que, se tivessem se encontrado, cairiam nos braços um do outro. Para resgatar *les damnés de la terre* Marx partiu da teoria econômica e Bolívar lá chegou pelo amor, Herbert Baker, pelo amor aos *llaneros* do interior, aos escravos negros da costa, como conta, em sua *Narración*, O'Leary, e ainda...

— O'Leary! — não deixou de assinalar Elvira. — Há sempre um irlandês.

— ...e ainda — prosseguiu Bernardo Villa — os mestiços, a multidão de mestiços produzidos pela satiríase hispânica, mestiços de espanhol com índio, de índio com preto, com cafuzo, de espanhol com todos esses e mais...

— Sim, sim — disse o Baker —, mas contenha-se, Señor Villa.

— ...com lhamas e alpacas — terminou Bernardo Villa.

— Meu caro Moura Page — disse o Baker, ar escandalizado, olhos brilhantes —, pelo jeito vamos acabar gravando idílios entre vozes de homem e gemidos de bestas andinas.

Como o Villa estivesse olhando o Baker com uma cara de quem não pretende brincar mais com qualquer shanti, shanti, e sim de quem está à beira de uma agressão, Moura

Page teve que tomar a iniciativa de pedir calma e silêncio e de elogiar o zelo com que ambos cuidavam do *Bolívar*.

— Proponho — prosseguiu — que depois de amanhã nos reunamos aqui apenas nós três — Bernardo Villa, Herbert Baker e eu próprio — para aprovação do texto final, com as emendas que Bernardo Villa ache que deve fazer depois da... da troca de ideias de hoje.

— Ah! — disse Herbert Baker levando a mão à testa. — Ia me esquecendo. Depois de amanhã já devo ter em mãos cópia de um texto precioso, publicado em 1858 na *New American Cyclopaedia*. Meu prezado amigo Bernardo Villa vai regalar o espírito com esse extenso verbete, que não tenho aqui, pois não possuo a dita enciclopédia, mas de que vou receber cópia enviada por um amigo: trata-se, simplesmente de Karl Marx biografando Simón Bolívar!

Moura Page tinha vindo do Brasil para a Inglaterra em guerra porque estava em idade de servir nas forças armadas, e se dispunha a correr os respectivos riscos, é claro, e também porque acalentava o secreto plano de, em caso de sobreviver, ficar o resto da vida na Inglaterra, isto é, na matriz do banco inglês em cuja filial carioca tinha trabalhado até então. Graças ao seu franco domínio da língua portuguesa tinha ido parar numa mesa da BBC, em lugar de ir pilotar um avião da RAF, o que aumentava nitidamente suas chances de chegar vivo ao fim da guerra, mas reduzia a zero as oportunidades que poderia ter de alguma condecoração que lhe viesse acrescentar ao nome uma severa nobreza de valor e coragem. Se ganhasse uma Distinguished Service Order, por exemplo, para sempre assinaria seu nome como Charles Moura Page, D. S. O. E conseguiria excelente lugar no banco.

À frente do Serviço Latino-Americano da BBC seu caminho seria sem dúvida mais árduo, mas, ainda assim, com perseverança e sorte poderia conseguir, como qualquer cidadão de alto mérito em sua carreira, a Order of the British Empire, que lhe daria direito às letras O.B.E. depois do nome, ou poderia conquistar, quem sabe, diploma de *knight*, cavaleiro, que lhe anteciparia ao nome o título breve, e categórico, de *Sir*. Se ele, assim, chegasse um dia a se chamar *Sir* Charles Moura Page, poderia até, em longínqua hipótese, e por sua livre e espontânea vontade, retornar ao Brasil, ao seu antigo banco da rua do Rosário, mas então como diretor-geral, superintendente.

A melhor forma, nos limites do trabalho que lhe coubera, de chamar a atenção das autoridades governamentais para seu nome — ainda tão distante do mágico relâmpago *Sir*, que arrancava qualquer Charles à obscuridade — seria projetar, no serviço nacional da BBC, programas do Serviço Latino-Americano. O exemplo mais evidente de quanto podia repercutir na imprensa, nos meios culturais e até políticos do país um marcante êxito dessa natureza era o do *D. Quixote*, do Bernardo Villa. O Villa tinha agora, pronto, o *Bolívar*, que, por implicância do Baker, não estava ainda liberado. Moura Page tinha há bastante tempo a suspeita — vaga, a princípio, mas cada dia mais positiva — de que Herbert Baker, velho, curvo, acabado como estava, alimentava ainda certas ambições, infelizmente semelhantes às dele. Almejava honrarias, ou pelo menos alguma honraria, algum titulozinho. E duas pessoas do obscuro Serviço Latino-Americano na lista de honrarias da Coroa era coisa que jamais aconteceria enquanto houvesse um Império Britânico.

A si mesmo Moura Page dizia, e jurava, que não estava querendo agir contra o Baker, pessoa que, antes da contratação de legítimos cidadãos latino-americanos, tinha prestado bons serviços. Ele jamais cometeria a baixeza de comunicar, ou insinuar, à alta direção da BBC, que o Baker estava velho demais para aguentar as exigências de um trabalho executado entre latino-americanos, isto é, gente até encantadora, alguns bastante educados, mas fundamentalmente individualistas, mimados no seio da família e habituados, como membros da classe média, a fazerem em seus respectivos países o que quisessem e entendessem, exceto, naturalmente, pisar nos calos dos militares. O que ele podia era administrar com habilidade os choques, que se multiplicavam, entre o desdenhoso Herbert Baker e essa alegre e barulhenta fauna que tinha descido dos seus coqueiros e mangueiras de além-mar para povoar de risos e de cio as alamedas clássicas de Aldenham House.

Ao tempo de sua primeira visita à *Voz de Londres*, Perseu de Souza tinha topado de cara com Herbert Baker, ou, melhor dizendo, tinha visto logo que aquele inglês magro, bastante curvo, de poucos e lisos cabelos castanhos e olhos da mesma cor só podia ser ele. (Meses mais tarde, quando, o Baker já falecido, Perseu tinha visto aparecer, no palco do Old Vic, Laurence Olivier representando Ricardo III, tinha estremecido, como quem vê fantasma: lá estava o Baker, tal como surgira naquele primeiro encontro.) Perseu tinha estendido a mão, sorrindo:

— Devo estar falando com Herbert Baker. Meu nome é Perseu de Souza.

— Ah, sim — disse o Baker —, trata-se do brasileiro que veio me ajudar com os textos em português. Brasil... Brasil... Deixe ver... Quem é mesmo o tirano do momento?

— O primeiro tirano que temos em nossa História é Getúlio Vargas — respondeu Perseu, altivo. — Pode estar certo de que será o último.

O Baker assentiu com a cabeça, interessado, um sorriso satisfeito nos lábios, e Perseu, se lembrando das informações que haviam lhe dado, de que Herbert Baker adorava atormentar cavaquistas, engoliu em seco mas riu também.

— O Brasil é jovem — disse Perseu —, e pode se livrar de um tirano como de um sarampo. Mas será que a velha Inglaterra consegue impedir que o tirano alemão desembarque aqui?

— Austríaco — disse o Baker. — Tiraninho nascido em Braunau.

— Adolfo I, que garante que o reino dele vai durar mil anos.

— Mil dias — respondeu o Baker, sério. — Nos mil dias de Adolfo I eu boto meu dinheiro. Mais tempo do que isso, não. Adolfo será como Itúrbide, do México, que foi primeiro e derradeiro da sua estirpe e morreu executado por seu próprio povo. Mas você vai me perdoar se me despeço agora e deixo você aos cuidados da secretária, Mrs. Ware. A manhã já vai adiantada e hoje é dia do meu almoço no Café Royal. Saiba que desde o fim da Primeira Guerra nós, do meu regimento de guardas, nos encontramos, os que estejam em Londres, para um almoço das quintas-feiras. Hoje é quinta, meu caro Senhor Souza, eu estou em Londres, portanto é hora de sair para parar na florista e pegar uma flor para a lapela. Muito se arrependerá o tirano de Braunau se acaso chegar a Londres numa quinta-feira à tarde, e esbarrar, em Regent Street, com meu regimento aquecido pelo clarete e o porto do Café Royal, isso eu lhe garanto.

E, como se estivesse cantando uma canção guerreira, Herbert Baker saiu marchando porta afora e declamando:

> *Yes, weekly from Southampton,*
> *Great steamers, white and gold,*
> *Go rolling down to Rio*
> *And I'd like to roll to Rio*
> *Some day before I'm old!*

Quando passou a ver Herbert Baker na plena rotina do trabalho na *Voz de Londres,* já lavravam as desavenças e hostilidades entre ele e Facundo Rodríguez. Aliás, a própria Isobel andava tentando descobrir o paradeiro de William Monygham, que poderia, quem sabe, ele que se dizia tão amigo do Baker, intervir na guerra de nervos.

— William Monygham está em Londres, Mr. Baker? — perguntou Perseu.

— Quem sabe? Ou no Brasil, de volta. Ele defende o arriscado ponto de vista de que o Brasil tem não só futuro como ainda um grande futuro. A sua opinião a respeito qual é?

— Bem, minha opinião — sorriu Perseu — só pode ser suspeita. Mas o Monygham...

— Eu diria que, de um modo geral, o Brasil prefere parecer diferente dos seus vizinhos do continente, não?

Perseu deu de ombros, como se não achasse maior interesse no tema.

— Sem dúvida existem diferenças. Inegáveis.

— Quando eu servi no Brasil, como diplomata, princípio dos anos 20, havia lá um presidente eleito, é verdade.

— Eram todos presidentes eleitos, antes do tirano Vargas.

— O *meu* presidente se chamava Bernardes e era um tirano completo. Fechava jornais, prendia e desterrava as pessoas, o diabo. O Brasil queria muito ficar branco, naquele tempo, casando-se os mulatos e caboclos com gente clara, ou de fora. Branquearam, os brasileiros? Você é bem clarinho. Ah, sim, tem um nome inglês no meio, não? Blake, se não me engano.

Perseu, ar enfadado, mas ainda sorrindo, se limitou a fazer um gesto afirmativo com a cabeça.

— Você precisa vir tomar um uísque comigo — disse o Baker —, no meu cantinho de Manchester Square, aqui perto. Eu sou homem de mínimas posses mas tomo meu próprio uísque, quer dizer, meu *blend*, a mistura que encomendo sempre. E não canso de lamentar que a gente não possa também fazer um *blend* das pessoas. É arte difícil, acredite, mesmo em relação aos uísques, que lá estão, ardentes mas inermes, nos seus tonéis. Em relação às pessoas! Em princípio, eu diria que inglês e brasileiro deviam dar um bom *blend*, pois são dois povos songamongas, disfarçados, e, com muito sangue anglo-saxônio injetado, os brasileiros ainda poderiam virar uma próspera talassocracia. Mas os exemplos de cruzamento racial anglo-brasileiro que tenho encontrado no caminho me fazem descrer de tudo, perder a fé.

Nessa altura, Perseu de Souza, sem mais saber que atitude tomar, e aguardando o pior, apenas conseguia manter, nos lábios, um sorriso já meio congelado, gasto. O Baker prosseguiu:

— Sabe em que estou pensando, não, Senhor Souza? Sabe em *quem*, sem dúvida. No Moura Page, adivinhou! Que tragédia genética, que *mésalliance*. Talvez seja melhor a austera endogamia.

— Talvez — disse Perseu, um tanto aliviado e refrescando um pouco o sorriso murcho.

— Sabe que Moura Page vive inventando tarefas que tragam Facundo Rodríguez aqui, à *Voz de Londres*? Veja como representantes da escória das espécies se entendem bem!

Herbert Baker já ia cobrindo a cabeça com um chapéu de feltro idoso, sem dúvida, mas ainda de certa elegância ousada no amassado das abas, e se encaminhava para o porta-bengalas de junto da porta, em busca do seu guarda-chuva preto, magérrimo, Briggs, quando se deteve, arriando o braço do chapéu e o outro, exatamente como se houvesse esquecido de algo muito importante.

— Um momento! — exclamou. — Temos que considerar, como excepcional, o caso do Paraguai. Fronteiras abertas, é a palavra de ordem, exogamia total. Qualquer coisa será melhor que os Facundo Rodríguez puros, sem *blend*. Queremos Isobéis, muitas Isobéis!

E, com essa espécie de brado de guerra, que trouxe uma alarmada Mrs. Ware à porta da sala dele, Herbert Baker enchapelou-se, enluvou-se, curvou-se sobre a negra bengala do guarda-chuva e saiu rápido para a rua.

Algumas pessoas deviam ter sabido, e já teriam esquecido, o nome de batismo da Ware. Ela era, para todo o mundo, Mrs. Ware, e, qualquer que tenha sido sua vida anterior, a razão de sua existência presente era Herbert Baker, a canina fidelidade que sentia pelo chefe. Umas poucas más línguas sugeriam que houvesse, no mais secreto da alma de Mrs. Ware, a esperança de ser, um dia, Mrs. Baker. Só não era, ainda, insistiam, por não ter conseguido encontrar para o Baker acomodações como as que ele tinha, e prezava muito, na sua pensão de Manchester Square, onde reinava a dona do estabelecimento, uma outra velhota, de nome Nora Battersby, esta sim, continuavam as más línguas, um tanto íntima do Baker, que assim seria, a se dar crédito aos mexericos, mulherengo, ou, mais provavelmente, comodista, com uma mulher em casa, a lhe cuidar dos chinelos e do chocolate quente de antes de dormir, e outra na *Voz de Londres*, mantendo em ordem seus papéis e mantendo a distância Facundo Rodríguez. Mrs. Ware tinha ido logo se apresentar a Perseu, na sala de trabalho em que ele se instalava em Portland Place.

— Disponha de mim, dos meus préstimos, Senhor Souza, que eu gosto de estar sempre ocupada e o tempo me sobra. Mr. Baker é muito exigente, consigo mesmo e com os outros, e trabalho, para ele, tem de ser uma coisa perfeita. Mas exatamente porque ele é tão rigoroso e tão cioso de jamais deixar dormir em cima da mesa alguma coisa por fazer, o tempo me sobra. Mr. Baker concentra, no que faz, sua grande inteligência, e eu completo o trabalho dele com meu esforço.

— Uma parceria ideal — disse Perseu.

— De certa forma, é mesmo assim. Por isso eu lhe digo que estou à sua disposição para alguma comunicação urgente com Aldenham House, algum texto a bater em qualquer de nossas três línguas, alguma carta sua, particular, que queira me ditar. Pode apelar para mim, não se acanhe. Mr. Baker não terá nenhuma objeção a que eu lhe ajude. Afinal, todos estamos aqui para que seja cada vez melhor *A Voz de Londres*, e para que, com o esforço de todos, ganhemos a guerra. Para isso é preciso que cada um de nós — pois somos poucos, afinal — ajude o outro. É pena que certas pessoas prefiram, em vez disso, a solidão da ofensa, da grosseria.

— Claro, há gente de todas as espécies — disse Perseu, ar ingênuo. — Mas não aqui, não entre nós.

— Eu já vi, Senhor Souza, pelo seu modo de ser, pela sua polidez, que se trata de um homem esclarecido. Então me responda: alguém diria, mesmo num dia de grande irritação, que os escritores ingleses só sabem fazer romances policiais? Onde fica Shakespeare? Não conta? E o Dickens? Pois Facundo Rodríguez diz isso, e, logo depois, afirma que o ideal de cada inglês é abrir a porta, ao chegar em casa, e encontrar um cadáver estendido no tapete! Isso é coisa que se diga, Senhor Souza? É o que lhe pergunto. Há direito de se falar assim dos outros, da terra dos outros? De rogar praga desse jeito? Outro dia eu estava chegando em casa tarde da noite, e, depois de enfiar a chave na porta, fiquei parada, paralisada, é o termo, tremendo de repente da cabeça aos pés, sem ânimo de virar a chave e encontrar no tapete... um tapete azul meio gasto, que estou para trocar há um tempo... com medo de encontrar, de braços abertos, estendido no...

— Calma, calma, e deixe comigo que vou ter uma conversa séria com Facundo Rodríguez, para ele parar com essas brincadeiras de mau gosto, essas implicâncias com a senhora e com o Baker.

— Ah, quanto a Mr. Baker não quero deixar de lhe dizer que o Señor Rodríguez não leva vantagem nenhuma com os cadáveres dele e com os horrores que a Inglaterra faz no mundo, em comparação com as glórias da França e do Paraguai: como o Rodríguez acaba se enraivecendo e Mr. Baker, como *gentleman* que é, cada vez discute com maior calma, e num tom de... de suave zombaria, digamos, muito do estilo dele, em geral quem sai da sala e bate a porta é o Rodríguez, furioso, isso eu garanto. Mas às vezes, depois que o outro sai, eu vejo Mr. Baker, sentado à mesa, abrir o colarinho e afrouxar a gravata, cansado, farto de corsários e agiotas ingleses e de cadáveres que o Rodríguez estende no tapete da sala de estar, ou da biblioteca, com os pés saindo debaixo da mesa de chá, na copa, ou debaixo da cama, no quarto de dormir, ou que ele põe até boiando nas águas da piscina, do lago.

Facundo Rodríguez repartia irmãmente suas horas de folga entre Isobel e duas bibliotecas, a do Museu Britânico e a de Aldenham House. Isobel de pronto descobrira que do Museu Britânico, onde procurava desvendar o lado oculto da Guerra do Paraguai, Facundo regressava exausto ao apartamento de Belsize Park. Quando viu, pela primeira vez, Facundo entrar assim em casa, com o caderno de anotações saindo do bolso do sobretudo, o rosto pálido e desfeito, ela imaginara... o quê?... algum bombardeio que houvesse ameaçado Facundo?... o espetáculo, nos escombros, de vítimas ensanguentadas? O alarma tinha soado, ela se lembrava, e ele teria, talvez...

— Que é que aconteceu, *honey?*

— Aconteceu como?

— Fiquei preocupada com o ataque aéreo. Você estava aonde?

— Na outra guerra — disse Facundo, sorrindo bravamente. — Estava em 1868, entre os traidores e López, que marchava para a morte. Parei de tomar notas quando positivamente a guerra antiga se misturou à minha, à do Chaco, e estive a ponto — veja só que coisa cômica — de morrer, e morrer de raiva, no lugarejo chamado Angostura, quando um velho conhecido meu, tal de George Thompson, liderando paraguaios, rendeu-se à tropa brasileira.

Ficara horas debruçado sobre cartas, sobre ordens do dia, relatórios secretos, depoimentos inéditos sobre os brasileiros entrando em Assunção como os nazistas em Paris. Tinham montado um governo provisório de traidores, tinham aberto o caminho do saque, de entrada no próprio palácio do governo, que arrombaram, pilharam, conspurcaram. E de repente Facundo avistara, feito uma aparição, surgindo dos papéis que lia, o vulto claro e nítido de um alferes brasileiro (parecidíssimo com Perseu de Souza) saindo à rua e exibindo como uma bandeira na ponta da lança o roupão encontrado na alcova, o roupão vermelho que anunciava a todos, feito um aviso inscrito no céu, que não estava longe o dia do martírio do dono do roupão, que era também o dia da morte de seu país.

Facundo não contou a Isobel que, na sua visão, tinha posto debaixo do quepe do alferes brasileiro a cara de Perseu de Souza, mas se deteve sobre a figura de Cirilo António Rivarola, o chefe do governo provisório dos traidores paraguaios.

— Rivarola? — disse Isobel, surpreendida. — O nome do...

— Claro — disse Facundo —, bisavô do nosso Emiliano Rivarola. Como você sabe, nossa história nacional é a história de umas poucas famílias, com batizados, casamentos e muitos velórios. Ah, Isobel, graças à sabedoria acumulada no Museu Britânico, eu, quando retomar o trabalho em Assunção, vou publicar, em folhetins, uma biografia de Cirilo António. O Império Britânico é o id inglês solto nos mares, mas o Museu Britânico é o superego desta nação, o espírito incorruptível de um corpo em decomposição.

— No tapete da sala — disse Isobel —, eu sei. Mas ainda bem, *honey*, que você encontrou o nosso superego. E agora me diga: o que é que você tanto procura nas entranhas de Aldenham House?

Isobel tinha descoberto que, para conter a agoniada dissertação de Facundo sobre as traições e felonias da Guerra do Paraguai, nada melhor que desviar as perguntas para a pesquisa de Aldenham House. Era sua paixão alegre. Isobel ainda não tinha conseguido descobrir nada, além da informação de que Humboldt, no alvorecer do século XIX, tinha trazido das ilhas do Peru titica de alcatraz, de pelicano, ou que os incas usavam o guano para fertilizar seus terraços de milho e de coca, mas tinha feito aquela fundamental descoberta, a de que o extravagante assunto iluminava, apaziguava Facundo.

— Ah — dizia ele, malicioso —, estou de fato me enfiando nas vísceras de Aldenham House, e, ao acabar minha investigação, denunciarei, formalmente, esta casa infame, que há de cair de joelhos aos meus pés.

— Você tanto critica os ingleses — disse Isobel — que acaba *escrevendo* um romance policial. Gótico.

Facundo tinha olhado para os lados, como quem teme que haja ouvidos estranhos à escuta.

— O criminoso é a casa.

Do Diário de Perseu de Souza:

"Estou preso em casa por uma alergia horrível, que se deve ao pólen de não sei que plantas, que me provoca infindáveis acessos de espirro e que segundo o médico de minha rua (toda rua aqui tem seu clínico, chamado *general practitioner*) é agravada no meu caso por um toque de *spring fever*. A *hay fever* é fenômeno conhecido e se combate com anti-histamínicos, segundo ele. *Spring fever* não chega a ser doença, não chega a ser nada, acrescentou. Não passa de um mal-estar, uma meia angústia causada pela chegada da primavera.

— É isso que eu tenho — disse eu ao G.P., entre dois espirros mas com a tranquila certeza de que minha enfermidade é uma febre primaveril maligna.

O G.P. sorriu, me receitou umas pílulas anti-histamínicas e me deixou nesse terremoto de espirros, cercado de uma nevasca de lenços de papel que de meia em meia hora levo à lata de lixo, mas resolvido a descrever — na esperança de assim tornar inteligível — o caos sentimental em que a primavera transformou minha vida.

No Brasil inteiro, e certamente no Rio, temos na realidade as estações do inverno e do verão, consistindo a primeira num verão menos quente. Eu não estava preparado, não podia, simplesmente, contar com o que a primavera ia operar em Aldenham House e naquele enorme grupo de moças que, à minha chegada, se vestiam de lã cinza ou bege. Veja-se o caso de Judy, por exemplo, Judith Campbell, uma das primeiras datilógrafas que lá conheci, ou que, quando conheci, me pareceu apenas datilógrafa. Judy batia textos espanhóis com rapidez, os brasileiros mais ou menos, e o mesmo ocorria com ambos os idiomas quando falados.

— ¡Carajo! — ela exclamava com notável energia quando batia uma tecla errada, e eu, sorrindo, disse a ela que não usasse tal palavra em português, pois ainda nos soava um tanto violenta. Aliás, no dia em que ouvi o primeiro ¡Carajo! dela, Judy me informou, com um muxoxo, que na Espanha também usavam a vital e fálica interjeição com grande estrépito e entusiasmo. E o professor dela de espanhol, Sunyer, um exilado da Catalunha, não só usava ¡Carajo! a torto e a direito, como garantia seu uso ilimitado pela América espanhola afora.

No entanto, para voltar ao assunto, nem Judy Campbell me afetou muito, antes de raiar a primavera, apesar de ser bonita, bem bonita mesmo, com sua cara de porcelana rosa e os olhos azul-lavanda. Sentada à máquina, com suéter e *cardigan* por cima da suéter, e, nos dias mais frios, com um lenço de cabeça atado sob o queixo, me lembrava pinturas de Rossetti, que eu tinha visto há pouco numa exposição da Tate Gallery.

Mas aí, nas alamedas de Aldenham House, nos campos, nos jardins onde, durante a estação fria, só havia terra dura e gretada, grama cinzenta e esturricada, cercas de gravetos e árvores de galhos inteiriçados e nodosos, começaram a sair botões de azaleias nas sebes, amor-perfeito e tulipas nos jardins e a se alastrar pelos campos um tapete de florinhas amarelas que tinham o nome prosaico e alimentício de *butter-cups.* Mas estou antecipando, estou me atropelando, estou espirrando. A perturbação primaveril inicial é um leve intumescimento resinoso em tudo quanto é ponta de galho, os talos que se arredondam, os gomos que incham, uma vaga sem-vergonhice universal que faz as hastes suarem, as corolas se abrirem e zumbirem de vespas, os esquilos se perseguirem feito micos e os melros picarem as melras no gramado feito garnisés no cio.

Ora, enquanto os bulbos inchavam, os brotos se abriam e as flores começavam a descolar viscosas pétalas pelo parque em volta, dentro da casa, nos escritórios e estúdios progrediam também, naturais e implacáveis, as alterações sazonais. Primeiro era só o capote mais leve, a suéter mais clara, os sapatos de saltinho, as meias cor de carne em lugar do cano neutro das botas encontrando a fímbria da saiona comprida. Depois, vieram os primeiros vestidos estampados, floridos, olhando o mundo pela abertura dos *cardigans* desabotoados, e a gradual ocupação, nas horas de folga, das relvas de Boreham Wood, do gramado ao redor da quadra de tênis, e, afinal, os primeiros, ainda heroicos mergulhos no lago, a grande piscina natural de Aldenham House. À beira do lago, a BBC, ao ocupar a propriedade, tinha feito a chamada casa de chá, uma espécie de telheiro, de comprido chalé aberto aos ventos, dotado de rústicas mesas e cadeiras e de uma cabine para troca de roupa.

Para azar meu, ou para meu inesquecível deslumbramento, uma das duas heroínas que, ao lado de uns três heróis, primeiro agitaram, como peixes de primavera, as águas da piscina, foi Judy. O próprio sol pálido daquele dia parecia hesitar antes de enfiar os raios na água gélida, com medo de retirá-los duros como sol de altar-mor de igreja barroca, quando Judy chegou à beira d'água enrolada num roupão felpudo, provou a água com a ponta do pé, e, em seguida, saiu de dentro do roupão num maiô preto, bastante exíguo. Ficou um instante olhando as águas, encurvando-se sobre elas, mãos nos joelhos, rindo de gritos de encorajamento e desafio que soaram aqui e ali. O delicado anjo que era Judy, aquela que eu só conhecia debruçada sobre sua Remington como um lírio pré-rafaelita sobre o segredo da beleza essencial, sem matéria, era sólida de coxas e tinha uns quadris de égua em flor. Quando levantou os braços para o mergulho, modelando os seios por dentro da malha preta, eu já estava prestes a pedir clemência. Judy caiu n'água debaixo de aplausos, deu umas braçadas talvez pouco profissionais mas vigorosas, e quando voltou à margem, irisada de sol, espremendo pingos de ouro do cabelo, deixou atrás de si águas — acho que todos que ali estavam confirmariam isso que digo — muito mais vivas, febris de primavera. Senti, na hora, que minha vida tinha virado uma lagoa fria e que, quando bem entendesse, Judy me dilaceraria com um mergulho, e se poria a nadar, à vontade, no meu seio. Quando voltamos ao trabalho, meia hora depois, fui à sala dela, sem muito saber o que ia dizer:

— Eu vi você ainda agora tomando banho no lago — falei, quase como se estivesse pondo nela a culpa de alguma coisa.

— Sim — respondeu Judy franzindo as sobrancelhas, exagerando talvez seu espanto, a cabeça inclinada para um lado, feito o cãozinho do selo da RCA Victor.

Eu me curvei, meio sem graça, tentando parecer mundano, galante.

— Pois eu sou o lago que saí das margens e vim atrás de você.

Judy apoiou as mãos no rebordo da mesa, levantou os pés do chão, e falou, meio zombeteira:

— Que frias águas invadiram a sala, Mr. Pond!

Passei o resto do dia em grande desassossego, não dormi de desejo dela e de medo de que, transbordando de amor como eu estava, caso Judy resistisse a mim e de mim exigisse, antes de ser minha, compromissos sérios, eu seria capaz de sacrificar não importa o quê: e é claro que eu pensava em Maria da Penha, no nosso casamento e nossa vida futura no Brasil. Mas a adorável Judy achou a coisa mais natural do mundo ir ao meu apartamento de Elephant & Castle quando, no dia seguinte à noite, saímos do cinema onde eu tomara a mão dela na minha. Foi, passou a noite comigo, e preparou ovos para nós dois comermos, com salsichas, no dia seguinte. Judy foi para mim a deliciosa revelação do amor em estado puro, desligado de todo e qualquer trato, compromisso, preocupação. Um folguedo dos deuses. Um piquenique. Aliás, antes que me esqueça, Judy, a feiticeira de Aldenham, era uma mestra de piqueniques. Nós dois poupávamos o ovo e o queijo dos nossos cupões de racionamento, Judy colhia cerejas e catava cogumelos, e trazia da casa da mãe uma sidra espumante e forte, feita com maçãs do ano anterior. E haja beira de riacho, haja recanto de mata, haja sombra de carvalho e haja minha capa impermeável que eu estendia no chão para nos amarmos e que acabou um pano sem cor definida, um glorioso trapo com vestígios de mil batalhas de amor à sombra das faias.

Ai de mim, minha relação com Judy, apesar de tão intensa e fundamental, foi breve, e a culpa da brevidade cabe a mim. Ou não? Às vezes tenho a impressão de que ela, para desviar o curso de uma conversa que, por alguma razão, não lhe agradava, me empurrava, sem querer, é verdade, para confissões e confidências inteiramente imprudentes, além de descabidas.

Foi no meu apartamento, cedo de manhã, e eu acordei com a voz de Judy ao telefone, na peça vizinha. De início, sonolento demais, não prestei atenção, e nem era fácil entender o que era dito porque Judy falava baixo, sem dúvida para não perturbar meu sono, mas um nome, pelo próprio espanto que me causou, ouvido assim de repente, tão cedo de manhã, em Elephant & Castle, me fez abrir olhos e ouvidos: o nome de Germán Busch.

— Não, não — dizia Judy —, nada de grave. O autor da palestra não radicaliza nada e em primeiro lugar não afirma, como fazia aquele outro que foi vetado, que Germán Busch foi assassinado. Confirma que se matou. E acrescenta que há quem fale em assassinato, mas sem qualquer prova maior.

Escutei isso espantado, sem imaginar que minha Judy fosse tão versada na história da Bolívia e do tio de Miguel Busch.

— O autor fala bastante na missão militar alemã — continuou Judy —, e alude ao nome *germânico* de Busch. Mas não aprofunda nada e não menciona o finado capitão Ernst Röhm. Pode soltar a palestra, Página.

A última palavra de Judy me informava com quem falava ela. Ainda bem, pois o fato de saber que do outro lado da linha estava Moura Page de certa forma me tranquilizava o espírito ainda mal desperto. Quando Judy, desligado o telefone, voltou ao quarto, me encontrou sentado na cama, e, antes que eu pudesse abrir a boca, foi logo dando a explicação que não tinha sido pedida:

— Não se espante com meus conhecimentos em relação à Bolívia, que...

— Gostei de ver! Conselheira de Moura Page para assuntos do Altiplano.

— ...que era uma das especialidades do meu professor, Sunyer. Ele lecionou literatura espanhola na Universidade de La Paz logo que se exilou.

— E você ficou, também, uma professora! — exclamei eu, implicante. — Vai ver que esteve lá, também, na Bolívia, mas não conta nada. Finge que não sabe nada.

— Eu nunca fui — ela respondeu, um pouquinho amuada — a nenhum país da América Latina. Quem sabe você não me convida para ir ao Brasil?

— Bem, convidar, convido. Mas o Brasil não é bem América Latina, não esqueça.

— Não, nenhum brasileiro deixa a gente esquecer que tudo no Brasil é diferente, não?

Neste exato ponto é que eu, querendo por minha vez desviar o assunto, caí, até agora não sei como, ou por que, num buraco sem fundo. Alegre, tolo, cismei de recitar:

— Ai, como é diferente o amor em Portugal!

— Portugal? O que é que Portugal tem a ver com isso?

— Nada, Judy, bobagem minha. Me lembrei de repente dessa fala numa velha peça em verso, uma peça antiga, fora de moda, mas que deixou esse verso, assim, solto no espaço.

— Sei, mas o que é que quer dizer?

— Bom, a peça é uma conversa de velhos cardeais relembrando amores da mocidade, e o cardeal português diz que é mais… mais puro o amor em Portugal.

O sorriso se acentuou nos lábios de Judy mas sua pele ficou um tanto mais rosada, acentuando as quase interrogações douradas das sobrancelhas.

— No Brasil também é mais puro? Os portugueses levaram esse tipo de amor para lá?

— Por favor, Judy, eu juro que quase não sei mais por que diabo fui me lembrar dessa peça, que não tem nada, de fato, a ver… com o nosso assunto, quer dizer… com a gente.

— Tem certeza? Se saiu assim da sua cabeça, por alguma razão foi. Como é o amor que você, por exemplo, sente por Maria da Penha, sua noiva? Vá, conte aí. Aliás, ouvi dizer que ela está vindo para a Inglaterra, não?

Não cheguei a cometer a grosseria de dizer a Judy — que me dava a impressão de não ter sido virgem nunca, ou de jamais ter reparado se era ou não — que a virgindade das moças era assunto grave no Brasil, mas falei:

— Esse negócio de noivado, de marcar casamento com muita antecedência, da noiva ir fazendo aos poucos o enxoval, tudo isso ainda é assim, à moda antiga, no Brasil. A moça fica amarrada, como se diz, só pensa naquilo, conta os anos que faltam, os meses, pensa no véu, na grinalda, nos botões de flor de laranjeira.

— Ainda há gente que se casa assim, aqui — disse Judy, encolhendo os ombros. — Questão de gosto.

— Exato — disse eu, rápido, imaginando que agora tínhamos atingido na conversa um ponto em que tudo se esclarecia.

— Exato? — perguntou Judy.

— Aqui é uma questão de gosto, lá, não.

Não achei, na hora, que tivesse dito nada demais, nem me pareceu que Judy tivesse ficado melindrada com minhas palavras. Mas praticamente no dia seguinte ela se afastou de mim com uma espécie de determinada velocidade, e, não fosse ela, sempre e sempre, tão doce, eu diria mesmo determinada violência. Basta dizer que passou a aceitar, sem a mínima hesitação ou repulsa, a corte de Rafael Alberoni.

Acabo de reler a última frase — e de assoar o nariz com certa raiva — e me detenho um instante para não permitir que minha antipatia pelo Rafael Alberoni deforme pessoas e acontecimentos. Ele até que tem boa estampa, esse rapaz, ou rapagão argentino, claro de pele, bastos bigodes, negros cabelos cacheados, metido a imitar, quando pega um microfone, Carlos Gardel. Além do tipo físico do mocetão, muito conveniente a uma moça disposta a enciumar um namorado desastrado, vem à tona, de novo, esse outro aspecto de Judy, a aluna do professor Sunyer: segundo Elvira, que eu sondei com habilidade, Judy é muito bem informada acerca da política argentina, assessorando Moura Page a respeito e revendo os textos de palestras que Rafael Alberoni lê com bela voz abaritonada, sem, naturalmente, saber o que lê. O presidente da Argentina, Ramón Castillo, está sendo pressionado pelos aliados para encerrar a neutralidade do país, em lugar de se curvar a jovens militares fascistas, germanófilos, que podem acabar tomando conta do governo. A informação de Elvira me convenceu, em primeiro lugar, de que a situação da Argentina é problemática; de que, em segundo lugar, a minha também é problemática, imprensado que estou entre o cardeal português e o presidente argentino; e de que, em terceiro e último lugar, sou forçado a concluir que Judy já devia estar de olho no Rafael Alberoni, pois as relações atuais dos dois vão muito além do que seria necessário para vigiar, de longe, o presidente Castillo e os jovens oficiais fascistas, ou para apenas despertar, em mim, ciúmes leves.

Quando cheguei, dois dias depois da *Ceia dos Cardeais*, à sala de Judy, deparei, de chofre, com a inaceitável cena de Alberoni cantarolando *Mi Buenos Aires querido* ao ouvido dela. É bem verdade que não estavam sós, pois Elvira, a serviço de Moura Page, retocava, com vistas à linguagem, o texto que a Judy tinha datilografado — e revisto, politicamente, como eu sabia agora que era função dela — e que dentro de uns quinze minutos seria gravado pelo Alberoni. Depois de entrar eu bati a porta, para pelo menos assinalar minha entrada e perturbar o tanguinho composto por Alfredo Le Pera e Carlos Gardel.

Alberoni desviou os olhos de Judy e formulou, mais a Elvira que a mim, e apenas para afetar naturalidade, a primeira pergunta que lhe ocorreu, e que não podia ter nada a ver com o tema do trabalho dos três:

— Como se diria *pebeta*, em inglês?

Elvira levantou os olhos da sua leitura para dizer:

— Palavra de lunfardo argentino só pode ser expressa em *cockney*.

— Eu sugeri *lassie* — disse Judy, tímida.

— Não serve — disse Elvira, categórica — porque tem sabor escocês, nem *colleen*, que tem sabor irlandês, nem, muito menos, *girl*. É mais na área de *chick, popsy, honeybun*.

Tanto quanto Judy, que abriu os olhos azul-violeta de sincera admiração, tanto quanto eu próprio, Alberoni deve ter ficado impressionado com a tranquila relação que havia entre Elvira e as palavras. Mas, como tinha querido sobretudo se livrar do constrangimento de ser surpreendido por mim durante seu concertinho matreiro e milongueiro, adotou um ar sério e continuou conversando com Judy. Me virei, então, dando as costas aos dois, para Elvira, que não perdeu a oportunidade de citar o *Finnegans Wake*:

— *In and near the ciudad of Buellas Arias* — disse. — Você vê que Joyce, quando trocadilha Buenos Aires, pensa em termos de belas árias.

Dei de ombros, em parte para aparentar que estava perfeitamente a par do que Elvira falava, em parte para continuar criticando Alberoni, que agora trauteava *La Cumparsita* como que para si mesmo, algo mais longe do ouvido de Judy.

— Árias podem ser belas em si mesmas, mas dependem do intérprete, quando cantadas.

Elvira, então, pela primeira vez me olhou bem de frente, com aqueles olhos verde-folha, e afinal disse, maliciosa, deitando um olhar a Alberoni.

— He was the killingest ladykiller, *o mais* dom-juânico *dos* dom-juans.

Confesso que — e juro que não pela referência, pela frase em si — esse vezo de Elvira, de intervir em tudo com suas citações, me deixou irritado e me fez espirrar. Ao mesmo tempo, porém, havia nos olhos dela um bálsamo, um verdejante refúgio para os meus, já então ardidos, secos, de ver no canto da sala os claros cabelos de Judy, ainda úmidos da natação, quase misturados ao negro encaracolado dos de Alberoni.

— Se você ainda não leu *Finnegans Wake*, no original — disse Elvira —, vai ler em breve minha tradução espanhola.

— Vamos dar uma volta pelo parque? — propus, breve, viril.

— Curtinha, que eu tenho de voltar ao Página. Deixe eu anotar aqui uma última dúvida. Enquanto isso — e Elvira apontou com um gesto de cabeça o casal — você completa sua *Exagmination round his Factification for the Incamination of Work in Progress.*

Levantei as sobrancelhas, sorrindo:

— Você quer dizer *examination?*

— Não quero não. É como se você dissesse em brasileiro, em português, *Exagme em torno da sua Factificação para a Conducção do Trabalho em Marcha. Exame* é coisa bem mais profunda que um mero exame. O trabalho em marcha assim *exagminado* era o de Joyce em sua criação céltica do *Finnegans Wake*; o trabalho em marcha do Alberoni se refere à sedução tânguica da bela Judy. Mas me dê um momento e já vamos passear.

PARTE III

Esta campanha, que finalizou com a incorporação de Quito, Pasto e Guayaquil à Colômbia, foi feita sob a direção nominal de Bolívar e do general Sucre, porém os poucos êxitos alcançados pelo Exército se deveram integralmente aos oficiais britânicos, e, em particular, ao coronel Sands.

Karl Marx, *Bolívar y Ponte*, em *Marx e a América Latina*, José Aricó, Paz e Terra.

Depois de se aposentar no Ministério do Exterior, e de, em Londres, se instalar definitivamente nos seus aposentos de Manchester Square, Herbert Baker pediu a Nora Battersby, a dona da pensão, a lista telefônica da cidade, na qual contou mais de quinze colunas com o nome Baker. Uma multidão. Como ele chegara ao fim da sua vida profissional concluiu que, na melhor das hipóteses, só tinha ainda fôlego e poder para, usando aquele seu endereço novo e — imaginava — terminal de Manchester Square, incluir mais um Baker na lista telefônica.

De repente, graças a um jovem e influente amigo, a guerra tinha lhe trazido um trabalho inesperado, interessante, na BBC. *"À quelque chose malheur est bon"*, tinha dito a si mesmo, passando a procurar algum ditado semelhante em espanhol, idioma que, afinal de contas, lhe dava no fim da vida aquela promissora atividade. *"No hay mal que por bien no venga"*, encontrara no *Diccionario de Refranes*, e, mais conciso ainda, *"No hay mal sin bien, cata para quien"*. Se catar quem, pensou o Baker, para mim a guerra foi um bem. Acresce ainda que a bomba da Luftwaffe que havia caído, ainda que sem explodir, em Broadcasting House, tornara a BBC mais heroica, falando pelos seus microfones, a cada dia que passava, e no pleno fragor da *blitz*, um número cada vez maior de idiomas. Não era mais, continuou a pensar, o Império impondo sua língua ao mundo inteiro, às *lesser breeds*, e sim, com uma espécie de orgulhosa humildade, falando, do seu trono em Londres, as línguas dessas "raças menores": como uma fábula radiofônica, o leão atacado traduzia seu rugido imperial nas várias falas desses bichos mansos, não tanto para que lamentassem, ou presumissem ajudar o leão, mas para que lhe votassem uma admiração ainda maior. Ora, o momento era propício para que um Baker conseguisse a única forma viável de se destacar entre tantos homônimos: um título na outra lista, a régia, a nobiliárquica, em vez da telefônica. Lord Baker, por exemplo.

Herbert Baker se atirou de corpo e alma ao trabalho, refrescando, inclusive, seus conhecimentos de espanhol com a leitura dos clássicos da língua e de escritores hispano-americanos contemporâneos. Esbarrara, porém, em Moura Page, menino colonial, mestiço de inglês com brasileira, carreirista descarado que mal sabia espanhol, e que ao sentir, pois tolo não era, a superioridade cultural dele, Baker, tinha montado um esquema de cautelosa mas insistente intriga, para em breve assumir, sozinho, o poder no Serviço Latino-Americano. Baker se defendia, claro, tratando de organizar um *sottisier* de Moura Page, um rol das tolices culturais que ele perpetrava. Dois dos verbetes desse dicionário de barbaridades o Baker prezava muito, pois haviam gerado verdadeiros apelidos. Certo dia em que o Moura Page, na mesa de reuniões, tinha deixado perceber que Índias Ocidentais eram, para ele, a região Oeste da Índia, o Baker o saudara gravemente como um homem pré-colombiano. Noutra ocasião, quando era discutido um programa que fazia alusão a Noé e sua descoberta do vinho, Moura Page tinha insistido que Noé era o da arca e não alguém ligado à bebida, e o Baker, Bíblia em punho, provara que ao sair da arca e cultivar sua parreira Noé também tinha feito vinho. Bernardo Villa concluíra que Moura Page era um autêntico antediluviano, pois só tinha conhecimento do que aconte-cera antes, ou até, o dilúvio.

Estava Herbert Baker, aquela manhã, folheando seu ca-derno e buscando exatamente as doces páginas em que "o Página" aparecia mais desajeitado, quando Nora Battersby bateu para anunciar um visitante, de nome Monygham, William Monygham, que pouco depois assomou à porta, com um embrulho do que definiu como presentes de além-mar: charutos, um pacote de café e outro de cacau. Foi saudado com efusão:

— Ah, presentes vindos de plantações latino-americanas e que me fazem lembrar, meu caro Monygham, que ainda não agradeci em pessoa o fato de você ter lembrado meu nome à BBC. Estava eu afundando devagar na minha pró-pria extinção quando vup! você me levantou pelos sovacos e me pôs de novo em terra firme. Graças a você, e só a você, desfruto novamente de ambições e portanto de aflições, invejas, inquietações. Estou vivo.

William Monygham sorriu, olhando com afeto o velhote excêntrico, complicado.

— Bem, imagino que agora pelo menos esteja reconhecendo aquilo que você se queixava de jamais haver descoberto: a utilidade da América Latina.

— Tem razão. Pelo menos agora no fim da vida, a América Latina me ajuda a viver, o que não é pouco, mas você, que é jovem e tem uma carreira promissora a percorrer, trate de se livrar dessa gorda e desmazelada dama ibérica, que há meio milênio arrasta seus chinelos cambaios por uma chácara tão suja e decadente quanto ela própria. Abandone, como quem abandona uma canoa furada, o hemisfério inteiro, Monygham, já que dos Estados Unidos e do Canadá britânicos muita gente se ocupa, e o resto, do México à Terra do Fogo, não vale um caracol, não vale o tempo que você vai perder, o tempo que eu perdi. A América Latina não interessa a ninguém, como você verá, se insistir. Ninguém vai querer saber nada de você, se você só souber coisas a respeito dela, ninguém lhe perguntará nada, se seu assunto for ela, a dama da chácara. A América Latina não anda, e jamais vai andar para a frente, e a única possível representação gráfica da história dela seria a imagem de um cão correndo incansavelmente atrás do próprio rabo. Ou cadela, no caso.

— Só espero — disse o Monygham, rindo — que você não fale assim com os próprios filhos da dita região, que seriam os filhos da cadela, em Aldenham House ou Portland Place.

Herbert Baker afrouxou com os dedos a gravata, o colarinho, com um súbito desconforto.

— Não… Bem… Quer dizer… Vai tudo bem, de um modo geral. Você sabe que a concessão que sempre fiz aos cucarachas é que têm bom humor, ou, melhor dizendo, um cinismo básico, inteiramente compreensível em cidadãos de países que deixam tanto, ou, para não usar meias palavras, deixam tudo, tudo a desejar. Mas de vez em quando surge o latino-americano fanático, carregado de destino, ungido do Senhor, orgulhoso ninguém sabe de quê ou de quem, ressuscitando guerras mortas e heróis que nem as enciclopédias sabem mais quem foram, o que fizeram, nem...

— Facundo Rodríguez! — exclamou o Monygham com nova risada e uma palmada na coxa. — Não pode ser outro. Meu querido companheiro de viagem, guerreiro do Chaco, bisneto e neto de Francia, de López, filho de... como se chama?

— Do general Estigarríbia — gemeu Herbert Baker. — Você adivinhou logo de quem eu falava, claro, pois nem a América Latina havia de produzir dois Facundos, duas pessoas como Facundo Rodríguez, Deus nos livre e guarde.

De súbito pensativo, as mãos agora em repouso sobre os joelhos, quase sentindo, numa e noutra, o balanço do *Pardo*, revendo lampejos de conversa mais do que relembrando palavras, Monygham falou como se houvesse esquecido por um momento a presença de Herbert Baker:

— Será que vamos conseguir segurar a Índia?

— Segurar o quê?

— Em plena guerra, como estamos agora, veja o trabalho que nos dá esse Gandhi, com sua tanga ridícula, seu bastão de santo: nos dá trabalho, preocupação, um remorso vago, raiva surda. Insegurança, em suma. O que esses tipos provocam num Império responsável, justo, é isso, é insegurança. E não há nada pior. Não há autoridade imperial que resista a fanático, santo.

— Meu caro Monygham — disse com irritação Herbert Baker —, se você deseja discutir elevados temas históricos podemos começar. Se, por outro lado, deseja falar sozinho também pode, e eu pegarei um livro. Agora, uma advertência: elevados temas históricos nada têm a ver com a América Latina, e…

— Calma, calma — interveio Monygham. — É que eu fiquei evocando Facundo e as conversas de bordo, as longas noites de navio, quando não há nada a fazer e… Olhe, Baker, Facundo, eu lhe dou de barato, é uma pessoinha difícil, contorcida, um fanático, como você mesmo disse, ungido do Senhor, isto é, esquisitão, sei lá. Mas ao mesmo tempo é… uma natureza nobre, Baker.

— Hum! — grunhiu o Baker.

Mas o conceito de nobreza tinha levado Herbert Baker a outros pensamentos e preocupações, às cerradas e anônimas colunas de Bakers no catálogo telefônico. Aliás, como Nora Battersby, providencial como sempre, tinha batido à porta e entrado com um carrinho onde tilintavam o bule de chá, as xícaras, os pratinhos de torrada e geleia, o Baker, ao retomar a conversa, afastou Facundo com uma espécie de furiosa brevidade para abordar o desejado assunto.

— Se você quer saber minha opinião, Monygham, esse paraguaio não passa de um pobre-diabo em luta contra sua insignificância pessoal dentro da insignificância desse pobre-diabo nacional que é o país dele. E ponto final. Quem, na realidade, me preocupa bastante no Serviço Latino-Americano — não sei se você sabe direito de quem se trata — é o tal de Moura Page.

— Moura Page? Mas claro que sei de quem se trata. Nós, de certa forma... trabalhamos juntos, ou por outra, não nos encontramos quase nunca, mas mantemos contato, ou nos vemos em lugares tranquilos, de que já falei a você, como, por exemplo, Thames Ditton.

Herbert Baker sorveu lentamente um gole do seu chá, contrariado, quase abalado, embora não deixasse transparecer — ou achava que não — o que sentia. Se Moura Page estava ligado àqueles outros ramos de atividade, seu poder se duplicava, ou simplesmente se multiplicava, o que fazia dele, *sottisier* ou não, um adversário muito mais sério do que havia suposto, e muito mais perigoso.

— Monygham, eu já disse isso a você, mas hei de dizer de novo, hei de repetir sempre que surgir a ocasião, que você devia, enquanto é tempo, arrepiar caminho, recuar, voltar à estrada real da diplomacia, em lugar de... Bem, o resto você sabe e eu só acrescentaria que tal tipo de atividade pode até, de alguma forma, dar certa dimensão a um Moura Page qualquer — um homenzinho na melhor das hipóteses astuto, meio perigoso, mas destituído de qualquer importância — mas tiram algo de pessoas do seu talento, da sua inteligência.

Monygham ficou espantado, intrigado, meio inquieto com o tom de Herbert Baker. As críticas dele à América Latina eram antigas e reiteradas, mas o fundo rancor que parecia alimentar em relação a Moura Page era surpreendente.

— Meu caro e velho amigo, se e quando você quiser que eu fale a seu respeito com Moura Page é só me avisar. Você não me deve nada, ao contrário, eu é que lhe devo mil conselhos e gentilezas e uma amizade que prezo muito.

Se de alguma forma ele ameaça você, ou sua tranquilidade no trabalho, me diga, me previna que eu entro em cena.

— Não, não se preocupe com minhas prevenções de velho rabugento.

— Olhe…

— Pois se você insiste digamos que está combinado. Caso aquele pré-colombiano e antediluviano se meta na minha vida, você será imediatamente avisado.

Do Diário de Perseu de Souza:

"Dormi mal, de tanto espirrar durante a noite, e cheguei a Londres cedo demais para ir direto a Portland Place. Saltei do metrô em Piccadilly, para uma volta pelas livrarias e os sebos de Charing Cross Road, e lá, como sempre, fui dar minha olhadela nos livros de arte da Zwemmer. Eis senão quando, imponente, encadernado em vermelho com letras e frisos dourados na lombada, dou de cara com *Finnegans Wake*. Tirei o volume, alto como um dicionário, do seu reforçado estojo creme e dei uma primeira folheada de exploração do terreno, não sem observar, antes, que se o livro ostentava, em tinta verde, a firma do autor, custava, em compensação, não menos que seis libras e dez xelins. *Finnegans Wake* começava com letra minúscula, prosseguia impávido durante 628 páginas e acabava sem ponto final.

— Caro, não?

Quem fazia a pergunta era um caixeiro da livraria, alto, triste, magro, sorriso cético.

— Bem — sorri —, nesse caso faça um abatimento.

— Não posso. Não dá. Em primeiro lugar, veja o papel encorpado, de alta qualidade, tão diferente do papel usado nos livros de agora, tipo de guerra, *utility*. Em segundo lugar, o livro é a coqueluche, em Paris, Nova York e no Bloomsbury, e só existem 125 exemplares desta primeira edição que está em suas mãos. Desse ponto de vista é uma pechincha.

— E qual o outro ponto de vista? — perguntei.

— Sua pergunta é razoável, quer dizer, não há qualquer outro ponto de vista. Se se verificarem as altas esperanças depositadas nessa obra, que se segue ao *Ulysses*, o senhor provavelmente deixará aos seus filhos o exemplar que tem nas mãos como quem deixa uma joia. Mas....

— Sim? — insisti.

O caixeiro olhou à sua volta, na loja, e pela porta aberta do escritório, antes de observar:

— Dizem que o livro gira em torno de uma carta que uma galinha ciscou de dentro de um monte de lixo, em Dublin.

Assustado com minha própria extravagância mas certo de que, sem ler o livro, não podia entreter a mínima esperança de aprofundar minha relação com Elvira O'Callaghan, fiz a compra, sob um olhar de melancólica reprovação do caixeiro da Zwemmer, e saí com o alentado embrulho. O peso do livro, a conversa do caixeiro, e, mais, o mal-estar que me mareava e que me trouxe à lembrança a ressaca produzida pela noite do Swan, de Thames Ditton, se somaram para me convencer, por um lado, de que um livro afamado como aquele não podia girar em torno de uma carta bicada num monturo por uma galinha, e, por outro lado, de que meu pai devia estar um tanto fora do seu juízo para extrair, sabe-se lá de que monturo, a carta que me escreveu, sobre pardais e tico-ticos. O pai tinha chegado, quando tomávamos cerveja no Swan, a clamar contra a injustiça, dizia ele, de um chorinho como *Tico-tico no fubá*, por disseminar a impressão errônea de que o tico-tico assalta, como o pardal-ladrão, a lavoura e a despensa do homem, quando o tico-tico prefere ajudar o homem, comendo os insetos daninhos. Agora, a pretexto de acusar recebimento de bilhete meu comunicando o endereço de Elephant & Castle, o pai mandava uma carta em que depois de estabelecer, até com citações eruditas, a diferença entre o pardal granívoro e o tico-tico insetívoro, prosseguia: 'Deus, na sua infinita sabedoria, pôs no Brasil apenas o tico-tico, com seu belo topete. No entanto, Pereira Passos, enquanto dava ao Rio a Avenida Rio Branco, importava, com perversa ignorância, pardais da Europa. E os pardais, logo que foram disseminados pelo Rio, Niterói e pelo resto do Brasil começaram a atacar seus primos bons, os tico-ticos, também fringilídeos mas tão diferentes, começaram a ocupar o ninho dos tico-ticos. Os alemães, Perseu, são os pardais da Europa, as bombas que nos atiram são ovos de pardal. Apesar do seu topete mosqueteiro, os franceses são tico-ticos e já tiveram o ninho ocupado pelos pardais. Como explicar que Pereira Passos'... A tola carta, que antes de acabar de ler eu já tinha enfiado no bolso, lá continuava, amassada no fundo do bolso, me irritando mais ainda com aquelas infantilidades sobre fringilídeos quando eu tinha de me preocupar, de forma tão próxima e tão direta, com o cerco que o gavião Alberoni fazia a minha pomba-rola Judy, para nem falar na entrada em cena da régia Elvira, *condoresa* dos Andes.

Encontrei à minha espera, na *Voz de Londres*, com sua Isobel, um Facundo Rodríguez que me parecia estar num raro dia de contentamento. Quase cometi a indignidade de toldar aquela manhã de sol perguntando a Facundo se, no Museu Britânico, havia afinal conseguido a prova de que o Paraguai é que ganhara a guerra, em 1870, mas me contive.

— Eu sei — disse Facundo, quando nos sentávamos no meu escritório — que você é dissimulado e prefere não ficar, em nenhuma hipótese, mal com seus patrões ingleses, o que acontece desde os tempos da Guerra do Paraguai. Mas no caso, que não é grave, acho que vou poder contar com seu apoio. Vou apresentar, ainda sem maiores detalhes, uma sugestão de programa de radioteatro ao Serviço Latino-Americano.

— Novidade velha — disse eu, num tom propositadamente de enfado —, um programa a respeito de Aldenham House.

Facundo empalideceu, silencioso por um segundo.

— Compreendo, o Baker deve ter conseguido alguma informação detalhada. Vai ficar contra, é claro.

— Que Baker que nada, Facundo, deixe dessa mania de perseguição. Quem me falou vagamente no programa foi a Judy, dias atrás.

— Ah, ainda bem — disse Facundo, se recompondo.

— Vamos. Fale logo. Trata-se de quê? Uma história de detetive? Um crime em Aldenham House?

— Não, Perseu, meu caro amigo. Coisa muito mais fina. *O crime* de Aldenham House.

— Ah, não complique as coisas. Alguém, algum dia, cometeu um crime em Aldenham House? É isso que você quer explorar agora? E que relação pode ter a história com o Serviço Latino-Americano?

— O crime começou no Peru.

— Ah, sim. No tempo dos incas, provavelmente. O crime ocorre entre espanhóis da tropa de Pizarro e os nobres do séquito de Atahualpa.

— Ocorre entre albatrozes, corvos-marinhos e sei lá que outros pássaros cagam fosfatos e nitrogênio para fertilizar as terras de lavoura dos países ricos. Você já viu o tal do *Cidadão Kane*, que foi lançado outro dia num cinema de Leicester Square?

— Facundo, escute, eu tenho trabalho a fazer e um livro a ler.

— O filme tem um berro de cacatua que explode na tela e que me deu a ideia do início do programa. Mesmo sem a imagem — ou sobretudo sem a imagem — um grasnido daqueles é uma coisa fantástica, um pio monstruoso de alcatraz peruano denunciando, ao microfone da BBC, que o precioso cocô dele está sendo levado de navio para a Inglaterra. E sabe para quê, Perseu? Sabe o que é que o cocô do pássaro vai construir na Inglaterra?

Diante do estoico não com que eu respondia balançando, pausado, a cabeça, Facundo emendou, mais do que alegre, agora, entusiástico:

— Aldenham House! Aldenham House — é bom demais, meu Deus! — tem alicerces de guano, Perseu! O ricaço que construiu a casa ficou rico com guano. Eu bem que dizia e avisava que Aldenham House era uma merda, mas me faltava a prova de que vocês, lá, trabalham na merda, sentam na merda, merda nossa, latino-americana, pois até a merda nos roubam do rabo.

— *For God's sake, honey* — disse, rindo, Isobel.

— Mas é a pura verdade — continuou Facundo —, uma verdade fedorenta mas pura. E descobri, há poucos dias, o que me faltava, uma quadrinha, um versinho, que encerra a história, feito um arabesco de arremate num livro de impressão caprichada. A quadrinha diz assim:

Anthony Gibbs
Made his dibs
Out of the turds
Of Peruvian birds

— Realmente — disse eu —, a história, se é verídica, é interessante.

— Interessante, Isobel, interessante, eis o que tem a dizer um cidadão do Brasil diante de um dos mais perfeitos fenômenos históricos de predestinação! Vai um inglês para o Peru. Passa anos colhendo titica de albatroz, de corvo, multiplica por mil, com esse adubo, suas lavouras, e afinal, com as burras cheias de dinheiro, salva das ruínas, constrói de novo Aldenham House, e essa casa vira, ao tempo da Segunda Guerra Mundial, a sede do Serviço Latino-Americano da BBC. E o Perseu acha "interessante". Interessante os colhões!

— *Honey*!

— A verdade, ó Senhor, é que não merecemos tão perfeito, tão explícito, tão clarividente simbolismo. Isso é simbolismo para até latino-americano entender. Eis uma tosca adaptação, que vou pedir à Elvira que aprimore.

Anthony Gibbs
ganhou seus trocados
com a bosta, o guano
do albatroz peruano."

Aquela tinha sido sem dúvida a mais enrolada, a mais grandiloquente, sobretudo a mais amalucada de todas as reuniões jamais realizadas no Serviço Latino-Americano da BBC, disse a si mesmo Moura Page, ao iniciar uma longa e sofrida conversa consigo mesmo. Só um duvidoso fruto se poderia talvez colher dela, e era a bem fundamentada suspeita, quase a certeza, de que Herbert Baker, por cansaço, velhice, ou o que fosse, estava perdendo terreno no duelo contra Facundo Rodríguez, estava, na verdade, entregando os pontos. Moura Page tinha realmente ficado chocado com a bonomia (ou covardia?), com a pachorra (ou fadiga?) com que o Baker havia aprovado — e até elogiado — a proposta escrita de Facundo Rodríguez, o que, no final das contas, obrigaria ele, Moura Page, a se manifestar contra! Ele gostava, naturalmente, de ser "o Página", o simpático, o bom moço que tinha seu lado sério, inglês, mas que compreendia e até compartilhava do descuidado e divertido espírito de improvisação latino-americano. Mas essa do Facundo, de propor a montagem de toda uma peça radiofônica — com efeitos sonoros em que aves marinhas alternavam seus berros com roucos urros de marujos e piratas ingleses — para dizer que Aldenham House não passava de um monte de merda de gaivota peruana! Isso de anunciar, ao microfone da Estação de Londres da BBC, que "estamos falando sobre assoalho e entre paredes que são puro guano peruano, titica de albatroz, bosta de pelicano", isso é levar o inconveniente e o chulo a um ponto intolerável, insensato. É claro, prosseguiu o Página, que o Bernardo Villa (em carne viva como se acha desde que leu o artigo medonho que Karl Marx escreveu sobre Bolívar) havia de rir às gargalhadas, como riu, e de bater palmas, como bateu, ouvindo as eruditas molecagens de Facundo, que mergulhou na história de Aldenham House desde sei lá o quê, ou quem — Henrique VIII ou coisa parecida — até sua decadência no período das guerras napoleônicas. Aí entra em cena — ou ressoa, ao microfone, entre trombetas e clarins — o encontro do veleiro da frota dos Gibbs com o Inca Guano, corpo cintilante de fosfatos e azotos, manto de plumas de albatroz e pelicano. Inca Guano é convidado, na praia de sua ilha, a visitar, numa outra ilha, Aldenham House. Aceita, embarca, é prontamente posto a ferros no porão do navio, morre ao desembarcar, é enterrado nas cansadas terras do parque e — milagre! — fecunda de ponta a ponta o país ameno e verde da Inglaterra. Facundo concordou, neste ponto, em suprimir a derradeira frase de Inca Guano em seu leito de morte, a maldição que lança sobre Aldenham House, para que se transformasse, um dia, no Serviço Latino-Americano da BBC, mas, à guisa de compensação, propôs, para anunciar o programa em *La Voz de Londres*, uma ilustração em que aparecesse a tradicional imagem de Britânia, só que sentada num vulcão do Pacífico, uma grande xícara nos joelhos, delicadamente se servindo, com o tridente, do guano espalhado pelas ilhas como bolinhos e *muffins* nos pratos de uma mesa de chá. Nesse momento, Elvira — logo ela, minha doce secretária — achou de intervir, entre entusiástica e comovida, para dizer que a Inglaterra, depois de arrancar do Peru todo o guano que lá havia, passou a avançar no salitre do Chile, e que, encontrando resistência do presidente do país, tal de Balmaceda, maquinou contra ele uma guerra civil. O Balmaceda — José não sei das quantas Balmaceda — acabou, no seu desespero, por se suicidar. E acontece que era avô da Elvira!

Demais, disse eu a mim mesmo, demais, e resolvi acabar, encerrar a reunião, que ameaçava se transformar numa anarquia, inclusive, agora, com a morte de parentes, de familiares, mas no exato instante em que cheguei a essa decisão, Herbert Baker afinal emergiu do mutismo em que tinha se trancado, feito uma ostra, e pediu a palavra, brandindo, na mão direita, um livro. Imaginei, então, que vinha bomba, que aquele erguer de mão era o velho escorpião de Manchester Square levantando, afinal, no ar, a pinça venenosa. Mas Herbert Baker apenas disse que estava, contra seus hábitos, lendo um romance, um romance da moda — exibiu, para que se visse o título, o volume de *Point Counterpoint* — e que uma frase, descrevendo as fortunas de uma família, se ajustava feito uma luva aos Gibbs, que Facundo mencionara. E leu a frase, que Elvira taquigrafou: "Do Peru a titica de dez mil gerações de gaivotas foi trazida em navios para engordar suas lavouras. As espigas se avolumaram; as novas bocas foram alimentadas. E ano após ano os Tantamounts foram ficando mais e mais ricos." Em seguida o Baker acrescentou, falando a Facundo, que ele passava por ser homem de *jokes*, mas que o Señor Rodríguez tinha composto, com suas pesquisas sobre Aldenham House, um *joke* perfeito. E Facundo, menos grato do que eu imaginaria, pediu um momento de atenção e advertiu, tinhoso, incansável, que talvez a pura ideia de um programa-*joke* não ficasse de pé depois que ele introduzisse, no seu trabalho, a freira. E como todos, naturalmente, quisessem saber que freira, falou:

— A freira louca, encarcerada no porão de Aldenham House.

Depois de um presidente suicida, no Chile, o que nos faltava era uma doida acorrentada a uma coluna de pedra nos subterrâneos de Aldenham House, gemeu Moura Page.

— Quando arrendaram Aldenham House à BBC — prosseguiu Facundo, maníaco, minucioso, consultando notas —, os proprietários reservaram certas áreas e pequenos cômodos da propriedade à guarda de móveis, alfaias. Retiraram do chão e carregaram para esses refúgios os tapetes de Bokhara e os jarrões de cobre dourado, indiano, onde floriam aspidistras o ano inteiro; de cima das mesas, cômodas, consolos de lareira tiraram estatuetas, bibelôs, castiçais; da preciosa saleta de música estilo século dezoito, onde, segundo Perseu de Souza, Rafael Alberoni canta hoje *Noche de Reyes*, removeram um cravo, um virginal e uma gaita de foles; da biblioteca removeram um garboso batalhão de livros encadernados em marroquim vermelho com a gravação, em ouro, do brasão da família, quase todos a respeito de Suttons, Coghills, Hucks que viveram nesta própria casa, e outro batalhão, menor, de couro verde e as mesmas armas, de romances antigos, como *Mysteries of Udolpho*, uma primeira edição de *Frankenstein*, 1818, e três edições seguidas de *The Moonstone*, de Wilkie Collins, autografadas pelo autor. Mas a parte principal desses tesouros de Aldenham House, guardados a chave, aliás com muito critério e competência, por Mr. Christopher Holt, é a que saiu das paredes de Aldenham House, isto é, os quadros, ou melhor, os retratos a óleo; uma certa Faith Sutton foi pintada por Gainsborough, Eleanor Towneley-Ward, *née* Hucks, foi pintada por Romney em 1780, e Jane Philemon Pownall, *née* Majendie, foi retratada por *Sir* Joshua Reynolds em 1764.

Neste ponto Facundo Rodríguez pigarreou e só prosseguiu depois de uma pausa dramática:

— Como estão vendo, Mr. Holt me deixou mergulhar nas entranhas de Aldenham House, mas até agora não consegui ainda chegar a menos de dois metros da enclausurada e encarcerada freira em seu hábito marrom, pois ela está atrás de uma grade, protegida por vidros, Mr. Holt não sabe bem por quê. Ou melhor, cumpre ordens, mencionando apenas um vago especialista, um perito que teria vindo a Aldenham House com a missão de levar embora *aquele* quadro. Mr. Holt só sabe o nome pelo qual o retrato foi sempre chamado na sua presença e que devia ser um nome de mulher da família, supõe-se, de uma freira, uma pessoa viva, em suma, mas que não é. O quadro é sempre chamado, simplesmente, *A Study in Browns*, o que me fez pensar na aventura inaugural de Sherlock Holmes, *A Study in Scarlet*, de 1882. Seja como for, o que se pode deduzir, imaginar, é que...

— A freira — disse Bernardo Villa — só pode ser aquele famoso esqueleto que toda família inglesa que se preze esconde no armário. Eu radiofonizo essa história, Facundo. Será o primeiro romance gótico transmitido pela estação de Londres da BBC. Pronto o *Bolívar*, inicio *A Freira Doida*!

Com essa observação do Villa, Moura Page, física e mentalmente exausto, resolveu encerrar a reunião, marcando outra para daí a dois dias, quando Facundo já devia ter o programa completo. E a si mesmo ficou perguntando o que poderia significar esse mistério da freira, essa nova descoberta, ou graçola, de Facundo Rodríguez. E resolveu, acima de tudo, esquecer, nos dois próximos dias, o Inca Guano, a freira doida e sem nome, os porões de Aldenham House, para, em vez disso, jogar uma boa partida de tênis antes do anoitecer e ir pela manhã do dia seguinte à piscina. Esse duplo programa Moura Page cumpriu, na piscina se demorou, pela manhã, nadando e consolando Bernardo Villa, que continuava muito magoado com Karl Marx, e ao escritório chegou repousado, esportivo, gracejando com a secretária Elvira O'Callaghan Balmaceda:

— E então, Elvira, que tal fazermos uma visita à freira, em sua masmorra?

— Acho que ela lhe mandou um convite, Página.

— Como assim?

— Está aí à sua espera Mr. Holt.

— Quem?

— Ora, o chaveiro, o S. Pedro, guardião de portas e de religiosas.

— Ele... Disse o que queria?

— Achei meio dispensável. Só pode ser recado da freira.

Moura Page fez um gesto de impaciência com as piadas da secretária e entrou no escritório, onde Chris Holt, um tanto nervoso, começou por se desculpar de não haver procurado Mr. Moura Page há mais tempo, para que ele ficasse a par do que estava acontecendo nos porões da casa, mas afinal de contas o caso não tinha de início parecido grave.

— Bem... A coisa é a seguinte, Mr. Moura Page. Eu tenho uma certa culpa no cartório, não nego, a culpa não é só do Señor Rodríguez não, que é sempre muito amável comigo e quando está acompanhado da mulher, então, a visita dele é um prazer, pois Mrs. Rodríguez é um cromo de moça. Mas uma coisa eu não devia ter feito sem pedir sua permissão, e fiz. Havia um quarto no porão, um cubículo, onde eu não devia ter deixado ninguém entrar, e deixei que o Señor Rodríguez entrasse.

— O que é isso, Holt? Está me parecendo a história do Barba Azul, e do quarto onde a mulher dele não podia entrar.

— E Isobel, Mrs. Rodríguez, nunca entrou lá não. Ela achou sempre, o tempo todo, que o Señor Rodríguez não devia ficar insistindo comigo para abrir a porta.

— Sei, sei, mas afinal de contas o que é que há no tal quarto? O Máscara de Ferro está preso lá?

— Há o quadro, Mr. Moura Page, o retrato da freira, o maior tesouro da casa.

— A freira?

— A pintura. Tanto assim que por pouco não foi transferida daqui, por causa dos bombardeios, para um lugar seguro, o Banco da Inglaterra, o Museu Britânico, a National Gallery. Mas o perito que veio cá — e que é de um museu aí, chamado Wallace Collection — opinou que o porão daqui era, em relação a bombas, mais inexpugnável que os cofres e arcas de qualquer edifício público em Londres, ou qualquer abrigo antiaéreo. Ele próprio preparou a tela para a hibernação, escolheu o cubículo e lá instalou um higrômetro, que me ensinou a manejar e conservar, só me recomendando, em definitivo, que deixasse o quadro o mais possível em sossego.

— E você, Holt, guardião relapso, entregou ao Señor Rodríguez a chave, para que ele invadisse a cela e violentasse a freira. Pode ficar sabendo que ele anda falando mal da freira, em nossas reuniões.

— Não brinque, Mr. Moura Page, que ele não só já esteve lá umas três vezes como quer se aproximar, quase pegar, tocar na tela. Diz ele que é porque ainda não conseguiu ler a assinatura do pintor. E o pior é que quer fotografar a freira e eu não sei se não seria um risco usar um flash lá dentro. E o pior, pior mesmo de tudo, Mr. Moura Page, é que a partir de ontem Mr. Herbert Baker parece ter pegado a doença do Señor Rodríguez e vive...

— Atrás da freira! — riu Moura Page. — Os dois apaixonados pela mesma mulher pintada e proibida, pelos seus votos, de ceder aos desejos de qualquer dos dois. Que digo? A pobre não devia *ver* ninguém, isto sim, e agora geme de amor por dois homens, a culpa de tudo isso sendo de um terceiro homem, Holt, que tenho neste instante, com horror, diante de mim!

Ao sair da reunião para o parque de Aldenham House, Elvira O'Callaghan Balmaceda perguntava a si mesma por que sentia, até nos ares brandos do fim do verão inglês, uma premonição fúnebre, de tristeza e morte, que nada tinha a ver com a guerra? Nada tinha, igualmente, a ver com os seus, com sua família, no Chile, de onde vinham notícias monotonamente boas, e onde as preocupações que havia eram com ela, que estava em Londres, que podia sofrer alguma coisa com os bombardeios. Sua inquietação vinha talvez de conversas com Isobel, que Elvira achava perturbadoramente bonita para se ocultar e se consumir, como fazia, em Facundo, na vida de Facundo, feito um pavio dentro de uma vela. Isobel achava, ou temia, sobretudo depois de uma conversa que tivera em viagem (uma conversa com Perseu de Souza, exclamava Elvira, assombrada, ela que achava Perseu tão atraente mas tão frívolo), que Facundo tivesse uma vocação de... de fatalidade, de buscar a grimpa da montanha, o beiço do precipício, o espaço entre a vaga e o penhasco, e talvez por isso ele desse, com alguma frequência, impressão de ser um tanto... *detraqué*.

O bisavô paterno de Elvira, morto antes dela nascer, era um irlandês emigrado para o Chile. Tinha legado a ela os olhos verde-trevo, e à família em geral a lembrança da frase que ele mais repetia, em tom pessimista: "A América Latina é a Irlanda transformada em continente." Quando passou a fazer parte, graças ao casamento de uma filha, da sociedade fina do Chile, e sobretudo quando viu o genro José Manuel chegar a presidência da República, achou, nos primeiros anos do mandato presidencial, que o Chile estava salvo e ia escapar à síndrome irlandesa. Mas estourou a guerra civil contra José Manuel Balmaceda, que se suicidou dia 18 de setembro de 1891, deixando uma carta-testamento. O velho O'Callaghan mergulhou num escuro pessimismo, o qual, quinze dias depois, se transformou em pessimismo negro, pois dia 6 de outubro, na Inglaterra, morreu, ou se deixou morrer, Parnell, o apóstolo da independência irlandesa. Em sinal de protesto, e com a ajuda de uma pneumonia, O'Callaghan morreu em novembro do mesmo ano.

Quando tinha contado a Facundo Rodríguez a triste história do bisavô irlandês e do avô Balmaceda, Elvira ouviu, em resposta:

— Também em 1891 morreu Sherlock Holmes, na cachoeira de Reinchenbach, engalfinhado a Moriarty, na luta final.

— Sherlock Holmes? — tinha dito Elvira, olhos arregalados. — Ele era irlandês?

— Sherlock era provavelmente inglês, sem mistura — disse Facundo, impaciente, dando de ombros. — Pensei nele porque era a encarnação do imperialismo, ele e seu lado sombrio, secreto, chamado Moriarty. Nos países dominados pelo imperialismo ninguém sabe muito bem, na hora, o que está acontecendo, por que e por quem as pessoas são mortas, por que se suicidam, quais são os motivos, a quem esses motivos aproveitam, *cui bono*. Nossa história fica um mistério insondável, porque vem pronta de fora. *Ready-made*. Uma falsa guerra civil matou Balmaceda. Uma carta falsa matou Parnell. Muitos Balmacedas ainda vão se matar, na América Latina.

— E muitos Parnells, na Irlanda.

Perdida na evocação de sua conversa com Facundo, Elvira praticamente só viu quando Perseu já estava ao seu lado. Foram andando em direção à piscina.

— Comprei seu livro, Elvira, o *Finnegans Wake*. Seis libras e dez xelins.

— Eu li no *Ulysses* — disse Elvira — uma frase que podia ter sido pronunciada por meu bisavô irlandês, a de que a História é um pesadelo do qual os irlandeses não conseguem despertar. Depois, encontrei a descrição alegre e infernal desse pesadelo no *Finnegans Wake*, que li de um sorvo.

— De um sorvo? — perguntou, quase ofendido, Perseu de Souza. — Eu li as quatro primeiras páginas e parei, ultrajado e confuso.

— Não pode, não pode.

— Não posso o quê? Ler o livro, imagino.

— Não pode ler o livro desta maneira. Tem que entrar nele e ler tudo, até o fim: *A way a lone a last a loved a long the...*

— Sei. E aí engancha tudo na primeira página, na primeira frase do livro. Muito complicado.

— *Mater Mary mercerycordial of the dripping nipples!* — exclamou Elvira, indignada. — Mater Maria mercericordiosa dos gotejantes seios! — traduziu. — Que preguiça!

Já estavam os dois, nesse momento, sentados na casa de chá à beira do lago, e se na casa de chá não havia ninguém mais, da mesma forma não havia nada entre a leve suéter creme que Elvira usava e os seios dela. O largo cachecol lhe caía, feito uma estola, do pescoço, e disfarçava a presença daqueles seres autônomos, os seios de Elvira, que, quando se afastava o cachecol, espreitavam Perseu como tímidos olhos de gazela que se imagina inteiramente escondida do caçador.

— Como se chama mesmo a Nossa Senhora que você acaba de invocar, Elvira?

— Mater mercericordiosa. Pensou que fosse a sua Senhora da Penha?

— Não — disse Perseu, ignorando a alusão. — Quero saber a invocação, a essência.

— Ao pé da letra, dos gotejantes bicos de seio.

— Elvira, que imagem forte! — exclamou Perseu que, contrito, baixou a cabeça para o levíssimo tecido creme.

Elvira empurrou o rosto dele.

— Você não tem o direito, Elvira. Não pertencem, seres assim, a ninguém. Ou talvez pertençam ao Chile, à Irlanda, à humanidade.

— Mas foram colocados sob a minha guarda, e você está mendigando um leite de ternura humana porque perdeu a namorada para o Alberoni.

— Elvira! Que ideia!

— Eu devia estar prevenida contra o Brasil, que é tratado pelo *Finnegan* com severidade. Aposto que você não sabe que quem descobriu o Brasil, quando corria o ano de 500 da era cristã, foi S. Brandão, da província irlandesa de Kerry.

— Dizem, no Brasil — respondeu Perseu, paciente —, que o descobridor, quando corria o ano de 1500 da era cristã, foi um almirante português, Cabral. Mas me rendo a você. Eu sempre achei que éramos muito mais velhos.

— Exato, mas, ao que me informam, a atitude dos brasileiros é de se imaginarem num país ainda jovem, doidivanas, com direito à irresponsabilidade. *High Brazil Brandan's Deferred, midden Erse clare language, Noughtnoughtnought nein. Assass. Dublire, per Neuropaths. Punk.* Compreendeu?

— Compreender, não compreendi. Mas me pareceu que o *animus* tinha algo de *injuriandi*, para usar um modesto latinzinho de escola de Direito diante dessa sua cultura prepotente. Pobre Brasil. Ironizado pelo Herbert Baker por causa do tirano Vargas, vilipendiado por Facundo Rodríguez por causa da Guerra do Paraguai, demolido por Elvira por causa do *Finnegans Wake*.

— Zerozerozero nein, nada. Assás — protestou Elvira. — Por causa, digo eu, de brasileiros como Perseu de Souza, que procuram sugar a energia que não possuem em peito de mulher.

— Elvira! Pelo amor de S. Brandão, que descobriu o Brasil para que uns mil quatrocentos e quarenta anos depois um brasileiro descobrisse, numa ilha não longe da ilha da Irlanda, Elvira e as glórias de Elvira, e do Senhor.

Elvira então permitiu que ele sentisse longamente, com o rosto, a forma e o calor que procurava, enquanto ela lhe afagava os cabelos, a testa, o pescoço. Perseu já se preparava para convidar Elvira a visitarem um abandonado pavilhão de caça onde estivera umas duas vezes na companhia de Judy Campbell, que apanhava cogumelos e morangos pelo caminho, mas foi interrompido por uma exclamação obscura, que só podia vir do texto sagrado:

— Filou! What age is at? It saon is late.

— Tarde para quê? — respondeu, ousado, Perseu, se agarrando à última frase, ou ao som da última frase, como se tivesse compreendido tudo.

— Tenho um encontro, no escritório, com o Bernardo Villa, que vai conversar com Moura Page a respeito da alteração no texto do *Bolívar*. O Villa continua tão revoltado com o artigo do Marx na tal enciclopédia que substituiu a influência de Marx sobre o Libertador pela de Byron. Claro que ficou muito melhor assim. Bolívar e Byron foram rigorosamente contemporâneos e além disso, como você deve saber, Byron quase foi lutar pela liberdade na América do Sul, em lugar de ir para a Grécia. E o melhor de tudo é o nome que Byron deu ao seu próprio iate, *Bolívar!* Perseu!

— Sim, Elvira.

— Você não está ouvindo nada. Você só olha, Perseu, não ouve. Olha meus seios, meus olhos.

— Não, é que eu estava pensando num pavilhão de caça, à beira dum regato, perto daqui. Abandonado.

— Você não se interessa por nada sério, Perseu? Não tem a *angst* latino-americana? Não sofre com os outros? Você pelo menos leu o tal texto do Marx que envenenou a vida do Villa?

— Bem...

— Nem se deu ao trabalho, é isso? O Marx xingando Bolívar de Napoleão das retiradas, dançarino de saraus, soldadinho de chumbo cujos poucos êxitos militares devem ser creditados a um tal coronel Sands?

— Não — disse Perseu —, ouvi falar. — Mas você não acha que ler uma coisa infame dessas é aumentar a aflição do Villa?

— Você, Perseu, só mesmo... Zerozerozero nada! Quando chega o navio?

— Navio? Que navio?

— O que traz sua noiva, seu desalmado!

— Ah! Bem umas duas semanas de viagem.

— Filou! It saon is late.

Herbert Baker parecia, em definitivo, resolvido a encerrar o ciclo de seus embates com Facundo Rodríguez, ou talvez com a vida em geral, quem sabe. Moura Page começou mesmo a temer que, segundo o dito, o demônio Baker, com o avanço da velhice, estivesse, de modo súbito, insólito, virando ermitão: esse temor, com seus reflexos religiosos, vinha não só do tema da freira como ainda do fato de que Herbert Baker iniciou seus comentários ao programa proposto por Facundo Rodríguez falando em S. Patrício. É verdade que, evocando o padroeiro da Irlanda, prestava uma homenagem a Elvira, ou fazia um gesto de paz também em direção a ela, que, na discussão anterior, tinha chamado à mesa, contra os ingleses, o fantasma do avô Balmaceda, o suicida de 1891.

— S. Patrício — disse o Baker — explicava o mistério da Santíssima Trindade mostrando aos infiéis o trevo, as três folhas numa haste só. Se mesmo o maior de todos os mistérios pode ser explicado com tamanha simplicidade, achei que o mistério da freira teria também seu… trevo, Señorita O'Callaghan, Señor Rodríguez, Miss Campbell, Señor Alberoni, Señor Villa, Senhor Souza e todos os demais aqui presentes.

Falando assim a todo o mundo, Herbert Baker, ecumênico, tornava o caso da freira uma preocupação geral e não uma espécie de mais um duelo entre ele próprio e Facundo Rodríguez. Ia se ocupar dele não como quem contradiz, ou desmerece, um trabalho pessoal e sim como quem aprimora um projeto coletivo. Estava, na verdade, tão cordato e melífluo que Moura Page sentiu falta de uma boa rixa, de um aliado na luta que alguém devia empreender contra os pelicanos de Facundo.

— Nosso Herbert Baker — disse ele — quer dar a entender que nem todo mistério desemboca num cadáver em cima do tapete.

— Espero que não. Eu prezo demais um bom tapete — disse, ríspido, o Baker, que parecia querer comunicar a Moura Page que o fato de se tornar tolerante, ou até amedrontado, com os ibéricos, não significava que estendesse essa tolerância e temor a ingleses ou *half-castes*.

Moura Page não voltou a se manifestar, enquanto Herbert Baker contava que, depois de ter ido visitar o *Study in Browns* na companhia de Chris Holt, que guarda o retrato da freira com verdadeiro ciúme, tinha ficado tão impressionado quanto o Señor Rodríguez: era mesmo um tanto inexplicável a presença entre os demais retratos, todos de senhoras da Church of England, do retrato de uma irmã de caridade católica, sem nome, sem justificação.

— Como o Señor Rodríguez já tinha ouvido de Chris Holt, para examinar a freira — o quadro, digo — veio da Wallace Collection um perito. Morando como moro em Manchester Square, sou vizinho da Wallace Collection, e não me deu nenhum trabalho encontrar, lá, o perito encarregado de opinar sobre a conveniência de levar o quadro para lugar mais seguro.

— Nesse caso — interrompeu Facundo Rodríguez —, Mr. Baker deve estar habilitado a informar por que o perito foi ver *o quadro*? Por que, em outras palavras, tais cuidados com *a freira*?

— Bem — disse Herbert Baker —, em primeiro lugar a freira era uma infanta da Espanha.

Houve, ao redor da mesa, um momento de generalizado silêncio, de supercílios erguidos, momento que, para dizer a verdade, Herbert Baker pareceu achar interessante.

— Compreendo — disse afinal Facundo, ar comicamente grave —, agora compreendo. A freira foi trazida para Aldenham House, onde cuidou das crianças, talvez, mas em compensação posou para o pintor residente. Uma infanta espanhola para infantes ingleses.

— Perfeito — exclamou o Villa. — Só que a infanta não foi *trazida* para Aldenham House, como sugere Facundo Rodríguez, mediante um verbo delicado. Foi, isto sim, sequestrada nos mares pelo bucaneiro Henry Morgan, que voltava da invasão de Cuba. Por haver recusado entregar sua régia virgindade ao lúbrico Morgan, a princesa viajou atada ao mastro do galeão, exposta, no convés, tanto às procelas e raios quanto ao cuspe amargo do oceano. Como era de esperar, devido a tais condições da travessia, chegou a Aldenham House coberta de titica de albatroz. Daí os tons marrons que passaram a predominar no retrato da babá castelhana que o galante Facundo tenta exumar dos subterrâneos mefíticos desta casa de assombros. Ah, tremo, só de pensar na concupiscência do bucaneiro que, num espanhol estropiado como o de Mr. Baker, há de ter soprado obscenidades no santo ouvido da pobre infanta, cravando nela seus olhos de frio aço inglês enquanto ela fitava o céu com aquela mirada das *Spain's dark-glancing daughters* de que falava Byron ao desembarcar, em Sevilha, do seu iate *Bolívar*.

Herbert Baker não permitiu nem que a ironia de Facundo nem que o vitupério de Bernardo Villa desarmassem o inabalável bom humor e a cristã boa vontade de que parecia possuído. Afrouxou, sem dúvida, o colarinho, mas manteve o tom cordial, paciente.

— A história também me pareceu de início — continuou — como pareceu ao Señor Rodríguez, ao Señor Villa, estranha, mas as informações da perito de Wallace Collection são concludentes. O autor do retrato da freira é ninguém menos que Rubens, e existe carta dele, de 1628, em que louva a retratada, infanta Isabela Clara Eugênia, filha de Felipe II, governadora dos Países Baixos. Ela foi não só grande protetora do pintor flamengo, como empregou Rubens em sua qualidade de conselheiro político e enviado diplomático. Rubens pintou Isabela Clara Eugênia com o hábito de clarissa pobre que ela usou a partir da morte do marido. O perito da Wallace Collection achou que não havia melhor lugar para o retrato da infanta do que, precisamente, esse em que se encontra. De certa forma ela está — desde que foi descoberta pelo Señor Facundo Rodríguez — sob a guarda de nós todos.

Nada das farpas, nada dos sarcasmos, e todos riram quando Elvira se benzeu e disse:

— Milagres a freira faz.

Facundo Rodríguez chegou a esboçar um sorriso, olhando Herbert Baker, primeiro com grande curiosidade, à espera de quem sabe alguma carta sarcástica que ele tivesse escondido na manga do paletó, para atirar à mesa no fim, alguma historinha maldosa, mas acabou por suspirar e falar:

— Muito bem. Mr. Baker sem dúvida compôs sua bela pavana para uma infanta defunta. Só falta esclarecer como veio parar nesta galeria familiar uma senhora que não era Hucks, Coghilll ou Gibbs.

— Ou talvez falte apenas confirmar mais uma tese do Señor Facundo Rodríguez, a saber, a de que o guano realmente deu gordas safras à família, que guarda até hoje o recibo da compra do quadro de Rubens: em 1840 Lord Aldenham arrematou, entre outros quadros, esse retrato da infanta Isabela Clara Eugênia num leilão do Schamp d'Aveschoot, de Amsterdã. Desta forma, se a infanta não entrou para o clã dos Aldenham na linha do sangue, o quadro de Pedro Paulo Rubens passou a engrossar o tesouro da família e a tornar mais ilustres as paredes desta casa.

Facundo Rodríguez acabou por abrir os braços, dizendo:

— Lord Peter Wimsey acaba de esclarecer mais um dos seus espantosos casos. A moral da história é que Felipe II não só perdeu para a Inglaterra a guerra na Europa, em 1588, como perdeu sua filha, a América espanhola, que veio parar em Aldenham House, no porão.

Encerrando seu dia de impecável doçura e terna diplomacia, Herbert Baker declarou então que não via razão nenhuma para que, como elemento de suspense e gracejo no programa de Facundo, não entrasse a freira misteriosa. E prometeu, já que tudo agora estava discutido e aplainado, entregar sem perda de tempo suas sugestões finais para o aproveitamento do programa de Facundo Rodríguez, sobre Aldenham House e os *turds of Peruvian birds*.

Eventos posteriores deixaram abundantemente claro que Herbert Baker tinha trazido aquele dia, no bolso, previamente redigidas, essas sugestões, num memorando dirigido a Moura Page, no qual dizia que o programa se apoiava em curiosos dados históricos e "numa quadrinha pândega", descobertos, ambos, pelo Señor Facundo Rodríguez. Em si mesmo, prosseguia Herbert Baker, o programa era divertido mas ligeiro demais, requerendo um embasamento sério, grave, e ele não via embasamento melhor do que o nome e o perfil de José Gaspar Rodríguez Francia, El Supremo, o patriarca e fundador do Paraguai. O Baker se furtava a esboçar, ele próprio, algum roteiro, "pois sei que isso está além das minhas forças", mas julgava haver encontrado, num escrito clássico inglês, o texto ideal. O escritor era Thomas Carlyle e o texto ideal um ensaio dele denominado, simplesmente, *Dr. Francia*. Como esse ensaio, prosseguia o Baker, "antes de se concentrar na figura monumental do Francia", traça um completo panorama "do heroísmo e dos heróis da América Latina em geral", ele propunha que Facundo Rodríguez e Bernardo Villa com ele construíssem, "graças ao brilho literário e à hispanidade de ambos", o retábulo, o palco antigo que iria conter, como um delicioso auto, uma história burlesca mas que afinal de contas exaltava o velho nexo que existe entre o Império Britânico e a América Latina.

Herbert Baker se limitou a fazer a proposta, sem anexar cópia do estudo de Carlyle, ou do livro em que figurasse, e não havia, entre os ibéricos e entre os anglos do Serviço Latino-Americano quem conhecesse tal estudo, ou, em verdade, quem jamais tivesse lido o que quer que fosse de Thomas Carlyle. O Baker, matreiro, entregou sua proposta mais tarde, antes de se retirar, só devendo voltar dia seguinte, e o máximo que resultou das conversas entre os membros do Serviço foi uma lembrança colegial do Moura Page, de Carlyle como autor de uma história de heróis sortidos, que iam de Maomé a Cromwell, o que fez com que o Villa suspeitasse que era ele o autor de *Vidas Paralelas*, ou *Varões Ilustres*. Mereceu, com isso, os mais zombeteiros guinchos de alcatraz de ninguém menos que Rafael Alberoni, que, na sua infinita ignorância, sabia no entanto, com segurança, ignora-se como, ou por quê, não só que o autor das *Vidas* era Plutarco, como, além disso, que Plutarco era natural da Beócia, e, mais ainda, que Carlota Corday, antes de assassinar Marat na banheira, tinha passado o dia inteiro lendo Plutarco! E, com isso, foram todos à piscina.

Mas não Facundo Rodríguez. Inquieto, tenso desde que lera a referência ao desconhecido ensaio *Dr. Francia*, tomou o ônibus da BBC para Edgware, tomou o metrô para Londres, e, chegando ao Bloomsbury, desapareceu entre as colunas do Museu Britânico.

PARTE IV

Both the O'Higgins and the Francia, it seems
probable, are phases of the same character; both,
one begins to fear, are indispensable from time to
time, in a world inhabited by men and Chilenos!

Thomas Carlyle, *Dr. Francia*

(O que parece provável é que tanto O'Higgins
como Francia sejam fases de uma mesma
personalidade; ambos, começa-se a temer, são,
de tempos em tempos, indispensáveis num mundo
habitado por homens e chilenos!)

Mal começava o verão, Herbert Baker, sempre que tinha reunião de trabalho em Aldenham House, arranjava algum pretexto para desembarcar cedo do ônibus de Edgware e se encaminhar, dizia ele, para o parque, ao encontro da natureza, das árvores e das avezitas do céu, acrescentava. Na realidade, as pessoas que realmente gostavam de se perder pelas cercanias da casa, como Judy Campbell — Judy vivia em busca de alguma fonte ignorada, de cerejas e framboesas, de certas árvores conhecidas suas e entre cujas raízes, ela jurava, havia trufas —, jamais haviam cruzado com Herbert Baker em qualquer parte da mata ou dos campos da região de Elstree. O caminho dele ia em verdade da casa até a piscina, ou até o pavilhão de chá, pois na piscina propriamente dita ele jamais entrara, e sequer dava mostras de possuir, ou de haver possuído, desde os tempos da Primeira Guerra Mundial, digamos, traje de banho. Ia direto à casa de chá, munido de um pequeno binóculo de ópera e de uma garrafa térmica, que enchia de chá na cantina, queixando-se de que as agruras da guerra limitassem as reservas de criadagem ao ponto de forçar um antigo diplomata, que não aguentava sem chá os calores estivais, a carregar ele próprio esse objeto ridículo, a garrafa térmica, em lugar de ter serviçais que atravessassem os gramados carregando bule e chaleira numa salva de prata. Uma vez instalado no pavilhão de chá, porém, a um luxo Herbert Baker ainda se dava, que era o de tomar seu chá numa "chávena". Chávena era a única palavra portuguesa que o Baker usava e prezava, por designar especificamente, dizia, o recipiente em que se bebe chá. Era Mrs. Ware quem transportava, num cofre de charão forrado de cetim, a chávena, um precioso objeto de *bone china*, a etérea porcelana inglesa, e Herbert Baker, entre goles, costumava levantar contra a luz aquela taça de madrepérola. Ao ver o Baker em tal postura pela primeira vez, o Villa tinha observado:

— O mandarim míope bebe as últimas gotas da sua poção de verão.

Logo em seguida o Baker tinha ajustado os olhos ao seu elegante binóculo — esse em grossa, sólida madrepérola — para observar a piscina que fervia de banhistas, feito um tanque de criação de algum peixe graúdo e brincalhão, botos, digamos, e Perseu de Souza observara:

— Bebe a poção pela boca e as moças pelos olhos.

Naquele especial dia do fim do verão que se seguira à indicação do *Dr. Francia*, de Carlyle, como retábulo para representação da burleta de Facundo Rodríguez, Herbert Baker chegou cedíssimo a Aldenham House, quando os escritórios se abriam e o parque estava deserto. Chegou cedíssimo e chegou vestido quase como se fosse a figura central de alguma pintura vitoriana, sem título, que acabasse conhecida como Velho Inglês no Último Dia de Verão. Ao cruzarem com ele, que chegava acompanhado de Mrs. Ware, na grande escada de Aldenham House, Bernardo Villa e Perseu de Souza depararam com um Baker que, em lugar do terno completo que sempre usava — escuro no inverno, cinza no verão, mas sempre com o indefectível colete —, trajava um paletó de *Harris tweed* antiquíssimo, já começando a soltar em fios a lã das ovelhas outrora tosquiadas para sua feitura. As calças que vestia eram de flanela creme, os sapatos e meias brancos. A tiracolo, em sua caixa de couro, carregava um outro binóculo, grande, de campanha. Algo abrandado pelos bons modos do Baker na discussão da véspera, Bernardo Villa saudou a extraordinária figura:

— Mr. Baker! Tão elegante que poderia ser o próprio Lord Aldenham, pronto a vistoriar sua propriedade guaneira depois de comprar algumas freiras católicas em Amsterdã.

— Don Bernardo! — retribuiu o Baker. Cavalheiresco como o próprio Bolívar quando desafivelava as esporas e vinha espairecer nos saraus da Europa.

— Bom dia, Mr. Baker — disse Perseu de Souza —, a impressão que me dá, hoje, é de que despertou disposto a tudo. Até seu binóculo cresceu. Para apreciar o banho das ninfas e apolos, imagino.

— Que banho que nada — disse o Baker. — Eu adoro os passarinhos e ontem à noite, da janela do meu quarto de dormir, ouvi e vi um rouxinol numa árvore da praça, bem perto da minha janela. Tão perto que, se eu não tivesse deixado minha máquina aqui, ontem, acho que teria tirado um retrato do rouxinol em pleno concerto. Fiquei tão frustrado por não fotografar o admirável tenor em sua Serenata de

Manchester Square que mal dormi depois, ansiando pela aurora e por chegar aqui bem cedo. Quem sabe não encontro e fotografo uma cotovia, por exemplo. Fui até a sala de reuniões, onde acho que ficou a máquina, mas...

Aqui Herbert Baker interrompeu o que dizia, e, meio gaiato, olhando para um e outro lado antes de continuar, disse, afinal:

— Acontece que, apesar da hora *temprana*, avistei lá, com sua Isobel, nosso Don Facundo, mas com cara de pouquíssimos amigos, cotovelos enfiados na mesa, mergulhado em alguma grave leitura. Tratei de me afastar, na ponta dos pés.

Perseu de Souza sentiu um vago mal-estar, uma desconfiança:

— Será que Facundo Rodríguez não descobriu segundas intenções e *jokes* no proposto texto, Mr. Baker, sobre os heróis da América?

— Segundas intenções e piadas num clássico? No grande Carlyle? Que amazônica imaginação a sua, Senhor Souza. Nada disso. Don Facundo deve ter dormido mal. Vai ver que não conseguiu pregar olho por causa de um rouxinol, como eu. Aliás, quero pedir um favor a vocês dois, cavalheiros amigos meus. Digam ao Moura Page que não tomo parte na reunião. Se for necessário outra, à tarde, lá estarei. Mas a manhã é minha, entre as avezitas do céu.

Rafael Alberoni, que tinha se aproximado, acompanhado de Judy, perguntou a Perseu de Souza:

— Ouvi uma referência aos heróis da América, provavelmente o Bolívar, de Bernardo Villa, meu San Martín, António José de Sucre, O'Higgins. O Brasil não tem heróis, tem?

— Tem — respondeu Perseu —, mas são mais discretos.

— Bravos — disse Alberoni —, um país de heróis recatados, famosos no seio da família, entre os amigos mais chegados e os vizinhos. Façamos uma reunião breve e depois vamos às águas. *Adiós muchachos*, completou, tomando o rumo da cantina.

O rumo da cantina tomaram também, pouco depois, Bernardo Villa e Perseu de Souza. Quando, porém, mal haviam entrado e pegado a bandeja para o café e um sanduíche, Isobel, como se estivesse ali de plantão, à espera, veio rápida ao encontro dos dois.

— Por favor — disse Isobel —, não tomem nada aqui.

— Vamos para a sala de reuniões.

— Mas ainda falta muito tempo — protestou Perseu. — Tome um café com a gente.

— Não, não, por favor. Já levei para lá Elvira, a Judy e o Alberoni. Facundo está muito agitado, exasperado, a ponto de explodir.

— Vamos então ao seu encontro, Isobel — disse Bernardo Villa. — Mas quem sabe se não seria bom conversar enquanto andamos com ele pelas tranquilas aleias do bosque? Temos que aproveitar esse esplêndido resto de verão, pois, como notou Byron: *The English winter, ending in July,/To recommence in August.*

— Pelo amor de Deus, Bernardo — disse Isobel pálida, fisionomia desfeita. — Eu estou até... com medo, juro. Facundo encontrou o tal texto proposto por Herbert Baker.

— O dos *Heróis e o Culto dos Heróis* — disse o Villa.

— Claro.

— Não tem nada de claro — disse Isobel. — No livro dos *Heróis* não há nenhum latino-americano, nem no índice de nomes próprios do fim do volume. Em compensação, no texto sugerido pelo Baker, o Carlyle trata só e exclusivamente de hispano-americanos e são todos heróis de farsa. Uma verdadeira ópera-bufa intitulada *Dr. Francia.*

Logo quem!, gemeu, no seu íntimo, Perseu de Souza, lembrando-se da quase religiosidade com que Facundo falava no Francia a bordo do *Pardo.* E, ao se aproximarem da sala de reuniões, já ouviam, do lado de fora, aquele murro martelando a mesa, marcando o compasso do que dizia Facundo:

— Cheguei ao meu limite com os famosos *jokes* de Herbert Baker, que não passam de desdém, de peçonha como a que ele nos serviu ontem, com uma reles calda de açúcar por cima. Esse homem nos despreza, nos odeia. Desta vez eu me declaro ofendido e exijo uma reparação. Ontem, nesta sala, o Baker nos falou todo amanteigado, todo besuntado de falsa cordialidade, só para cairmos no engodo e ficarmos ainda mais furiosos com suas brincadeiras irresponsáveis. Pois bem, eu me declaro furioso. Esse panfletinho chamado *Dr. Francia* é a baba mais venenosa que o imperialismo inglês deixou pingar no corpo da América espanhola. Trata-se de um insulto só, da primeira à última palavra, uma chalaça única do Império gotoso e bêbado que rouba nossos povos para depois rir deles e…

— Facundo, por favor — disse o Moura Page, pigarreando, pedindo calma com um gesto das mãos. — Estamos todos de acordo em que, pelo menos nos trechos que você leu para nós, o texto é sarcástico, impróprio, mas todos sabemos que o Baker já está meio gagá. Por favor, não caia em exageros.

— Não tem favor nem meio favor e exagero não há nenhum — disse Facundo. — Há canalhice e desejo de insultar, é isso.

— Claro — disse Alberoni —, pelo que aqui ouvimos, o mínimo que se pode dizer é que o tal ensaio não serve para o programa...

Alberoni se deteve no meio da frase, como quem busca um fecho, e prosseguiu:

— E é também o máximo que se pode dizer. Joguemos, o ensaio, e a proposta do Baker, no lixo.

— Não — gritou Facundo —, não e não. Temos que jogar *o Baker* no lixo.

— Bem — disse Alberoni —, assim não há solução.

— Se solução é dobrar espinha — disse Facundo —, dobre a sua, Rafael Alberoni. Minha espinha paraguaia não tem dobradiça. Pode ser quebrada pela força, mas não se dobra.

— Facundo — disse Moura Page —, vamos pensar um pouco, por favor. Carlyle está morto. Mortíssimo. Ele escreveu esse ensaio há cem anos e há talvez cem anos ninguém lê isso.

— Pura verdade — disse o Villa —, nunca ninguém ouviu falar nisso. Piores são insultos do Marx, pois todo mundo lê tudo que esse torpe senhor escreveu, não importa quando.

— Foi escrito há cem anos, o ensaio de Carlyle — disse Facundo, obstinado. — De acordo. Mas foi proposto, como roteiro de programa da BBC, ontem.

— Claro, nisso você tem carradas de razão e ninguém há de dizer o contrário — disse Moura Page. — O Baker é um caso perdido. Está na hora de ser afastado. Essas tolices dele…

— Esses *jokes* — disse o Facundo —, tão engraçados, tão espirituosos, não? Eu quero saber onde está esse biltre, esse canalha, esse filho da puta!

Perseu era talvez o único que, depois da revelação inicial da cólera muito real de Facundo, não estava prestando assim tanta atenção ao debate. Deu uma olhadela no ensaio do Carlyle, folheando algumas páginas do livro em cima da mesa, e achou que tinham razão os que falavam ali em insultos à América *espanhola*, aos *hispano*-americanos. Carlyle, ao que tudo indicava, tinha deixado o Brasil, a América portuguesa, de fora, o que dava a Perseu licença para ficar, de certa forma, também por fora da discussão, como parte não atingida, talvez até, se as coisas azedassem muito, como testemunha, ou magistrado. Moura Page, conciliatório, ou dilatório, dizia que, como ainda faltava tempo para a hora da reunião, ia pedir chá e café, até que chegasse o Baker e fosse devidamente interpelado, chamado à ordem, censurado.

— Só tem uma coisa — disse então Perseu —, encontramos o Baker na escada, o Villa e eu, e ele nos disse que não vinha à reunião. Pediu, mesmo, que comunicássemos isso a você, Página. Levava a tiracolo um vasto binóculo e disse que ia ficar a manhã inteira no campo, olhando os passarinhos.

— O patife! — exclamou Facundo. — Ele sabe o que fez e sabia o que esperava por ele aqui.

Facundo deu um novo soco na mesa, o que provocou, por parte de Elvira, um comentário do *Finnegans Wake*, obscuro, como de costume, mas extraordinariamente expressivo de golpes que despedaçam pianos.

— That forte carlysle touch breaking the campdens pianoback. Pansh!

Enquanto Moura Page, entre perturbado e aliviado pela notícia de que o Baker não compareceria, aparentava tomar providências falando ao telefone, chamando Elvira, remexendo pastas e papéis, Facundo desapareceu.

— Ele está meio zangado conosco também — disse o Villa — por não estarmos tão indignados quanto ele, e deve ter ido espairecer. Melhor assim. Mas que peste o tal do Carlyle, hem! Só dizendo *Pansh!* como a nossa Elvira. E *Pansh!* também para Herbert Baker, que no meio do jogo tira sempre da manga um coronel Sands.

— Olhe aqui, Página, — disse Judy — por via das dúvidas vou procurar o doido do Baker. Vou, pelo menos, preparar o espírito dele. Ele deve estar flanando ao redor da casa, esfregando as mãos, pensando na peça que pregou e sem sentir que exagerou, que magoou Facundo demais.

Quanto tempo decorreu até que se ouvisse, na sala de reuniões, longe, indistinto, o primeiro grito de Judy, seguido, logo após, de um brado de Socorro! e de Meu Deus! ou alguma coisa assim? Haviam decorrido uns doze, talvez quinze minutos durante os quais Alberoni começara a ler em voz alta — não sem um certo sorriso maroto — algumas frases escolhidas, grifadas por Facundo, do ensaio de

Carlyle. As primeiras setas eram disparadas em direção a Itúrbide, do México, "o sereníssimo Augustín Primeiro, o infelicíssimo Augustín derradeiro", e depois havia algumas para O'Higgins, do Chile, e certamente Elvira ia revidar com alguma frase espanholada do *Finnegans* — ela chegou a exclamar *mucias and gracias!* — quando soou o grito e começou logo aquele abalo, aquela balbúrdia que pessoas que correm e se atropelam comunicam a uma casa inteira. Foram todos saindo juntos, meio embolados, escada abaixo, e já encontraram, nos jardins, uma trilha certa, um caminho comum, em direção ao lago, à piscina, onde, barriga para cima, pés apoiados na margem, boiava mansamente um corpo de homem que vestia calça creme e paletó de *tweed* escocês. Já havia ali um grupo razoável de pessoas, que aumentava o tempo todo e que olhava sem nada dizer o corpo no lago, cada uma delas, provavelmente, pensando em histórias ou filmes em que lá pelas tantas aparece o corpo boiando nas águas. E aposto, pensou Perseu, que várias dessas pessoas experimentavam, como era o caso dele, além do horror em si do espetáculo, uma secreta e nervosa vontade de rir. Era demais: Aldenham House, o lago, o cadáver do homem de casaco esporte e calça de flanela. Mas logo em seguida, com um arrepio, procurou com os olhos Facundo, que não estava em lugar nenhum. Viu, isto sim, na margem do lago, a cada lado dos sapatos do morto, Isobel e Judy, como dois anjos de épocas artísticas diferentes, tomando conta do mesmo afogado e talvez esperando dele que dissesse alguma coisa, que explicasse como um homem se deita de repente num lago e só deixa de fora sapatos e meias brancas. Teve medo e, ao mesmo tempo, a quase certeza de que Judy, a própria

Isobel, todos ali, pelo menos os do grupo mais coeso do Serviço, todos sabiam, ou imaginavam, como Herbert Baker tinha ido parar em posição tão absurda, quase — não fosse, naturalmente, a morte — ridícula. Ainda que Facundo não estivesse, há tão pouco tempo, minutos atrás, tão furioso com o Baker, o simples espetáculo do cadáver no lago faria com que se pensasse nele. Isobel deu um passo na direção do Baker, como se fosse entrar no lago, para tirar a cabeça do cadáver de dentro da água, ou como se fosse puxar o corpo inteiro para fora, mas foi detida pelo Moura Page, lívido, expressão desfeita.

— Por favor — disse Moura Page —, ninguém se aproxime do corpo. Mrs. Ware está telefonando à Polícia. É importante que não se toque em nada até chegar a Polícia.

E houve então a procissão inversa, a recessão, o retorno a Aldenham House, todos olhando as árvores, as moitas e sebes, as margens do arroio que nutria o lago, o perfil de Boreham Wood, na vaga impressão de que de repente ia aparecer Facundo Rodríguez, numa curva do caminho. Mas Facundo não só não se juntou aos que voltavam, como não parecia se encontrar na casa, quando lá chegaram todos e se detiveram um instante no saguão, onde, em breve, só ficaram os amigos de Facundo, os do grupo latino. Os demais tomaram o rumo dos escritórios, das tarefas de todos os dias, que seriam cumpridas, como sempre, mas com aquele crime, aquela morte se inserindo nas teclas das máquinas, nas ranhuras dos discos, nas cordas dos instrumentos musicais. De repente, no saguão, aquele grupo, que vagamente aguardava Facundo, cochichando, deparou com Mrs. Ware, que tinha chamado a Polícia e que aguardava que chegasse, cumprindo as ordens de Moura Page. Mrs. Ware era de cumprir ordens, ainda mais agora que, faltando o verdadeiro patrão, devia estar indagando de si mesma de onde lhe viriam as ordens e comandos. Mas quem olhasse firme para ela encontraria nas suas feições não a surpresa e o medo dos outros e sim a simples dor de quem perde pessoa da família, pessoa querida. Ali estava alguém que não tinha encontrado um cadáver no lago, que não fazia, ainda, conjeturas, que, pelo menos por enquanto, sequer parecia pensar num possível culpado. Olhando em frente, de pé, mãos apoiadas no espaldar de uma cadeira, ela, postada ali pelo Moura Page, saberia receber e encaminhar, eficiente, a Polícia que ia chegar, mas, até então, deixava seus pensamentos vagarem sabe Deus entre que lembranças e recordações daquele que ninguém imaginaria que pudesse deixar saudades em alguém. Mrs. Ware garantia, ali, um mínimo de solenidade, preenchia uma função de luto, de simples pesar humano diante de uma morte. Ela terá reparado que era observada, por um e por outro, mas não retribuiu a ninguém com um olhar de simpatia, nem reagiu com algum gesto de aborrecimento. Limitava-se a balançar a cabeça, como quem ouve pêsames e condolências, e a sorrir um sorriso doce, desarmado, bastante triste.

Subiram todos, afinal, Isobel à frente, cabeça baixa, Judy a um lado dela, Elvira do outro, Villa, Moura Page em seguida, Perseu vagamente invejando Mrs. Ware — que esperava a Polícia como quem, num velório brasileiro, espera o padre, para encomendar o morto deitado na mesa da sala de visita — e, ao entrarem na sala de reuniões, depararam com Facundo, recostado na cadeira, lendo o livro de ensaios de Carlyle.

Durante um segundo, um deplorável segundo, ficaram parados, o grupo inteiro, no limiar da porta, feito um bando de crianças antes de entrar num quarto escuro. Ainda bem que Isobel, mal sentiu aquela súbita imobilidade, levantou a cabeça, e, ao avistar Facundo, afastou todos os que encontrou à sua direita e à sua esquerda, e partiu correndo para ele.

— Oh, meu querido, estávamos procurando você.

— Sim? — disse Facundo, enquanto recebia no rosto um beijo de Isobel e sorria para nós. — Me procurando por quê?

Durante um outro segundo deplorável — enquanto os demais entravam na sala e se sentavam à mesa, murmuravam meias frases um tanto sem nexo, tossiam — Isobel teve um momento de dúvida e gaguejo antes de falar:

— Você... Você sabe, não é? O Baker...

— Claro — disse Facundo —, acho que todo o mundo sabe.

— Nós estávamos lá... lá fora... À beira da piscina, do lago. Horrível.

— Imagino. O choque, não é? Imagino.

Moura Page pigarreou, antes de dizer:

— Você não esteve lá, Facundo?

— À beira do lago? Para ver defunto? Deus me livre. Nem mesmo o defunto sendo o Baker.

A observação, com seu ar de chacota, caiu mal. Ninguém respondeu, ninguém disse nada, a própria Isobel se limitando a baixar os olhos, e, como se não soubesse o que fazer com as mãos, a apoiar ambas na beira da mesa.

— Eu estava aqui esperando — continuou Facundo — para saber o que devemos anunciar, na *Voz de Londres*, como futuras peças de radioteatro. A introdução proposta pelo finado Baker ao programa sobre Aldenham House pode ser considerada fora de cogitação, afastada, penso eu.

— Já estava afastada — disse Moura Page, seco. — Já estava fora de cogitação. Você sabe disso.

— Bem, ainda não estava *oficialmente* afastada, digamos. E lamento que Herbert Baker não tenha tido tempo de apresentar suas desculpas.

— Facundo — disse Perseu —, Herbert Baker está morto. Morreu… de uma forma terrível. Você, por favor…

— Não estou solicitando de ninguém que dê apoio ao que digo, mas, em compensação, espero que ninguém me obrigue a participar da convenção idiota de que a mera morte absolve alguém de alguma canalhice.

Ninguém respondeu a Facundo, que olhou cada um dos presentes no olho, bem de frente, ar duro e altivo, quase agressivo.

— Não — disse o Villa, fazendo soar pela primeira vez as advertências que Facundo ouviria mil vezes —, o que Perseu está pedindo não é nenhuma canonização do Baker. É comedimento de sua parte, moderação. Isso qualquer morto merece.

Nesse instante, e apesar de estar aberta nossa porta de par em par, Mrs. Ware, antes de entrar, bateu, pausada, com os nós dos dedos.

— Entre — disse Moura Page, meio surpreendido. — Pode entrar.

— Já se acha no prédio — disse ela — a Polícia, o inspetor de nome Larkin, Desmond Larkin.

— Muito obrigado, Mrs. Ware — disse Moura Page —, vamos descer.

Mas a Ware continuou parada junto à porta e dava para notar que, por cima da sua emoção de inda agora, havia uma nova expressão, rancorosa, feito a pincelada recente com que um pintor começa a transformar um sorriso triste num ríctus.

— O inspetor Larkin — continuou Mrs. Ware — vai tentar identificar o assassino. O inspetor não sabe quem é, mas nós sabemos.

Moura Page falou firme e severo:

— Torno a agradecer a informação da chegada da Polícia. Agora, desça, Mrs. Ware, que também vamos ao encontro do inspetor. Quanto ao resto, guarde o que pensa, e o que julga saber, para quando for interrogada pela Polícia.

Moura Page se levantou, os demais fizeram o mesmo, com grande alívio, e foram descendo, enquanto Mrs. Ware continuava imóvel como uma sentinela. Facundo, que foi o último a chegar à porta, como se fosse também sair, se deteve, com uma ligeira curvatura, diante dela:

— Por favor.

Como a Ware não se mexesse, Facundo insistiu:

— Passe, Mrs. Ware.

Ela continuou firme, imóvel, fitando, sem parecer compreender, Facundo, que de repente, cara enérgica, braço esticado, gritou:

— Saia daqui! Já!

Mrs. Ware saiu, afinal, enquanto Facundo, agora só, começava a fechar lentamente a porta, para se deixar ficar na sala. Isobel fez um movimento de retornar, de permanecer, para fazer companhia a ele, mas Facundo, dizendo não com a cabeça, fechou a porta por completo. Isobel ficou um instante parada, diante da porta, cabeça baixa. Aos poucos o grupo se afastou, deixando que ela ainda permanecesse ali um instante, e, apesar de estarem todos os demais confusos, em luta com pensamentos contraditórios, o provável é que só ela tenha achado que um tiro na cabeça não fosse a solução mais… desejável, adequada. Mas não se ouviu tiro nenhum.

Até a beira da piscina Moura Page foi conversando com o inspetor Larkin, da Polícia de Edgware. Os demais se misturavam à equipe trazida pelo inspetor, que também tinha perguntas a fazer a respeito do local, dos horários, das aleias. Um dos membros da equipe se pôs então a fotografar, de vários ângulos, a cara, os pés, o cadáver completo, e, em seguida, os arredores, o cenário mais imediato, com especial atenção, e várias chapas, por instrução do inspetor, para o espaço que mediava entre os degraus de madeira do pavilhão de chá e os pés do morto — o caminho, sem dúvida, em que a luta teria sido travada, antes de ser o Baker derrubado, empurrado, de costas e de cabeça, para o lago.

Sinais de luta, devidamente documentados, eram o estojo de couro atirado para um lado e o binóculo para outro, a garrafa térmica deitada na mesa, e, no chão, os pedaços de uma xícara. Todos os do grupo, pelo menos nesse instante, comungaram um pouco com a revolta de Mrs. Ware: havia algo essencialmente brutal naqueles fragmentos translúcidos, naqueles cacos de nácar que eram os restos da chávena do Baker. Dentro d'água não tinha aparecido, que se notasse, qualquer vestígio de sangue, o que não afastava a hipótese de algum ferimento ou golpe na cabeça, na nuca, alguma facada ou tiro que houvessem produzido algum sangue, rapidamente diluído. Ou, quem sabe, o assassino teria derrubado Baker com um soco e depois mantido dentro d'água a cabeça dele. O médico saberia dizer, o médico que, com água pelos joelhos, se debruçava agora sobre o corpo, cauteloso, quase como se fosse perguntar ao Baker, no ouvido, como havia chegado a tal situação. Afinal, fez sinal ao rabecão da Polícia, estacionado perto, e dois padioleiros se aproximaram, com a maca. Não foi difícil erguer pelos pés, quase a seco, e pelos ombros, e colocar na maca o defunto, enquanto o casaco de *Harris tweed*, feito uma esponja, soltava um cintilante e irresponsável chuveiro de filetes e pingos d'água. Os bolsos do casaco foram esvaziados de seu conteúdo, como o relógio com a corrente de ouro, que Baker usava em geral no colete, a carteira de dinheiro, um maço de cigarros, lapiseira, e um diário de bolso encharcado, que foi cuidadosamente aberto nas últimas e pegajosas páginas pelo inspetor Larkin. Depois de uns breves minutos de leitura, Larkin, que passou à custódia de um dos seus acompanhantes os demais pertences do Baker, enfiou o diário molhado no próprio bolso. Posto em sossego na maca, o cadáver foi levado para o rabecão, a caminho da autópsia. No ouvido de Perseu, em voz sinceramente comovida, quase tétrica, Elvira O'Callaghan Balmaceda sussurrou:

— *Como diz* Finnegans Wake, *em portunhol*, Zee End.

Mas não era, ainda não era o fim da viagem do Baker a caminho do necrotério, pois chegaram, então, dois carros da imprensa, do *Evening Standard* e do *Evening News*, e os fotógrafos, depois de deterem os padioleiros para registrar o grupo de longe, com o pano de fundo do lago e da casa de chá, tomaram fotos da cara do morto, cujos olhos arregalados ninguém tinha fechado, o que dava ao rosto uma expressão de irritação com tudo aquilo, de desejo de chegar de uma vez por todas ao seu leito, ainda que de mármore. Afinal, quando os padioleiros se acercavam do carro, um dos repórteres, já informado de como tinha sido encontrado o cadáver, queria que fosse recolocado na mesma posição, pés na terra, cabeça n'água. Só mereceu, dos padioleiros da cabeceira da maca, um vigoroso sinal de que se arredasse do caminho. Os repórteres e fotógrafos se acrescentaram à procissão que entrava em Aldenham House, tomando notas, batendo chapas, e, sobretudo, driblando um colega retardatário, do *News Chronicle*, que teve a pouca sorte de, sem maior consideração, puxar pelo braço Elvira, para fazer perguntas:

— Quem é o morto?

— Timóteo Finnegan — disse Elvira.

— E o assassino, quem é?

— As suspeitas recaem sobre Juan Jaimeson Hastaluego.

Para conduzir seu interrogatório, o inspetor Larkin foi instalado por Moura Page no amplo salão de rés do chão de Aldenham House. Anotou, em primeiro lugar, o breve depoimento do jardineiro John Cole, de Elstree, que havia atendido, aquela manhã bem cedo, a um chamado feito na véspera para que viesse remendar uma cerca e socorrer uma horta pisoteada pelos cavalos do vizinho, que tinham derrubado a cerca. Esse jardineiro era a única pessoa que tinha visto o Baker entre o instante em que ele saíra de Aldenham House e aquele em que a Judy achara o cadáver. Pelo depoimento de Cole, pela hora de sua chegada a

Aldenham, já avistando, de longe, o Baker na casa de chá, assentava-se com segurança pelo menos o fato cronológico de que o Baker, ao contrário do que tinha dito a Perseu de Souza e Bernardo Villa, de que pretendia andar pelos campos, tinha ido, como de costume, direto ao pavilhão de chá. Sua intenção, portanto, parecia ter sido apenas, como Facundo havia suspeitado, a de não estar presente à reunião sobre a qual se abateria *that forte carlysle touch*. O inspetor Larkin não gastou muito tempo com os interrogatórios seguintes, também breves. Fez algumas perguntas ao zelador Chris Holt, às serventes de limpeza do prédio, e da cantina, da cozinha, que não tinham visto o Baker ainda, aquela manhã, e cujo conhecimento dos fatos começava precisamente a partir do grito de Judy à beira do lago, isto é, a partir do cadáver do Baker. Afastada de início a hipótese de roubo, diante de tudo que se encontrara nos bolsos do morto, e anotada alguma informação útil dos que tinham visto o Baker antes de morrer, ainda dentro de casa — o Villa e Perseu — ou fora de casa — John Cole — só restava ao inspetor Larkin fazer perguntas um pouco mais detalhadas a Judith Campbell, que começou por dizer, achando que era tudo, que, tendo saído da reunião à procura do Baker, deparara com o Baker morto, no lago. (Perseu registrou mais tarde no seu Diário que, durante todo o episódio, achara fundamentalmente impróprio, fora de propósito, que tivesse alguma coisa a ver com morte logo a Judy, que, em matéria de coisas enterradas, só entendia de raízes vivas e trufas.)

— Morto? — disse o inspetor Larkin. — Como sabe? Como soube?

— Bem... A cabeça e o peito de Mr. Baker estavam abaixo do nível da água e ele próprio estava... muito imóvel.

(Bravos, minha Judy!, exclamou para si mesmo Perseu, entre comovido e entusiástico, a morte é esse horror, o muito-imóvel.)

— Compreendo — disse o inspetor. — Desde longe, desde que avistou o lago, avistou também...

— Exato, inspetor, de longe vi... Eram pés de gente, com sapatos brancos, na margem. Mr. Baker parecia atracado, feito um barco. Horrível.

— Aí, nesse primeiro momento, você não gritou.

— Achei melhor correr na direção daqueles pés, na esperança de poder fazer alguma coisa, ser de alguma valia. Só gritei quando cheguei bem perto e vi...

— Claro, entendido. E quando avistou... os sapatos brancos, você não viu nada suspeito, ninguém nos arredores, algum ruído de, quem sabe, alguém em fuga?

— Nada, nada — disse Judy —, só o Baker caído, cabeça n'água, imóvel.

O inspetor Larkin relanceou os olhos ao redor e indagou, mais precisamente ao Moura Page, quem teria visto, depois de Judy, o cadáver, e a resposta foi que pelo menos a metade, senão mais, das pessoas que trabalhavam em Aldenham House. O grito de Judy tinha alertado todos, conclamado a todos, e finalmente exposto a todos, o...

— Sim — disse o inspetor, socorrendo Moura Page —, o acidente, digamos. Bem, tudo indica que o corpo... Mas vamos deixar que os exames cadavéricos façam o resto, no sentido de determinar hora, e, pelo menos em parte, circunstâncias da morte de Mr. Baker.

E então, numa postura de quem sabe que as preliminares foram encerradas, o inspetor Larkin se acomodou melhor na cadeira de braços à cabeceira da mesa, tirou do bolso e pôs na sua frente, molhado, o diário de Herbert Baker, fixou os olhos no que parecia ser a última página em que havia algo escrito, e afinal olhou em frente.

— Falei com tantos dos senhores — disse o inspetor — que ainda não conseguiria identificar ninguém pelos nomes, que dizer iniciais. Por favor: B.V., quem seria?

— Bem... Presumo que eu — disse o Villa, meio espantado, levantando a mão. — Meu nome é Bernardo Villa.

— As últimas anotações do finado são resumidas, são, de fato, mais lembretes do que observações. Mr. Baker anotou que não devia esquecer de, abre aspas, "encaminhar ao B.V. a comparação entre... Itúrbide", acho que é isso, I-t-u-r-b-i-d-e, "cognominado *Napoleão do México*, e Bolívar, cognominado *Napoleão das Retiradas*", fecha aspas.

— Ah, sim, é comigo mesmo — disse o Villa, gelado, digno, sem entrar em maiores considerações.

— Temos ainda aqui — continuou o inspetor Larkin — "Fazer saber ao Pré-Colombiano, na primeira oportunidade, que Wm. M. me respeita e estima como a um pai." Isso pode ter algum sentido? Para alguém aqui?

Moura Page corou, mexeu-se na cadeira como quem vai falar, quando o mesmo Villa, com um breve e amigável piscar de olho na direção dele, tomou a palavra:

— Mr. Baker, inspetor, gostava de inventar piadas para se divertir, e, digamos assim, implicar um pouco com os outros. Com os mesmos objetivos se aprazia em cunhar apelidos. Às vezes ele chamava Mr. Moura Page, aqui presente, de Pré-Colombiano.

— Exato, inspetor — disse Moura Page —, confere. Mr. Baker, que Deus o tenha, era espirituoso e às vezes um tanto… cansativo com suas piadas.

— E William, como está aqui abreviado, M., quem é?

— É o que me pergunto — disse Moura Page — desde que ouvi a sua leitura da referência, inspetor. De momento não tenho ideia, mas prometo devassar minha memória, caso o dado lhe pareça útil.

— Faça isso, por favor — disse o inspetor Larkin.

O diário de Herbert Baker, assim como a leitura que se acabava de ouvir de sua última página, tinham de fato servido ao inspetor Larkin como um pretexto, uma abertura para a parte mais séria do questionário a que submetia os presentes. Tanto assim que empurrou para um lado, sobre a mesa, o derradeiro canhenho de Herbert Baker, que deixou uma marca úmida no lugar que ocupava antes, e tirou, do bolso de fora do paletó, seu próprio caderno de notas, grosso, preto, de folhas destacáveis presas à armação de metal.

— Deixe-me ver — disse o inspetor Larkin, examinando, na página à sua frente, as notas tomadas há pouco. — Pelas palavras que guardei aqui de uma… duas… pelo menos três pessoas, só um Señor Rodríguez não estaria no prédio à hora em que foi encontrado o cadáver de Mr. Baker. Está na sala, neste momento, o Señor Rodríguez?

— O Señor Rodríguez é meu marido — disse Isobel, se levantando. — Ele se encontra na sala de reuniões, do sobrado. Estará aqui num minuto.

Mais pálida, parecendo ainda mais esguia que de costume, Isobel foi saindo, entre lâmpadas que espocaram das câmaras, e Elvira saiu com ela. Se Isobel, ao se retirar, foi o alvo de tantos flashes, Facundo, ao entrar entre ela e Elvira, foi fotografado por todas as máquinas presentes e provocou um rebuliço no meio da reportagem, pois, já então, todos os jornalistas tinham uma ideia bastante clara de qual a versão do crime predominante em Aldenham House, mesmo o rapaz do *News Chronicle*, que tinha começado pela tese de que o assassinado era o Finnegan e o assassino uma versão castelhana de James Joyce. Mal entrou na sala, e sem sequer piscar um olho que fosse com as lâmpadas que explodiam à sua volta, Facundo tomou a dianteira a Isobel e Elvira, em passos seguros, e assumiu o lugar fronteiro ao do inspetor, à outra cabeceira da mesa. Mas não se sentou, limitando-se a colocar diante de si, na mesa, o livro dos ensaios.

— Estava me procurando, inspetor? — perguntou, plácido.

— Hum... Sim... Estou aqui, como deve saber, colhendo dados sobre o... acidente, sobre a morte de Herbert Baker. Há pouco, como registrei em meu caderno, me disse Mr. Moura Page que praticamente todo o mundo, *todos* em Aldenham House, acorreram ao lago ao ouvirem o grito de Miss Judith Campbell. Constatei, porém, que o senhor não. Não escutou o grito, Señor Rodríguez?

— Acho que sim, inspetor, um grito.

— Não ficou interessado? É, por acaso, comum, isso de soarem gritos no parque, nas matas?

— Eu explico, inspetor, eu ouvi, devo ter ouvido, o grito, já que todo o mundo ouviu, não é mesmo? Acontece que, ao contrário dos outros, eu estava mergulhado na leitura de um absorvente ensaio de Carlyle. Conhece Thomas Carlyle, inspetor?

— Bem, olhe, para dizer a verdade... O nome não me é estranho.

— Pois eu estava lendo um primoroso ensaio de Carlyle sobre Cagliostro, também conhecido pelo nome de José Bálsamo.

— Sei, sei. E o que é que o senhor pode me dizer... a respeito de...

— Do Conde Cagliostro? Uma figura sem dúvida fascinante, inspetor. Basta dizer...

— Não, a respeito de Herbert Baker — disse o inspetor se empertigando, cerrando as mandíbulas. — A respeito do assassinato de Herbert Baker.

— Ah, então foi assassinato, inspetor?

— Bem — disse o inspetor, concedendo o ponto mas mantendo a postura —, sua pergunta é correta. Há suspeita, presunção de assassinato.

— Presunção, sei.

— O senhor poderia me dizer, Señor Rodríguez, o que fazia no parque de Aldenham House na hora em que ocorreu o... acidente?

Facundo ficou um instante parado, tranquilo, fitando o inspetor um pouco como se não entendesse o que tinha ouvido, ou como se estivesse por demais distraído para aprender o sentido das palavras do outro. O inspetor Larkin se mexeu na cadeira, pouco à vontade.

— O Señor Rodríguez não precisa responder se acha que não deve, isto é, sem a presença do seu advogado.

Facundo sorriu, agora, acrescentando à sua expressão de educada tranquilidade um ar de quem positivamente se diverte.

— Meu advogado, inspetor? Quem sou eu, um pobre exilado paraguaio, para, como se diz, constituir advogado? Um advogado inglês deve custar mais, por dia, do que eu ganho no mês todo.

O inspetor Larkin, que sem dúvida vivia uma experiência insólita, difícil, diante daquele provável criminoso que se comportava de forma tão serena e distante, afrouxou as mandíbulas, abrandou a expressão severa, e, embora continuasse empertigado, ombros retos, mãos na beira da mesa, pareceu genuinamente inclinado a auxiliar Facundo.

— Eu diria que não é nada difícil encontrar uma solução, Señor Rodríguez, no que se refere ao advogado. Em último caso — e me lembro de algo semelhante, tempos atrás, com um cidadão acho que búlgaro, sim, búlgaro — o senhor poderia apelar para sua embaixada.

— Inspetor — disse Facundo —, se eu aparecer na Embaixada do Paraguai em Londres, o embaixador, depois da minha entrada, manda trancar o portão a sete chaves, me prende lá dentro e confisca meu passaporte. Não sei se o inspetor sabe que o Paraguai moderno, onde se sucedem ditaduras como as de Franco e Morínigo, foi criado, há menos de um século, pela Inglaterra. Com o objetivo de abrir ao comércio, mediante uma guerra, o grande Paraguai de Francia, a Inglaterra, como o inspetor certamente não ignora, alugou os serviços de Flores, do Uruguai, de Mitre, da Argentina, e do imperador Pedro II, do Brasil. Ora, se o inspetor me prender aqui, agora, ou se o embaixador do

Paraguai me prender dentro da Embaixada, é a mesma coisa que Morínigo me prender em Assunção: é tudo terra inglesa. Compreendeu, inspetor?

O inspetor Desmond Larkin ficou um instante em silêncio, dando a impressão de que ia guardar no bolso seu caderno de notas, no qual tinha parado de escrever, mais o caderninho molhado do Baker, e se levantar, para ir embora. Ou, quem sabe, para fazer seus auxiliares prenderem o Señor Rodríguez, quando mais não fosse a pretexto de que era preciso que ele fosse submetido a exame psiquiátrico. No entanto, embora parecesse, agora, fatigado, o inspetor, com um ar de boi de charrua que vai vencendo pedras e trambolhos para cumprir a faina de rasgar a terra, cerrou mais as mandíbulas e enfrentou Facundo:

— Seria um grande incômodo de sua parte dizer, para fins do meu inquérito, o que fazia no parque de Aldenham House esta manhã?

— Olhava as flores, ouvia os pássaros.

— Terá, por acaso, além das flores e dos pássaros, encontrado, no parque, Mr. Herbert Baker?

— Sair em busca de melros e jacintos e encontrar o Baker me teria causado severa depressão nervosa, ou talvez mesmo incontida fúria.

— O Señor Rodríguez então admite, confirmando o que ouvi de algumas pessoas, que não gostava de Herbert Baker?

— O inspetor gosta de canalhas, sobretudo quando se atravessam no seu caminho?

— Isto significa, então, como desejo estabelecer, que o senhor de fato não gostava, ou, mais até, detestava Herbert Baker?

— Sim, detestava, e estou contentíssimo com a morte dele. Considero, mesmo sem a presença do meu advogado, que o mundo ficou mais limpo a partir do instante em que o Baker morreu lá no lago.

— Morreu, Señor Rodríguez, ao que tudo indica, depois de se arrastar em luta, ou ser arrastado, até a beira do lago, ao qual foi arremessado de tal modo que ficou com a cabeça dentro d'água. Pode-se *morrer* assim sem ajuda de outra pessoa?

A sala, a partir do momento em que Facundo tinha falado em "canalhas" e em que a esgrima entre ele e o inspetor Larkin ameaçava virar um corpo a corpo, tinha mergulhado num silêncio mortal, o qual foi rompido, de repente, pela pergunta-bomba formulada pelo repórter do *News Chronicle*, o retardatário:

— Você confessa então, Facundo Rodríguez, que matou Herbert Baker?

— Silêncio! — berrou o inspetor Larkin, rubro de cólera, batendo na mesa com a mão espalmada. — *Eu* faço as perguntas ao *Señor Rodríguez* e não admito interrupções e colaborações. Repito, Señor Rodríguez: pode Mr. Baker ter morrido como morreu sem interferência de outra pessoa?

— Não sei, não quero, não me interessa saber se alguém tomou a nobre iniciativa de auxiliar o mundo a se livrar dele — disse Facundo, olhando o relógio de pulso. — Tenho, além disso, um compromisso em Londres à uma hora da tarde e o nosso ônibus para Edgware sai daqui a pouco. Passar bem, inspetor.

Facundo, cada vez mais plácido, quase soberbo de tão plácido, virou as costas à mesa para sair da sala, mas o inspetor, ainda sentado, falou:

— Um momento, o senhor quer dizer com isso que só fará novas declarações na presença do seu advogado?

— Já declarei, inspetor, que não tenho meios para constituir e não pretendo constituir advogado — disse Facundo, dando mais um passo em direção à porta.

— Ainda um momento, mais um momento. Eu gostaria de lhe fazer saber que, neste país, se considera ofensa grave, a qual se soma à possível culpa que acaso tenha alguém, aquilo que chamamos "obstrução de justiça".

— Grato pela informação, inspetor — disse Facundo. — Meus cumprimentos. Adeus.

E foi afinal saindo, ar superior, quase desdenhoso, seguido de Isobel, que olhava em frente, e de Elvira, que se levantou e foi saindo também, não sem primeiro, nariz no ar, bater ligeiramente com a cabeça diante do inspetor Larkin.

Bernardo Villa, emocionado, perturbado, cutucou Perseu e disse, num fio de voz, olhando Elvira:

— A Irlanda se solidariza com o Paraguai.

Do Diário de Perseu:

"Fosse isto um episódio de peça radiofônica em série e eu lhe daria o título de *Lagrimartes*, pois essa foi de fato uma fúnebre terça-feira joyceana que se abateu sobre nós a partir do momento em que, no rastro de Facundo, se retiraram também a Polícia e os jornalistas. Foi, ainda, nesse dia, que acabei tendo a notícia da antecipada chegada à Inglaterra de Maria da Penha. Não que eu inclua — de longe que seja! — tal notícia entre os acordes tristes do dia. Acontece que, chegada a nós em hora errada, agourenta, uma notícia alvissareira absorve, por mimetismo, os tons roxos e negros que encontra ao redor. A verdade é que estávamos todos, em Aldenham House, abalados pela morte de Herbert Baker — afinal de contas uma personalidade, uma chávena de colecionador em meio a muita louça ordinária — e constatávamos, ao mesmo tempo, como eram precárias e sombrias as perspectivas de Facundo Rodríguez. Ou — corrijo em tempo — estávamos todos assim, *menos* Elvira O'Callaghan Balmaceda.

A princípio, eu, pelo menos, achei um consolo a presença dela, não um consolo de calmante, certamente, e sim de vinho chileno de boa safra. Estávamos, eu e Moura Page, na cantina, contemplando nossas respectivas xícaras de chá como se, feito velhos adivinhos, procurássemos descobrir, no âmbar do líquido e numas poucas raspas de folha, a forma do destino trágico de Facundo, quando Elvira se abancou ao nosso lado, com uma vasta xícara de café puro que se refletia, sempre que possível, nos olhos dela, verde-trevo.

— Que homem, nosso Facundo, hem! — exclamou.

— Mas você acha boas as perspectivas dele? — perguntou, atônito, Moura Page.

— Acho péssimas, é evidente, calamitosas. Mas não são assim as perspectivas de todo herói quando sai de casa em busca da luta, da vida? Que sangue-frio, Perseu, Página. Vocês se lembram dele se despedindo de nós — e do Larkin, claro — porque, disse ele, tinha um encontro em Londres e o ônibus da BBC para Edgware saía em pouco tempo? Eu pensei, na hora, que era um pretexto dele para se despedir olhando o relógio, todo arrogante, feito um conquistador espanhol, mas estava de fato para sair o ônibus. Facundo chegou no momento exato.

— Os ônibus da BBC são muito pontuais — disse, melancólico, Moura Page, fazendo oscilar o chá na xícara.

— Sei, Moura Page — disse Elvira —, mas eu gostaria de ver você lembrando do ônibus que devia pegar numa situação como a de Facundo.

— Eu nunca ficaria numa situação como a dele — disse o Página, empalmando por baixo e fazendo girar a xícara, como se fosse um *snifter* de conhaque.

— Não, claro que não — disse Elvira.

— Você acha, Elvira — perguntei eu —, que o Facundo... fica no mesmo endereço? Reaparece aqui?

— Me admira você, Perseu! Que pergunta torpe. *Dublire, per Neuropaths. Punk.*

— Escute, Elvira, Polícia atrás da gente é sempre desagradável.

— Escute, *Kerribrasilian* calculista: ainda que Facundo fosse homem de fugir, fugiria para onde, me diga, com este país, este velho império, doendo em todas as juntas mas tentando ganhar a guerra? Só se fosse para Dublin, em algum barco clandestino de rebeldes separatistas, fenianos.

Fiquei, por um segundo, entre atônito e atordoado, perguntando a mim mesmo por que cargas d'água Fenianos, no Brasil, no Rio de Janeiro, tinha virado nome de sociedade carnavalesca, como Tenentes do Diabo e Pierrôs da Caverna. Mas me guardei de comunicar tais especulações a Elvira, para que ela não me fulminasse com algum novo texto do *Finnegans Wake*. Elvira, aliás, não encontrou nenhum atrativo, nem na companhia do Moura Page, que continuava fazendo circular e balançar na xícara o chá sem dúvida já frio, nem na minha, apesar dos olhos ternos que fiz na direção dela.

Logo que ela se afastou, Moura Page parou de revolver o chá, e, com ar subitamente decidido, me propôs que fôssemos para seu escritório, e trancássemos a porta, acrescentou, para evitar interrupções. Empurrou, mesmo, a xícara para longe de si, antes de se levantar, como que deixando ostensivamente na mesa da cantina suas dúvidas, seu nervosismo. Quando chegamos ao escritório, e nos sentamos, falou:

— A hora é de ação, Perseu, de tomada de providências. Facundo, depois desse espetáculo de mau gosto em que transformou um interrogatório banal, deve ter ido para casa. Vá ao encontro dele. Eu não sei, ninguém sabe ao certo o que aconteceu na casa de chá, mas qualquer um pode prever, por parte da Polícia e da Justiça, o pior, caso ele continue agressivo e sarcástico como foi há pouco. E aquela eterna Guerra do Paraguai que não sai dos miolos dele! Foi tão ruim assim, esse diabo de guerra?

— Para o Paraguai foi. Medonha. Não deixamos pedra sobre pedra. Trouxemos para o Brasil até o *robe de chambre* do ditador lá, Solano López. Vermelho.

— López?

— Não, o roupão. Está no Museu Histórico do Rio.

— Bem, olhe, já conversei pelo telefone com um amigo nosso, seu e meu, o Monygham. Apesar de tão mais moço ele era muito amigo do Baker. Não sei se você percebeu, na hora, que o tal Wm. M. das notas do Baker era ele.

— Pensei... na coincidência de iniciais, sei lá. Mas você, Página, por que não disse de quem se tratava? Francamente!

— Calma, Perseu. Eu disse, sim. Informei ao Larkin logo depois, em particular.

— Vocês são curiosos. Monygham! Ele não tinha vindo para a Inglaterra se operar das tripas e voltava logo à Bahia?

— Sim, parece que sim. Era a intenção dele, mas pelo visto acabou ficando mais tempo do que esperava. Os interesses dele aqui se alongaram, ou a saúde exigiu mais atenção, ou...

— Sei, digamos que está tudo claro como água. Você telefonou ao Monygham para dizer que ele estava citado nas notas do Baker: e mais o quê?

— O Monygham esteve também no Paraguai, como você sabe, e ficou conhecendo bem as leis inglesas.

— Um momento, Moura Page. Não exagere. O engenheiro Monygham aprendeu leis inglesas no Paraguai? É isso mesmo?

— Engenheiro de minas, Perseu! Que raciocínio lento! Por isso esteve no Paraguai, no Chaco, quando se descobriu petróleo lá. Como houve, exatamente, a Guerra do Chaco, ele adquiriu um, digamos, conhecimento prático de leis.

— No Chaco? Eu sempre imaginei que o Monygham, quando o Baker era diplomata em Assunção, tinha passado um dia, ou um fim de semana lá, ouvindo guarânias. Mas ele estava no Chaco, durante a guerra?

— Bem, talvez eu esteja confundindo guerras. Não importa. O fato é que o Monygham esteve no Paraguai, país que ele conhece infinitamente melhor que eu, que não conheço nada, e do que você, que só parece conhecer o López e o roupão do López. Não, um momento! Não acabei de falar! O Monygham fez boas relações lá e estive conversando com ele exatamente para ver se não haveria um jeito de Facundo Rodríguez, logo que possível, voltar à terra dele.

— Espero que nosso grande especialista em assuntos paraguaios, o sutil Wm. M., tenha lhe dito que Facundo jamais porá os pés no Paraguai enquanto reinar o ditador Morínigo. A menos que voltasse de armas na mão.

— Eu sei — suspirou Moura Page —, e foi mais ou menos o que disse Monygham. Estou procurando saídas, Perseu, soluções, porque, como se pode ver, Facundo corre riscos enormes aqui também, com a maneira dele, os desaforos e intransigências. E nos faz correr riscos de guerra, de bomba! O Monygham vai alertar o Ministério da Informação para que a imprensa, noticiando o... a morte do Baker, não caracterize demais a localização de Aldenham House. Caso contrário, este nosso silvestre refúgio pode se tornar um inferno de...

— Dante, eu presumo.

— Pode se tornar, como esta trágica terça-feira que estamos vivendo, um perpétuo *lagrimartes*.

— Um perpétuo quê?

— Ué, você que vive, como se diz, bebendo os ares da minha bela secretária, não soube dos trabalhos, que ela tanto apregoa, de traduzir uma certa semana de calamidades que encontrou no *Wake*? A terça se chama em inglês *tearsday* e virou, em castelhano, *lagrimartes*.

Se, por um lado, Charles Moura Page estava me irritando além da conta com suas duplicidades e subterfúgios, a súbita citação me irritou muito mais ainda. As incessantes referências de Elvira ao *Finnegans Wake* são uma cruz que *eu* carrego, mas faço questão de deixar claro que a cruz me pertence, a *mim*, o livro-lenho dói em *meu* ombro. Elvira é apenas secretária desse cabeça de vento antediluviano que, sem dizer água vai, como falava vovô Souza, usa de repente, em seu vocabulário corrente, um enigma do livro santo que eu próprio ignoro ainda. Não me ficava bem insistir, indagar que lagrimartes era esse, e eu me dispunha, a pretexto de trabalho urgente a fazer, a me despedir de Moura Page, quando tocou, para mim, o telefone da mesa dele. A telefonista me procurava para atender a uma chamada de Thames Ditton, do pai, me comunicando, em voz festiva, o conteúdo de um telegrama especial que acabava de receber via Western: o navio *Leighton*, que trazia Maria da Penha, tinha sido obrigado a suprimir toda uma escala de carga e descarga e chegava dentro de um, no máximo dois dias, em lugar de doze, a Liverpool. Depois de uma pausa ao telefone, para deixar, imagino eu, que eu absorvesse a boa-nova, a emoção da notícia, o pai, gentil, sugeriu que, repetindo o lance da minha chegada, eu primeiro aportasse com a noiva a Thames Ditton, antes de tomar o caminho de Londres. Concordei, ainda meio abalado pela notícia, e o pai então indagou se devia preparar para nós um quarto, ou dois.

— Dois — respondi, depois de breve hesitação —, mas é por pouco tempo.

Diante do fato, então consumado, da chegada de Maria da Penha, tive uma espécie de melancólica visão do futuro, antes mesmo de desligar o telefone: na esteira do navio de Da Penha, já se aprestava para zarpar o navio de minha mãe; ao fim de três ou quatro anos, estaríamos todos estabelecidos na Inglaterra, Da Penha e eu, mais as crianças que nos viriam, saindo todas as semanas de Elephant & Castle para passar o *weekend* em Thames Ditton, com papai e mamãe; enquanto isso, valendo-se da minha ausência, Vargas se enraizava fundo no poder. Informei ao Página, em poucas palavras, sobre a chegada da noiva, e fui saindo do escritório dele de forma tão estabanada — depois de acionar em vão a maçaneta, pois ele, feito um conspirador, dera volta à fechadura e não sabia em que bolso enfiara a chave — que quase esbarro na mesa da secretária Elvira, na antessala.

— Que está acontecendo? — perguntou Elvira. — Primeiro vocês se trancam, depois você é projetado da sala para fora. Está fugindo, de medo do Larkin, para o Brasil, Perseu?

— O Brasil é que está correndo para mim, Elvira. Maria da Penha desembarca amanhã. Ou hoje.

— Sim, isso é uma boa notícia. A catástrofe qual é, para você sair da sala do Página como aqueles condenados que eram atados outrora à boca de um canhão?

— Você tem razão. Claro que é notícia boa. Mas... o choque! Ir ficando por aqui, carregado de filhos, procurando emprego depois da guerra!

— Será só essa covardiazinha ligada ao futuro, ou você está, na realidade, lamentando a perda, com a chegada de sua noiva, da liberdadezinha pequeno-burguesa que tem desfrutado aqui, de namorar todas as moças deste país protestante e devasso? Ainda ontem me lembrei de você, relendo o alfabeto tal como ocorre no *Finnegans Wake*: Ada, Bett, Celia, Delia, Ena, Fretta, Gilda, Hilda, Ida, Jess, Katty,

Lou, Mina, Nippa, Opsy, Poll, Queenie, Ruth, Saucy, Trix, Una, Vela, Wanda, Xenia, Yva, Zulma.

— Não, eu reagi paciente a essa barragem insensata de nomes femininos, não estou pensando em mulheres. Penso no meu país, Elvira, que espera por mim.

— Ou pensa em faltar, à brasileira, com a palavra empenhada, com a promessa de desposar Maria da Penha? Eu tinha poupado isso a você até agora, mas há, no *Finnegans*, outra austera imputação feita ao Brasil, descoberto — só Deus sabe para quê — pelo santo navegador de Kerry: '*... from the land of breach of promise with Brendan's mantle whitening the Kerribrasilian sea.*' Da terra dos sem palavra que usam o manto de S. Brandão para purificar o mar kerribrasileiro.

— Claro — disse eu —, perfeito. O que o Joyce queria dizer é que, tal como a Irlanda, o Brasil não toma jeito.

— A Irlanda tem os Fenianos — disse Elvira.

— E nós os Pierrôs da Caverna, retruquei, sem pestanejar, me despedindo e, eu tinha certeza, mergulhando Elvira, por uma vez que fosse, na maior perplexidade."

O grupo dos amigos de Facundo — aquele largo espectro formado por hispanos, brasileiros, mestiços de inglês com latino-americanos e até ingleses puros do Serviço — se arregimentou, em sua plena força, ao redor do famoso advogado, *Sir* Cedric Marmaduke, que tinha sido atraído ao caso por Isobel, sua antiga aluna, e tinha marcado, de imediato, um tento, desenhando a possibilidade de invocar, para Facundo, legítima defesa: só uma luta teria levado Herbert Baker a cair no lago, e a luta só teria explicação se o Baker estivesse armado. Velho e frágil como era e sabendo como sabia que Facundo, exasperado pelo *joke* do ensaio de Carlyle, era capaz de uma interpelação brusca, de uma agressão, o Baker certamente teria uma arma, uma pistola. A ideia da legítima defesa ocorreu a *Sir* Cedric quando, ao ler nos jornais as primeiras notícias sobre o crime, constatou que a BBC tinha resolvido drenar o lago de Aldenham, não, exatamente, por achar que o corpo, ou, mais especificamente, a cabeça do Baker, que ficara de molho durante algum tempo nas águas, teria poluído o lago. Mas, ainda assim, o arroio, que vinha de Boreham Wood, não só formava o lago como prosseguia, além dele, em seu curso pelas propriedades vizinhas, e a ideia do cadáver, ou da cabeça, nas águas tornava o episódio, além de lúgubre, pouco salubre, digamos. A BBC se decidira, portanto, a favor de um desvio provisório do arroio para que se esvaziasse e limpasse o lago. Foi quando *Sir* Cedric Marmaduke, K.C., fez sua primeira e fulminante intervenção, alegando que a Polícia, ela sim, devia ter procedido ao esvaziamento do lago para uma busca, uma revista do seu fundo. Carrancudo, mandíbulas cerradas, o inspetor Larkin compareceu de novo, à frente de peritos, a Aldenham House para presenciar o revolvimento e exame do lago, os peritos recolhendo, ao fim de duas horas, dez pentes, cinco lanternas de blecaute, dois isqueiros e quatro sutiãs. Ao inspetor Larkin que, encerrada a operação de busca, olhava para ele sobranceiro, como se tivesse ganho a batalha, *Sir* Cedric disse:

— Lamento profundamente, inspetor, que essa indispensável operação não tenha sido feita logo que o cadáver foi encontrado. Algum interessado pode ter vindo aqui antes de nós, para levar o que desejávamos encontrar.

O inspetor, muito mais à vontade diante daquele advogado imponente, autoritário, porém inglês, do que diante do enigma que representara para ele Facundo Rodríguez, reagiu meio desabrido:

— Suas palavras devem querer dizer que o morto, ele próprio, é capaz de ter saído do necrotério e vindo cá, já que só ele, o falecido, teria interesse em esconder a arma, para desmentir *sua* tese, *Sir* Cedric, de legítima defesa.

— O morto ou alguém bem vivo, alguém empenhado, exatamente, em incriminar o Señor Rodríguez, em cancelar a legítima defesa.

Nesse dia, na própria construção à beira do lago, Moura Page falou também a *Sir* Cedric sobre Wm. M., e o que queria dizer a breve nota lida no inquérito pelo inspetor Larkin.

— Em essência — comentou *Sir* Cedric —, eram hostis as relações entre você e Herbert Baker, e portanto…

— Eu não diria hostis, e sim…

— Não eram cordiais, digamos, e disto o Baker se queixou a William Monygham.

— Ele devia sentir, o Baker, que, na minha opinião, o Serviço podia se livrar dele, de quem não precisava mais, afastando, eliminando, assim, o mal-estar que ele criava — veja em que deu o caso com Facundo Rodríguez! — com suas piadas, seus motejos, suas…

— Claro, "antediluviano", "pré-colombiano", disse *Sir* Cedric.

— Perfeito, bons exemplos — disse Moura Page, meio áspero. — Só quero acentuar que se esses gracejos me desagradavam, não haviam de me levar a estrangular e arrastar o Baker daí onde você está até dentro do lago.

Sir Cedric Marmaduke sorriu, erguendo as mãos como quem pede quartel, e disse:

— Pode se tranquilizar que William Monygham, amigo do Baker mas amigo seu também, me deu as melhores informações a seu respeito, em termos de caráter e tudo mais. Só não gostei, para lhe dizer a verdade, do tom desse cavalheiro, que fala como se o mundo viesse abaixo caso o nome dele — e aliás o seu também — fossem arrastados ao pó dos tribunais.

Moura Page — que abaixava rapidamente os olhos cada vez que eles esbarravam no lodo revolvido e nas margens descarnadas que tinham contido o lago — se mexeu na cadeira, com certo desconforto.

— O fato, *Sir* Cedric, é que…

— O fato é que se eu tivesse a mínima impressão de que você não estava, como afirmam várias pessoas, sentado a uma mesa em Aldenham House na hora em que o Baker era arrastado daqui onde me sento para dentro do lago, o Monygham poderia gastar à vontade os especiosos argumentos dele — teve o topete de me dizer que, segundo Bertrand Russell, os advogados modernos descendem em linha reta dos antigos sofistas — que eu incluiria *você* entre os suspeitos. E lhe aviso: caso surja algum fato novo, apontando nessa direção, ainda incluo. Me faz tanta falta, neste caso, outro suspeito além de Facundo Rodríguez!

Ao dizer isto, diante de um Moura Page formalizado e digno, *Sir* Cedric pregou os olhos, firme, em algum ponto no chão da casa de chá, como se de repente houvesse descoberto ali… um indício? uma prova?, e afinal perguntou:

— Você vê alguma ligação?

— Entre o quê e o quê? — perguntou Moura Page, defensivo.

— Os sofistas e os advogados. Os sofistas, estudando as palavras, não queriam, como os filósofos honestos, aprender a descrever a verdade; só queriam aprender a convencer os outros.

— Seriam, então, como os advogados de hoje? — perguntou Moura Page, aliviado pelo rumo especulativo que a conversa tomava de repente, mas cauteloso, prudente.

— Ora! — exclamou *Sir* Cedric. — Tolice! Esse Monygham é um intrigante. Vou investigar, mas garanto, de antemão, que Lord Russell não pode ter dito isso.

O difícil, dificílimo na tarefa de *Sir* Cedric não era tanto convencer os outros do que quer que fosse quanto convencer Facundo de que devia se defender. Para isso, todo o grupo dos amigos foi ao apartamento de Facundo, na companhia de *Sir* Cedric. Animado com sua própria iniciativa de intervir no episódio da pescagem de objetos no lago drenado, ele fez várias observações a respeito e concluiu, se dirigindo a Facundo:

— Tudo aqui depende, mais do que de ideias minhas, de decisões suas. Mas eu lhe garanto que, mesmo sem maior colaboração da sua parte, podemos trabalhar com a tese de legítima defesa, bastando, para isso, sua boa vontade em estabelecer um mínimo da *história*, digamos, um relato concatenado do seu encontro com Herbert Baker na chamada casa de chá do lago de Aldenham.

— Meu caro *Sir* Cedric — disse Facundo, amável, polido —, eu desejo, em primeiro lugar, agradecer a prova de apreço que nos dá, a Isobel e a mim, nos prestando, de forma graciosa, serviços profissionais que jamais poderíamos custear. Acontece, porém, que me repugna, e todos os presentes sabem disso, a ideia de *perturbar* a história da morte do Baker. Justiça foi feita, morreu quem devia morrer. Esta é a *história*, esta a minha defesa.

Aqui Facundo se levantou e começou a andar pela sala, como alguém que preferisse falar assim, em movimento, por estar nervoso, ou algo parecido.

— É claro — disse — que um relato bem concatenado, uma tese de legítima defesa, ou outra ideia semelhante, apresenta, pelo menos, o valor de prender a atenção das pessoas.

Neste ponto, além de caminhar pela sala, começou a agir como quem procura alguma coisa, afastando uma cadeira aqui, um escabelo ali, olhando dentro de um vaso e atrás de um quadro na parede, levantando uma ponta do tapete.

— À medida — continuou Facundo — que a história se concatena, as situações se firmam, adensa-se o desenho, a trama se aviva, o suspense, em suma, para usar a palavra-chave, se instala e nos domina. Esse é o tricô, por excelência, que os ingleses inventaram para encher seu lazer imperial, seu ócio, seu tédio. O fundamental é a multiplicação de hipóteses, de possíveis soluções, de pistas que surgem, se desdobram, se cruzam, desaparecem na água de um lago, por exemplo, mas se transformam, em seguida, numa lanterna, num sutiã, ressurgindo na margem oposta, ou, quem sabe, aqui, embaixo do tapete, atrás dessa reprodução, não muito boa, da camponesa de Renoir, ou até dentro de um inocente vaso de flor. O importante é conservar o suspense, manter viva a atenção do leitor, que vai examinando as suposições, refugando umas, aceitando outras, ao menos temporariamente, até que lhe impingem aquela que, embora falsa, vai parecer durante um tempo a correta; e afinal vem o desenlace, a solução, a explicação, inesperada mas tola, boba mas irrefutável. Último lampejo de gênio da raça exausta, essas concatenadas histórias tecem mil caminhos num labirinto que só tem mesmo sua única e idiótica saída para lugar nenhum.

Sir Cedric esperou, paciente, uma brecha na fala de Facundo, antes de dizer:

— Num romance policial, Señor Rodríguez, há um elemento mais importante do que a multiplicação de hipóteses e pistas.

— Diga qual, meu caro amigo, diga, que você, como ilustre advogado do crime e como inglês, deve saber.

— Acho que não é preciso ser advogado nem inglês para saber isso, Señor Rodríguez. O importante é a multiplicação de *suspeitos*.

Facundo se deteve, a meio caminho de afastar um divã no canto da sala, e nos olhou a todos, um por um, como se estivesse arrasado por uma revelação. Meneou, depois, a cabeça, abriu os braços, desanimado:

— Vocês estão vendo? Cá estava eu, armando minha novelinha, meu romance policial, minha obra-prima de *detective story*, e nem pensei nisso. Elementar, meu caro Marmaduke, e no entanto me havia escapado. Só arranjei um único suspeito: eu próprio. Também que ideia! Como é que um paraguaio vai escrever um romance policial?

Sir Cedric Marmaduke, K.C., sorriu com certa melancolia, enquanto dizia:

— Señor Rodríguez, não esqueça, em seu bom humor, que a Polícia de Edgware está, no seu caso, tão segura de si que resolveu não apelar para a Scotland Yard, não requerer ajuda nenhuma, nesta fase da investigação. Está tudo limpo, líquido e certo.

— Facundo — disse Perseu —, pare de brincar com fogo. Você é de fato o único suspeito. Para usar suas comparações jocosas, não dá para criar suspense. E, mesmo assim, você não confia nem em nós.

— Meu amor — disse Isobel, que se levantou —, você está numa sala cheia de amigos, de gente empenhada apenas em ajudar você. O que o Perseu acaba de dizer é a pura verdade. Você não quer nem mesmo manter conosco uma conversa séria. Você não fala... no Baker. No que aconteceu. Nem comigo, *honey*.

— Até tu, Bruta — disse Facundo, mão no peito, como um César canastrão, depois de apunhalado.

Isobel deixou-se cair de novo na cadeira, rosto escondido nas mãos. *Sir* Cedric, olhando para ela, se levantou, prestes a ir em seu socorro. Mas foi Elvira, que estava ao lado de Isobel, que pôs a mão, com ternura, sobre os ombros dela.

— Facundo — disse Elvira —, está bem que você tome uma resolução, que ninguém vê muito bem qual seja, ou cuja finalidade escapa a todos nós. Mas pelo menos não ignore, ou desrespeite, a aflição de sua mulher.

— E basta de tanta comédia sem graça, Facundo — disse o Villa.

— E de tanta criancice, *¡carajo!* — disse Alberoni.

— Olhe aqui, Facundo — disse Moura Page—, vou falar com a autoridade de... de quem também não gostava do Baker, de quem era alvo dos *jokes* dele, bem sem graça, e até de candidato possível ao papel de... suspeito número dois.

— Logo você? — disse Facundo. — Você, amigo, é, entre todos nós, a página mais alva, mais em branco, onde nada poderia ser inscrito. Você não poderia sequer criar, na imaginação, um crime, quanto mais cometer um, você, mestiço de inglês com brasileira, céus!

— Pois folgo muito em me ver absolvido, e peço licença para dizer que você se comporta feito um menino voluntarioso, que prefere ficar de castigo a admitir algum erro. Mas é bom você ficar sabendo, é bom que alguém lhe diga que, se as coisas prosseguirem no rumo em que vão, e no caso de ser condenado — como parece que é seu desejo —, você pode pegar, como castigo, não a perda da merenda, ou do recreio, mas uma vida inteira de cadeia. Ou pegar — se me permite o mau agouro — a forca.

Neste ponto, o próprio Página levou, nervoso, a mão ao pescoço, o Villa tossiu, meio sufocado, e todos, ao soar a palavra na qual ninguém queria pensar, fizeram menção de ficar de pé, de cercar e proteger Facundo. Mas quem se levantou, como que projetada da cadeira pelo próprio terror, foi Isobel, que encostou a cabeça no peito de Facundo.

— Oh, *honey!*

Houve, na sala, um silêncio lúgubre, longo, rompido por Moura Page que deu uma palmada na própria coxa antes de se levantar, empurrando com força a cadeira para trás.

— Bem — disse Moura Page —, vou me retirar. Me recuso a continuar tomando parte nesta palhaçada macabra.

Desculpe, Isobel, mas paciência tem limite. A única esperança que ainda nos resta é convocar o psiquiatra. Fora isso, vamos aguardar que esse idiota se meta ele próprio na prisão perpétua ou enfie o pescoço no laço de corda.

Facundo afastou Isobel de si, com suavidade mas firme e, também com firmeza, encarou, sério, Moura Page.

— Não estou pedindo nada a ninguém, a nenhum de vocês. Vocês é que não param de zumbir à minha volta desde a morte daquele canalha. Acho que já conversamos demais, tanto assim que o Moura Page acaba de assumir o direito de me chamar de idiota.

— Me perdoe, Facundo— suspirou Moura Page—, mas me revolta, me mete medo ver você destruindo sua própria vida, a felicidade de sua mulher, tudo. Estou indo. Mas, pelo amor de Deus, pense, reflita, converse com Isobel. A ideia do… do médico talvez seja útil, já que a da legítima defesa é impossível, sem sua ajuda. Quem sabe o exame…

— O exame psiquiátrico — riu Facundo —, o hospício em vez da forca. Prefiro acusar você, Moura Page, cuidado comigo.

Todos se levantaram para sair e a última palavra, triste e sóbria, coube a *Sir* Cedric Marmaduke, que se dirigiu principalmente a Isobel.

— Diante de um acusado que não quer se defender — disse ele —, o advogado se sente como o médico diante do doente que não quer viver.

Isobel tinha voltado, silenciosa, à sua cadeira, mas Facundo, de novo amável, acompanhou as visitas até a porta, e, já com a mão na maçaneta, resumiu assim o encontro:

— Ouviram a bela frase, epigramática, de *Sir* Cedric Marmaduke, K.C.? Vou propor sua inclusão num desses dicionários de citações. Aliás, caso me enforquem, um consolo hei de levar comigo. Dei hoje, a alguns de vocês, belas oportunidades de cunhar frases admiráveis, sobre amizade, medicina, direito, romance policial, e até sobre o amor conjugal, como fez Elvira. E agora, se não for muito incômodo, eu pediria, como paga, que vocês só me aparecessem no dia do julgamento, ou do inquérito do Coroner, ou como se chame a função. Para isso, são convidados meus. Mas até então, até o dia do julgamento, gostaria que me deixassem em paz.

Já do lado de fora, braço enfiado no de Perseu, Elvira estremeceu, como se sentisse um arrepio de febre.

— *Till the fear of the Law* disse ela —, até o pavor da Lei. Você conhece a negra semana do *Finnegans Wake! All moanday, tearsday.* Isobel sugeriu, para esse princípio, *No más que lunamento, lagrimartes,* quando traduzíamos juntas. Quer ouvir o resto?

— Para ser o último a ouvir?

— Como?

— Até o Página já fala em lagrimartes como se não ouvisse outra coisa desde menino.

— Quer ouvir ou não?

— Agora não, Elvira, estou com o pé no trem.

— Na volta, então, você ouve, tirano ciumento — disse Elvira, sorrindo mas triste. — Demos à semana o nome de *Semana sem Domingo*, que é a que Isobel está vivendo, ao lado desse doido admirável que é o marido dela. Me apresente logo a Da Penha, quando chegar com ela. Da Penha vai ser o domingo da nossa semana de trevas.

Do Diário de Perseu de Souza:

"Afinal, Maria da Penha chegou, mas chegou sem a minha flor! Chegou linda como nunca, lágrimas de alegria nos olhos, e, já no trem aconchegante repetimos, no ouvido um do outro, as doces palavras, os diminutivos de amor que acompanhavam, no Rio, nossas mútuas carícias, e esquecemos, na beatitude do reencontro, a dispensável existência, no mundo exterior, de outros seres. Os trens daqui são divididos em cabines com bancos que se defrontam, para quatro passageiros de cada lado. No entanto, nas duas etapas de nossa viagem, nos dois trens consecutivos que tomamos, acabamos, enfim, sós. Tanto no primeiro quanto no segundo percurso, nossos ocasionais companheiros de viagem acabaram por se dirigir a outros compartimentos, incomodados ou docemente constrangidos pelos cochichos, suspiros, pelas palavras estrangeiras, quase gemidos, que brotavam inesgotáveis daquelas duas criaturas engalfinhadas nos bancos de veludo grosso. Quando chegamos a Thames Ditton meu pai, que Maria da Penha não conhecia, nos recebeu com um régio jantar de cordeiro assado com molho de hortelã e *new potatoes* e uma notícia de perfeito tato e bom gosto: tinha importante assunto a resolver em Londres, e, assim, durante os dois dias da sua ausência, a casa inteira era nossa.

Mas, ai de mim, desses dois dias a primeira noite foi das mais tristes de minha vida. Logo que nos enlaçamos, nos beijamos, nos deitamos, senti, no mesmo antigo ardor de Maria da Penha, uma objetividade nova, e antes que eu tivesse tempo sequer de reparar no que acontecia, para nem pensar em perguntar a ela o que quer que fosse, entrei pela primeira vez na plena posse de Maria da Penha — e não estava onde devia estar a minha flor. Nem cheguei a consumar o ato, de tão surpreendido que fiquei. E quando, em cima do lençol que continuava branco, nos afastamos um do outro, Da Penha, os cabelos negros espalhados no travesseiro, sorria, como sempre, como outrora, e não parecia ter nada a dizer, a me dizer.

— E então? — perguntei.

— Então o quê?

Me sentei na cama, sabendo muito bem que dentro de alguns minutos, a continuar aquela cena, eu poderia me sentir ridículo, mas ainda me achando cheio de razão, cheio do direito a uma explicação. Pensei mesmo, para me fortificar o ânimo, que nem tratados entre nações eram, como queriam os alemães, farrapos de papel, nem promessas entre amantes eram palavras ao vento.

— O que é que aconteceu? — perguntei.

— Aconteceu como? — respondeu Da Penha, voz tranquila, quase impaciente, mas olhos de Capitu, meio turvos, evitando os meus.

— Fale — disse eu.

— Ué, não tenho nada que falar. Você passava uma, duas semanas sem escrever, às vezes se desculpava por escrever bilhetinhos, quase, em resposta às minhas cartas repletas de saudade e de amor, alegando falta de tempo, trabalho, bombas.

— Sei — continuei, implacável. — Vai daí, você...

— Eu, nada, ué.

— Você saiu por aí.

— Não saí para lugar nenhum — disse Da Penha, amuada.

Confesso que, neste momento, fervendo por dentro numa raiva surda, e temendo que de repente minha voz virasse um berro, ou, pior ainda, um choro, parti para a piada abominável.

— Sei. Não saiu. Então entrou o leiteiro. Ou foi o padeiro? Maria da Penha virou de bruços na cama, enterrou a cara no travesseiro, bateu com os punhos no colchão, bateu com os pés, exclamou coisas sem nexo, e, em seguida, começou a chorar, aos soluços. Aí, é claro, soou a hora de eu me sentir inteiramente ridículo. E triste, em vez de raivoso, pelo menos. Comecei a afagar o ombro de Maria da Penha, bem manso, o braço, as mãos fechadas, e Da Penha se pôs a chorar baixinho. Depois se virou na cama, pregando os olhos no teto.

— Eu me sentia muito desesperada — disse ela—, muito sozinha. Sua mãe foi um amor, me ajudou a mais não poder. Mamãe nem tanto, sabe como ela é, além de sempre ter achado você do tipo que não casa de jeito nenhum. E tem também a religião dela, o livro de missa, o véu na cabeça. Ela dizia e repetia que você devia estar namorando mil inglesas, e que Londres, com as bombas caindo, devia ser uma verdadeira Sodoma e Gomorra. Ela lembrava até a marchinha do Assis Valente, do fim do mundo, todos se agarrando e pecando nas ruas, e palavra que mamãe — embora eu não esteja querendo dizer que a culpa foi dela, de maneira nenhuma — me fez mais de uma vez ficar fora de mim, e uma noite a gente tomou, num grupo, não é mesmo, uns chopes ali no Bolero, e eu sem saber mesmo o que fazer da minha vida…

Coloquei a mão na boca de Maria da Penha.

— Deixe, meu bem, esqueça.

— Não — reagiu ela—, agora quem faz questão sou eu. Você não queria porque queria saber? Eu por mim acho uma bobagem, quase nem me lembro mais como foi, mas faço questão de…

— Psiu! Deixe, Da Penha, por favor. Estou lhe pedindo.

Dei nela um beijo bem suave, leve e terno, ficamos longo tempo olhando o teto, mãos dadas, e quando afinal nos abraçamos de novo eu estava desejoso dela, amoroso mesmo. E, de certa forma, já inteiramente conformado, ainda que desapontado e triste, muito triste. E, quando meu pai voltou de Londres, tive ocasião de racionalizar um pouco minha tristeza dizendo a mim mesmo que não se faziam mais mulheres como antigamente, mulheres como minha mãe: é que Maria da Penha entregou ao pai um livrinho que ela mandava, sobre tico-ticos e pardais, historiando a introdução dos pardais no Brasil. Reparei que o pai tinha ficado de olhos úmidos, ao receber o presente da mãe, e ao nos dar conta, pouco depois, como se não pudéssemos aguardar tal notícia, de que o digno Dr. Assis Brasil tinha mandado, em 1914, uma indignada carta ao *Correio do Povo*, de Porto Alegre, para se defender da acusação torpe de haver importado pardais para o Rio Grande do Sul. O tocante, no caso da mãe, é que tinha mandado o livro e nada mais, sem sequer um bilhete. Da Penha me contou, mais tarde, em seguida à entrega do livro, que tinha instado com a mãe para que escrevesse uma carta ao marido, já que, como eu havia informado, ele, ao que tudo indicava, vivia solitário em Thames Ditton e talvez meio arrependido da fuga. Mas a mãe tinha apenas sorrido, antes de dizer a Da Penha:

— Homem não gosta de estrilo, minha filha. Estou mandando recado no bico de um tico-tico. Não há, no caso, mensageiro melhor.

Me espantou, logo que chegamos a Londres, ao apartamento de Elephant & Castle, que Da Penha não dissesse palavra sobre o nosso casamento, quando, de acordo com o antigo trato, só passaríamos a morar juntos e a dormir na mesma cama quando fôssemos legalmente marido e mulher. É verdade que isto seria, em grande parte, para não escandalizar vizinhos, no Brasil, ao passo que, em Londres, não tínhamos, por assim dizer, vizinhos a escandalizar. Mesmo assim, se me espantou, de início, que Da Penha não falasse no assunto, logo compreendi que isso se devia, da parte dela, a uma certa delicadeza contratual, não explicitada. Da Penha tinha violado, é bem o termo, uma cláusula importante do nosso acordo, a cláusula fundamental, do ponto de vista dela, e isso fazia com que ela deixasse por minha conta o assunto, a data, o casamento, em suma. Conversando com ela tornei clara, ainda que de forma indireta, minha inabalável intenção de casar; só que, no momento em que ela mal chegava à Inglaterra, não havia nenhuma razão para afobação e correrias. Afinal, não íamos tirar o pai da forca, disse eu, e a mera menção de forca me deu um arrepio na espinha, arrepio que aproveitei para dizer a Da Penha que o tempo de todos nós, na BBC, era escasso, empenhados que vivíamos em fazer o possível para inventar meios e modos de salvar Facundo Rodríguez. (Devo aqui colocar um encabulado parêntese para dizer que Da Penha me parece menos preocupada com meu casa-não-casa e meus cálculos de data e hora de dar a ela a honra de minha mão em casamento do que comigo mesmo, com minha saúde. Só ralhou comigo porque ainda não examinei este joelho, que jamais se refez do pontapé que levei na prisão. Marcou para mim um especialista de Harley Street.)

Minha preocupação imediata, à medida que, me acompanhando por toda parte, Maria da Penha se ambienta em Portland Place e Aldenham House, são as relações que ela de pronto estabeleceu com Elvira. Eu sabia, pela confiança que depositava no caráter de Elvira, que ela não era de fazer intriga e contar, por despeito e pirraça, que relações havia entre ela e eu. Por outro lado, e exatamente por ser Elvira uma condoresa andina, a planar sobre as misérias da planície, eu temia que, no caso de Da Penha fazer indagações a meu respeito, ela se considerasse obrigada, por algum preceito do *Finnegans Wake*, a atestar que meu comportamento não tinha sido, antes da chegada da noiva, exatamente o de um noivo em desespero de saudade, chorando entre as árvores do Boreham Wood.

A verdade é que Elvira não podia ter recebido Da Penha com maior graça e simpatia. Ela se limitou, da primeira vez em que nos vimos a sós e eu esbocei um gesto de carinho, a balançar a cabeça, para lá e para cá, em sinal de não, não e não, e falou:

— *Anna was, Livia is, Plurabelle's to be.* Ana foi, Lívia é, Plurabelle virá a ser.

— Querendo isto dizer exatamente?

— Que o homem parece firme e forte porque numa coisa não muda: só pensa em si mesmo. A mulher é dialética e multibela.

Como eu insistisse, terno, ela me empurrou, exclamando *Culla vosellina!* E partiu para a imprecação disfarçada em prece:

— *Lord help you, Maria, full of grease, the load is with me.* Deus te ajude, Maria, cheia de graxa, o andor está comigo.

Mas estou misturando um pouco as preces e pragas de Elvira. Me lembro agora que essa espécie de ave-maria desrespeitosa Elvira recitou para mim quando houve o primeiro choque, a primeira briga entre Da Penha e eu. Fiquei exasperado com Da Penha, mal chegamos a Aldenham House, porque a primeira pessoa em quem ela reparou, me perguntando quem era aquele sujeito simpático, com pinta de Rodolfo Valentino, foi, precisamente, Rafael Alberoni. Informei que era o noivo, quase o marido de uma excelente moça, Judy, Judith Campbell, e que ele não prestava como homem, pois vivia bancando o conquistador e querendo passar por irresistível com todas as mulheres. Conquistador barato, acrescentei, e, como gente, pouco interessante, pouco inteligente. Ora, à tarde, quando fui entrando na cantina na companhia de Elvira, vejo Maria da Penha tomando café com ninguém menos que Rafael Alberoni. Andei para a mesa em que se sentavam, enquanto Da Penha me fazia sinal de longe, e, ao chegarmos perto, Alberoni riu, efusivo, oferecendo cadeira a Elvira e a mim, enquanto dizia:

— Ainda não tinha tido o prazer de conversar com a recém-chegada carioca, Maria de la Peña.

— Não é carioca, é fluminense, e o nome é Maria *da* Penha.

— *Da* Penha — disse Alberoni—, ah, esses brasileiros! Encolhem sílabas, apertam a língua em espartilhos. Os portugueses, é pior ainda. Não dá para entender nada do que falam. Em português de Portugal o nome dela, tão lindo, seria algo como M'ria d'Penh', aposto.

— Ah, Alberoni — disse eu—, difícil mesmo é ser argentino, não? Ninguém sabe muito bem quem é, ou que língua fala.

— Como assim? — disse Alberoni. — Não entendi. Você entendeu, Elvira?

— Eu explico — continuei. — O argentino é um italiano, que fala espanhol e pensa que é inglês.

— Vejam só — disse Alberoni, balançando a cabeça—, os macaquitos descem das árvores e aprendem a dizer coisas espirituosas. E velhas. Bem — acrescentou, olhando o relógio —, está na hora da minha gravação.

Quando ele se afastou me vi, meio consternado, entre dois fogos.

— O que é que deu em você, Perseu? — perguntou Elvira. — Por que a piada grosseira sobre os argentinos? Está de novo falecendo de ciúmes?

— Confesse que a piada é boa, não é? — disse eu, temeroso de que surgisse o nome de Judy. — Pode não ser nova, mas é boa e o que é bom não fica velho, fica antigo.

— Dita com outro espírito — falou Elvira—, em outras circunstâncias, podia ter graça. Acontece que sua intenção foi ofensiva, o tom que você usou foi mesquinho. Ciumento.

— Puxa! — exclamei—, não se pode nem fazer uma brincadeira.

— Acho — respondeu Elvira, severa — que durante algum tempo, em Aldenham House, podíamos abrir mão de qualquer *joke* que nos ocorresse.

Não creio que Da Penha, apesar de informada da nossa recente tragédia, tenha entendido a alusão de Elvira, ou tenha tido a curiosidade de apurar, pois também ela o que queria era me chamar à ordem.

— A verdade, bem — disse Da Penha—, é que seu *tom* foi mesmo de quem queria ser desagradável. Elvira está cheia de razão.

— Sei, sei — disse eu—, mais alguma queixa a registrar?

— Se você me acha culpada de alguma coisa, é engano seu. Eu estava aqui sossegada, tomando meu café, quando o Alberoni, bandeja na mão, pediu licença para sentar. Como já tínhamos sido apresentados, não vi nada demais. O que é que você acha que eu ia fazer?

— Nada, claro. O que fez. Moça educada faz assim. Não diz não.

— Você anda — disse Da Penha, fazendo beicinho — é com raiva de mim, diga logo. Acho que você preferia que eu nem tivesse vindo. Fico até constrangida, sem jeito. Se você quiser, volto para o Brasil. Até lá arranjo um canto aqui, vou morar sozinha.

— Não me faça passar por algum bárbaro na frente de Elvira. Ela vai imaginar que ando, sei lá, espancando você.

— Espancando não anda — disse Da Penha, mantendo a postura reivindicatória—, mas me dizendo coisas duras anda, isso anda, e você não há de negar.

— Eu? — indaguei, espantado. — Quando?

— Durante a viagem de trem para Londres você me disse, falando sobre o livro dos tico-ticos e estabelecendo uma comparação: 'Não se fazem mais mulheres como minha mãe.'

Foi, então, a vez de Elvira se espantar, imaginando, provavelmente, que ou bem Da Penha era muito cheia de melindres e não me toques, para se ofender com uma frase assim, ou era meio infantil, *jung and easily freudened*, expressão trocadilhesca joyceana que ela gostava muito de citar sem jamais conseguir traduzir a contento. Seja como for, Elvira tomou na hora uma decisão que me magoou a fundo, pois de tão inesperada que era me dava a medida da posição contrária a mim, pró-Da Penha:

— Escute, Maria da Penha, espero que vocês dois passem a se entender às mil maravilhas e que meu convite seja inteiramente desnecessário. Mas se você se sentir oprimida, ou rejeitada, ou infeliz, sei lá, saiba que há espaço e dormida para você no meu apartamento. E agora, ponto final nesta conversa. Vamos, os três, dar uma volta no bosque, no parque. Longe do lago, é claro."

PARTE V

*Les Assassins, nation dependante de la Phoenicie,
sont estimés entre les Mahumetans d'une souveraine
devotion et pureté de meurs. Ils tiennent que le
plus certain moyen de meriter Paradis, c'est tuer
quelqu'un de religion contraire.*

Montaigne, *Essais*, Livre II, Chapitre XXIX

(Os Assassinos, nação dependente da Fenícia,
São considerados entre os maometanos de uma
soberana devoção e pureza de costumes.
Eles sustentam que o meio mais seguro de merecer o
paraíso é matar alguém de religião contrária.)

Depois de afastados os amigos, com os quais Isobel só mantinha o contato telefônico, a vida no apartamento dela e de Facundo adquiriu, enquanto não chegava o dia, bem próximo, da investigação criminal do Coroner, um toque, ao mesmo tempo, de alta domesticidade e alta irrealidade. Os dois passavam os dias juntos, saíam juntos. Não estavam indo nem a Aldenham House nem à *Voz de Londres*, de onde Mrs. Ware jamais arredava pé, mas iam ao cinema, ao teatro, e, de retorno a casa, trabalhavam, Facundo organizando suas notas sobre os ingleses na Guerra do Paraguai, Isobel compondo versos, sonhando com andar a pé, ainda que fosse inverno, pelos seus *moors* do Yorkshire, e tentando lembrar o nome do poeta chinês, antiquíssimo, que gostava, segundo ela, de sair pelos campos feito um doido, declamando aos gritos, para os bichos e os montes, o poema que tinha acabado de fazer.

Pobre Isobel, aquilo que sempre lhe parecera uma espécie de exasperada caricatura inventada por Facundo da vida inglesa e do imperialismo inglês brotava de repente de dentro do lago-piscina de Aldenham House e ameaçava se alastrar por todos os lados. Daquele estranho bulbo flutuante que era o corpo de Herbert Baker subia pelos ares uma trepadeira tão densa e folhuda que já deitava galho grosso até em Assunção do Paraguai. Normalmente nenhum jornal britânico noticiaria a chegada a Londres de um embaixador especial e plenipotenciário da República do Paraguai, mas o fato é que essa vaga república, talvez a mais vaga da América do Sul, tinha sido posta em destaque pelo crime de Aldenham House, e pelos jornais se soube que o referido embaixador, que não era da carreira, se chamava Emiliano Rivarola.

Isobel esperou, ainda que sem acreditar muito na sua esperança, que a chegada de tal personalidade, engrossando ainda mais a ramaria que medrava do lago-piscina e de seu bulbo flutuante, pudesse tirar Facundo do isolamento a que condenara os dois.

— Você não acha, *honey*, que é ameaçadora a chegada do Rivarola?

Facundo, doce e atencioso com ela durante aqueles dias difíceis como em quaisquer outros de sua vida, tinha dito:

— Acho que, queira ou não queira, Rivarola chegou para abrilhantar minha celebração do centenário de Francia.

— Muito bem — disse Isobel —, vejo que nem a chegada do velho fabricante de pesadelos consegue extrair você da sua concha. Mas uma coisa você vai permitir: que eu peça a *Sir* Cedric para ir à Embaixada do Paraguai, como…

Facundo fez um gesto de quem ia falar, interromper, mas Isobel pediu mais um momento com a mão, e concluiu:

— ...como seu advogado e com a missão exclusiva de tratar do assunto da censura das cartas.

Facundo tinha concordado, ou pelo menos dado de ombros, franzindo a testa numa careta de resignação.

Quando Perseu de Souza atendeu o telefone no apartamento de Elephant & Castle, ficou encabulado ao ouvir a voz de Isobel, que desejava boas-vindas a Maria da Penha. Cá estava ele, todo emaranhado em sua vidazinha pessoal, preocupado com a chegada da noiva com flor ou sem flor, com a data do casamento ou seu adiamento, enquanto Isobel, presa às esquisitices de Facundo feito... feito uma freira mantida por um doido num porão, aguardava, acorrentada à parede, a chegada fatal do julgamento. Perseu se desculpou, pediu notícias de Facundo, e ouviu de Isobel que ninguém menos que Emiliano Rivarola — ele se lembrava do nome, não?, mencionado em conversas a bordo do *Pardo*, o chefe de Polícia, o Filinto Müller paraguaio — tinha chegado a Londres e que o advogado, *Sir* Cedric, tinha conversado com ele.

— *Sir* Cedric — disse Isobel — esteve com Facundo e comigo, é claro, depois de conversar com Rivarola, mas... pouco tempo. E Facundo estava meio irrequieto, meio impaciente.

Isobel, sem dúvida, pensou Perseu, gostaria que alguém, um amigo, ouvisse o advogado, recolhesse talvez algum dado novo sobre a postura de Assunção diante do caso de Aldenham House, ou vislumbrasse uma nova ameaça, quem sabe. Resolveu, na hora, marcar encontro com *Sir*

Cedric. O grande esforço de Isobel, pensou Perseu, comovido, era, agora mais do que nunca, o de ampliar e se possível ensolarar um pouco o mundo de Facundo, para que ele não fosse, como "Da Cunha" — ou como Sherlock Holmes! — até o fundo do precipício, até debaixo da cachoeira. *Sir* Cedric sugeriu, para o encontro, um drinque à noite, na sua casa de Hampstead. Maria da Penha estava fascinada pela ideia de ir ao teatro, para ver Rex Harrison em carne e osso, numa peça chamada *Bell, Book and Candle*, e Perseu, que tinha comprado as duas entradas, pediu a Elvira que tomasse o seu lugar.

Ao seu portão, em Maresfield Gardens, *Sir* Cedric recebeu Perseu de Souza, e, antes que entrassem, apontou, do outro lado da rua, uma graciosa casa, de tijolo como a sua, de belo jardim como o seu, onde se abriam aquelas enormes rosas que parecem inventadas e cultivadas para embalsamar com seu cheiro os longos, lentos crepúsculos do verão inglês.

— Ali morou Freud — disse *Sir* Cedric —, até sua morte em 1939. Ana, a filha, ainda mora.

Perseu sentiu, de certa forma, que aquela apresentação da ilustre casa vizinha ainda teria prosseguimento, e aguardou um instante, enquanto aspirava o perfume doce das flores, o cheiro acre da grama.

— Há muito eu não pensava, chegando ou saindo de casa, nesse extraordinário vizinho que tive durante um ano. Mas nos últimos dias penso nele e no que diria se levasse até seu divã — sabe que ele trouxe para Maresfield Gardens o próprio divã que usava em Viena, não? — o Señor...

Perseu temeu, por um instante, por alguma razão, que *Sir* Cedric fosse dizer o nome de Facundo Rodríguez.

— ...o Señor embaixador Emiliano Rivarola. Que estranha mistura de pessoa inteligente, astuta, até de certo preparo, e do mais puro homem de Neandertal, Senhor Souza!

Entraram na casa, chegaram a uma saleta ainda iluminada pelo clarão da noitinha e por uma única e pequena lâmpada de pé, no canto do bar. *Sir* Cedric, depois de servir dois uísques, com soda e sem gelo, sentou-se com Perseu de Souza em poltronas voltadas para um jardim lateral, onde as rosas pareciam estampadas no muro de hera.

— Pobre Isobel — suspirou *Sir* Cedric.

— Pobre, sim — repetiu Perseu.

— Ela me pediu que fizesse algo que ela própria faria, como Señora Facundo Rodríguez, mas não ousava, para não ferir o orgulho, o pundonor do marido. Me pediu que fosse à Embaixada do Paraguai para uma consulta, uma súplica tocante e singela: dado o drama que vive o marido, pedia que não fosse tão drasticamente censurada a correspondência dele com o pai e a mãe em Assunção. Quase sempre, me contou Isobel, a censura é de extrema severidade, mas às vezes é tão violenta que resulta em pura chacota, zombaria. A última carta de que Facundo teve notícia, que ele soube em que estado chegou, dizia, no alto da primeira folha, "Mãe querida", e depois disto só tinha, no pé da terceira folha, "Um beijo do teu filho Facundo". Fui, então, como advogado do Señor Rodríguez, pedir, levando em conta o momento angustioso que os pais dele estão vivendo, com o caso de Aldenham House, que o embaixador interviesse junto à censura de seu país para que, durante ao menos uns poucos dias, pais aflitos recebessem do filho, ou da nora, notícias correntes e coerentes, informações que dessem aos velhos a tranquilidade possível. E só agora, só enquanto durasse a crise. Acontece que, com a chegada desse Señor Emiliano Rivarola, foi ele próprio quem me recebeu, em lugar do embaixador de carreira, Cruz, que sequer apareceu.

Sir Cedric acendeu um perfumado cigarro Abdulla e lançou ao ar, sem pressa, duas baforadas, como quem, pensou Perseu, desinfeta, supersticioso, o ambiente antes de descrever um quadro de peste.

— O embaixador Rivarola é ventrudo, baixo, pescoço forte. Dá logo a ideia de ter a cólera fácil, mas, na verdade, consegue ser bastante senhor de si, ou, digamos, controla a raiva graças ao recurso de deixar que ela de vez em quando escape dele feito um jato de vapor duma caldeira. O embaixador — foi esse, é claro, o tratamento que dei a ele, apesar de saber que é o chefe de Polícia de Assunção e que só está aqui por causa de Aldenham House — brincou o tempo todo, durante nosso encontro, com uma faca de papel daquelas de Toledo, de aço, com incrustações douradas a fogo, copos de espada e ponta de punhal. Me chamou o tempo todo de Señor Cedric e tinha diante de si, em cima da mesa, não longe da ponta da faca, o cartão de visita que entreguei ao mordomo ao chegar.

— Ao receber anteontem seu pedido de audiência, Señor Cedric, fiquei curioso diante dessas letras que se seguem ao seu nome, e que estão aqui no cartão, de, deixe ver, K.C., LLM, e outras, e pedi a um funcionário inglês da Embaixada que decifrasse os códigos, para minha instrução. Soube, então, que estou diante de um King's Counsel, que deve ser um conselheiro jurídico da Coroa; de um doutor em Direito Civil e mestre em direito *tout court*, Legum

Magister. Fiquei, Señor Cedric, confesso com humildade, muito impressionado com o que isso denota de saber.

— Embaixador — disse eu, meio constrangido —, fico lisonjeado pelo que concluiu interpretando meus códigos, como diz. É costume deste país usar essas contrações de maiúsculas que designam...

— Designam esforço, mérito. Não há motivo para desculpas ou explicações, Señor Cedric, muito pelo contrário. Vi logo, pelas suas contrações de maiúsculas, com quem ia lidar, e portanto me animei, me enchi de esperanças ou da quase certeza de demover uma pessoa de tão altos saberes, Legum Magister.

— Não percebi, embaixador. Demover?...

— Entre seus títulos não há, nem devia haver, nenhum que deixe supor que o senhor tenha qualquer conhecimento do Paraguai, da realidade, da política paraguaia. Por isso, devido a essa sua inocência, é que, apesar dos seus nobres títulos ingleses e latinos, o senhor me pediu audiência como advogado do malfeitor Facundo Rodríguez, que não merece sequer um rábula de porta de xadrez, que dizer um jurista D.C.L., K.C., e não sei mais o quê.

Neste ponto *Sir* Cedric parou e deu um gole fundo no uísque, como que à espera de ouvir o que tinha a dizer Perseu de Souza.

— Falou assim, *Sir* Cedric? Nesses termos?

— Assim. Tal e qual. Foi o primeiro e sibilante esguicho de vapor a sair daquela vasta panela de pressão. E eu lhe disse então que de fato representava o Señor Facundo Rodríguez, mas que não pretendia, ou não era ali o caso, agir como advogado dele. Pretendia apenas conseguir, para o exilado meu cliente, permissão para dar notícias suas, não políticas, ao pai e à mãe. Eu ia abrindo a pasta, Senhor Souza, para mostrar o escárnio que eram algumas das cartas mutiladas, que o pai mandou de volta ao filho, mas o embaixador me deteve com um gesto.

— Señor Cedric, se de alguma coisa, por pouco que isto me envaideça, eu entendo, é deste Facundo Rodríguez, que certamente não merece regalias postais. Entendo dele como um engenheiro que gostaria de domar rios e criar fontes mas precisa estudar esgotos, cuidar de cloacas. E não vou esconder que tenho, no caso, razões pessoais, *também*, além dos motivos gerais que tem um homem de bem para não gostar de um desordeiro e assassino.

Aqui, segundo *Sir* Cedric, o embaixador fez uma pausa, rodou sobre o mata-borrão a ponta da faca, e perguntou:

— O marechal Pétain não lhe parece um homem digno?

— Como?

— Isso mesmo. Pétain, que governa a França.

— Bem. Há quem ache, embaixador, que teria sido… preferível, para a França, se Pétain não houvesse… oficializado a derrota, usando seu prestígio.

— Sim, há quem. Sempre há. Mas ele, como homem, não é, na sua opinião, digno?

— Compreendo seu ponto de vista, embaixador. Sim, um velho herói de outra guerra, coberto de medalhas, a quem entregam a pátria vencida. Um destino trágico, o dele, rude.

— Um destino como o do meu bisavô Cirilo António Rivarola, Señor Cedric, soldado como Pétain e em cujos braços desmaiou a pátria vencida. Que fazer, depois que as tropas brasileiras haviam entrado em Assunção? Esperar que fossem os habitantes passados a fio de espada, ou formar, com os brasileiros, um governo?

— Ah, sim. Não conheço as circunstâncias mas entendo. Seu bisavô fez um governo de Vichy, no Paraguai.

— Um país derrotado e ocupado, Señor Cedric, tem que formar um governo ligado ao invasor. Ponto final.

— É uma tese nítida, sem dúvida.

— Mas para o verrineiro e foliculário Facundo Rodríguez, nos seus pútridos artigos do jornal *Libertad*, o nome do meu bisavô só era usado como insulto. Um *rivarola* era pior que xingar alguém de filho da puta.

Na pausa que então fez, o embaixador, calcando a lâmina, varou o mata-borrão e a faca ficou plantada, oscilante, na madeira da mesa.

— Mas abandonemos — continuou ele — o assunto Rivarola, o lado pessoal, e lembremos como, do ponto de vista político, o governo do grande general Morínigo é rigoroso consigo mesmo, e com os cidadãos paraguaios, mas sabe se curvar diante dos países amigos, ainda quando estejam errados. Logo que a Embaixada de Sua Majestade Britânica em Assunção, a pretexto de que Facundo Rodríguez era casado com cidadã britânica, pediu para ele passaporte e visto de saída, o general, gentil mas austero, enviou ao embaixador um antigo livrinho idiota, impresso a mão, intitulado *O Mistério do Piano Afinado*. Essa novelinha, da autoria de Facundo Rodríguez, é uma espécie de história da Guerra do Paraguai em forma de romance policial montado pelos ingleses. Os ingleses teriam *escrito* a guerra — afinado à moda deles o piano paraguaio — antes dela acontecer, compreendeu? O herói é um tal George Thompson, militar inglês que existiu, que serviu a López e se rendeu aos brasileiros em Angostura. Thompson tinha o *hobby* de afinar pianos. Pois bem, esse livreco indigno foi enviado ao embaixador, foi, é de se esperar, lido por ele, que, no entanto, mesmo assim, manteve, talvez devido a um pervertido *sense of humour*, o pedido de passaporte para Facundo Rodríguez. Com cortesia e cheio de melancolia o presidente Morínigo anuiu. O resto, Señor Cedric, é do seu conhecimento. Vem o assassino, que lá vivia sob liberdade vigiada, e que faz, arribando à Inglaterra? Afoga um pobre velho indefeso num raio dum lago aí de… de… Crahoham. Acho que foi isso que ele disse, Senhor Souza, Crahoham.

— Provavelmente Carajoham — sugeriu Perseu.

— Sim, algo assim, Aldenham é que não foi. E prosseguiu dizendo que a única coisa útil que a Inglaterra podia fazer, para purgar seu erro, era internar Facundo Rodríguez no manicômio judiciário, onde se estudasse o caso dele, de criminoso maníaco, que só não assassina pessoas diariamente porque engana as fúrias que concentra em si próprio lendo e lendo e lendo sobre crimes. A pretexto — disse o embaixador — de que os métodos políticos do imperialismo inglês refletem os do romance policial, Facundo Rodríguez lê e lê essas bobagens uma atrás da outra, e vai aprendendo, Señor Cedric, vai aprendendo!

— Permita, embaixador, em primeiro lugar, que eu lembre que não se fez ainda prova de homicídio contra meu cliente, e, em segundo lugar, que houve no choque dele com Herbert Baker pelo menos um motivo… histórico? Patriótico?

— Não se defende um Francia com um assassinato, Señor Cedric, e Facundo Rodríguez, Francia ou não Francia, não pensa em outra coisa. Ele até casou com uma inglesa achando que assim iria mais fundo no estudo que faz do romance policial, e não me espantará nada que, se ele conseguir seduzir Ngaio Edith Marsh, Emmuska Orczy ou Dorothy Leigh Sayers, a pobre mulher dele apareça boiando no Tâmisa, ou pendurada da trave do teto, como o companheiro dele, de cela, roxo, língua de fora.

Sir Cedric se levantou, neste ponto do relato, para servir dois uísques grandes, com pouca soda, enquanto continuava:

— Confesso que ao ouvir esses propósitos puramente ofensivos, grosseiros, protestei, aliás em defesa de Facundo Rodríguez, que, falei, trata sempre a esposa com a mais perfeita gentileza, e o embaixador, sentindo talvez que havia exagerado, disse:

— Jamais me ocorreria fazer, mesmo de forma indireta, qualquer referência desrespeitosa a Doña Isobel — é bem esse o nome da Señora Rodríguez, não? Só gostaria de reiterar que a Guerra do Paraguai, 1865-1870, deixou meu país praticamente sem homens, e que a recente Guerra do Chaco, 1932-1935, de novo cobrou seu imposto de sangue heroico. Apesar disso, e dada nossa extraordinária vitalidade e virilidade, custa-se a compreender que, entre tantos paraguaios vivos e saudáveis, alguém, alguma mulher, escolhesse, ou aceitasse, para esposo, Facundo Rodríguez, exatamente. Que Deus e a Virgem Maria tenham piedade dela! E agora fui obrigado, durante esta nossa entrevista, a pronunciar tantas vezes o nome de Facundo Rodríguez, tantas vezes essas sílabas abomináveis me passaram pelo céu da boca, pela língua e a garganta, que o Señor Cedric me perdoará a ânsia invencível que sinto de cuspir. E aqui, Senhor Souza, o embaixador Rivarola, fazendo horrendos ruídos catarrais no aparelho respiratório, cuspiu, cuspiu não, escarrou dentro da cesta do papel!

— Que horror. Ele aí assumiu, por completo, o lado Neandertal.

— Por completo — e eu, com essa, me levantei, bati a cabeça em cumprimento, e, o mais digno que pude, me retirei.

Houve então, na sala já escura, um silêncio longo, durante o qual *Sir* Cedric acendeu as luzes. Depois observou:

— Regalias postais, imagine só! A regalia de escrever cartas que cheguem inteligíveis aos destinatários! Um estranho país. O senhor é?...

— Como assim? Sou o quê?

— Nacionalidade, perdão. País.

— Ah, sim, Brasil.

— Sei, Brasil disse *Sir* Cedric, sorrindo, amável —, o país de onde vêm as castanhas-do-pará, como dizemos aqui, e o café, é claro. Quanto ao Paraguai, deixe ver... Não me lembro de nada que venha do Paraguai. Vem alguma coisa?

— Mate.

— Ah, claro, tolice minha. O mate até se chama não sei o que *paraguayensis*, me lembro.

Aqui se vincou a testa de *Sir* Cedric, que perguntou, meio intempestivo:

— E eles bebem o tal mate deles o tempo todo, como nós, aqui, o chá?

— Imagino que sim. No sul gaúcho do meu país, terra do tirano Vargas, toma-se mate o tempo todo. Uma cuia feito um coco, cheia da erva e de água quente, uma bombilha pela qual se suga o mate. A cuia circula.

— Circula? E…

— E a bombilha também.

— Sei, sei, costumes um tanto diferentes. Eu estava pensando na mania que os paraguaios também parecem ter com o romance policial. Repare que a pretexto de… sei lá, estudar Facundo Rodríguez, que é para ele uma obsessão, o embaixador Rivarola também denota conhecimentos especiais dessa literatura menor. Um curioso país. Mas cospem. Escarram.

Sir Cedric parou, acendeu um cigarro, e, abandonando afinal o embaixador Rivarola, como se, depois da cusparada, ele só merecesse o olvido, disse de novo, sem exatamente explicitar a sequência de suas ideias:

— Pobre Isobel!

— Sim — disse Perseu—, está sofrendo muito.

— Sabe que é moça de excepcional talento e cultura geral? Isso para nem falar na poesia que faz, linda.

— A poesia dela mal conheço — disse Perseu, em tom de desculpa—, mas sei que Isobel é uma pérola de pessoa e está demonstrando grande bravura ao lado do atribulado marido.

— Sim, claro, sobretudo bravura. *No coward soul is mine.*

Quando Perseu ouviu a voz de *Sir* Cedric, de um belo baixo cantante de advogado, a declamar "minh'alma não é covarde" e mais palavras que não percebeu, temeu, por um momento, que ele fosse também, quem sabe, um devoto do *Finnegans Wake.*

— Lindo, não? — continuou *Sir* Cedric. — A maviosa Emily. Sabe que, na London School of Economics, onde ensinei Direito, o apelido de Isobel era a quarta Brontë?

— Não, não sabia, que interessante.

— Ela é da região das Brontë, isso você sabia, imagino. Flor de urze, como Anne, Charlotte, Emily.

Perseu procurou, um tanto aflito, chegar de novo a Facundo, e só um caminho a ele parecia levar, em se tratando de *Sir* Cedric.

— Pobre Isobel — falou Perseu. — A continuar nessa expectativa sombria, essa falta de esperança no que diz respeito a Facundo, temo que adoeça, que fique de fato enferma, de tão magrinha que está.

— Tísica — disse *Sir* Cedric—, o inimigo tradicional dos poetas é a tísica. Tísicas morreram Anne, Emily.

— Sim, esta a ameaça, mas se salvássemos Facundo...

Sir Cedric balançou a cabeça, pensativo, de repente alheado da presença de Perseu, do ambiente, perdido em cismas, e quando recomeçou a falar parecia se dirigir, em frases inacabadas, mais a si mesmo:

— Será que essa indiferença dele diante do perigo?... Diante até da morte, eu diria?... Aí estaria o fascínio, a matéria poética *dela*. Não é curioso — disse *Sir* Cedric, mais objetivo — que Facundo Rodríguez não se abra, não abra o coração nem à mulher, à sua dedicada mulher?

— Minha impressão é que Facundo abre seu coração a Isobel, e muito, gosta muitíssimo dela. É só em relação ao... ao acidente, ao caso do Baker, que ele se fecha, se...

— Estranho, sim, e deve ter um forte apelo... poético, bárbaro. *Ilex paraguayensis*, agora me lembro, a erva-mate. Bem, vamos aos fatos. Isobel tem estado pessoalmente, e até sem anuência do marido, acho, em contato com pessoas que podem dar informações sobre a saúde de Herbert Baker, a...

a saúde que tinha, claro. Isso poderia nos dar uma brecha para invocar uma anormal falta de resistência do Baker, da vítima, que qualquer empurrão, qualquer choque podia derrubar, talvez até... Bem, matar, não sei, mas talvez por aí chegássemos a cancelar a hipótese do homicídio culposo, premeditado. São possibilidades. Eu, em pessoa, não devo entrar nessa primeira fase do processo, mas Isobel já tem seu *solicitor* da primeira instância, policial, e eu estou em contato com ele. Garantimos, por exemplo, a presença, diante do Coroner, da senhoria do Baker, a dona da pensão em que ele morava em Manchester Square. Pode ser que, com muito esforço, e quando se marcar o julgamento propriamente dito, eu, já atuando então como advogado de defesa, consiga, pelo menos, um veredito de... de...

— De?

— Não antecipemos — disse *Sir* Cedric, dando de ombros. — Tudo depende do interrogatório do Coroner, Senhor Souza, e — ai de nós, pobre da Isobel — tudo depende, na realidade, da atitude que adotar Facundo Rodríguez. O caso em si, posso lhe garantir, é muito ruim. Mas o cliente é atroz.

Foi com essa espécie de sentença, prévia e melancólica, que Perseu chegou, naquela véspera do terrível dia em que Facundo encararia seu júri, à *Voz de Londres*, pensando, de início, que lá não havia ninguém, tal o profundo silêncio reinante. De repente, não sem um certo alarma, ouviu rumores na sala do finado. Era, como não podia deixar de ser — disse a si mesmo, um tanto irritado com os próprios nervos —, Mrs. Ware, claro, a secretária inconsolável, que punha, sem dúvida, ordem entre os papéis do morto, que os policiais haviam remexido.

Mrs. Ware saiu pouco depois, da sala de Herbert Baker e do prédio de Portland Place, cumprimentando, com um breve aceno de cabeça, Perseu, que se lembrou logo de graves viúvas brasileiras, que, por mais expansivas que fossem, com a morte do marido, vestidas de preto, passavam a falar baixo e pisar leve. No entanto, com a saída dela, Perseu reparou, com espanto, que ela não só deixara a chave do lado de fora, na fechadura da sala do Baker, como deixara a própria porta escancarada, como um silencioso convite à entrada. Sem pensar duas vezes, entrou naquele gabinete tão conhecido seu, que tinha no centro uma escrivaninha pesada, de tampo rolante, e uma sólida, solene cadeira de braços, e julgou perceber logo que Mrs. Ware, além das arrumações, tinha armado ali um ambiente, um cenário, no qual o tampo levantado da escrivaninha — que dava ao móvel um ar de caverna, ou de ratoeira gigante — era o elemento central, o chamariz. A escrivaninha estava cheia de livros, cujas capas ostentavam títulos onde em geral se lia a palavra "crime" ou "homicídio", mas um desses livros tinha lugar especial, dominando os demais, aberto como estava num atril de madeira. Tinha, além disso, um peso de papel colocado sobre as duas páginas que parecia oferecer ao visitante, como um convite à leitura: tal como um missal aberto no Evangelho do dia. Na página da direita, em grandes letras negras, se lia: *Enforcamentos*. Perseu sorriu, dando de ombros à tentativa quase infantil de Ware de impressionar os outros, ou de preparar sabe-se lá que feitiçaria, de rogar sabe Deus que praga. O capítulo ali exposto e oferecido começava com uma espécie de perfil do carrasco oficial inglês, Albert Pierrepoint, o homem que punha o laço de corda no pescoço do condenado, que em seguida empurrava para o vácuo. Pierrepoint era descrito como homem de trato muito lhano e dotado de um grande senso de humor, senso que jamais se deixara embotar, ou talvez fora até aguçado pela profissão. Pierrepoint contava, de fato, com certa satisfação e malícia, que em sua carreira tinha executado centenas de condenados e, por esse trabalho, tinha recebido salários muito decentes, de verdugo oficial da Coroa; no entanto, como era homem de muito amar a sociedade, a companhia dos outros, a alegria ao seu redor, tinha ganho também uma boa parte do seu sustento na direção de um *pub* que ostentava, na placa, o brejeiro nome de *A Corda e a Âncora*.

Perseu já ia, neste ponto, fechando, até mesmo com certo vigor, o livro com que Mrs. Ware planejava sua... bruxaria, quando chegou ao trecho em que perguntam ao carrasco se, no curso de tantas execuções, tinha passado por momentos difíceis, dramáticos ou constrangedores. Pierrepoint então respondeu, por uma vez descontente consigo mesmo, que de um certo caso jamais se esqueceria, em que o condenado, rebelde, meio selvagem, tinha reagido, esbravejado, acabando por dar uma imperdoável cabeçada na barriga dele, verdugo e justiçador de Sua Majestade, e desamarrado as mãos para atacar todo o mundo em volta. Só e exclusivamente esse caso, frisou Pierrepoint, e a explicação era a seguinte: o dito condenado à forca era um estrangeiro, isto é, um homem que não entendia, não aceitava a justiça do Reino. Depois de agredir a ele, carrasco, e a todos os seus auxiliares, a torto e a direito, o estrangeiro só pôde ser levado à forca solidamente amarrado a uma cadeira: foi enforcado sentado, subiu aos ares sentado.

A descrição completa continha pormenores alarmantes, que começaram aos poucos, e cada vez mais, a banhar em frio suor a testa, o pescoço de Perseu, que, diante do livro aberto, sentiu de repente fracas as pernas e se deixou cair na cadeira de Herbert Baker. Ele se pôs logo de pé, recompondo-se, procurando o lenço para enxugar o suor, mas mesmo assim derrubou no chão a cadeira, com estrépito, sem dúvida, pois Mrs. Ware, que não tinha ido embora, que sequer tinha ido longe, assomou, plácida, à moldura da porta.

— Virou — disse Perseu, apontando a cadeira de pernas para o ar. — Caiu no chão.

— Há cadeiras que caem no chão — disse Mrs. Ware, sibilina —, mas há outras que sobem no espaço.

Perseu nunca se animou a registrar no Diário a cena angustiante mas grotesca da cadeira, preferindo guardar, entre as lembranças imediatamente anteriores ao confronto de Facundo com seus juízes, a da visita que receberam, Maria da Penha e ele, em casa, na própria manhã do dia trágico. Foi a visita de Elvira, que não só buscava a companhia deles, pois não queria ir só para o tribunal, como desejava ler, para os dois, não, como acentuou, uma mera tradução, e sim a montagem poética, anglo-espanhola, da semana segundo o *Finnegans Wake*.

— Isobel, naturalmente, não é de falar no que está sofrendo estes dias — disse Elvira. — Não dá um pio. Não solta um queixume. Além disso, como quase não sai do lado do Facundo, não comenta nada com ninguém. Nós duas compusemos, juntas, este mosaico. Acho que ficou feito uma ladainha, e o título é *Semana sem Domingo*. Escutem só:

> *All moanday, tearsday*
> No más que lunamento, lagrimartes
> *Wailsday, thumpsday*
> Mierconieve, juevorror
> *Frightday, shatterday,*
> Inviernes, sabadolor,
> *Till the fear of the Law*
> Hasta el terror de la Ley.

Elvira guardou silêncio um instante, ao acabar a leitura do responso, e depois disse a Perseu e Da Penha, para dissipar a tristeza que ela própria havia criado:

— Eu gostaria de fazer a tradução para o português também — disse —, mas, como observou o Alberoni, a semana de vocês, brasileiros, é uma monotonia só: dois, três, quatro, feira, feira, feira.

Em caso de morte em circunstâncias suspeitas, a justiça inglesa, encerrada a investigação policial, passa a um interrogatório, conduzido pelo representante da Coroa, o Coroner, que preside a um júri: este júri, avaliando os depoimentos prestados durante o interrogatório, é que decidirá se houve homicídio, e, no caso afirmativo, se existe um suspeito do crime, que será, então, detido e submetido a julgamento formal em tribunal de justiça. No interrogatório realizado em Edgware, referente à morte de Herbert Baker, no lago de Aldenham House, o Coroner era de pequena estatura mas erecto, porte marcial, cabelo ruivo, bigode talvez ainda mais ruivo, aparado rente, olhos miúdos mas penetrantes, azuis: todo ele parecia, como os homens pequenos que se levam muito a sério, compensar a falta de envergadura com uma concentrada exposição de força e energia. Havia, na sala, além do júri, de nove membros, além dos representantes da imprensa, um público bastante razoável, pois a despeito dos cuidados em não se revelar a localização de um posto de transmissão da BBC o noticiário tinha sido bastante indiscreto. E lá estavam todos os do grupo latino-americano, mais William Monygham, quase ao lado do Coroner, e o embaixador extraordinário e plenipotenciário do Paraguai, Emiliano Rivarola, ao fundo, não longe de *Sir* Cedric Marmaduke. Este parecia, à primeira vista, impassível, ou perdido em cismas, mas seus olhos ficavam límpidos e objetivos a cada vez — e eram frequentes, essas vezes — que se fixavam em Isobel, muito menina, muito magra, no leve vestido preto que trajava. Maria da Penha e Elvira se sentavam lado a lado, entre Moura Page e Perseu. Pouco depois de se sentarem, o Página relanceou primeiro os olhos pela sala e, em seguida, se inclinou por cima das pernas de ambas para indicar a Perseu, com um discreto movimento do rosto, dois graves rapagões que se sentavam perto da saída, olhando em frente, feito estátuas.

— Scotland Yard — murmurou, fúnebre, e, a seguir, se inclinou mais, quase encostando o queixo nos joelhos de Da Penha, obrigando Perseu a fazer o mesmo nos de Elvira.

— Um deles — continuou — deve ter no bolso o mandado de prisão de Facundo, caso se faça necessário.

Perseu estremeceu e olhou, na primeira fila, de costas, ao lado de Isobel, vestindo um terno de flanela cinza, Facundo, seus ombros largos, o pescoço possante, e pensou, com um calafrio, nas histórias do carrasco Pierrepoint.

Era evidente e inevitável que, ali, o grupo do Serviço Latino-Americano ligado a Facundo e ao finado Baker fosse chamado a depor, e que cada um repetisse, diante do Coroner e do júri, os breves depoimentos feitos à Polícia, os testemunhos que já pareciam, a todos, insossos, vazios, inseridos entre o do jardineiro John Cole, última pessoa a avistar o Baker entre os vivos, e o de Judy Campbell, primeira a deparar com ele defunto.

O que fez entrar na sala de repente, a galope, uma noção crua de crime, de assassinato, quase de pecado, foi o depoimento de Mrs. Ware. No mesmo tom de grave e serena objetividade com que se dirigia aos demais, o Coroner formulou a pergunta esperada:

— A senhora, que secretariou o finado Herbert Baker durante tantos anos, e que se encontrava em Aldenham House quando sobreveio a morte dele, que pode nos dizer a respeito?

— Bem, Mr. Coroner, excetuada a mera comunicação que aqui fez o jardineiro John Cole, de que vagamente viu Mr. Baker, de longe, na casa de chá, todos os demais depoimentos foram prestados por pessoas que, na melhor das hipóteses, prefeririam não incriminar o Señor Rodríguez. Todos, além disso, trabalham sob as ordens de Mr. Moura Page, que detestava o finado quase tanto quanto o Señor

Rodríguez. No que se refere ao meu depoimento, o que tenho a declarar é que o Señor Facundo Rodríguez premeditou cuidadosamente o crime, aguardou a ocasião ideal para sua execução e cumpriu à risca o plano quando, interrompendo o chá que tomava Mr. Baker, estrangulou o coitado, que em seguida arrastou até o lago, para o afogamento. Uma história das mais simples.

A reação do público foi tão forte, "ohs" e "ahs" se cruzaram tão alto no espaço, houve um tal ruído de cadeiras afastadas por repórteres que saíam da sala em busca de telefones, que o Coroner martelou a mesa, num primeiro pedido de silêncio.

— Estamos devidamente informados de que havia, entre o finado e o Señor Facundo Rodríguez, viva animosidade, digamos, mas o que importa indagar aqui, neste momento, é se a senhora dispõe de informações que projetem alguma luz sobre, estritamente, o que aconteceu à beira do lago.

— Estou querendo poupar seu tempo, Mr. Coroner, e o tempo do júri, provando, como pretendo, a premeditação do crime.

A Ware se voltou então para o grupo da BBC, e, criando um dos momentos menos agradáveis da vida de Perseu de Souza, espetou no ar, na direção dele, seu dedo indicador, acusador, dizendo:

— Ali está o Senhor Perseu de Souza, Mr. Coroner, que não me deixa mentir. Outras, muitas outras pessoas, ouviram do Señor Rodríguez os mesmos propósitos, mas o Senhor Souza, na redação do nosso jornal, *A Voz de Londres*, trabalhou, trabalha ainda, com o Señor Rodríguez, e, repito, não me deixa mentir. O Senhor Souza só depôs aqui sobre ninharias, sobre chegar à beira do lago e ver a Judy, a Isobel, que é a Señora Rodríguez, e não sei mais quem, e de ouvir não sei o quê, mas o Senhor Souza poderia ter dito, com muito maior proveito geral, que o Señor Rodríguez vivia, feito um maníaco, acusando os ingleses, todos nós, Mr. Coroner, de só termos um ideal na vida: o de chegar em casa e encontrar um defunto no tapete, um cadáver de assassinado.

Sentiu-se que estava prestes a estalar outra manifestação pública de assombro, de apoio, ou alguma intromissão indevida — o embaixador Rivarola chegou a ficar de pé — mas a própria Ware, com uma espécie de paixão de promotora, emendou, eloquente, uma espécie de mortífera peroração:

— No tapete — dizia o Señor Rodríguez, e aí está o Senhor Souza que não me deixa mentir —, na biblioteca, acrescentava, ou, se se tratasse de uma casa de campo, como Aldenham House, *no lago!* Isto é literal, Mr. Coroner, *no lago*, pergunte ao Senhor Souza, ou ao próprio Señor Rodríguez, que aí está, na primeira fila, todo pimpão, de terno cinzento, mas que enfiou no lago o homem que odiava para compor, à custa de Mr. Baker, o quadro que ele dizia que era o ideal inglês para uma casa de campo inglesa!

O ruído da assistência foi, então, forte, ultrajado, e pareceu que, diante da zoeira, o Coroner, que pedia ordem batendo sobre a mesa com o martelo, ia suspender a sessão; mas ele não só restabeleceu o silêncio na sala como manteve em curso o depoimento de Mrs. Ware.

— Eu pediria à depoente, que já deu bastante expansão a impressões suas, por vezes um tanto subjetivas, que me respondesse, com a possível brevidade, à seguinte questão:

sabia a senhora, porventura, de alguma moléstia de que Mr. Baker fosse portador e que pudesse resultar em morte súbita? A Polícia tomou o depoimento de Mrs. Nora Battersby, senhoria de Mr. Baker, que, segundo ela, necessitava às vezes de socorro médico urgente.

O Coroner dava mostras, criticando "impressões um tanto subjetivas", de firmeza na condução do interrogatório, mas as contundentes frases de Ware a respeito de Facundo tinham causado no público e no júri uma impressão difícil de apagar. Agora, porém, diante da nova pergunta, um inesperado despeito, um meio ciúme, alguma sensação assim, muito pessoal, fez com que ela descambasse para um estilo vulgar, um tanto impróprio para a ocasião.

— Ah, isso, Mr. Coroner, essa história de Mr. Baker fraquinho, sofrendo disso, gemendo daquilo, se queixando daquilo outro me cheira mesmo a coisa da Battersby, a dona da pensão. Mexeriqueira e bisbilhoteira, a Nora de nada gostava mais do que de se meter e dar palpite na vida do finado.

Depois dessa frase, quase como se sentisse que refluía dela a atenção séria e apaixonada de todos, Mrs. Ware fez uma pausa, mirou Facundo, e retomou sua fala numa frase iniciada em voz tranquila mas que encerrou numa espécie de surda proclamação de culpa.

— O fato do finado de vez em quando tomar um copo de vinho a mais no Café Royal, com os amigos queridos dele, e no dia seguinte ficar de ressaca, não tem coisa nenhuma a ver com o fato de Mr. Baker ser agredido, batido e afogado pelo seu selvagem inimigo, que hoje está aí, de terno cinza, provavelmente recusando falar, como tem feito até agora.

Neste momento, e por mais ligeiro que fosse o Coroner em agradecer em voz bem alta a Mrs. Ware, para encerrar seu depoimento e impedir manifestações, houve quase risco da assistência aplaudir. Para nem falar no risco, que só *Sir* Cedric percebeu, de que, novamente de pé, o embaixador Rivarola, desprezando todas as regras de um tribunal como aquele, pedisse a palavra, para provavelmente denunciar crimes de Facundo ainda no Paraguai. Hábil mas muito enérgico, forte, com verdadeiras marteladas de carpinteiro, o Coroner reintroduziu o silêncio na sala, e, ao contrário do que se imaginava, não convocou a depor, em seguida, a senhoria de Herbert Baker. Chamou, ao contrário, para depor, Facundo Rodríguez.

Não fosse por temer o que diria Elvira da sua covardia e pusilanimidade, do seu comodismo kerrybrasileiro, Perseu teria saído da sala, ido embora, a qualquer pretexto — dor de cabeça, bexiga cheia —, para aguardar do lado de fora que se consumasse o interrogatório de Facundo. Era esse, aliás, o sentir de todo o grupo, que achava que só o milagre, a entrada em cena de um *deus ex machina*, que encerrasse a função antes de Facundo ser ouvido, poderia impedir o pior: o pior, no caso, sendo — sobretudo depois do retrato que acabava de ser feito dele, meio diretor de teatro demente, meio assassino — o próprio Facundo a desfiar diante do júri atônito acusações ao Imperador Pedro II, do Brasil, a Bartolomeu Mitre, da Argentina, a Venâncio Flores, do Uruguai, a Thomas Carlyle, a...

Facundo se levantou e a pausada pergunta do Coroner parecia refletir a fadiga prévia com que ele próprio retomava o trabalho improfícuo do inspetor Larkin:

— O Señor Facundo Rodríguez quer ter a bondade de informar que rumo tomou, no parque de Aldenham House, ao deixar a sala de reuniões da casa?

Logo que ouviu a voz do Coroner, no início da pergunta, Facundo cerrou os olhos, inclinando um pouco para adiante a cabeça, e em seguida levou as mãos em concha às orelhas, como quem sente uma súbita dor de ouvidos. Depois de formulada a pergunta, Facundo, como quem nada ouviu, ou entendeu, se limitou a olhar firme para o Coroner, para os olhinhos azuis do Coroner, que, paciente, repetiu a pergunta, a qual ampliou um tanto, para que ficasse tudo bem claro e explícito:

— Quer ter a bondade de informar aos membros do júri que rumo tomou, no parque de Aldenham, ao deixar a sala de reuniões onde tinha estado na companhia de seus companheiros de trabalho, aqui previamente interrogados?

Mas enquanto falava o Coroner, foram dramáticas de ver as demonstrações dadas por Facundo de uma espécie de mal-estar da audição, de insuportável desconforto auditivo, como se varassem seus tímpanos sons bárbaros, lancinantes, desses que enlouquecem um homem ou põem um cão a ganir, olhando para o alto. Mais ruivo que os cabelos, com o ruivo e rente bigode se arrepiando de incompreensão, de estupefação, o Coroner, diante da sala mergulhada num silêncio mortal, manteve por um instante os olhos pregados em Facundo. Por sua vez Facundo, que tinha, depois da pergunta, mantido os olhos cerrados, abriu ambos, agora, e, enquanto baixava as mãos dos ouvidos, relanceou a vista pelos jurados, pela assistência, antes de dizer, em espanhol, no tom desanimado de quem entrega os pontos:

— Não compreendo. Horrível.

Conservando um ar de pasmo, de desamparo, mas que ameaçava se tornar colérico, o Coroner ainda esperava alguma coisa, enquanto se verificava, no recinto, aquele fenômeno acústico interpretado em geral como um exagero: tão grande era o silêncio que se ouvia uma mosca zumbir. Uma zumbiu, na sala, enquanto o Coroner, agora, se inclinava na cadeira para ouvir o que lhe soprava ao ouvido o assessor sentado ao lado do Monygham. O Coroner evidentemente se restabeleceu, se refez, pois o que falou a seguir foi falado com ironia:

— Era minha impressão — disse o Coroner —, e nada me foi dito que me induzisse a pensar de outra forma, que o Señor Facundo Rodríguez compreendia e falava o idioma inglês.

Então — como se a sala, depois de reter o fôlego durante algum tempo, soltasse afinal, com ruído, a respiração — houve um burburinho, uma agitação sonora, e teria sido fácil gravar aquele instante em que se cruzaram no ar, feito espadas, duas exclamações principais: *For God's sake!* e *¡Carajo!*

— Silêncio! — gritou o Coroner, acionando o martelo.

Como o silêncio se fez de súbito, de chofre, sobrou um instante no ar, descolado do ruído geral precedente, a voz de Isobel:

— Oh, *honey!*

O Coroner prosseguiu, refeito, levemente belicoso:

— Já que — ao contrário do que anteriormente ocorria, como ficou provado em declarações anteriores do depoente — o Señor Facundo Rodríguez se mostra destituído mesmo de rudimentos do idioma inglês, peço à sua esposa, que me informaram ser de nacionalidade britânica, que sirva de intérprete entre este tribunal e a testemunha Facundo Rodríguez.

Isobel foi se levantando, lenta, bem lenta, como se aguardasse que Facundo, ainda de pé, começasse a falar inglês, a responder ao Coroner, antes que ela precisasse abrir a boca, foi crescendo devagar, e afinal, sem outro remédio, ficou de pé ao lado dele. O Coroner falou:

— Antes de traduzir para seu marido a pergunta inicial que a ele dirigi, eu lhe pediria, Señora Rodríguez, que nos informe, a mim e ao júri, se seu marido de fato não compreende nada da língua inglesa.

Isobel hesitou um segundo, não mais que isso, antes de responder:

— Meu marido compreende e fala inglês...

Subiu do júri, no seu canto da sala, um murmúrio discreto mas, indubitavelmente, de espanto, de indignação, talvez, que o Coroner cortou curvando-se sobre a mesa, olhos fitos em Isobel, que deixara sua frase suspensa no ar, para fazer com que ela prosseguisse.

— Minha impressão, diante da súbita incapacidade aqui demonstrada por meu marido, é de que os choques emocionais que tem sofrido, e talvez, hoje, agora, a própria atmosfera do tribunal, do julgamento, tiveram nele esse efeito estranho, anormal...

Isobel, sem olhar Facundo de pé ao seu lado, olhando fixa o Coroner, disse o que ainda tinha a dizer quase como quem decorou um texto:

— Em resumo, espantada eu também, e sumamente preocupada, deduzo que meu marido foi de repente desligado do conhecimento que tinha de um idioma adquirido, voltando a depender, de forma exclusiva, de sua língua materna.

O Coroner bateu afirmativamente com a cabeça, deixando em dúvida sobre se apenas aceitava, na ausência de outra melhor, a explicação, ou se, de alguma forma, rendia homenagem à presença de espírito de Isobel. Essa homenagem, sem dúvida, foi a Isobel rendida por *Sir* Cedric Marmaduke, que, no seu canto, sorria embevecido, orgulhoso da aluna da London School of Economics, e — quem sabe — encontrando, na própria explicação de Isobel, um possível encaminhamento de exame psiquiátrico para Facundo.

— Tenha então a bondade — disse o Coroner — de perguntar ao seu marido, mergulhado em crise de amnésia aguda, que fazia ele no parque etc.

— O Coroner — disse Isobel a Facundo, em espanhol — pergunta que fazia você no parque de Aldenham House depois de se afastar da sala de reuniões na manhã da morte de Herbert Baker.

— Diga a ele que eu saí da sala armado de um Carlyle com a intenção de com ele agredir Herbert Baker até que sobreviesse a morte e ele caísse para sempre no lago.

Isobel olhou Facundo com olhos súplices e pareceu vacilar nas pernas, feito um caniço de bambu ao vento.

— Diga, Isobel — pediu Facundo —, responda.

Agora feito uma autômata, olhando em frente mas sem mirar o Coroner ou quem quer que fosse, Isobel repetiu, traduziu. Quando se calou, o Coroner perguntou:

— Matar com quê?

— Bem — esclareceu Isobel —, na realidade... trata-se de um livro, Mr. Coroner, um livro ofensivo ao Paraguai, que Mr. Baker... admirava, quer dizer, admirava o livro, o qual pretendia transformar num programa radiofônico.

Pálido agora, o rosto quase de marfim em contraste com o cabelo ruivo, o Coroner, ao fazer as perguntas, olhava Facundo, como se falasse com ele:

— Sei, sei, pergunte agora se ele de fato encontrou Mr. Baker e o atacou... a livraços.

Isobel transmitiu em espanhol a pergunta e Facundo respondeu:

— Diga ao Coroner que não me lembro. Não, Isobel, um momento. Diga que não me interessa. Ele que descubra, se quiser.

As pernas de Isobel vergaram, seus joelhos dobraram um pouco para adiante, e o próprio Facundo esboçou um gesto de amparo na direção dela, mas ela reagiu, sem sequer olhar para ele, se dominou, firme, se inteiriçou, e ia traduzir o desaforo, as palavras desabridas. Talvez só Perseu tenha reparado, neste preciso instante, que o Monygham, sem quase virar a cabeça, murmurava de novo alguma coisa ao assessor do Coroner. O fato é que, no momento em que Isobel abria a boca para falar, o Coroner levantou a mão, enquanto escutava o que lhe soprava, por sua vez, o assessor, e em seguida se dirigiu a Isobel:

— Não é necessário prosseguir, minha senhora, esteja à vontade. Pode se sentar. E comunique, por favor, ao seu marido, em espanhol, para que ele compreenda, que, depois do enorme esforço que fez para colaborar nesta investigação, ele também pode se sentar.

— O Coroner diz que você pode se sentar, *honey.*

Houve, na sala, um quase audível suspiro generalizado de alívio quando Facundo, depois de menear afirmativamente a cabeça, para Isobel, presumivelmente para o Coroner também, se sentou. E era de se jurar que todos, os membros do júri inclusive, imaginaram que o Coroner, que devia estar até mais fatigado emocionalmente que os demais presentes, fosse interromper a sessão, que tanto se alongava, para um período de descanso, ou até um adiamento. Mas nada disso. Como quem tem pressa, ou como se, por motivos que só ele conhecia, preferisse chegar com a maior rapidez possível a determinado momento, ou ao desfecho, do interrogatório, o Coroner prosseguiu, impávido:

— Ouviremos, a seguir, as duas últimas testemunhas, que são Mrs. Nora Battersby, e o Dr. Martin Jowett, cardiologista, médico de Mr. Baker.

A Nora Battersby perguntou o Coroner se sabia de cuidados especiais tomados pelo finado Herbert Baker em relação à própria saúde.

— Um cuidado do pobre Mr. Baker — tão bom que ele era! — uma precaução que ele jamais deixava de tomar, se referia à escada da nossa pensão, Mr. Coroner, em Manchester Square. O quarto dele, muito bom, espaçoso, com banheiro pegado, no corredor, ficava no segundo andar, e o finado não só subia a escada sempre devagar, degrau a degrau, mão no corrimão, como invariavelmente parava, vencido o primeiro lance. Às vezes, quando chegava em casa alegre, depois dos tais almoços dele, parava na metade da escada e cantava umas canções da outra guerra, feliz da vida. Da última vez, Mr. Coroner, cantarolou uns versinhos, que eu não esquecerei nunca mais, que diziam:

Unless I go to Rio
These wonders to behold
Oh, I'd love to roll to Rio
Some day before I'm old!

— Adiante, adiante — interrompeu o Coroner. — Eram só esses, os cuidados?

— Ah, não, religiosamente, duas vezes por dia, o finado tinha que tomar os comprimidos receitados pelo Dr. Jowett, e em casa, na hora certa, eu batia à porta dele, levava o copo d'água, mas no escritório ele frequentemente esquecia, e a secretária, dizia ele, era ainda mais esquecida do que ele, e…

Mrs. Ware fez menção de se levantar, mas da menção não passou, pois o Coroner, em voz alta e sonora, comandou:

— Continue — Mrs. Battersby —, estou ouvindo.

— Bem, eu só mencionei os versos do *I'd love to roll to Rio* porque, nesse dia, o pobre do finado acabou sentado na escada, respirando, como se diz, difícil, e esperou, até vir o médico, sentadinho ali, quieto.

— Muito grato. Peço agora que se levante o Dr. Martin Jowett, para que nos dê uma avaliação clínica do mal que afligia o falecido Herbert Baker.

— *Angina pectoris* severa, Mr. Coroner, que o perseguia há anos. No dia, bem recente, a que se referiu Mrs. Battersby, o acesso foi muito doloroso, longo, e recomendei cabal repouso ao paciente. Ao finado.

— Acha o Dr. Jowett — perguntou o Coroner—, que Mr. Baker podia ter, de repente, um ataque de coração fatal?

— Sem sombra de dúvida — respondeu Dr. Jowett. — Essa seria, aliás, em toda probabilidade, sua morte.

O inesperado desses dois depoimentos não podia deixar de gerar, no público em geral, e entre os amigos de Facundo, em particular, uma espécie de... de esperança nova?... a abertura de um caminho até agora insuspeitado?... Baker teria morrido só de ver Facundo furioso, livro em punho, feito uma arma?... mas, ainda assim, alguma luta teria havido, para que o corpo fosse encontrado na sua extravagante posição, cabeça n'água, pés na beira, feito um barco atracado, tinha dito Judy... Bem, fosse como fosse, o Coroner estava determinado a não permitir que nada interferisse com a marcha batida rumo ao término da investigação, tanto assim que fez soar três vezes o martelo, para impedir que virasse conversa e especulação aquilo que se acabava de ouvir da senhoria, do médico, e se dirigiu aos nove membros do júri:

— Chegamos ao fim desta investigação. Compete agora aos senhores jurados deliberarem, em reunião, e chegarem ao veredito, que há de levar em conta, sobretudo, a peça que é a principal, entre todas, embora não mencionada até este momento.

O Coroner fez uma pausa, que se diria, ao menos em parte, devida à sua vontade de saborear o silêncio que tomou então conta da sala, um silêncio quase de igreja em seguida à campainha que pede recolhimento, um silêncio riscado pelo voo de, exatamente — era possível anotar —, duas moscas inglesas.

— A peça — continuou o Coroner — o documento a que me refiro, não foi antes divulgado pela Polícia porque à Polícia parecia, e a mim também pareceu, que podia talvez, caso se tornasse conhecido antes, nos privar de alguma revelação que porventura surgisse aqui neste tribunal, algum fato novo, que por sua vez originasse nova linha de investigação. Agora, porém, me sinto à vontade para informar aos senhores jurados que a autópsia, o exame *post mortem* de Mr. Herbert Baker, devidamente assinado por dois médicos legistas, chegou à conclusão de que ele foi fulminado por um colapso cardíaco pelo menos trinta minutos, possivelmente quarenta e cinco minutos antes de ter o corpo atirado ao lago de Aldenham.

Neste ponto o Coroner garantiu, pelo próprio ritmo da sua fala, que só houvesse no recinto o tempo de as pessoas se entreolharem.

— Cada membro do júri vai encontrar, na sala de deliberações, o pormenorizado e coincidente laudo de autópsia que leva à conclusão de que Mr. Herbert Baker não sofreu, nos seus últimos momentos de vida, nenhuma violência, e, com muito mais razão, não foi vítima de qualquer injúria causada por qualquer espécie de arma; já estava morto, o coração parado, os pulmões imobilizados, ao ter a cabeça imersa no lago.

O Coroner, ao chegar a este momento alto de seu desempenho, não conseguiu impedir, ou, ao que parece, tolerou graciosamente que, dos arraiais latino-americanos, estourasse uma espécie de enorme suspiro de alívio, uma quase visível bolha, um balão de desafogo seguido de um burburinho de mal contido júbilo. E prosseguiu:

— Peço aos senhores jurados que, ao concertarem seu veredito, tenham em mente duas considerações principais. A primeira é que Mr. Baker, segundo os resultados da autópsia, morreu quando estava só, na chamada casa ou pavilhão de chá, mas teve seu cadáver arrastado para dentro do lago, de forma insensata, violenta; a segunda é que o autor, ao que tudo indica, desse mesquinho, inqualificável gesto, é a mesma pessoa que tentou, por todos os meios e modos, desde o inquérito policial, obstruir a ação da justiça.

Ao encerrar sua fala de instruções, e antes mesmo que os membros do júri, que tinham ouvido de pé, se retirassem para deliberar, o Coroner se voltou para o público, exigindo absoluto comedimento de vozes e gestos. Aos que quisessem trocar ideias e impressões mais à vontade, enquanto estivesse reunido o júri, aconselhava, na rua, um café, três portas adiante. Ninguém do grupo da BBC saiu da sala, talvez em atenção e solidariedade às duas pessoas da primeira fila, Isobel e Facundo, imóveis ambos, que não falavam nem mesmo entre si. Isobel — qualquer um do grupo seria capaz de jurar — continuava sabendo tanto quanto qualquer outra pessoa acerca das circunstâncias em que Herbert Baker, vivo ou morto, tinha sido arrastado até o lago; e não tinha deixado transparecer a menor emoção ao ouvir as duras frases do Coroner. Tensa, nervosa, sufocando no lenço uns meios suspiros de riso e de choro, segurando ora as mãos de Perseu, ora as mãos de Da Penha, Elvira sussurrou:

— In alldconfusalem! A long jurymiad!

Perseu sorriu para Elvira e afagou sua mão, sem perguntar de onde vinham a confusalém e a jurimiada. Mesmo porque, transcorrido breve tempo, já retornavam aos seus lugares os membros do júri, já o *foreman* entregava ao Coroner o veredito escrito. O Coroner percorreu com a vista o texto, batendo afirmativamente com a cabeça, como quem aprova o que lê, e afinal, depois de pigarrear discreto, leu em voz alta:

— É nossa convicção que o falecido Herbert Baker estava morto, de um colapso cardíaco, ao ter a cabeça imersa no lago de Aldenham House. O fato, porém, de não ter havido homicídio não exime de culpa o Señor Facundo Rodríguez, já que os interrogatórios realizados, e, em especial, os exames periciais efetuados no cadáver, levam à conclusão de que ele puxou, da mesa na casa de chá, onde se encontrava, o corpo, que arrastou pelas axilas, até o lago. Acresce que o Senōr Rodríguez, além de obstruir como pôde a justiça, conspurcou, com seu gesto mesquinho de absurda vingança póstuma, o lago de Aldenham House, que, em consequência, foi drenado, mediante desvio das águas do arroio que nele deságua. Já que o dito arroio percorre e irriga propriedades vizinhas, a operação de drenagem causou vários tipos de inconveniência a pessoas, terras, animais, o que configura o tipo de ofensa codificado na lei como *Nuisance,* estorvo. Levado tudo isso em consideração o júri recomenda com empenho que seja imposta ao Señor Facundo Rodríguez a multa de setenta libras esterlinas. Por *Nuisance.*

Facundo, que se pusera de pé para ouvir o veredito, ficou pálido, como se seu sangue por inteiro fosse naquele instante drenado, feito as águas do lago de Aldenham. O Coroner encerrou os trabalhos. O júri e o público foram saindo, enquanto jornalistas cercavam Facundo, que não parecia ver ninguém, rígido, olhando em frente. Ele deu, em seguida, o braço a Isobel e saíram, enquanto espocavam luzes de fotografia, não muitas, duas ou três. O comentário de Elvira, ao ouvido de Perseu, foi:

— Tristis, tristior, tristissimus.

O grupo inteiro da BBC se retirou do tribunal tentando aparentar, além do alívio — que era muito real —, uma satisfação pouco convincente.

— Claro — disse Bernardo Villa em voz alta, para ser ouvido pelo grupo em geral—, todos sabíamos que Facundo não havia assassinado ninguém. Foi um momento de paixão.

— O fundamental é que ficasse provado — disse Perseu a Facundo —, estabelecido que você apenas, e com razão, perdeu a cabeça, mas...

— Na realidade — disse Moura Page —, voltamos, acabado o pesadelo, à estaca zero, ao trabalho de todos os dias. Graças a Deus!

— Você — disse Alberoni — foi acusado de uma falta venial, um arrebatamento, afinal de contas.

Facundo fez, então, seu único comentário.

— Roubada à língua francesa a própria figura jurídica. *Nuisance*.

Sir Cedric Marmaduke, ao sair do tribunal, viu de longe o grupo e pensou em ir cumprimentar Isobel e Facundo. Hesitou, depois, um instante, e não chegou a descer da calçada. O pior não havia acontecido, isto era verdade. Mas será que o que havia acontecido justificava efusões e congratulações? Por não saber responder à própria pergunta, resolveu ir embora sem falar com Facundo. E — suspirou — sem estar com Isobel. Pôs o pé na rua, mas, ainda desta vez, não andou, pois parou suave em sua frente um negro

Bentley, chapa diplomática. O chofer, de botas, luvas e boné, saltou do carro e abriu-lhe a porta, enquanto Emiliano Rivarola convidava *Sir* Cedric a entrar, mas a resposta foi:

— Agradeço, embaixador, mas ainda tenho assuntos a tratar aqui.

— Lamento não ter sua companhia, Señor Cedric. Eu queria lhe transmitir minha decepção com a justiça inglesa. Adeus. Meus pêsames.

O Bentley começou a rodar, silencioso, e foi quase obrigado a parar diante da estação do metrô, para que passasse o grupo da BBC. Todos cercavam ainda Isobel e Facundo, que não iam tomar o ônibus de Aldenham House, que iam para casa, que iam, sem dúvida, discutir o futuro. Quando os dois afinal desapareceram na estação, alguém comentou que Facundo carregava uma valise, sem dúvida com roupas, para o caso de sair preso do tribunal do Coroner. Bernardo Villa balançou, pesaroso a cabeça, dizendo:

— Foi o último *joke* de Herbert Baker.

PARTE VI

Imagine the Germans reaching Paris again!

Thomas Mann, carta a Ida Herz,
26 de dezembro 1944
(Penguin Books, 1975)

(Imagine os alemães chegando a Paris outra vez!)

Facundo Rodríguez, sem se despedir de ninguém, desapareceu do seu apartamento, de Aldenham House, de Portland Place, do convívio latino-americano, em suma, e, durante uns tempos, Maria da Penha e Perseu, Elvira, o Villa, receberam eventuais cartas de Isobel, enviadas da província inglesa, contando que ele estaria dando aulas de espanhol em alguma universidade ou escola, da qual se mudava pouco depois, passando a fazer "traduções em casa", que era o eufemismo para informar que estava uma vez mais sem emprego. O fato, naturalmente, é que a repercussão do caso de Aldenham House atrapalhava a carreira do professor, já de si pouco paciente, e, ao que contava Isobel, resolvido, mais do que nunca, a não aceitar qualquer discussão ou conversa referente ao episódio. Afinal, por uma dessas cartas, datada de Haworth, no Yorkshire, onde estava a passeio, ficou a comunidade latino-americana sabendo, primeiro, que Isobel tinha perdido o pai e herdado uma casa, além de algum dinheiro e ações; segundo, que ela estava de novo escrevendo poesia; e, terceiro, que Facundo, depois de considerar pronto e acabado seu livro sobre a Guerra do Paraguai, que apenas aguardava agora "que amadurecesse na gaveta, feito um vinho no tonel", tinha mergulhado em outro, de recordações da Guerra do Chaco. Esse outro livro era praticamente em colaboração — e seria certamente também assinado por ele — com Miguel Busch, o boliviano que se apresentara ao grupo do *Pardo* em Port-of-Spain. Miguel tinha escrito a Facundo, do Canadá onde se encontrava, uma carta de inquieta solidariedade quando chegara aos jornais o caso de Aldenham House, e nunca mais tinham deixado de se escrever.

A carta de Isobel, em suma, irradiava uma tal paz de bolsa e de espírito, de amor entre os dois e sereno trabalho de ambos, que o casal Rodríguez, sem nada perder da ternura que desfrutava em toda a colônia, saiu, suavemente, do centro das preocupações gerais. Pelo Natal de 1942, pouco depois, portanto, da declaração de guerra do Brasil às potências do Eixo, Perseu e Da Penha receberam uma carta de festas de Isobel, com recado especial de Facundo. O recado dizia: "Dias negros para Adolf Hitler: doravante tem pela frente o Império do Brasil", dando a Perseu a ideia, na carta de retribuição de votos natalinos que enviava Da Penha, de dizer a Facundo que o Brasil ainda exibiria, no Museu Histórico do Rio de Janeiro, ao lado do de Francisco Solano López, o roupão do Führer. Desistiu, porém, ao lembrar que a si mesmo se proibira de falar de novo a Facundo no roupão de López, e não era, afinal de contas, do caráter brasileiro revidar a um gracejo, ainda que de gosto duvidoso, com uma certeira crueldade.

Muito espaçada mas constante, com grandes claros mas súbitos acúmulos de cartões-postais, a troca de notícias se espreguiçou até meados de 1944, quando sofreu total interrupção, a ponto de inquietar bastante os amigos. No finzinho do ano, porém, a correspondência ressurgiu mediante uma gloriosa carta-relatório, escrita a duas mãos, com notícias dirigidas à colônia inteira e um convite todo especial formulado aos Souza e a Elvira, para que fossem visitar o casal Rodríguez em seu novo endereço, que era simplesmente um hotelzinho da rua Bréa, em Montparnasse. Não tinham tido tempo sequer de avisar os amigos, pois mal os alemães evacuavam Paris, em agosto, os dois, graças ao estreito contato mantido por Facundo com os Franceses Livres, de Londres, tinham desembarcado na França com o grupo dos primeiros civis franceses *rapatriés* e com a missão de ajudarem a restabelecer, em Paris, os contatos radiofônicos da França com a América Latina. Facundo Rodríguez, no comando dessa operação, estava autorizado a convidar os três para uma visita, breve mas intensiva, de trabalho, e, espiritualmente falando, de celebração da saída dos alemães de Paris. Facundo acentuava que havia ainda um resto de glória em se chegar naquele momento a Paris, já que os alemães continuavam ocupando vários pontos da França e armavam na Bélgica, na região das Ardenas, sob o comando do general Von Rundstedt, uma ofensiva de desespero contra as forças aliadas. Maria da Penha achou uma imprudência, essa viagem, e confiou a Elvira que não lhe agradava a ideia de estar em Paris se os alemães retornassem à cidade.

— Esse general que não cometa a tolice de voltar a Paris — disse Elvira—, ou acaba afogado por Facundo em algum lago do Bois de Boulogne.

Além do entusiasmo de Elvira pela viagem, Da Penha foi ainda impelida, com certo espanto seu, pelo de Perseu, que igualmente não hesitou, desde o primeiro momento, em se preparar para o estágio em Paris. E Da Penha, mais do que espantada, teria ficado, isto sim, lisonjeada se tivesse ideia do lado sentimental que havia na pronta anuência de Perseu de Souza, que, resolvido, havia já pelo menos um ano, a se casar, tinha perdido o jeito de fazer o pedido a Da Penha, depois de morarem juntos tanto tempo no apartamento de Elephant & Castle. Ele ainda ouvia Elvira ler, com ênfase e emoção, a carta-relatório, a carta-convite, e já via, num desvão da sua memória de menino, uma imagem de Cordélia, sua mãe, lendo em lágrimas, numa cadeira perto da janela, *Notre-Dame de Paris*, de Victor Hugo. Que trecho, que episódio, que página desse romance — que ele, Perseu, jamais tinha lido — haviam comovido tanto a mãe, ele era incapaz de dizer. Agora, porém, a imagem dela com o livro na mão e as lágrimas nos olhos fazia com que ele visse, para lá daquela janela também perdida na infância, o perfil da catedral de Notre-Dame, e, ao pé do altar, que sem dúvida só podia ser enorme, magnífico, via Maria da Penha, vestida de noiva.

Mesmo quando já estava, praticamente, convencida por Elvira a irem para Paris, Da Penha, empenhada em dissipar suas últimas dúvidas, tinha, sem saber, invadido um desses devaneios de Perseu com Cordélia e livro ao fundo, mais Da Penha, ela própria, no primeiro plano, diante do altar de Notre-Dame.

— Você acha mesmo, meu bem, uma boa ideia a gente sair às carreiras de Londres para ficar tão pouco tempo em Paris e voltar?

— Como? Voltar? De onde?

— Ó, Senhor, estamos falando em quê? Ir a Paris e voltar, como se fôssemos ali na esquina. É o assunto da conversa.

— Vale, claro. Lá está, por exemplo, a catedral de Notre-Dame.

— Sei — disse Da Penha, amuada —, eu não tinha a menor ideia de que Notre-Dame de Paris ficasse em Paris.

Ao fim da viagem dos três até Dieppe, por mar, e de Dieppe a Paris, por estrada de ferro, houve o encontro na Gare du Nord com Isobel e Facundo Rodríguez, o primeiro desde o júri do Coroner. Era um dia de inverno rigoroso, frígido mas de céu azul, e Isobel, menos magra, tinha o rosto rosado e fresco da moça na gravura de Renoir que havia no apartamento deles de Londres, enquanto o robusto Facundo, que abraçava os recém-chegados e falava com a voz meio entalada na garganta, era um homem novo, desarmado, comovido, que foi logo carregando todos para fora da gare e apontando, nos edifícios, nas torres, nos mastros, o pavilhão tricolor, que tinha, havia pouco, afugentado a suástica da cidade.

— Escreva a seu pai — disse Facundo a Perseu —, conte a ele.

— O quê? — perguntou Perseu, atarantado. — Contar o quê?

— Que não há mais nenhum pardal em Paris, nenhum *vilain moineau*, como dizem eles aqui. Diga que todos os pardais foram embora dos fios, das árvores, dos telhados de Paris. Por falar nisso, você já marcou seu regresso, Perseu?

— Regresso? — perguntou Perseu atônito. — Bem...

— Facundo, querido — disse Isobel, rindo mas impaciente —, Perseu está pensando que você quer saber se ele, mal chegado aqui, já está pensando na volta para Londres.

— Não, claro que não. Garanto que ele entendeu que eu me referia à volta dele para o Brasil.

— Confesso que fiquei confuso. Volto para o Brasil em breve, quanto a isso não há dúvida, mas quando, exatamente, não sei. Ainda não marcamos data, não é, Da Penha?

— Para dizer a verdade, ainda nem tocamos no assunto. Aliás, Facundo, de uma coisa você pode se gabar. É quando fala em você, e relembra as discussões que vocês tinham sobre a Guerra do Paraguai, e as conversas sobre a ditadura de Morínigo e a de Vargas, que Perseu fala no retorno. Fora daí…

— Bem — atalhou Isobel —, aqui, no meio da rua, é que não é lugar e hora de saber quando é que se volta a Assunção ou ao Rio. Aliás, eu acho uma precipitação de Facundo e de Miguel isso de marcarem datas inarredáveis de retorno, mas teremos tempo de falar a respeito. A palavra de ordem, agora, é irmos ao hotel deixar as malas, pelo amor de Deus.

No vestíbulo do hotel, enquanto os recém-chegados se instalavam, e Facundo dava um pulo ao escritório da Radiodiffusion, nos Campos Elísios, Isobel se deixava afundar numa poltrona e num mar de cismas. Encerrado o episódio de Aldenham House, no qual os dois jamais tocavam, ela e Facundo haviam inaugurado um período de vida que ela própria considerava a *sua* época, os anos de Isobel, os primeiros que podia dizer seus, desde o casamento em Assunção. A ela pertenciam, mais que a ninguém, esses tempos no norte da Inglaterra, de uma constante visitação ao presbitério de Haworth, residência específica, para ela, da própria poesia, pois desde menina, desde o jardim da infância, lhe apontavam com um orgulho meio literário, meio religioso, a casa onde tinham vivido Charlotte, Anne e onde se podia ver, em cima da lareira, o pente com que Emily penteara pela última vez, com suas últimas forças, os cabelos. A poesia, para Isobel, morava ali, na casa das feias ninfas. Andando, com Facundo sempre ao seu lado, à beira das fontes, riachos e cataratas tornados ilustres, e meio bentos, por haverem refletido a imagem e dado de beber às jovens e tímidas bacantes, ela chegou um dia ao sonho descabido de poderem os dois, quem sabe, ficar para sempre ali, de deitarem raiz na terra dela, de abandonarem a visão da casa de Assunção, com a buganvília no muro e o pé de magnólia... E mesmo agora, ainda agora, em Paris, sentada no pequeno saguão de um hotel da rua Bréa, ela ainda se justificava, ainda se defendia, ao relembrar como Facundo durante tanto tempo, durante mais de dois anos, tinha vivido feliz na província dela, entre as memórias da infância dela, trabalhando, é claro, nos projetos dele, dando as aulas que tinha que dar, de língua e literatura espanhola, mas debruçado com amor e interesse sobre o trabalho dela também, e, sobretudo, sem deixar que perturbassem a harmonia do Yorkshire o embaixador Thornton, eminência parda de Mitre e inimigo do Paraguai, ou o nefando Thompson, afinador de pianos. Ela própria tinha começado a dividir a sua Inglaterra em duas partes, sul e norte, ou, mais especificamente, em duas casas, a de Aldenham, que passara a lhe parecer sinistra e autoritária, com seus alicerces de guano e sua postura imperial, e o presbitério de Haworth, contemplativo, ensimesmado, contendo entre suas paredes o próprio círculo da vida: os quartos onde nasciam e sonhavam as pessoas, a sala onde se reuniam e se alimentavam, a capela em que rezavam, e, no jardim, os túmulos em que iam jazer.

O fim da esperança de uma felicidade quase clássica nas campinas do Yorkshire tinha sido decretado por um antigo poeta chinês, de cujo nome tinha querido se lembrar nos dias sufocantes de Londres, e que havia reencontrado, em sua biblioteca de casa, traduzido para o inglês. Esse poeta parecia ter muito a ver com as Brontë, sobretudo no poema em que conta que, sempre que atacado demais pela poesia, mergulhava, gritando como um possesso, na solidão da floresta: "Meu canto doido espanta vales e montes: tudo que é macaco e pássaro vem me espiar. Com medo que o mundo ria de mim, escolho um lugar vazio de gente." Ao ver Facundo também mergulhado nos versos, Isobel tinha dito que aquele poema lembrava a ela as moças do presbitério, saindo de repente da casa sombria para uivarem nos campos de urzes.

Mas Facundo, como quem desperta de um sonho, tinha respondido, ao levantar os olhos do poema:

— Pois eu pensei no Francia.

Isobel não quis acreditar nos próprios ouvidos. Não só era por demais fora de propósito o que Facundo dizia, como ele jamais voltara a mencionar, desde o julgamento, o nome de Francia, como se também Francia tivesse morrido em Aldenham House, dentro do lago, ao pé da casa de chá.

— Não é que tudo que leio e ouço me faça pensar no Francia — disse Facundo, sorrindo, como se estivesse lendo os pensamentos dela. — A verdade é que ele precisava tanto de solidão, para compor o novo país, quanto esse poeta chinês para escrever e para depois gritar os versos que escrevia. Podia parecer doido, o Francia, cantando suas leis assim, aos brados, pelos vales e montes, mas a verdade é que cantava para os índios, os bichos, as lagoas, e sabia, como o poeta aí sabia, que gente de fora ou bem não ia entender nada ou ia rir dele, como ainda há quem faça até o dia de hoje.

A partir daquele momento, suave mas firme, Isobel, afastando de si o sonho de transplantar Facundo Rodríguez para a charneca do Yorkshire, tratou de fazer o contrário: fechou os olhos e arrumou na cabeça a casa do presbitério, o rio e a cascata, a rua íngreme e severa de Haworth. Tudo aquilo eram agora pertences dela, parte de sua bagagem. Em Paris, até aquele momento, não tinha mais pensado em nada daquilo, tal como se Haworth, com rótulo de bagagem desacompanhada, já tivesse sido despachada para Assunção.

Ao descer de volta ao vestíbulo do hotel um pouco antes dos outros, Perseu deparou com Isobel sentada, olhando em frente, e imaginaria que estivesse apenas distraída e em repouso se alguma coisa na sua expressão não lhe trouxesse a lembrança do rosto dela no momento que teria sido o mais dramático da sua vida: o momento em que, diante do Coroner, prendia o fôlego para traduzir a última e desdenhosa frase de Facundo. Perseu se postou diante dela e disse, faltando com a verdade.

— Perdida assim no que estava pensando você me lembrou a Isobel do *Pardo* quando olhava as ondas, imaginando sem dúvida como seria a chegada à Inglaterra.

— Curioso você falar nisso — disse Isobel mentindo também, ou quase —, porque eu estava pensando num navio, não nego, mas em termos da viagem de volta, preocupada com malas e baús. Estou levando alguma louça, uns cristais, coisas de casa.

— Preocupação que me surpreende um pouco — disse Perseu —, pois você própria reconheceu que é *contra* a pressa exagerada que Facundo parece ter de partir.

— Sim, sou contra. Falo contra, até trabalho contra, na medida do possível, mas você não avalia como Facundo, e Miguel mais ainda, defendem a ideia de malhar enquanto o ferro está quente, voltar enquanto a vitória das democracias se afirma no mundo, e a ideia da anistia política abala a ditadura *"en nuestros paises"*, como dizem eles. E não podemos esquecer a pressão — pressão de aflição, coitada — que vem de Hortense.

— A mulher de Miguel Busch?

— Sim, nossa companheirinha francesa. Ela e Miguel já combinaram: no dia em que a Prefecture de Police liberar o passaporte dela, os dois embarcam. Para a Bolívia.

Neste ponto desceram dos quartos Maria da Penha e Elvira, e Isobel, depois de dizer que Facundo tinha ido à Radiodiffusion, coisa de uma meia hora, propôs que tomassem ali um chá, à espera dele.

— Eu estava dando notícias de Paris a Perseu — disse Isobel. — Estava choramingando um pouco devido à pressa que têm todos de voltar, sobretudo Hortense, que vive sonhando com a chegada a La Paz. Ela e Miguel, mãos dadas.

— Hortense conhece a Bolívia? — perguntou Da Penha.

— Hortense conhece Paris e arredores — sorriu Isobel —, e conhece o mar porque nasceu em Marselha. Ela não quer *voltar*, como Miguel e Facundo, e sim *partir*, ir embora de Paris, da França. Acho que Miguel conheceu Hortense no primeiro dia que passou em Paris, ela garçonete do restaurante Chez Doucette, que agora frequentamos. Hortense não só gosta de ir lá, ao seu antigo trabalho, como nunca deixa de visitar a cozinha, para cumprimentar as antigas companheiras. Você vai ver como Hortense é simples e adorável, e como os dois se amam e se entendem, ela e Miguel. Só que — suspirou Isobel —, para o meu gosto, se entendem um pouco demais no quererem ir embora às carreiras, Miguel doido para voltar, Hortense louca para partir.

— Mas por que toda essa pressa da Hortense? — riu Elvira.

— É que, algum tempo depois da chegada de Miguel, e quando os dois já moravam juntos, a Polícia veio prender Hortense. *Collaboration.* Hortense teve, durante a ocupação, um namorado alemão, um soldado. Foi detida para investigações, cumpriu dois meses de prisão em Fresnes, e, não fosse o amor de Miguel, a perseverança dele, talvez ainda estivesse por lá.

— Miguel — lembrou Perseu — queria salvar a França.

— Hortense ele sem dúvida salvou — disse Isobel. — E garanto que os dois chegam à Bolívia. Miguel diz que o presidente Villarroel é amigo pessoal dele, desde os tempos da Guerra do Chaco. E era amigo do tio dele, que se matou, ou mataram, o presidente Busch.

Facundo chegou e se sentou à mesa do chá em tempo de ouvir a última frase.

— Vejo que Isobel — disse ele — já deu a vocês um breve curso de Miguel e Hortense, e daqui a pouco estaremos diante do próprio Miguel e da Hortense, que nos esperam para um *vin chaud*. Eles moram no Hotel Richepanse, perto da praça da Concórdia, e lá chegaremos, mas a pé, dando voltas por Paris. Ah, Perseu, antes que me esqueça: estava no meu escritório da Radiodiffusion, e mal consegui impedir que viesse nos fazer companhia aqui, agora, adivinhe quem?... Nosso prezado Monygham.

— William Monygham? — perguntou Perseu, assombrado. — Em Paris? O que é que faz aqui essa estranha figura?

— Acho que você, assim como Isobel — disse Facundo —, encaram o Monygham com a maior desconfiança. Que ele, com seu jeitão meio desastrado, se espalha pelos continentes não há dúvida. Sabe que já esteve de novo no Brasil, cuidando do petróleo de Lobato? Na opinião dele os soviéticos é que têm boa técnica para o óleo do Brasil.

— Bem, *honey*, antes de sairmos, que já está ficando na hora, diga logo a Perseu como foi que de súbito deparamos com o Monygham em Paris, aliás um Monygham meio nervoso, sei lá, preocupado.

— Ah, íamos passando à tarde pelo Café de l'Opéra, e lá estava, numa das mesas, o Monygham, na companhia de um copo de *pernod* e de Miss Judy Campbell.

Perseu arregalou os olhos, mas, antes que falasse, Da Penha já dizia:

— Aquela moça bonita, que... tomou conta do Perseu na minha ausência?

— Águas passadas — disse Isobel, arrependida de ter feito aparecer o nome de Judy na conversa — e, de mais a mais, ela não nos procurou. Segundo as vagas informações do Monygham, a Judy também vai para a América Latina. Com Rafael Alberoni.

Perseu de Souza olhou, carinhoso, Maria da Penha, seguro agora do que queria, e, ao mesmo tempo, satisfeito de haver desfrutado no passado as cerejas e o vinho de maçã de Judy, para nem falar nas lhamas de Elvira, cujo olhar procurou, de relance, mas que fitava Da Penha, leal e firme.

De novo saíram pelo bulevar Montparnasse, pelos bares e bistrôs, Facundo, um pouco como dono da casa, apontando os grupos de gente sofrida, movida, como disse ele, a uma minguada ração de pão e de vinho, mas vivendo alerta, andando rápida, rindo pelas esquinas de cada rua, respirando a ausência quase palpável dos alemães.

— Quando saiu do túmulo — disse Facundo —, Lázaro também deve ter bebido pouco, e comido menos ainda. Tinha que voltar à vida devagar. Mas não cabia em si de contente.

Já escurecera quando chegaram ao Hotel Richepanse, onde foram recebidos por Miguel e Hortense no quarto completo que ali ocupavam, por completo devendo-se entender que era dotado de pia e bidê. Um panelão de vinho tinto argelino, a ser servido nos copos com uma concha, fumegava numa espiriteira colocada sobre uma tábua que tapava decorosamente o bidê. Em cima da mesa, cremoso, redondo, enorme como uma hóstia de gigante, pontificava o queijo que Hortense obtivera duma tia camponesa dona de granja leiteira em Brie, nos arredores de Paris, e, montando guarda ao queijo, recostavam-se no paneiro de vime as *baguettes* de pão fresco, dourado. Miguel Busch cumprimentou a todos e se deteve um instante olhando Elvira bem nos olhos, enquanto dizia, grave:

— Ainda bem que do mar que o Chile nos roubou em 1883 duas gotas foram muito bem aproveitadas nos seus olhos, Elvira.

Elvira beijou Miguel nas duas faces:

— Não me faça agora chorar estes olhos falando coisas assim. Prometo que, depois da revolução, daremos o Oceano Pacífico de dote à Bolívia, que aceitará o pedido de casamento do novo Chile.

E, se voltando para Hortense, que sorria, meio tímida, ao lado, Elvira avisou:

— E você, Hortense, tome conta do Miguel. Se ele é sempre assim, se vive transformando até guerras e tragédias nacionais em galanteios tristíssimos, não respondo por mim. E olhe que nós ambos temos, na família, um presidente da República assassinado-suicidado.

— Miguel — disse Hortense — sabe dizer galanteios muito bons. E sabe por que são bons? Porque ele só diz as coisas por convicção.

— Como todos nós — disse Elvira —, cheios de sinceridade e de amor. Só que vivemos nos devorando a nós mesmos. *Ireland is the old sow that eats her farrow.* Nós somos a velha porca que come a própria ninhada.

— Não compreendo — disse Hortense.

— Ninguém compreende, Hortense — riu Da Penha —, quando Elvira embarca nas citações dela.

— Eu compreendo — disse Miguel —, e me sinto porca comendo os leitõezinhos, bebendo o sangue deles assim como bebemos o Oceano Pacífico, como bebemos a lagoa de Aldenham House, como bebemos...

— O dia inteiro, vinho demais — disse Facundo.

— Tudo bem — disse Miguel no tom conciliatório de quem já suspendeu mais de uma vez a mesma discussão —, não falemos em ebriedades passadas. Viva a ebriedade presente! Hortense! uma primeira rodada de vinho e queijo. Hoje, caros amigos, a especial visita de vocês coincide com uma data que de fato merece festa.

— Hortense conseguiu o passaporte! — exclamou Isobel.

— Ai, quem me dera! — gemeu Hortense. — O boato que corre as ruas é que as tropas de Von Rundstedt tomaram Antuérpia. Eles estão voltando, Isobel, Facundo, eles vão ocupar Paris de novo!

Perseu, Da Penha e Elvira se entreolharam, lembrando a exclamação de Elvira em Londres, de que Facundo afundaria o alemão num lago do Bois de Boulogne, se ele ousasse reaparecer em Paris, mas não disseram nada, já que Facundo acabara de demonstrar que queria preservar o silêncio de sempre acerca de lagos e afogados.

— Hortense, querida — disse Miguel —, não há forças humanas nem bruxarias hitlerianas que permitam aos alemães furar o cerco aliado, juro.

— Também juro — disse Facundo. — Vamos à razão da festa.

— Uma carta que recebi — disse Miguel —, uma carta do próprio Gualberto. De puro entusiasmo pelo nosso plano de unir, para a regeneração da Bolívia e do Paraguai, os antigos guerreiros bolivianos e paraguaios do Chaco. Um partido binacional.

Diante dos copos erguidos dos demais, Perseu, Da Penha e Elvira ergueram os copos, indecisos.

— Gualberto? — indagou Maria da Penha.

Isobel sorriu:

— Gualberto Villarroel, major do Exército, presidente da Bolívia — disse.

— Meu comandante no Chaco — disse Miguel —, e meu herói desde o dia em que pediu para ser rebaixado de oficial a soldado, para sofrer com os mais humildes debaixo do fogo paraguaio.

— Lutou contra mim — disse Facundo esvaziando seu copo.

— Pois agora estamos todos de um lado só. Gualberto me garante que vai erigir um monumento a Germán Busch, outro a Estigarríbia, e que, com a derrota dos alemães na Europa...

Miguel foi, neste ponto, detido em meio da frase por um toque, no seu braço, de Hortense, que se benzeu, beijou a cruzinha de ouro que lhe pendia de um cordão no pescoço, e só então liberou Miguel para que prosseguisse.

— ...com a derrota dos alemães, que Deus há de abençoar, cai Morínigo e nada impedirá que Bolívia e Paraguai se unam, apoiados em nós, os do Chaco, contra o imperialismo. Chegou a carta, Facundo, vamos partir!

— Se você já tiver certa a data da partida — disse Hortense —, garanto que a Polícia me entrega o passaporte, e aí, sim, vamos partir, Miguel, vamos embora.

— Vamos embora! — disse Miguel. — Vamos para a nova Bolívia! — continuou, erguendo no ar o copo, e, em seguida, baixando o copo para dar longos sorvos no vinho.

— Vamos embora, Isobel — disse Facundo —, que antes do retorno a Assunção ainda tenho muito a fazer na Radiodiffusion.

Com a saída de Facundo Rodríguez, Miguel Busch se expandiu, se apresentou melhor:

— Nestes países europeus, fatigados, senis, a ideia de um homem eliminar outro por causa de um livro é de um heroísmo profundo demais, e, em consequência — *donc*, como dizem eles aqui —, intolerável. É preciso absolver o criminoso e dissolver o próprio crime. Tamanha glória não pode pertencer a um latino-americano. Nem aqui, na França, que inventou nosso nome, de Amérique Latine. Durante os dois meses que Hortense passou em Fresnes, não faltei a um único dia que fosse de visita, e procurei, por todos os meios e modos, tornar meus amigos os guardas, que desconfiavam instintivamente de mim devido à minha altiplana cara boliviana. E então, para me situar, e para inserir a Bolívia na história do mundo, falei a eles nas glórias e dores da Guerra do Chaco, que foi, antes da guerra da Espanha, o primeiro ensaio desta guerra mundial que ainda não acabou, que ainda se combate, para tristeza de Hortense, na floresta das Ardenas. Contei a eles que nós, bolivianos, tínhamos sido treinados por uma missão militar alemã, e que, com nossos aviões Junker, fundamos, a ferro e fogo, várias Guernicas nas aldeias do Paraguai. Mas, ai de mim, o desprezo deles por nossa guerra de países de segunda classe permaneceu pétreo e férreo, até o dia em que, por falta de assunto ou por divina inspiração da princesa Xerazade, contei minha primeira história do capitão Ernst Röhm, instrutor dos bolivianos nas artes marciais e nas práticas homossexuais, o capitão que ensinava os meninos índios a se transformarem em implacáveis Von Richtofens dentro de um avião, e em doces e serviçais Ganimedes dentro da tenda de campanha de um oficial alemão.

— *Mater Mary mercerycordial!* — exclamou Elvira. — Aposto que os guardas de Fresnes apreciaram as aventuras do capitão Röhm, com *all the prentisses of wildes to massage him*, com sua corte de aprendizes de Wilde para fazer massagem nele.

— Daquele dia em diante — disse Miguel —, não houve mais necessidade de marcar dia e hora de visita, e nunca mais deixei de ter um público atento para os contos de Röhm como instrutor, marcial e erótico, de meninos. E passei a me apresentar como tendo sido íntimo de Röhm.

— Até… que ponto? — quis saber Elvira.

— Bem, deixei sempre uma certa obscuridade, a esse respeito.

— Mas — quis saber Da Penha — até que ponto os *contos* eram verdadeiros? O capitão ensinava mesmo safadeza aos meninos?

— Depois das duas primeiras histórias — disse Miguel —, tratei de me documentar, de me informar melhor, de me debruçar, com grande aplicação, sobre a vida de Röhm, que acabou quando o capitão, uns poucos anos depois de regressar da Bolívia, e novamente no comando dos seus SA, foi pilhado pelo próprio Hitler com rapazes nus no Hotel Hanselmayer, de Munique, o que levou o Führer, que só esperava para isso um pretexto, a fazer assassinar Röhm na hora. Este fim, barroco e sangrento, do bravo capitão, me deu plena liberdade de inventar a seu respeito histórias que puseram a tremer de luxúria e de horror os muros austeros de Fresnes. E muitos ali aprenderam, afinal, onde ficava, no mapa do mundo, a Bolívia.

Na manhã seguinte Maria da Penha desapareceu no banheiro, cantando, como sempre, debaixo do chuveiro, e Perseu foi formulando na cabeça o convite que pretendia lhe fazer, de comerem longe dos outros, em algum bistrô simpático, nas cercanias da catedral de Notre-Dame; nesse bistrô, depois de um leve copo de vinho branco, pediria a mão dela em casamento, e entrariam na catedral, quase que num ensaio das bodas a se realizarem sem perda de tempo, já que estavam quase de regresso a Londres. Acontece, porém, que Maria da Penha saiu do chuveiro com a toalha ocupada com seus cabelos molhados, enrolada na cabeça, e, no mais, tão completamente despida e desejável, listrada por uma réstia de sol que ia, feito uma faixa de primeira colocada, do seio esquerdo ao púbis preto, que Perseu, eliminando fases, correndo direto ao desfecho, propôs:

— Da Penha, você quer se casar em Paris?

— Que ideia, meu bem — riu Da Penha, suspendendo os braços para apertar a toalha contra os cabelos, baixando, assim, um pouco, a faixa de ouro, que lhe devassou a cavidade rósea do umbigo. — Depende, naturalmente, de com quem.

— Seja, por uma vez na vida, uma moça séria — disse Perseu. — Você já pensou que sucesso que vai ser? Imagine a gente telegrafando a sua mãe, e a minha dona Cordélia, dizendo, apenas: "Casamos ontem, na catedral de Notre-Dame de Paris. Pedimos bênção. Dos Filhos Penha Perseu." Já pensou?

— Nossa! — exclamou Da Penha, entusiasmada. — Você inventou um telegrama tão bonitinho que o pedido fica quase irresistível.

— Pois não resista. Precisamos cuidar dos papéis, do padre. Um padre de Notre-Dame, para dona Cordélia pensar que está relendo Victor Hugo.

— Nos padrinhos não precisaríamos nem pensar.

— Isobel e Facundo, evidente, antes que embarquem para Assunção.

— Ai — suspirou Da Penha —, que lindo seria!

— Por que o suspiro? Qual a dúvida? — falou Perseu, sem qualquer irritação, mas, de repente, com alguma impaciência diante de uma Da Penha inexplicavelmente dengosa, fiteira.

— Bem, o plano é lindo, repito, sua ideia é linda, da gente se casar em Paris, e tudo mais, mas acho a coisa um tanto precipitada.

— Precipitada? — perguntou Perseu, estupefato. — Precipitação? Depois de tanto… noivarmos e vivermos juntos?

— Pois é. Justamente. Casar, agora, é quase dispensável, você não acha? A menos que seja de fato para valer. Uma decisão para o resto da vida e até que a morte nos separe, não é mesmo?

Neste ponto, e por mais seguro que tivesse vivido até então quanto ao amor de Da Penha, Perseu sentiu a dentada da dúvida, a fisgada do ciúme, e, como ele nada dizia, se limitando a olhar para ela, Da Penha continuou, como que retomando a frase que não tinha tido resposta:

— Muita gente casa, experimenta, pode acertar, é claro, mas pode não, e aí recomeça tudo de novo, com outro parceiro, parceira. Não é o nosso caso. Nós já experimentamos.

— E não gostamos? *Eu* sei que gostei. Você não?

— Pelo amor de Deus, meu querido, não se trata disso. Eu falei em precipitação no sentido de que, já que chegamos aonde chegamos, nos antecipando ao casamento, isto é, à certidão do juiz e à benção do padre, não custa nada, agora, examinar direito as coisas, pesar tudo com cuidado.

Perseu se limitava a sorrir, afetando um máximo possível de dignidade, para ocultar a decepcionada humilhação que sentia. Só então Da Penha se lembrou, com um arrepio de frio, que continuava pelada perto da cama, e, com um movimento brusco, tirou a toalha da cabeça, sacudiu bem os cabelos, e começou a se movimentar em busca da calcinha, das meias, dos sapatos. A réstia de sol, que até então continuara brincando no seu corpo, ávida, solícita, mas sobretudo obediente aos gestos dela — ora pegando, num clarão só, um olho, um bico de seio, um joelho, ora medindo, feito uma fita métrica, a distância entre a boca e o sexo —, foi de repente abandonada na cama, amarfanhada em cima do cobertor embolado, atirada fora, pensou Perseu, como um pedido indeferido, uma proposta jogada na cesta. Mesmo assim, ele conseguiu a força suficiente para dar de ombros, aparentar alguma indiferença, e procurar ainda, embora a esperança já faltasse, subornar a imaginação da noiva obstinada.

— Tudo bem, não se fala mais nisso. Estou começando mesmo a achar que o pedido feito assim de repente, aqui em Paris, foi uma manifestação do lado delirante, latino-americano do meu temperamento, que é, segundo você, em geral muito mais para morno. A verdade é que de repente vi você toda de branco, diante do altar de Notre-Dame enfeitado de... de... bem, não sei se seria possível, no inverno, mas de lírios.

— Tudo branco, Perseu? Cruz-credo! Que sacrilégio. Tudo branco não é casamento de virgem?

Não fosse a recusa que Da Penha lhe infligira, Perseu não teria aceito o convite do Monygham para jantar, tanta certeza tinha de que Judy Campbell estaria presente. Agora, porém, reencontrar Judy já parecia a ele uma espécie de justa compensação pelo *não*, ou pela protelação de Da Penha. O Monygham tinha acrescentado que o jantar seria no fechadíssimo clube dos oficiais ingleses, rua Saint-Honoré, e não estendeu o convite a mais ninguém. Perseu já tinha sido convidado de William Monygham em Londres, para almoço, no La Belle Meunière de Charlotte Street, e a refeição tinha sido tão boa, dos *ortolans* à omelete ao rum, que a competência do Monygham à mesa ficara estabelecida para sempre e sem dúvida se apoiava em alguma farta conta especial de despesas, enraizada no Ministério da Informação. Agora, além das iguarias, haveria Judy Campbell, e Perseu a si mesmo prometia que nem ia querer saber o que estaria ela fazendo em Paris, na companhia do Monygham, ou aceitaria, de bom grado, a primeira explicação que lhe dessem. A ideia do que poderia acontecer, quem sabe, no fim da noite, fazia bater seu coração. Aliás, disse e repetiu a si mesmo, a caminho da rua Saint-Honoré, talvez a própria Judy tivesse sugerido a William Monygham esse jantar a três, que podia muito bem acabar entre dois.

Acontece que o Monygham estava sozinho, quando veio ao encontro de Perseu no vestíbulo do clube dos oficiais ingleses, e sozinhos foram os dois para o bar, onde foram servidos de xerez, e onde o Monygham, virando o vinho no cálice — feito um anúncio de provador de vinho, rosnou a si mesmo Perseu, de mau humor —, disse:

— Esse *amontillado* tão dourado e ao mesmo tempo tão seco me faz pensar na semente que a Espanha plantou e que até hoje gera fanáticos.

— Não vejo relação nenhuma, Monygham. Troque isso aí em miúdos.

William Monygham sentiu logo, na resposta curta e algo agressiva, que Perseu de Souza não estava — ou não estava ainda, ao chegar — inclinado a debates mais abstratos, ou intelectualmente exigentes.

— Acho que nem vale a pena — disse, bebendo de um trago o vinho. — Digamos que falei de pura saudade desse xerez que eu não via na minha frente há muito tempo. Mas me conte, Perseu, que tal Paris? E como anda o nosso Facundo Rodríguez?

Perseu tomou também seu vinho, e foi falando, enquanto o Monygham pedia ao garçom que enchesse de novo os cálices, com pressa, sem dúvida, de tornar Perseu mais dúctil e receptivo.

— Só conto se você me disser antes o que está fazendo em Paris.

— Ah, o bisbilhoteiro — riu o Monygham. — Depois dizem que as mulheres é que são curiosas e que vivem no disse me disse e na troca de boatos e informações.

— Você é que entende de informação, mas pouco informa. Ou não reparte.

— Pois olhe — disse o Monygham, aproximando sua cadeira da de Perseu —, de fato me pediram, franceses em Londres, informações que pudéssemos ter sobre esse rapaz amigo de Facundo Rodríguez, Miguel Busch, e sobre Hortense Garbel, sua noiva.

— Espero, pelo menos, que você tenha tranquilizado as autoridades policiais quanto a Hortense, a pobre, que só deseja obter o passaporte para ir embora. É verdade que ela teve uma ligação com um soldado alemão, e isto, é claro, resultou em...

— Heinz Fritsch, apelidado Willy Fritsch.

— Como?

— O tal soldado alemão, que aliás morreu, coitado, em combate. Não, o dossiê de Hortense Garbel é simples. Ela esteve presa como colaboracionista, mas logo se viu que não era um caso complicado. O que de certa forma fez renascerem as suspeitas em torno dela foram as muitas e detalhadas histórias sobre alemães na Bolívia, contadas pelo Miguel Busch, sobretudo as histórias referentes ao capitão Ernst Röhm, com quem Busch teve, ou sugere ter tido, relações na Bolívia.

— Mas...

— Fique tranquilo — continuou o Monygham —, que agora creio que se esclareceu tudo. Alguns arquivos da própria Gestapo, abandonados aqui por ocasião da retirada de Paris, traçam um sereno retrato da nossa simplória Hortense, muito piedosa, muito católica, e cujo soldadinho alemão — contavam os informes no parágrafo mais pessoal — era belo como um jovem Willy Fritsch, daí o apelido. O que deu trabalho, o que atrasou muito o expediente — agora, repito, está tudo resolvido — foram as histórias do capitão Röhm na Bolívia.

William Monygham tomou outro gole do xerez *amontillado* e sorriu para Perseu de Souza:

— Satisfeito com o relatório?

— E a Judy? — foi a resposta de Perseu —, Judy Campbell? O que veio fazer em Paris?

— Ah, sim, você soube... Pois exatamente.

— Exatamente o quê?

— Ela conhece bem as coisas da Bolívia, como você não ignora. E da Argentina. É muito aplicada, a Judy, e veio comigo para isso, quer dizer, menos para o caso da Hortense, que só pregara aos guardas de Fresnes mentiras muito veniais, destinadas a arrumar um pouco o passadozinho dela, do que para o caso de Miguel Busch, que é extremamente imaginoso, e que acaba emaranhado nas próprias histórias que inventa.

— Só espero em Deus que vocês agora não se entranhem na vida do bom Miguel. Não encarnem nele, como se diz.

— O bom Miguel irá em breve para a Bolívia, com sua boníssima Hortense ao lado. O passaporte dela está devidamente sacramentado, carimbado, e o retrato saiu ótimo. Podemos ir jantar?

— Claro — disse Perseu, sorrindo, afinal. — Eu só estava remanchando um pouco pela esperança que alimentava de que Judy Campbell viesse se juntar a nós.

— Lamento a ausência desta sobremesa, deste *savoury*, mas a Judy já voltou à Inglaterra.

Perseu, de qualquer forma mais reconfortado pelo xerez, se levantou, e só então, andando para o salão de jantar ao lado do Monygham, concordou mentalmente com Isobel, que sentira nele um certo nervosismo, que não tinha antes. Por outro lado, ou por isso mesmo, parecia resolvido, mais do que nunca, a deslumbrar e intrigar o interlocutor — desde o aperitivo, pensou Perseu, desde o xerez — com um brilho, algo tenebroso, de homem desencantado com a moral corrente, com a política, quem sabe até com a espécie humana, mas ainda assim ardendo numa certa paixão, incompreensível para os mortais comuns e que seria talvez o último refúgio de um cavalheiro no grosseiro mundo contemporâneo. O jantar — composto de miniaturas de pratos, cada uma com seu vinho — não podia deixar de ser, em si mesmo, um sucesso, Perseu resolvido agora a se regalar com a comida e tolerar com bonomia, às vezes até degustando, os longos monólogos do Monygham, que não parecia preocupado demais em descobrir se Perseu de fato acreditava em tudo que ouvia. O nervosismo que Isobel notara talvez não se devesse, pensou Perseu lá pelas tantas, ao fato de estar ele tão falante, borboleteando por tantos assuntos, pois isso afinal não era novidade, e sim, ao contrário, numa certa tendência intimista que demonstrava, falando mais baixo, só para o interlocutor, como se estivesse preocupado em saber se era ouvido por quem passava, por quem estava perto. E também por comer com mais voracidade, e sobretudo beber com mais empenho, o que levou também Perseu a beber um tanto imoderadamente. Ao prazer do vinho se acrescentava, diga-se de passagem, o prazer mais sutil de saberem que se dessedentavam à custa das garrafas que os oficiais alemães haviam confiscado e entesourado, na adega daquele mesmo prédio, para seu exclusivo consumo. No rótulo de cada garrafa havia, em gótico vermelho, o carimbo que comandava: *Reservado para a Wehrmacht.* Perseu teve, de cara, a impressão, entre macabra e divertida, de que os garçons, pelo menos alguns deles, sacavam a rolha das garrafas com a perícia do ofício mas, igualmente, com uma sanha de carrascos executando sentença de morte.

Logo no início do jantar William Monygham fez alusões amáveis a Isobel e a Facundo, e Perseu resolveu perguntar, de chofre, se teria havido algum tipo de influência no julgamento realizado em Edgware. Monygham olhou Perseu com espanto e respondeu, dando de ombros:

— Influência como? Sobre o Coroner? Sobre o júri? Deus meu, não. A Inglaterra ainda vai levar algum tempo para perder certas virtudes provincianas, meu caro Perseu.

— Hum… E a sentença? Condenado por estorvo, maçada. Não houve a intenção de, por assim dizer, degradar, eu quase diria rebaixar o delito?

— E você não acha, em sã consciência, que Facundo foi na realidade *a nuisance*, Perseu, um chato, desperdiçando o tempo da Polícia e da justiça? Usando um cadáver já pronto?

— Sim, sei. Me diga então o que é que você fez nessa história o tempo todo? O que é que fazia no próprio tribunal, a cochichar, ou a mandar recados ao Coroner?

— Ah! — exclamou o Monygham erguendo a cabeça, sorridente e doutoral. — Me preocupei muito, mais do que saberia dizer, com o caso Facundo, e de uma forma severamente objetiva. Jamais me deixei desviar dessa objetividade pelo fato de sentir, pessoalmente, a morte do Baker como a morte de um amigo. O que me preocupava, de maneira quase obsessiva…

— Claro, adivinho, sem qualquer dificuldade, o que você vai dizer, ou repetir: havia a BBC, a localização da BBC etc.

— Não, não, isso tinha, na melhor das hipóteses, uma importância relativa. Ainda que os bombardeiros alemães não deixassem pedra sobre pedra em Aldenham House, estaríamos perdendo apenas *um* posto de transmissão da BBC, e dos menos importantes.

— Sim — rosnou Perseu, um tanto ofendido —, e nós lá dentro.

Monygham riu com satisfação e ergueu o copo.

— Brindemos a Aldenham House e à ausente Judy Campbell, com esse Château-Yquem que os alemães reservaram para si e não tiveram tempo de beber. O que nós temíamos, Perseu, para esclarecer o assunto, era Facundo Rodríguez, as reações de Facundo. Temíamos, por exemplo, que ele estivesse tramando um suicídio espetacular, compreende, depois de pronunciar diante do Coroner um discurso que fosse uma ária de tenor. Já pensou no material de propaganda que seria um pronunciamento assim, para o inimigo que nos legou este vinho? Você não avalia,

Perseu, o problema que pode representar um homem como Facundo, dotado, sem dúvida, daquele temperamento que, em nossas aulas, era considerado "heroico".

Apesar de algo impressionado Perseu sorriu, ergueu de volta o copo de vinho, e encolheu os ombros para dar a entender que a explicação podia ter uma certa graça mas explicava, na verdade, muito pouco.

— Não estou brincando, não. A coragem, nem é preciso dizer, é uma virtude decente, meritória, mesmo nos quadros de uma organização fria, de espionagem, digamos. O heroico é que são elas, o elemento primitivo, *démodé*. Não se pode mais tolerar hoje em dia, na seriedade da vida moderna, e sobretudo da guerra moderna, a entrada em cena dessa coragem de porre que é o heroísmo. Nos países civilizados tais intromissões não ocorrem mais, ou são aberrações, que acabam no consultório médico. Nos países atrasados o perigo continua latente, ameaçador.

A chegada ao salão de um oficial britânico que veio à mesa cumprimentar William Monygham interrompeu por um momento a dissertação e deu a Perseu tempo para imaginar uma pergunta que devia perturbar o falador.

— Você se operou do intestino?

Monygham, porém, voltando a cabeça para seguir com os olhos o oficial que o cumprimentara, fez com a mão, ao mesmo tempo, um vago gesto de quem responde "mais ou menos" a uma questão sem importância, e continuou, impávido:

— Essa história do heroísmo me fascina, não nego. Na transição europeia do cristianismo para o agnosticismo, houve o momento em que se tornou urgente eliminar de uma vez por todas os excessos do martirológio como arma dos santos contra o poder político. O martirológio acabara por se tornar insuportável. Em nossas aulas tinha lugar de destaque o caso clássico de S. Lourenço, fundamentado na *Legenda Áurea*, de Jacques de Voragine. S. Lourenço foi a gota d'água. Com inquebrantável firmeza e revoltante doçura, ele se recusava a prestar a menor homenagem que fosse a Júpiter Capitolino, e lá um dia o imperador Décio, perdendo a paciência, mandou colocar Lourenço em cima de uma grelha sob a qual ardia um fogaréu de carvão. Quando Décio imaginou que o teimoso já estivesse morto, torrado, Lourenço se voltou para ele do meio das labaredas dizendo, textualmente: "Este lado já está bem assado; me vira do outro, tirano, e depois come." Era a santidade chegando ao deboche, à chantagem. Por isso mesmo, passou a declinar. Tinha que declinar, como declinou. Na Europa, bem entendido.

Ao fim da história de S. Lourenço chegara também ao fim o jantar, encerrado com um *Welsh rarebit*, um conhaque, e, para William Monygham, um charuto, que ele acendeu bem lento de gestos, nada preocupado, agora, em vigiar os quatro cantos do salão. Perseu, então, em paz com o mundo, o corpo aquecido e satisfeito, a imagem de Maria da Penha, pelo menos naquele momento, mantida longe, sob controle, resolveu, na medida do possível, inquietar William Monygham.

— É — disse Perseu —, na Europa declinaram, os santos. Mas você já ouviu falar, em relação ao Paraguai, por exemplo, nas recentes aparições de S. Francisco Solano?

William Monygham se inclinou para ele, testa vincada, mas, nesse momento, um mensageiro se aproximou da mesa. Era telefone para o Monygham, que lá se foi, deixando Perseu a sós com o conhaque. Transcorreram alguns minutos, Perseu vagamente alinhavando contos de romeiros famélicos e líderes milagreiros, até que o garçom veio à mesa para dizer que Mr. Monygham, depois de atender sua chamada telefônica urgente, tinha tido que sair às carreiras, pelo que se desculpava. Perseu achou um tanto desaforado da parte dele sair, assim, sem mais nem menos, que diabo, mas como o garçom, se curvando, informou que a conta estava paga, se limitou a agradecer, com um aceno de cabeça, o recado. E então viu, com agrado, que a imagem até então longínqua de Maria da Penha se aproximava dele, mas não aquela Da Penha impudica, de pé, vestida apenas com sua faixa de sol, mas, ao contrário, deitada em sua cestinha de vinho, sorrindo tímida e ostentando no peito, em letras róseas, o rótulo: Reservada para Perseu. Ele tocou nela e, sentindo o frio da garrafa bebida e que tinha ficado recostada na cesta, retirou ligeiro a mão, se levantou e partiu.

Aqueles dias em que o grupo inteiro se despediu de Paris foram de uma busca interior intensa, tanto quando se sentavam, na Radiodiffusion, entre gravações de programas, como quando comiam juntos, e, talvez principalmente, quando andavam pelas ruas, pois aí o próprio entrecortado das conversas, as interrupções, a morte brusca de um assunto num cruzamento de rua, todas essas pausas e cortes forçados tiravam dos assuntos em questão uma certa solenidade intrínseca, que não era possível disfarçar de todo. Na realidade, estavam a ponto de retornar à rotina da História na América Latina. Num dia em que falavam sobre essa História, Elvira O'Callaghan disse:

— Mesmo antes de sonhar o *Finnegans Wake*, Juan Jaimeson Hastaluego decretou, no *Ulysses*: "A História é um pesadelo do qual estou tentando acordar." E sabe o que acontece, no livro, quando ele acaba de dizer isso? De um campo próximo, de jogos, soa um grito, primeiro, um apito, em seguida, e a constatação festiva: é gol! Agora você me diga, Facundo, vocês todos me digam: a Irlanda não é a própria América Latina? Tal como os irlandeses, nós também só abrimos uma brecha no pesadelo, só acordamos dele, quando sobe do campo o grito de gol.

— Perfeito — disse Facundo, meneando a cabeça —, só o grito de gol tem abafado o grito de morte entre os povos infelizes — a morte do seu avô Balmaceda, do presidente paraguaio Estigarríbia, do presidente boliviano Busch. Perfeito. Por isso é que não vou mais viver como escravo da História. Acabou o romance policial.

Foram às ruas em que se estendia o Marché aux Puces, o belchior por excelência, o *bric-à-brac* original: móveis velhos, desajeitados em qualquer sala contemporânea, quadros, pratas pesadas, de outros tempos, psiquês de espelho embaçado, talheres, botins femininos, um uniforme de almirante dos tempos napoleônicos, cartolas, casacas, colchas. Isobel examinou uns castiçais, Elvira comprou um saleirinho de prata que imitava uma canoa, o pequeno remo para servir o sal, Perseu comprou também, para a casa futura, um jogo de descansos para talheres, enquanto Facundo, distraído, examinava um velho diploma de veterinário que extraiu de um canudo de metal, vagamente pensando nos bichos que acaso tivessem sido atendidos, tratados, e, ele esperava, curados, a partir do ano de 1884, por Jacques Delacroix, o dono do diploma. Do diploma passou a umas condecorações de guerras esquecidas, e, ao se voltar para os demais, procurando Isobel entre balcões e estantes, quase esbarrou, exposta que estava num cabide ao lado de vestidos de baile, numa veste provavelmente de teatro, ou roupa, podia também ser, de quarto, gasta, agora, mas de boa seda, os alamares e bordados esfiapados, sem dúvida, mas de fio de ouro, tudo indicando que fosse, descartadas outras hipóteses viáveis, um roupão. Quem mais depressa conseguiu localizar Facundo, que tinha se distanciado bastante, foi Perseu, que no ajuntamento geral — pessoas se acotovelando e dizendo *pardon* mas empurrando quem estivesse na frente — viu, antes de ver Facundo, o roupão, e, por ele se orientando, procurou com a vista, ao redor, descobrindo, afinal, Facundo imóvel, insensível aos empurrões e *pardons* de quem queria passar além dele, parado, olhando.

— Ali está ele, Isobel.

Chegaram perto e Facundo olhou os dois, e os outros, que se acercaram, como se, o que era verdade, não houvesse notado ainda que se afastara, se isolara, e, naquilo que podia parecer um passo normal, mas que tanto a Isobel quanto a Perseu parecia um andar de autômato, foi de novo caminhando, braço dado com Isobel, que lhe perguntou em tom ligeiro, despreocupado:

— Você se interessou por alguma coisa, *honey?* Quer levar daqui alguma lembrança?

Facundo disse que não, nada, no tom polido que usaria se estivesse respondendo à feirante dona do roupão, mas dentro de si o que queria, o que implorava sem saber a quem, era que lhe despisse dos ombros aquele roupão para ele acordar, de uma vez por todas, do pesadelo em que vivia se debatendo.

Do Diário de Perseu de Souza:

"Ainda demos, Da Penha e eu, sozinhos, uma volta de despedida de Paris, eu perfeitamente conformado com a caprichosa protelação que ela inventou para o casamento e me consolando, pérfido, com a cara que ela faria quando estivéssemos recebendo a bênção de um padre inglês em alguma igrejinha católica de Londres, de tijolo, com modernos santos de gesso nos altares. Pelo menos estávamos, no momento, em paz um com o outro, e resolvemos tomar antes da partida um copo de vinho branco em qualquer bistrô que nos parecesse convidativo.

— Você vai escolhendo o caminho — me disse Da Penha.

Saímos flanando pela rua de Rivoli, onde Joana D'Arc a cavalo, toda dourada e armada da cabeça aos pés, parecia estar esperando Von Rundstedt para um combate singular. Falávamos sobre nossos amigos de Paris e sobre as angústias de Facundo Rodríguez, sobre os amigos que íamos reencontrar em Londres, falávamos sobre muita gente, exceto sobre nós mesmos, quando de repente, rindo, ou, melhor dizendo, retendo o riso, Da Penha falou:

— Olhe só onde viemos parar, Perseu.

Tínhamos ido parar à porta da catedral de Notre-Dame. Eu me limitei a — ocultando meu aborrecimento por aquela caminhada desatenta — confirmar com a cabeça, dizendo que sim, que estava vendo, que era Notre-Dame.

— Você não quer entrar? — perguntou Da Penha.

Sorri da brejeira provocação, dei um tapinha amoroso na mão dela, que pendia do meu braço esquerdo, e disse:

— Não posso. Eu fiz promessa. Jurei que só entraria nessa catedral de noiva em punho.

Felizmente, como no teatro, quando a inesperada entrada de um terceiro ator interrompe a cena penosa entre os amantes, surgiu Hortense, à porta do templo, véu na cabeça e livro de missa na mão. Da parte dela como de nossa parte houve as expressões de prazer e de surpresa, mas breves, brevíssimas, porque Hortense não perdeu tempo em proclamar.

— O passaporte! Saiu o passaporte!

Hortense estava agora cumprindo a promessa de ir a não sei quantas igrejas e acender, em cada uma delas, não sei quantas velas à Virgem Maria para pagar a graça obtida do passaporte. Conversamos, animados, à porta da catedral, mas não por muito tempo pois ainda faltavam a Hortense algumas igrejas e algumas velas até chegar ao fim da sua romaria, que era, ao pé do seu Hotel Richepanse, a igreja da Madeleine, onde devia, além de acender outra vela, encontrar Miguel. Continuamos, de novo sozinhos, a caminhar pelo bulevar Saint-Michel, e, como se se esgotasse rápido o assunto da alegria de Hortense (eu não falei na intercessão do Monygham, talvez para não evocar o nome de Judy), um de nós precisava inventar um programa, a ideia vindo dela:

— Já que não entramos na catedral, podemos pelo menos visitar esse museu aqui. Vi, no guia da cidade, que ele está cheio de coisas lindas.

Concordei, já que era alguma coisa a fazer, mas no fundo sem vontade nenhuma de visitar museus. Curioso, mas, em lugar de diminuir, aumentava minha irritação comigo mesmo por ter ido parar, feito um sonâmbulo, à porta de Notre-Dame. A única coisa que eu queria mesmo, para dizer a verdade, era encontrar um botequim, não mais para tomar um elegante copo de vinho branco e sim uma talagada da ardente cachaça de maçã que atende pelo nome de *calvados*. Mas entramos no tal museu, que era o de Cluny, e a mim mesmo eu me perguntei depois se Da Penha não teria estado nele antes, com Elvira, talvez, em algum dos passeios que fizeram juntas, e se, de repente, não resolvera me atrair até ali em visita para mostrar o que mostrou. Mas isso é pura má vontade, pirraça minha, e quanto mais penso no caso mais me convenço de que Da Penha entrava ali comigo pela primeira vez, descobrindo ao meu lado, entre os objetos de uso pessoal do tempo das cruzadas, os cintos de castidade, com uma discreta explicação histórica. O espanto dela foi legítimo, assim como foi genuíno o assombro que fez com que me apertasse o braço, e, em seguida, me apontasse as estranhas peças íntimas, exclamando, afinal, horrorizada:

— Olhe só, Perseu, feito cadeados!"

Uma das preocupações de Facundo Rodríguez enquanto se preparava para partir da França, foi a de deixar na Radiodiffusion uma coleção de programas gravados que não perdessem o interesse a curto prazo. Os alemães não haviam dinamitado as pontes de Paris ou o metrô ao desocuparem a capital mas certamente haviam depenado as estações de rádio, e, por isso, os programas da Radiodiffusion para a América Latina, retransmitidos através de Brazzaville, no

Congo Francês, eram breves e precários. Mas em pouco tempo se ampliariam, em espanhol como em português, e Facundo queria deixar nas estantes um estoque de palestras, entrevistas, reportagens, gravadas por seu grupo hispânico, e, para o Brasil, por Da Penha e Perseu.

Eram baratas mas, em compensação, ascéticas as refeições na cantina da Radiodiffusion. Maria da Penha, entendida em matéria de cozinha, confiou a Perseu que, de um ponto de vista rigorosamente de forno e fogão, era admirável a quantidade de pratos que se podia fazer com a honesta batata inglesa, ou, mais explicitamente, que se podia fazer *apenas* com batata, variando-se não mais que o molho ou a calda. Às vezes a refeição penitente da Radiodiffusion era apenas a sopa de batata mas nos dias especiais podia ir da sopa e da salada de batata ao doce de batata. A alternativa, para o pessoal da Radiodiffusion, era Chez Doucette, onde ainda imperavam, é certo, as batatas, mas onde sempre havia alguma carne de cavalo ou algum queijo, e foi no Chez Doucette que se reuniram os amigos para um almoço que tinha como finalidade, ao mesmo tempo, festejar o passaporte de Hortense — e consumar as despedidas.

Miguel Busch, que estava sério, rigorosamente sóbrio, queria dar uma forma definitiva, de clube continental, dizia, ao indispensável reerguimento da América Latina diante dos países adiantados do mundo, que davam as costas a ela. Não falava mais em Marx, depois do que Facundo lhe havia contado sobre a descoberta do verbete imperdoável, sacrílego, mas continuava falando na revolução, que agora se realizaria, pois tinha como centro a Bolívia e o Paraguai e como cabeça a de Gualberto.

— Podíamos — disse Miguel — formar um clube político, de muitas pátrias e uma finalidade só.

— Sim — disse Elvira —, um clube do tipo irlandês, que poderíamos chamar Clube dos Fenianos.

Perseu e Da Penha se olharam com aflição, mas o assunto dos Fenianos não foi adiante, já que, segundo Miguel, o momento ainda não era o de escolher nomes, desenhar bandeiras e adotar lemas e sim o de cimentar os alicerces do clube entre ex-combatentes bolivianos e paraguaios da Guerra do Chaco, com suas Guernicas, para que daí, do seio dos dois países mais pobres, viesse o exemplo, o contágio, que se alastraria pelo Chile, o Brasil, a Argentina.

— Então aguardaremos — disse Elvira —, aguardaremos os do Chaco, até o dia do *Funferall of Father Michael*.

Miguel arqueou as sobrancelhas, interrogativo, e Maria da Penha, que já tinha ouvido antes a citação de Elvira, apresentou a tradução que imaginara:

— Forró de Padre Miguel — disse Da Penha.

Miguel, entendendo melhor as palavras, desfez o vinco da testa, mas continuou sem saber o que dizia o *Finnegans Wake*, quer no original, quer na sua livre adaptação carioca. Entretanto, quem deu, sem querer, uma unidade ao manso forró do adeus em Chez Doucette foi Hortense, que só pensava no passaporte que tinha na bolsa e que, quando se abriram as garrafas de vinho e os copos tiniram entre si, disse:

— Facundo, tenho uma história para você, que gosta de falar em S. Lázaro: mamãe me escreveu de Marselha, dizendo que é a ele que eu devo o passaporte.

— Bem — sorriu Facundo —, Paris, logo que os alemães saíram, me fez pensar em alguém que volta do reino dos mortos. Mas o que é que o Lázaro tem a ver com a Prefecture de Police?

— Ele tem a ver — disse Hortense — com viajores aflitos. Minha mãe é fã dele, ou por outra, é devota dele, como se diz, porque S. Lázaro, quando saiu do Evangelho, foi metido pelos infiéis num barco sem remo e sem vela para que morresse afogado e não tivesse mais jeito de ressuscitar. Acontece que o barco veio dar em Marselha e Lázaro foi nosso primeiro bispo.

— Coincidências — disse Facundo.

— Um navio sem remo e sem vela — disse Perseu —, o Lázaro podia ser padroeiro da América Latina, ou pelo menos da América espanhola. Sem remo e sem vela!

— Sinais, sinais — disse Facundo, deixando passar a piada de Perseu.

— E ouçam só isso — disse Elvira — que guardei do livro santo: *For the lives of Lazarus and auld luke syne*, ligando dois santos, Lázaro e Lucas, às despedidas, à valsa do adeus.

— Mais coincidências — riu Isobel —, Facundo tem razão.

— Que você, Hortense, esteja falando em santos — disse Miguel — não admira, o espantoso é que esteja convertendo Facundo ao culto desse bispo marselhês.

— Tomemos cuidado com o Monygham — disse Perseu —, que ele tem horror aos santos. Santo para ele é feito um rato. Rói impérios.

— Quanto a mim — disse Facundo —, garanto que não tenho nada a ver com santos, não. Mas eu diria que homem nenhum é indiferente a coincidências. Sempre que elas ocorrem a gente tem a impressão de que vai perceber, num lampejo, o desenho completo de que elas são a manifestação parcial. É verdade ou não?

— Hum — disse Miguel —, coincidências, sinais...

— Outra verdade — continuou Facundo, impávido —, é que a gente retira força de...

— De santos? — perguntou Miguel.

— Não — disse Facundo, impaciente —, de coincidências, repito.

— Ah — disse Perseu —, por falar nisso, estou lembrando de Isobel, no *Pardo*, citando um verso.

— Aquela força, que os homens distraídos chamam acaso — disse Isobel.

— E Isobel — disse Facundo — tem sempre razão.

— Eu não, *honey* — disse Isobel —, John Milton.

PARTE VII

Mi compañero, campesino de habla guaraní,
enhebró algunas palabras tristes en castellano.
"Los paraguayos somos pobres y pocos", me dijo.

Eduardo Galeano, *Las Venas Abiertas de*
América Latina, Siglo XXI editores

(Meu companheiro, camponês de fala guarani,
enfiou algumas palavras tristes em castelhano.
"Nós paraguaios somos pobres e poucos", me disse.)

Isobel foi para Assunção antes de Facundo. Era, literalmente, a primeira vez que ficavam longe um do outro, desde o dia do casamento, e Facundo procurou evitar que se consumasse o plano, mas ela foi inflexível, dizendo que fazia questão "de arrumar a casa" antes que ele chegasse. Facundo observou que sequer tinham casa para arrumar e Isobel retrucou concordando, ou melhor, alegando que exatamente pelo fato de que precisavam inclusive encontrar, para alugar, uma casa que então seria arrumada, é que era importante que ela fosse na frente. Essa conversa os dois mantinham na Bolívia, em La Paz, onde moravam num hotel arranjado por Miguel Busch, e era uma espécie de consequência, ou de continuação de uma outra, ou de outras conversas que já tinham tido sobre o largo tempo que seria necessário para transformar em alguma realidade os sonhos de Miguel, firmemente ancorados no governo de Gualberto Villarroel. "Gualberto sim", tinha suspirado Isobel, "tem no momento uma casa a arrumar, antes de pensar na casa dos outros."

Em Assunção, Isobel foi primeiro olhar a casa em que haviam morado antes, à qual se afeiçoara e na qual, ao casar com Facundo, tinha até pensado em ter um filho paraguaio, ou guarani (o filho continuava adiado, aguardando dias mais calmos) mas a casa estava ocupada, bem ocupada até, pois do portão Isobel viu, no pequeno jardim, duas crianças, e entreviu, pela porta aberta, uma mulher jovem, varrendo a sala, e uma senhora idosa, tricotando a um canto. Antes assim, disse Isobel a si mesma, pois assim procuraria uma casa que ficasse bem perto da rua principal, que era a Avenida Mariscal López, e portanto perto da Embaixada Britânica, que ela, metódica, previdente, tratou logo de visitar. Alugou casa perto da Mariscal López, e travou relações com um jovem e inteligente secretário da Embaixada, Arthur Forbes, e sua mulher Rose, esguia, terna, jeito, para o gosto de Isobel, meio felino, de mulher namoradeira. Eram ambos um tanto moços e um tanto ingleses demais, para seu presente estágio de evolução, e Isobel esperava, com fervor, e uma certa vergonha, o dia em que não precisasse mais cultivar amizades ditadas por seu puro interesse, ou medo. Mas ainda não tinha raiado esse dia, disse a si mesma, considerando o fato de que não conseguira obter das autoridades paraguaias nenhuma informação sobre a recepção que teria Facundo, ao regressar. A atmosfera era boa, pensava, hesitante mas esperançosa, já que a vitória dos aliados, na Europa como no Japão, dava coragem e audácia aos jornais, e levava o governo Morínigo a prometer, com todas as letras, a anistia dos exilados políticos — mas isso em tese, nada de garantias ligadas a nomes próprios, certamente nada de explícito em relação a Facundo Rodríguez.

Isso ficou claro durante a única visita de cunho profissional e político que Facundo lhe pedira que fizesse, antecipando o regresso dele: a visita ao novo diretor do jornal *Libertad*, em que ele trabalhara e para o qual pretendia voltar logo que chegasse. O diretor era extremamente jovem e o nome de Facundo Rodríguez despertou nele a profunda emoção que em geral, pensou Isobel, só se dedica aos bem mais velhos, aos que já viveram sua vida. Mas gostou de conhecer Tristán Lucientes, que mantivera vivo, durante a guerra, o *Libertad*. Foi ver Lucientes, foi apresentada aos outros, no jornal, como a mulher do grande companheiro Facundo Rodríguez, que está de volta ao Paraguai e vem direto para o nosso jornal. Isobel, logo que os dois se haviam sentado para conversar, tinha exatamente perguntado a Tristán se achava prudente, em primeiro lugar, o regresso de Facundo, e em segundo lugar sua volta imediata ao jornalismo.

— Claro que não, Isobel — tinha dito Tristán, sem cerimônia de tratamento —, claro que prudente não é, mas a hora é de reiniciarmos a luta e, além disso, acho que podemos até ganhar a batalha. Basta sermos ainda, durante algum tempo, imprudentes. A anistia está praticamente decretada, eleições foram previstas, e, dentro do próprio Exército, há os jovens oficiais que abominam a ditadura.

Isobel tinha querido se convencer, se embriagar com as imprudências e também com as certezas do moço Tristán Lucientes, que era, para ela, quase um filho, dela e de Facundo, e que parecia, apesar de agressivo e duro com o governo, mais sereno, mais pé na terra do que Facundo, e muito mais do que Miguel, preparado, como dizia estar, não para um surto imediato de plena democracia, e sim, ainda, para uma evolução até ela, através de governos militares eleitos e cada vez mais liberais. Sem mais consultar Arthur Forbes, que continuava considerando precipitado o regresso, Isobel, em parte por saber que Facundo, fosse como fosse, não aguentaria muito mais tempo longe do Paraguai e dela, e em parte animada pela esperança de Tristán, disse a ele que sim, que voltasse, e recebeu de pronto o telegrama: "Até já. Amor. Facundo."

Isobel chegou a casa fatigada aquela noite. Não era ainda a hora de comprar flores para o jarro da sala e para a mesinha de cabeceira do quarto de dormir, mas já podia estender sobre a mesa da sala de jantar, como uma espécie de símbolo de doçura e paz doméstica, a toalha, espumosa e fresca, de renda nhanduti, a toalha que tinha namorado desde antes da viagem à Inglaterra e que agora trazia debaixo do braço, num embrulho de papel pardo. A casa dava diretamente para a rua, as janelas da saleta de visita abrindo para a calçada, mas a sala de jantar, no fim do corredor, tinha uma porta para o quintal, e esta, aberta como ficara, recebia luz da casa vizinha. Antes mesmo de acender a luz elétrica, Isobel tirou o barbante do embrulho meio frouxo feito na loja das rendeiras — como se fizesse mal a elas apertar demais aquele pano vivo — e estendeu a toalha sobre a mesa. A própria renda aumentou um pouco a luz baça vinda do quintal, e foi a essa luz que Isobel divisou, sentado na cadeira de braços do canto da sala, o vulto do homem. Viu, mesmo no escuro, pela alteração, depois da entrada dela, na posição daquele vulto na cadeira, e pelo leve ranger da madeira, que o homem fazia menção de se levantar, e a única ideia que ganhou força no seu espírito foi a de que devia completar o gesto que iniciara, de acender a luz. O homem que então apareceu era alto e magro, um tanto curvo, cabelos grisalhos, olhos azuis, ou, na realidade, olhos mais para vermelhos que para outra cor qualquer, mas basicamente azuis. Os olhos do homem, aliás, mal foram vislumbrados por Isobel, pois o primeiro gesto dele foi tirar do bolso do paletó óculos escuros, que pôs no rosto, dizendo:

— Eu quase lhe pedi que não acendesse a luz, meus olhos hoje estão ardendo muito.

Desde que avistara o homem Isobel sentia, dos calcanhares ao pescoço, um violento tremor de medo, que só disfarçava se inteiriçando com igual intensidade. Tratou de falar sem abrir muito a boca, entre os dentes, para que não chocalhassem.

— Você não tem que pedir nada. Saia desta casa. Já!

O homem meneou a cabeça, preocupado, inquieto.

— Me deixe explicar, por favor.

— Não sei como conseguiu entrar na minha casa. Mas saia dela! Saia ou chamo a Polícia.

O homem continuou imóvel, cabeça inclinada para um lado, expressão tristonha, um sorriso chocho nos lábios, e, deixando de lado o espanhol de até então, passou a falar inglês.

— Não acho boa ideia, Mrs. Rodríguez, para nenhum de nós dois. A Polícia só serve para complicar as coisas. Mesmo na Inglaterra, onde, como nós sabemos, ela funciona bem melhor. Vamos sentar. E conversar um instante. Na nossa língua.

— Eu não converso, em língua nenhuma, com estranhos — disse Isobel, a despeito de si mesma, em inglês.

O homem fez, com a cabeça, um aceno de quem agradece, ajeitou os óculos, passou a mão no queixo, vacilante por um momento, e falou:

— Nós não somos estranhos. Não inteiramente. Meu nome é John Cole.

O nome despertou um vago eco em Isobel, mas não o suficiente para afastar o medo de há pouco, ainda forte, e que se transformava em raiva, agora. Além disso, a cara do homem continuava a lhe parecer tão estranha quanto antes.

— Saia daqui. Saia por onde entrou ou chamo a Polícia.

— A Polícia me fez entrar — disse o homem com a mesma expressão, que tinha algo de triste, sem dúvida, mas que Isobel preferia considerar ofensiva, zombeteira. — A Polícia quer que a senhora saiba, e diga a seu marido, que eu, John Cole, jardineiro em Elstree, vi seu marido matar Herbert Baker e arrastar o cadáver até o lago de Aldenham House.

Sentindo agora fracas as pernas, que mantivera inteiriçadas durante tanto tempo, Isobel se sentou afinal, disposta a ouvir o que tinha a dizer aquele homem.

— Eu vim a sua casa hoje só para me apresentar. Eles me trouxeram da Inglaterra para seu marido saber que eu estou aqui, em Assunção.

— Não compreendo — disse Isobel.

— Diga a ele que não venha, que não volte, que fique onde se encontra.

O homem se levantou, pegou o chapéu que pusera no chão ao seu lado, e fitou Isobel, não como se aguardasse qualquer resposta e sim com o ar de quem, depois de se desincumbir de uma tarefa espinhosa, espera que não tenha causado má impressão.

— Agora saia — disse Isobel.

— Sim, claro, vou embora.

Isobel ia se levantar, para levar o intruso à porta, mas teve medo de que lhe faltassem, ou teve certeza de que lhe faltariam pernas para tanto, e, fazendo das tripas coração, levantou, altiva, a cabeça.

— Você sabe o caminho. Entrou feito um ladrão. Saia do mesmo jeito.

— Adeus, Mrs. Rodríguez, não queira mal a um pobre jardineiro, patrício seu.

Isobel não disse mais nada, limitando-se, com um gesto imperioso, a apontar a saída ao visitante, que, se curvando e batendo repetidas vezes com a cabeça, abriu a porta da saleta e se foi, deixando Isobel imóvel, mãos no colo, olhos postos agora na cadeira de braços, como se ainda estivesse sentado nela seu estranho hóspede de patrióticos olhos azul-branco-vermelhos.

Rose e Arthur Forbes ouviram na mesma noite, testas franzidas de apreensão, a história que Isobel veio contar, e trataram o tempo todo de lhe dar conforto, prometendo total ajuda, mas, ao mesmo tempo, deixando vibrar por trás do carinho uma certa nota puritana de eu não lhe disse que era precipitado?, ou de quem avisa amigo é. Isobel pensou, com resignação, que Arthur de fato avisara, como amigo, e que além disso tanto ele quanto Rose tinham curiosidade mas igualmente um certo temor de afinal conhecerem Facundo. Fosse como fosse, e tal como Isobel contava que viesse a ocorrer, ambos foram eficientes e ternos com ela. No dia seguinte, animado pelas informações que conseguira obter, repleto, como se poderia dizer, de novidades, Arthur Forbes convocou Isobel a almoçar em sua casa.

— Pela descrição que você fez — disse ele —, já sei quem é o homem que invadiu sua casa. Pelo tipo, as maneiras, e, talvez mais do que tudo, pela conjuntivite crônica: os mais antigos da missão diplomática aqui em Assunção afirmaram, sem maiores dúvidas, que se trata de um cidadão inglês muito vigarista, mas prudente, hábil, que vive, quando está precisando de dinheiro, do contrabando que exerce na fronteira do Paraguai com o Brasil e a Argentina, e que quando põe o dinheiro no bolso volta para a pequena chácara que possui nos arredores de Assunção, e para a mulher, uma paraguaia que ele só chama de Nena. Quando está na cidade leva uma existência de vagabundo, a beber pelos botequins da beira do rio. Um dos apelidos dele que constam do dossiê da Embaixada é *Palo Borracho*, que é uma árvore local, Pau de Porre.

Traçando retrato tão pormenorizado Arthur Forbes tinha falado com o ar competente e meio irônico de algum jovem detetive que sabe muito mais do que se pensa sobre o mistério em questão, e cujo único espanto na vida é não saber rigorosamente tudo. Concentrada, pela parte que lhe tocava, em seus cuidados, Isobel, sem prestar qualquer homenagem ao perfil quase divertido do invasor de sua casa, foi direto ao assunto:

— Então, pelo que você me conta, o homem é de fato um impostor, um chacareiro de Assunção que se apresenta como jardineiro de Elstree. Acresce, pelo que você apurou, que a Embaixada sabe que ele reside há vários anos aqui, fazendo seu contrabando e vivendo com sua Nena, e que portanto não estaria em Londres quando... quando nós estávamos em Aldenham House. Em suma, um quase bandido, que vive à margem da lei, que deve ter ouvido alguma história sobre Aldenham House e que resolveu me submeter a uma chantagem, fingindo que é quem não é nem nunca foi.

— Bem — disse Arthur Forbes —, aí, no capítulo da impostura propriamente dita, há, no caso, um aspecto pelo menos curioso, original.

— Com perdão da franqueza — disse Isobel —, devo confessar que não consigo enxergar, nesse caso indigno e sórdido, nada que se possa considerar curioso, ou...

— Isobel — disse Rose, conciliatória —, eu também comecei a falar assim com Arthur, quando ele mencionou o aspecto *curioso* desse caso. Fiquei também impaciente, mas acontece, como eu soube logo a seguir, que esse contrabandista inglês, *beachcomber* e beberrão, que esteve ontem em sua casa, se chama, de fato, John Cole. Por outro lado — veja bem —, vivendo sua vida simplória, ele jamais saberia de Aldenham House, de Facundo, do outro Cole...

Isobel ficou um instante em silêncio, olhando Rose, olhando Arthur, mas, absorvida a informação, voltou ao combate.

— Sei, estou entendendo. Ele, aliás, me disse, esse Cole, que a Polícia é que tinha aberto para ele a minha porta. Provavelmente não é ele que está tentando, em caráter pessoal, me chantagear. Estará a serviço da Polícia, que teve a sorte de encontrar um bandido que por acaso tem o mesmo nome de um jardineiro que foi ouvido em determinado inquérito criminal na Inglaterra. Curioso e original, de acordo, Arthur. Mas não vejo que isto mude nada do caso.

Este John Cole de Assunção continua sendo um impostor e devia ser desmascarado pela Embaixada, já que é um súdito de Sua Majestade.

— Para isto — disse Arthur —, ele precisa ser denunciado à Polícia.

— Claro — disse Isobel —, e é isso que eu vou fazer.

— Você vai, nesse caso, dizer à Polícia que um homem foi introduzido em sua casa pela Polícia.

— Não preciso dizer isso. Relato apenas a invasão de meu domicílio.

— Sim, e espera conseguir o que, da Polícia, além de, imagino, que ouçam sua queixa e tomem nota dela no chamado livro de ocorrências da Delegacia?

Isobel se deteve, calada, olhando Arthur, olhando Rose, ainda, por um momento, com ar de segurança e desafio. Afinal, como quem se sente cercada, encurralada, balançou a cabeça, abriu as mãos, perguntando:

— O que é que vocês acham que significa a vinda desse homem à minha casa?

Arthur Forbes se levantou, foi até a bandeja das bebidas, no aparador a um canto, serviu três cálices de xerez, veio trazendo dois, para Isobel e Rose.

— Bem — disse Rose —, como vinho não é resposta, falo eu, Isobel. Conversamos muito, Arthur e eu, e Arthur se informou o mais que pôde com o pessoal mais antigo da Embaixada, que conhece melhor as manhas do país. A impressão mais generalizada — depois de se analisar, naturalmente, a brutalidade inicial dessa invasão de sua casa — é a de que, com a volta de Facundo ao país, paz vocês não vão ter não. Bastou a notícia da volta dele para que saltasse logo um John Cole de dentro da cartola do mágico, ou do quepe sabe-se lá de quem. Você não acha que é uma advertência, Isobel, e, reconheçamos, não sem um toque de um humor de...

— Humor de botequim, de bordel, acho sim — disse Isobel. — Vocês têm razão, mas, para dizer a verdade, eu cheguei aqui imaginando o que ia ouvir e torcendo para que vocês não tivessem razão. Principalmente porque Facundo já iniciou a viagem de volta. Tentei me comunicar com ele, contar a ele a visitação que eu sofri, mas ele não estava mais no hotel, já tinha saído. Por isso não me convém, não me agrada que vocês tenham razão. Eu queria ser aconselhada a ir à Polícia, como se deve fazer quando um estranho nos arromba a casa, ou queria que o Arthur me dissesse que, quando um cidadão inglês perde a compostura, envereda pelo crime e chega ao extremo de abdicar da sua própria personalidade, a Embaixada cuida da sua prisão, da sua extradição, da sua condenação, da...

— Da sua execução — completou Arthur. — Talvez fosse, nos tempos da Rainha Vitória. Tome seu xerez e veja o que podemos de fato fazer, além de, não se esqueça, convencer seu marido a abreviar a estada dele, indo, quem sabe, para o Brasil, onde Vargas caiu e a democracia foi restabelecida, ou estabelecida, não sei bem. Como temos à mão a biografia do John Cole local, também conhecido como *Palo Borracho*, vamos pedir a Londres informações e até fotos do outro John Cole, o jardineiro. Por mais que as autoridades de Assunção queiram se fazer de desentendidas, você poderá, caso reapareça o seu visitante Cole, apresentar à Polícia, numa queixa tranquila e documentada, o outro Cole. É um meio de impedir que continue em vigor a impostura de *Palo Borracho*. Vamos, aliás, entrar em contato com o próprio inspetor que cuidou do caso de Aldenham. Ele se chamava?

— Larkin — disse Isobel —, Desmond Larkin.

— E como referência geral ao processo, ao inquérito do Coroner? Quem poderia nos auxiliar a desmascarar qualquer tramoia que a Polícia de Assunção esteja armando?

— Bem — disse Isobel —, quem mais nos auxiliou, do ponto de vista jurídico, foi *Sir* Cedric Marmaduke. Podíamos também pensar em William Monygham.

Neste ponto, pálida, desalentada, pensando na ladainha do *all moanday, tearsday, wailsday*, pensando numa espécie de vida que corre mas repete o mesmo caminho o tempo todo, como ciclista num velódromo, Isobel indagou dos dois:

— Vocês estão mesmo convencidos de que eles querem montar uma farsa de Aldenham House para culpar Facundo? Representar tudo de novo, só que em termos de circo, de troça? Enlouquecer a gente repetindo, num outro tom, jocoso e ameaçador, o que já aconteceu e já acabou, ou devia ter acabado?

— São apenas precauções — disse Rose. — Não custa nada estar prevenida, Isobel, atenta. É isso que a gente acha.

— Exato — disse Arthur. — Você lembrou, muito a propósito, o nome de *Sir* Cedric, que é excelente. E sugeriu, em seguida, o nome de quem?

— Monygham — disse Isobel —, William Monygham. Engenheiro, técnico em prospecção de petróleo, mas muito metido em política da América Latina. Acompanhou de perto o processo.

— Ele estava em Paris algum tempo atrás, não?

— Sim, claro, esteve conosco em Paris.

— Este deixamos de lado — disse Arthur. — Ele anda meio… investigado.

— E agora — disse Rose —, vamos almoçar, senão a comida esfria.

Coisa de um mês atrás, na chácara, quando a mulher veio avisar que tinha gente da Polícia batendo à porta, à sua procura, John Cole lhe pediu que fizesse o homem entrar e sentar, que ele já vinha. Foi ao quarto de dormir, afastou a cama, levantou do assoalho uma tábua, tirou de baixo do grosso pó, que deixava se acumular ali, um maço de dólares. Só assim armado é que chegou à sala, certo de que o tira — havia uns três que lhe frequentavam periodicamente a casa — vinha apenas recolher a taxa que John Cole pagava escrupulosamente, sempre que retornava de Hernandarias, garantindo, mediante esse acordo de cavalheiros, que a Polícia não incomodasse sua mulher quando ele se ausentava. No entanto, ao chegar naquele dia à sala, uma agradável surpresa aguardava John Cole. Ou duas. A primeira surpresa agradável era que a Polícia, pela primeira vez, pretendia, em vez de tomar, dar dinheiro a ele, para fingir que era um John Cole que tinha testemunhado um crime na Inglaterra. A segunda era que esse outro John Cole, em quem ele encarnaria, era um jardineiro, coincidência que parecia a Cole desvanecedora. Ele, na realidade, só exercia o contrabando para poder cultivar sua chácara de brinquedo, em Assunção. Seu ideal era comprar uma fazenda em Hernandarias para lá levando Nena e lá consumindo finas aguardentes de três países — Paraguai, Argentina e Brasil — além de Scotch do bom quando lhe dava na gana e lhe sobravam uns tostões. Quando o tira saiu da casa, John Cole deu um rápido balanço na situação, coçando o queixo com a mão espalmada, pensativo, e depois concluiu que podia ficar contente e tranquilo. Não lhe agradava muito, diga-se em sua honra e louvor, a ideia de pregar um susto numa mulher sozinha — e mulher inglesa, ainda por cima — só para que ela, por sua vez, transmitisse, como um fio condutor, o susto ao marido, que estava chegando de viagem. Mas o marido era paraguaio, e, segundo a Polícia, um homem perigoso, violento, de maus bofes, e nesse retrato ele não custava a acreditar, pois, não se cansava de repetir, se as mulheres paraguaias são gente boa e trabalhadeira, os homens só pensam em crime ou política. Que ele, cidadão inglês, se juntasse, como era o caso, com uma mulher paraguaia, era coisa normal e compreensível, sobretudo se nunca chegassem a se casar. Mas uma mulher que, nascida e criada na Inglaterra, resolvesse *desposar*, como contava o tira, um paraguaio, e paraguaio, ainda segundo o tira, que tinha esganado um inglês, na própria Inglaterra — isso clamava aos céus! Tanto assim que ele, John Cole, não estava dando total crédito à história do tira e só tinha aceito o trato porque sua participação consistia, exclusivamente, no fingimento de ser o tal jardineiro, e com isso, ele não sabia bem como, ajudava a meter nas grades o paraguaio, o que podia até libertar a inglesa que tinha dado o fantástico mau passo, do qual certamente já estaria arrependida, de se casar tão abaixo do seu nível nacional.

— Nena — disse ele —, acho que agora tiramos o pé da lama. Se eu ganhar aqui o dinheiro que espero, compro, pertinho um do outro, três ranchinhos em três países diferentes: nunca mais ficaremos de novo à mercê de uma Polícia só.

— Veja lá em que é que você está se metendo, Juan. Dinheiro de tira eu nem sabia que existia.

— Há muita coisa no mundo que a gente nem desconfia que possa existir, Nena, como cidades que se olham por cima de rios e cataratas, tipo Hernandarias, Iguazu e Foz do Iguaçu, ou como moças inglesas sequestradas por assassinos paraguaios.

— Você não está metido em sequestrar nenhuma moça, está?

— Não, Nena, estou pensando em libertar a moça.

Facundo chegou a Assunção três dias depois, e nesse dia, como se fosse parte de alguma celebração de boas-vindas ao filho extremoso de regresso à pátria, os jornais da cidade se ocupavam, desde os cabeçalhos, da iminente decretação da anistia aos exilados políticos. Mas logo que entraram em casa, Isobel, com um suspiro e um pedido de desculpas, apontou a Facundo, na sala, a cadeira onde se sentara, no escuro, o John Cole local, enquanto contava o que havia descoberto acerca dele em suas conversas com Arthur e Rose Forbes. Facundo, enquanto ouvia e como se assim ficasse mais apto a desvendar o mistério, se deixou escorregar até o assento da cadeira, onde se acomodou, olhos semicerrados, perdidos na distância, mãos bem firmes nos braços de madeira. Por fim deu de ombros, dizendo:

— É bom sinal, pesando bem os fatos, que em lugar de esmiuçarem uma vez mais meu passado revolucionário, eles se voltem para meus recentes embates com a justiça inglesa.

— Bom sinal de quê, *honey*? E eu suplico a você: levante daí. Quase morri de medo com aquele homem de olhos vermelhos sentando onde agora você se senta, tranquilo, quase contente, como se o Cole não tivesse passado de imaginação ou invenção minha.

Facundo se levantou de supetão, só agora percebendo que a própria cadeira tinha ficado marcada para Isobel, uma cadeira hostil, contaminada.

— Perdão, meu anjo — disse ele, tomando Isobel nos braços com ternura e paixão.

— Desculpe, *honey*, são meus nervos. Tenho tanto medo de começar a viver de novo tempos como aqueles, dias…

— Sem domingo — disse Facundo.

Resolveram, naquele reencontro de meio da semana, se concederem um feriado, fundar um domingo, os dois sozinhos, um para o outro, e para isso, pelo telefone, Isobel falou com os Forbes, dizendo que sim, que Facundo tinha chegado mas que hoje não iam marcar nada, ele estava cansado, e falou também para o jornal, anunciando a Lucientes a chegada de Facundo, que amanhã ou depois vai aí, acrescentou, à redação, hoje não. E se perderam em seguida um no outro, Isobel afastando de si os cuidados por Facundo, Facundo se desvencilhando do pesadelo da História, os dois se descobrindo com um assombro maior que o de costume devido ao tempo de mútua privação que haviam sofrido.

Não se diga que Isobel não se sentiu rondada pelo medo de se confundirem os dois de tal maneira e se esquecerem, a tal ponto, de tudo, que chegariam ao perigoso extremo de achar que nenhum perigo existia mais no mundo, nenhuma cadeira de braços abertos no escuro, por exemplo. Mas teve a força de, recusando qualquer sensatez, abrir mão de si mesma, de se dissolver, como sempre, em Facundo.

E três, quatro dias de paz e tranquilidade se sucederam, enquanto os dois cumpriam as promessas feitas de visitarem os Forbes e Tristán Lucientes. No quarto dia foi publicado o primeiro artigo assinado por Facundo Rodríguez, tranquilo e moderado uma vez na vida, sem uma palavra perdida com o passado, contendo uma declaração de grave esperança no futuro, mas no dia seguinte, às 9 horas da manhã, dois esbirros vieram lhe pedir que fosse com eles à Chefatura de Polícia, Avenida Mariscal López, para, disseram, um breve depoimento de rotina, ao retornar do exílio. E foi, de fato, breve, essa primeira visita à Chefatura, com vagas questões sobre o atual domicílio (dando a Facundo o desejo, que abafou, de dizer que *Palo Borracho* sabia onde ele morava), de exame de passaporte e atualização do seu registro de jornalista. No entanto, encerradas essas formalidades, tinham pedido a Facundo que retornasse dentro de dois dias, para colaborar com a Polícia na identificação de um estrangeiro.

Facundo se apresentou de novo à Polícia, passados dois dias, sabendo que o estrangeiro a identificar só podia ser, naturalmente, John Cole. Levou em sua companhia um advogado do *Libertad* mas o delegado encarregado do inquérito informou que *ainda* não era, e, provavelmente, jamais seria o caso: para quê um advogado em estágio tão primário de uma investigação que, de qualquer forma, certamente não ia dar em nada? Mal o advogado, depois de se despedir, virou as costas, o delegado, acompanhando Facundo ao interior da Chefatura, se referiu pela primeira vez ao estrangeiro a identificar como "velho conhecido seu", o que Facundo fingiu não ouvir. Logo que chegaram à sala da acareação, nem perguntaram a Facundo se reconhecia o homem alto, curvo e de olhos inflamados, que lá se encontrava, pois havia uma certa azáfama de máquinas de escrever batendo a um canto e máquinas de fotografia piscando lâmpadas em outro canto, canto esse em que a Facundo se ofereceu uma cadeira ao pé de uma mesa. Pouco depois John Cole se sentava também à mesa, e o delegado, se curvando e sorrindo, perguntou, meio chocarreiro:

— E então? Estão ou não estão se reconhecendo?

John Cole fez um sinal afirmativo com a cabeça, sem abrir a boca, enquanto Facundo, frio, respondia.

— Nunca vi esse homem em minha vida.

O delegado, então, no mesmo tom e na mesma postura, começou a dizer a Facundo que, afinal, não havia tanto tempo assim que numa propriedade denominada Aldenham House, onde havia um certo lago... Mas Facundo cortou, seco, sua fala:

— Não estou esquecido de nada que ocorreu em Aldenham House, nem, muito menos, da existência, no processo que se seguiu, de uma testemunha cujo nome era John Cole, um honesto jardineiro que nada tinha a ver com esse impostor sentado diante de mim e que arrombou há dias minha casa na minha ausência. Eu me recuso a prosseguir na farsa.

O delegado, deixando transparecer respeito e quase uma exagerada consideração pela firmeza de Facundo, se curvou um pouco, ao pé da mesa, dizendo:

— Diante de tal segurança e desassombro, duvido que John Cole, ou, melhor dizendo, esse falso John Cole que aqui se encontra, queira ainda dizer que conhecia Facundo Rodríguez.

John Cole, no entanto, piscando embora os olhos vermelho-azuis, mirou Facundo de frente e declarou:

— Curioso que o Señor Facundo Rodríguez não me reconheça, porque eu estou vendo que foi ele a pessoa que atacou e estrangulou Herbert Baker na casa de chá à beira do lago de Aldenham House, arrastando em seguida o cadáver até dentro d'água.

— E por que — indagou Facundo, grave, desdenhoso — não disse isto ao inspetor Larkin, em primeiro lugar, e, em seguida, ao Coroner?

— Fui impedido, coagido — disse John Cole, a voz agora um tanto sumida.

Facundo, então, já se levantava, pedindo licença para encerrar ali a acareação, que considerava descabida, inútil, e foi, para seu espanto, atendido de pronto pelo delegado, que, movendo repetidamente a cabeça, parecia dar razão, quase pedir desculpas, a ele.

— Só lhe peço — disse — que volte aqui depois de amanhã, à mesma hora.

— Mas... Para quê? Imaginei que estava feita a identificação do tal estrangeiro. Se estamos de acordo em que é um impostor, de que serviria eu voltar aqui?

— São outros assuntos — disse o delegado, misterioso —, de grande relevância, mas que, estou certo, se levarmos em conta sua firmeza e sua presença de espírito, se desfarão igualmente no ar diante de nós.

A ideia de ir uma terceira vez à Chefatura de Polícia acabrunhou, de início, Facundo Rodríguez, que temia, como Isobel, o pesadelo de uma reencenação extravagante e insensata do caso de Aldenham House. Mas se assim fosse, argumentou, esperançoso, por que teria o delegado confirmado a impostura de John Cole, ou, na pior das hipóteses, concedido a Facundo a última palavra, como se de fato John Cole nada mais pudesse ter a alegar, a mentir? Ele lá iria, ainda uma vez, já que havia dito sim, mas seria a derradeira vez, tencionava informar ao delegado.

Foi, de fato, a derradeira vez, mas não no sentido que dera Facundo à palavra, na conversa mantida com Isobel. Ao chegar à Chefatura foi levado a um gabinete pomposo, solene, revestido de escuros lambris de madeira e coberto por um tapete encorpado, verde-musgo. Ao fundo da sala, instalava-se a grande secretária de jacarandá, onde havia um antigo tinteiro de prata, e, encimando o móvel, uma flamante pintura de guerra, um grande óleo de batalha renhida, os próprios cavalos, belicosos, empinados, mais lembrando furiosos guerreiros do que animais assustados: o centro do quadro e da batalha era Solano López, num cavalo branco, comandando a refrega. Facundo, procurando combater com um irônico dar de ombros o imediato mal-estar que lhe comunicavam a sala, a tela, disse a si mesmo que López mais parecia, naquele pastiche de pintura guerreira francesa, o Napoleão do quadro que serve de anúncio ao conhaque Courvoisier. A secretária, debaixo, por assim dizer, das patas do cavalo, estava vazia, mas num jogo de cadeiras rococó que havia no primeiro plano do aposento sentavam-se — como um senhor de meia-idade e sua velha mãe numa sala de visitas particular — o delegado e uma senhora toda de preto, véu tombado do chapéu, cabeça vergada para o chão. No tom baixo, grave, de quem apresenta uma viúva de data recente, enrolada ainda em dores e crepes, o delegado disse:

— Essa é Dona Carmela, a mãe, a *mater dolorosa*, como dizem seus amigos. Nunca se conformou, nunca se consolou.

Facundo ficou imóvel, perplexo, olhando o vulto em sua frente, sem muito saber o que fazer, o que dizer.

— Não vai cumprimentar a senhora? — indagou o delegado, voz espantada, meio impaciente.

Facundo estendeu mecanicamente a mão, que a mulher apertou, enquanto descobria um pouco o rosto, levantando o véu.

— Não tem curiosidade de saber quem é? — tornou o delegado a falar, agora de forma quase ríspida.

Facundo sentiu de repente que estava sendo empurrado para alguma espécie de armadilha, guiado para algum precipício, sobretudo quando reparou que a cadeira ao pé da secretária não se encontrava mais vazia, que, como se houvesse simplesmente atravessado a parede do fundo, um homem se sentava lá agora, quase invisível, na sombra.

— Pelo seu modo de me interpelar, delegado — disse Facundo —, vejo que está muito mais empenhado em me dizer de quem se trata do que eu em saber quem é. Passo-lhe a palavra.

— Eu imaginei, nós imaginamos, aqui na Chefatura, que alguma capacidade de remorso, de arrependimento ainda restasse a você e iluminasse um dia do seu passado que devia ser inesquecível. Foi aqui mesmo, neste prédio, lembra-se?...

Como Facundo nada dissesse, simplesmente ouvindo, se esforçando por manter, na aparência, um ar de total calma, quase impassibilidade, o delegado prosseguiu:

— Foi aqui mesmo, neste prédio, numa das celas do porão, que você fez de Dona Carmela a *mater dolorosa* de que acabei de falar, matando o filho dela, está lembrado?

A mulher, sentada, comprimiu o véu contra a boca, como quem sufoca um soluço, ou impede que o pranto se desate, e Facundo, embora o coração tivesse começado a lhe bater forte, respondeu calmo ao delegado, sem olhar a mulher, ou, muito menos, o homem embuçado na sombra da secretária:

— Não vou esquecer nunca, nem que viva um século, os dias que passei na cela com o cadáver do amigo enforcado. Mas ninguém se arrepende de um crime que não cometeu. Meu amigo já estava enforcado, pendente da janela, quando eu cheguei à cela.

O delegado, se levantando, brusco, pretendeu interromper Facundo, que, no entanto, bateu imperioso com o pé.

— Estou falando — disse Facundo —, estou lhe respondendo e estou principalmente dizendo a esta mulher que não matei o filho de ninguém. Não sei se ela é de fato a mãe de meu amigo, ou se é alguma atriz contratada pela Chefatura de Polícia, mas, por via das dúvidas, ela deve ser informada de que não matei meu companheiro de cela.

— Mas Herbert Baker você matou, não é verdade? — disse o delegado.

— E agora você se desmascarou, não é verdade, delegado? Seu objetivo final não sei, exatamente, qual seja, mas o objetivo imediato é me dobrar pelo cansaço, pela irritação, pela criação de situações absurdas, idiotas.

— Meu objetivo, nosso objetivo supremo, no Paraguai, é a justiça, é não permitir que crimes permaneçam impunes, e você, Facundo Rodríguez, tem dois crimes de morte na sua conta.

A mulher, agora chorando baixo, tinha se levantado, e o delegado, com uma breve curvatura e um gesto de mão deu a entender que ela podia se retirar, o que foi feito com um frufru de saias e véus.

— Sai de cena Dona Carmela — disse Facundo.

— Sai de cena, como você diz cinicamente, mas não há de sair da sua vida — disse o delegado. — Ela dará entrevistas aos jornais, Facundo Rodríguez, será fotografada com esses mesmos panos de luto a que foi condenada por você. Da mesma forma não sairá da sua vida John Cole, como você imaginou ontem, graças à sua arrogância, que pudesse vir a acontecer, porque, em relação a esse seu segundo crime, quem acusa você, tal como John Cole acusa, é ninguém menos que seu amigo e seu cúmplice em terrorismo Miguel Busch. Ele diz, para quem quiser ouvir, que se houvesse juízes na Inglaterra você estaria agora nas grades, cumprindo pena de prisão perpétua, ou talvez já tivesse sido enforcado, assim como você enforcou o filho de Dona Carmela. E o Busch deve saber de que está falando, ele que se diz amigo seu e que lhe deve o favor de ter sua cumplicidade na conspiração que pretende restituir à Bolívia o Chaco que conquistamos com o sangue de nossos heróis.

— É mentira! — exclamou Facundo, veemente mas com uma cólera sábia, fria, sentindo o perigo de se exaltar, vigiando o fundo da sala. — O que desejamos, o boliviano Miguel Busch e eu, é acabar com a tirania em nossos dois países. E não agimos na sombra, isso eu lhe garanto, delegado.

Da mesa às escuras estalou então feito um chicote uma voz cheia de ódio, que Facundo de pronto reconheceu:

— Seus crimes de assassinato talvez pudessem, por muita compaixão nossa, e até por desprezo pelo que você é, ser perdoados. Mas é inútil, ouça bem, é inútil você querer alterar, disfarçar o crime maior de sua vida: você incorreu na ofensa inafiançável de se vender ao inimigo, de conspirar com um agente do governo boliviano, e isto foi, é e será, pelos séculos afora, o maior crime, no Paraguai de López, o crime de lesa-pátria.

Facundo mirou fixo, embora ainda não lhe visse a cara, Emiliano Rivarola emboscado na sombra, e foi uma mirada de alívio: reencontrava o velho ódio, vivo, feroz, em lugar de aturar a teatralidade bisonha do delegado.

— Sim — disse Facundo —, o crime de lesa-pátria, que é o seu, aliás hereditário, senhor escondido na sombra, o crime que herdou de Cirilo António. Ainda bem que o "embaixador" voltou à sua profissão de tira.

Facundo deu então dois passos em direção à secretária e o homem que lá se sentava fez vibrar uma campainha, ao som da qual se abriu no lambri uma insuspeitada porta, dando passagem a dois guardas, que começaram a se aproximar de Facundo, que prosseguiu:

— Continuamos submissos e dóceis aos brasileiros, como no tempo em que os brasileiros ocupavam Assunção e dançavam, no palácio de Rivarola, com as putas da melhor sociedade pátria.

— Cale-se! — berrou o delegado, enquanto os guardas se aproximavam mais.

— Não temos sequer a coragem de pedir aos brasileiros, como uma esmola, que parem de exibir o roupão que roubaram de dentro do quarto de dormir de López, sob as vistas do criado de quarto Rivarola. Você já foi ao Rio visitar esse roupão, Rivarola?

O homem sentado à secretária soltou um berro, um comando meio estrangulado na garganta, e os dois guardas avançaram sobre Facundo, o primeiro batendo-lhe violento com as mãos abertas nas orelhas enquanto o outro lhe imobilizava os braços pelas costas, e Facundo, um segundo antes de perder os sentidos, viu o quadro ao fundo, de López no cavalo branco, criar de súbito a vida cinematográfica da tela tríplice em que assistira, em Paris, o filme sobre Napoleão, só que aqui as três telas, animadas pelos três projetores, mostravam em simultaneidade, a saber, o tigre López ardendo feito um clarão no verdor da floresta; a matilha de soldados brasileiros, de lança em riste, rasgando o ventre da mata paraguaia; o roupão vermelho, com bordados dourados, estendido como um tapete no salão de baile onde já se dançava a polca da vitória.

Sozinha na sala de jantar de sua casa, olhando pela porta aberta o quintal, pequeno mas onde duas laranjeiras se cobriam no momento de alvos botões, Isobel, apesar do balanço comparativo que começara a fazer com afinco e esperança, chegava à conclusão de que jamais vira o futuro de Facundo, e portanto o seu próprio, tão borrascoso quanto agora. Claro que tinha levado em conta, e até exagerado, o tempo de angústias de Londres, mas se as ameaças de então eram grandes, e podiam, até, haver chegado ao irremediável, eram, em compensação, claras, não tinham, como as de agora, essa qualidade difusa, não geravam essa espécie de medo que a gente sente quando, entrando em casa à noite, percebe que há um desconhecido sentado no escuro à nossa espera. A presença de Facundo tinha sido — excluído o dia santo da chegada — tão, por assim dizer, relativa, tão alterada por sustos e interrupções, que Isobel não tinha tido tempo de, ao calor dele, expulsar o frio que começara a sentir naquela noite.

Depois da terceira visita à Chefatura de Polícia, Facundo não tinha mais voltado para casa, detido para investigações, como lá haviam informado a Isobel. Já durava quase um mês a detenção e Isobel só via Facundo, dia sim, dia não, por trás das grades, e conversava com ele, mas vigiados e escutados os dois por um guarda postado ao lado dela. Facundo tinha dito, quando se haviam avistado pela primeira vez, que estava detido por desacato, isto é, por ter feito perguntas consideradas insolentes acerca das relíquias paraguaias de guerra retidas no Rio de Janeiro. O guarda interviera, advertindo que era proibido ficar discutindo os motivos e os pormenores da detenção, e as visitas se transformavam aos poucos numa espécie de suplício, tão difícil era conversarem sobre futilidades diante do guarda bronco e desconfiado. Era como se estivessem debaixo do signo de um homem sentado na cadeira principal do próprio centro da existência deles em Assunção.

Quando soou, na saleta pegada, o telefone, Isobel se precipitou para o aparelho, que atendeu quando mal terminava o primeiro sinal, e, do outro lado da linha, a voz alegre de Rose Forbes lhe pareceu quase um insulto.

— Que foi, Isobel? Se assustando com o telefone?

— Rose, querida, eu me assusto com tudo. Telefone nem se fala.

— Mas há casos em que boas notícias são telefonadas.

Isobel não respondeu nada, dividida entre bater com o telefone, ou, simplesmente, começar a chorar no bocal.

— Desculpe, meu bem — disse Rose. — Brincadeira tem hora, eu sei. Mas acontece que minha notícia é boa! Só quero saber se posso passar aí com *Sir* Cedric, que acaba de chegar.

— Pode, claro! Venha depressa. Venha já.

Isobel desligou o telefone e deixou-se chorar um instante, não mais de irritação com Rose Forbes, mas de alívio, e quase de um certo reconhecimento por ter sido avisada de antemão, pois de outra forma, se defrontando com *Sir* Cedric sem estar prevenida, era capaz de se agarrar ao pescoço dele e chorar como chorava agora, e nem gostava de imaginar quanto ele ficaria constrangido, embaraçado, sem saber o que fazer com ela e com suas lágrimas de gratidão. Um segundo depois estava na pia do banheiro, banhando os olhos diante do espelho, ajeitando o cabelo, empoando o nariz, e, afinal, de volta à sala, bem preparada para a visita iminente, olhou lá fora, com menos desconsolo, as laranjeiras de Assunção, que ultimamente se limitavam a lhe dar saudade das de Puerto España.

Ao chegar a Assunção, *Sir* Cedric Marmaduke, depois das conversas que manteve com Isobel e com a Embaixada Britânica, tentou levar sua causa a instâncias superiores, se apresentando, formalmente, às altas autoridades judiciais do país, como advogado do jornalista paraguaio Facundo Rodríguez, e, sobretudo, como conselheiro jurídico que tinha sido do dito jornalista em Londres, por ocasião de um processo que se encerrara num júri de Coroner, em Edgware. Nesse processo, acrescentava *Sir* Cedric em seu arrazoado, conhecera pessoalmente a testemunha John Cole, jardineiro de profissão, de quem trazia notícias, já que Mr. Cole continuava jardinando, residindo em Elstree, e jamais viera à América do Sul, o que poderia fazer agora, caso fosse peça necessária ao esclarecimento da situação penal de Facundo Rodríguez. *Sir* Cedric tentou, mas a resposta que obteve foi a de que devia simplesmente se dirigir à Chefatura de Polícia, Avenida Mariscal López, pois lá, sem maiores delongas ou procedimentos legais enfadonhos, podia recolher informações em contato direto com Facundo Rodríguez. Ao chegar à Chefatura foi informado pelo delegado de que antes se avistaria com o chefe de Polícia, caminho natural para ir ter ao detento Facundo Rodríguez. Com um suspiro *Sir* Cedric seguiu o delegado, que lhe abriu, no fim da caminhada, as portas de uma sala grande, pomposa, de paredes revestidas de lambris escuros e assoalho coberto por um tapete verde-musgo. No fundo do aposento, sentado a uma secretária amplamente iluminada por uma lâmpada de mesa, o inevitável Emiliano Rivarola. *Sir* Cedric se deteve um segundo, chapéu contra o peito, na marcha em direção à secretária, como se estivesse surpreendido com o que via, mas logo prosseguiu, até chegar perto, com um sorriso e um cumprimento de cabeça.

— Embaixador! — exclamou *Sir* Cedric.

— No momento, chefe de Polícia, uma vez mais, Señor Cedric. Sente-se, por favor.

— Deixou o serviço diplomático, embaixador?

— Bem, como eu lhe disse em Londres, fui chefe de Polícia, antes de ser nomeado embaixador. Agora, cá estou de novo, pois no Paraguai o único serviço que todos temos é o da pátria. Dependendo das conveniências da pátria, servimos onde ou naquilo que seja necessário.

— Sim, estou lembrado de nossa conversa anterior. Eu não devia mesmo estranhar que a Polícia chamasse de volta seu bom filho. Mas há algum caso policial específico, digamos, a merecer sua atenção?

— N... Não — disse Rivarola —, não exatamente. Fique à vontade. Aceita um cigarro, ou um charuto? Não? Para responder a sua pergunta, os ventos da paz e da anistia me trouxeram, pelo menos por algum tempo, de volta a Assunção.

— Bons ventos, não, embaixador, se são de paz e de anistia?

— Claro, sem sombra de dúvida. Mas por melhores que sejam em seu efeito geral, por balsâmicos que possam ser de acordo com a direção em que soprem, ventos sempre derrubam, aqui ou ali, o que não devem. É bom ficar de olho neles.

— Perfeito. E agora, embaixador (me perdoe mas o título diplomático ficou para mim grudado ao seu nome), vou lhe falar em pessoa que lhe desagrada profundamente. Como deve saber, estou na sua presença, uma vez mais, como advogado de Facundo Rodríguez, ora detido aqui nesta Chefatura de Polícia, e minha intenção é, antes de mais nada, a de esclarecer no caso a posição de um certo John Cole.

A secretária que Emiliano Rivarola ocupava agora, reparou *Sir* Cedric, era maior que sua mesa de trabalho na Embaixada do Paraguai em Londres, e povoada de objetos diferentes, como o belo e pesado tinteiro de prata espanhola. No entanto, mal foi pronunciado o nome de Facundo Rodríguez, de dentro de um copo de couro, desses usados em jogo de dados, o embaixador retirou uma velha conhecida de *Sir* Cedric, a faca de papel de aço toledano, em forma de espada. Com o cabo da pequena espada entre os dedos da mão direita, começou a tamborilar com a lâmina sobre a polida superfície da mesa.

— John Cole sendo cidadão britânico, eu conseguirei, talvez, descobrir qual a razão do seu interesse. Quanto ao — infelizmente — paraguaio a quem o senhor se referiu, e que lhe interessou durante algum tempo em Londres, não vejo bem...

— Por favor, embaixador, o senhor sem dúvida percebe que só me interesso pelo pretenso John Cole que surgiu aqui em Assunção devido ao fato de estar ele incriminando meu cliente Facundo Rodríguez.

— Señor Cedric, vou lhe confessar, apesar de ser homem compreensivo, tolerante, que cada dia mais me irrito com o fato de que não só Dona Isobel Rodríguez como ingleses da Embaixada e da colônia britânica radicada em Assunção cismaram de dividir os John Coles do Reino Unido entre pretensos e postensos (ou lá o que seja o oposto de pretenso) ou, o que é mais fácil e prático, entre falsos e legítimos. Qual será a diferença entre um John Cole legítimo e os outros?

— Embaixador — disse *Sir* Cedric, paciente —, o John Cole que está aqui em Assunção e que é conhecido da Embaixada Britânica como homem de poucos méritos, de um modo geral, é um legítimo John Cole. Só que é contrabandista, reside há anos no Paraguai, e está se fazendo passar por um outro John Cole, que é jardineiro de profissão, que mora na Inglaterra e que nunca jamais sequer veio à América do Sul. Eu estive com esse outro John Cole, antes de viajar para cá, e...

— Ah, esteve? Curioso. É seu amigo, o jardineiro, ou alguém lhe encomendou a visita?

— Bem, me informaram, daqui, que meu cliente...

— Sei, informações daqui. Dona Isobel e esse mocinho da Scotland Yard, tal de Forbes.

— Embaixador, eu achei, indo visitar o John Cole que está na Inglaterra, que podia demonstrar, com provas documentais, que foi ele quem depôs no inquérito de Facundo Rodríguez, desmascarando, deste modo, o John Cole de Assunção, digamos assim. O John Cole da Inglaterra poderia até vir a Assunção, caso fosse muito necessário, porque ele não está bem de saúde, achando o médico clínico dele que...

Rivarola deixou um instante de brincar com sua espadinha de Toledo para levantar as mãos, como quem clama por misericórdia.

— Por favor, não vamos eliminar um John Cole só para provar que outro John Cole não é quem declara que é, mas, muito pelo contrário...

Sir Cedric se levantou, lento, de sua cadeira, chapéu na mão.

— Imaginei, embaixador, que os fatos referentes ao inquérito que exonerou Facundo Rodríguez da morte de Herbert Baker estavam sendo maldosa e primariamente alterados, aqui, sobretudo devido ao aparecimento do pretenso John Cole, e daí meu interesse — meu afã de servir a justiça, que é em essência a mesma, no Reino Unido, no Paraguai, ou em qualquer outro país do mundo — de atirar uma pá de cal sobre essa pobre comédia de erros dos Coles de Assunção e de Elstree. Mas começo a imaginar que talvez o assunto não deva ser tratado, só me restando pedir sua permissão para que eu ao menos possa estar com meu cliente, detido aqui nesta Chefatura.

— Sente-se, por favor. Sente-se ainda por um momento. Temos tempo.

Sir Cedric se sentou, obediente mas de má vontade, bem na beira da cadeira, enquanto o chefe de Polícia, soltando por um momento a faca de papel, tirou do bolso uma caneta-tinteiro, como se fosse escrever, ou desenhar alguma coisa. Logo em seguida se arrependeu, deixou a caneta em cima da mesa e puxou para si o copo de couro, onde havia enfiado a faca.

— Tempo é o que mais temos no Paraguai, e é o que nunca ninguém parece ter na Inglaterra. Os ingleses vão se dar mal na eternidade. Nosso tempo paraguaio é tão vasto e lento que só há pouco tempo chegamos à apuração definitiva e incontestável do *primeiro* crime de morte cometido por Facundo Rodríguez: o puro, simples, frio assassinato de um seu companheiro de cela.

— Facundo Rodríguez já estava, nesse tempo, detido?

— Não me interrompa por um momento, Señor Cedric. Em Londres, quando nos encontramos, eu me referi — lembra-se? — a esse caso. Agora temos tudo provado e eu com prazer, em atenção à sua cultura jurídica e seu interesse — sentimental? — por Facundo Rodríguez, gostaria de marcar entrevistas suas com testemunhas, e até com a mãe do pobre jovem assassinado, estrangulado, diga-se de passagem, como o inglês, o Baker. Não? Não lhe interessa esse primeiro homicídio do seu cliente? Poderia, acho eu, lançar luz sobre o outro. Não? Bom, o que importa acentuar é que, apurado na sua longa *premeditação*, no seu revoltante planejamento o crime número um, vamos agora nos preparando para deveras dissecar, aprofundar o caso de Aldenham House, conduzido na Inglaterra com uma rapidez, uma precipitação quase indecente, a qual, a mim, a nós, paraguaios, nos deixa... chocados! Tempo pode ser dinheiro, Señor Cedric, mas tanto assim? Temos aqui processos...

— Que rolam há dezenas de anos, enquanto os suspeitos continuam presos, eu sei, estou a par, embaixador. Mas, como inglês, insisto em lhe pedir licença para me retirar. Compromissos. Hora marcada.

O chefe de Polícia fez girar, lenta, a ponta da faca de papel no fundo do copo de couro, levantou no ar o copo perfurado, e em seguida empurrou para longe de si, sobre a mesa, o copo e a espada.

— Muito bem, Señor Cedric, vá aos seus compromissos. Eu darei ordem para que possa, amanhã ou depois, visitar seu cliente, mas fique sabendo que Facundo Rodríguez encontrará, no Paraguai, a justiça que merece, lenta mas escrupulosíssima. Aos ingleses, repito, vai pesar muito a vida eterna. Se chegarem lá, é claro. Até mais ver, Señor Cedric.

Sir Cedric Marmaduke aguardou durante três dias a comunicação da Chefatura de Polícia, de que podia visitar seu cliente, e, como era hóspede do casal Forbes, esses dias de espera foram, Isobel estivesse ou não presente, uma só conversa acerca de Facundo Rodríguez, como, disse a si mesmo *Sir* Cedric, os dias anteriores ao julgamento de Edgware. Os Forbes, no fundo, não viam nenhuma solução para a vida de Isobel enquanto Facundo teimasse em residir no Paraguai, e disseram isso com todas as letras a *Sir* Cedric, na ausência dela, só faltando acrescentar que também não viam solução definitiva se passassem a residir *fora* do Paraguai. Mas *Sir* Cedric, desde os tempos de Londres, quando constatara a capacidade que tinha a existência de Facundo de absorver outras existências, e sobretudo, é claro, a de Isobel, fizera voto de silêncio a respeito. Bateu gravemente com a cabeça quando seus anfitriões abordaram a fundo o assunto do dilema que era a vida de Isobel, prestou profunda atenção às alternativas possíveis, deixando que seus próprios interlocutores constatassem que eram impasses e becos sem saída, e depois se manifestou, como quem diz a última palavra num debate do qual não participou:

— O importante, de qualquer forma, é conseguirmos a liberdade dele. E isso é provável que a gente consiga. Aqui, pelo menos, ele nos ajuda, ao contrário do que fazia na Inglaterra.

— É — suspirou Rose —, o homem tem dado trabalho.

E Arthur Forbes, pensativo:

— A sorte dele, em última análise, é que todo o mundo quer que a sorte de Isobel seja melhor, não é assim, *Sir* Cedric?

— Bem — disse *Sir* Cedric, se movendo um pouco na cadeira —, na Inglaterra eu diria que o socorro a ele era fruto quase exclusivo da... simpatia dela, digamos. Mas aqui no Paraguai ele merece ajuda, que diabo. Há a justiça, o direito do homem às suas opiniões e essas coisas todas.

— Sim, de acordo — disse Arthur, sério —, aqui não é só Isobel. Existem abstrações em jogo.

— É por aí, como direção geral me pareceria que é isso — disse *Sir* Cedric, sentindo areias movediças sob os pés. — Abstrações, as nossas, mitos mais bárbaros, do outro lado. Veja como é estranha essa história da indumentária do Señor Rodríguez, por ocasião de uma visita de Isobel. Trata-se de uma ideia... sinistra, se quiserem, e inexplicável.

— Tem razão — disse Rose Forbes —, uma maldade estranha.

Isobel tinha voltado transtornada de uma recente visita a Facundo, que lhe aparecera com uma espécie de capote extravagante, feito uma bata, uma cabaia de mandarim, sem dúvida uma brincadeira de mau gosto dos carcereiros, para punir o "desacato" de Facundo de falar nos pertences de López que continuavam, desde 1870, em mãos brasileiras.

— Devem ter vestido Facundo especialmente para a visita de Isobel — disse Arthur, balançando a cabeça. — Ridicularizar o preso diante da esposa.

Não era bem assim, não era só para humilhar Isobel, ou Facundo aos olhos dela, pensou *Sir* Cedric quando finalmente teve acesso, na prisão da Chefatura, a Facundo, que apareceu envergando, por cima da camisa, a mesma peça de roupa, de difícil descrição, como se alguém tivesse resolvido recortar, do pano de uma cortina vermelha com ramagens douradas, um capote carnavalesco. Ainda bem, pensou *Sir* Cedric, que ouvira previamente a história desse roupão, pois do contrário teria tido a impressão de estar visitando alguém num hospício de alienados. Aliás, mais do que tudo, trajando aquele roupão Facundo lhe trazia à lembrança as *imágenes vestidas* de santos que tinha visto em igrejas espanholas — estátuas em tamanho natural vestidas dos pés à cabeça — mas nem tocou no assunto porque as ditas imagens lhe haviam causado grande repugnância. Fosse como fosse, Facundo, na medida do possível, havia aliviado prontamente a tensão de se apresentar trajado daquela maneira.

— Na cela faz frio, *Sir* Cedric, e um capote ajuda.

— Boa atitude a sua, Señor Rodríguez. Afinal de contas, já vi *smoking jackets* piores. Mas é inacreditável que alguém tenha tido a ideia de… de…

— Gente dada a essas fantasias. Bastou eu falar num outro roupão, levado embora daqui quase cem anos atrás, que…

— Sei, Mariscal López.

— Esse mesmo, o da avenida aí fora.

— De qualquer forma vou falar, sem perda de tempo, com o embaixador, quer dizer, o chefe de Polícia.

— Sim, fale, pode ser que seja útil. E olhe, eu lhe fico muito grato por ter vindo até Assunção. Sei da sua boa vontade, e do empenho que tem em ajudar sua ex-aluna, mas a verdade é que Assunção é bem mais fora de mão do que Edgware.

— Um prazer, uma honra. Vou falar com o embaixador, o chefe de Polícia, perdão.

— Faça isso, mas, por falar em sua ex-aluna, minha Isobel, quero um favor seu: não diga a ela que me encontrou... com essa fantasia. Ela imaginou, quando me viu vestido assim — e eu reforcei a impressão dela —, que se tratava do capricho de um dia só.

Ao encerrar sua entrevista com Facundo, *Sir* Cedric, sem sair da Chefatura, foi para a antecâmara do gabinete de Emiliano Rivarola, disposto a aguardar o tempo que fosse necessário para dali não sair sem fazer um protesto formal. E, para surpresa sua, foi prontamente recebido por um Rivarola amável e sorridente, que, ao ouvir as desculpas de *Sir* Cedric, por não haver solicitado previamente o encontro, respondeu:

— Só exigimos, no Paraguai, um estrito respeito ao protocolo quando queremos manter a distância os que nos aborrecem.

— Mas eu temo, embaixador, que minha visita de hoje só vá lhe dar, exatamente, aborrecimento. É indigna a forma por que está sendo tratado meu cliente, Facundo Rodríguez.

Emiliano Rivarola afastou, deliberado, do alcance de sua mão a faca de Toledo no copo de dados, e, sem dúvida para cancelar de todo a tentação, recostou-se na cadeira e cruzou as mãos sobre o ventre.

— É deveras aborrecido — disse — que um homem dos seus méritos viva com esse nome na boca. Me dá sempre vontade de cuspir. Quanto à sua queixa propriamente dita, o prisioneiro terá mentido se lhe disse que sofre maus-tratos em sua cela.

— Pelo menos indignidades, humilhações, está sofrendo quem se apresenta aos visitantes como... como o ator de alguma farsa lúgubre. Aquele roupão, embaixador, é...

— Ah, chegamos então ao roupão. Mas eu lhe conto a história. Esse senhor seu amigo desejava um roupão ilustre que...

— Eu conheço a história. Mariscal López.

— ...que permanece até hoje como um troféu nas mãos dos brasileiros. Muito bem, num ponto concordo com o prisioneiro, e é quando ele diz que os brasileiros são canalhas e canalhas mesquinhos. Querer, porém, que entremos de novo em guerra com o Brasil por causa dum roupão!...

— Então, obriga-se um prisioneiro indefeso a aparecer como um saltimbanco...

— Ora — interrompeu Rivarola —, uma brincadeira! Facundo Rodríguez precisa se educar, se civilizar um pouco para não passar a vida afogando pessoas num lago por causa de um *joke* qualquer.

— ...como um saltimbanco até mesmo diante de sua esposa.

— Ah, sim, Dona Isobel, esse raio de sol na masmorra de uma vida escura, culpada.

— Por quê, embaixador, por quê?

— Por que raio de sol? Mas...

— Por que — repetiu *Sir* Cedric, enrubescendo de cólera e desconforto —, humilhar um homem que está em suas mãos, preso, indefeso? Eu vejo os jornais de Assunção cheios de promessas de anistia para os exilados, de soltura dos presos políticos, de nova era democrática no país, enquanto, nas prisões, ocorrem atentados à dignidade humana como esse, e sabe-se lá que outras torturas.

Emiliano Rivarola, ao contrário do seu costume, ouviu *Sir* Cedric com tamanha calma e compostura, mãos espalmadas na barriga, que o silêncio que se seguiu foi, se alguma coisa, um tanto desfavorável ao visitante.

— Não me parece correto que, a pretexto de fazer uma reclamação, digamos assim, ligeira, quase de moda e alfaiataria, acerca do seu cliente, o senhor acabe por atacar o governo desta república. Quais são, exatamente, suas intenções, seus planos?

Sir Cedric sentiu que, nos termos de uma antiga prática de boxe na sua universidade, tinha sido empurrado a um canto do ringue, e que agora só lhe cabia continuar como pudesse no ataque para não resvalar por entre as cordas.

— Eu sei que não há muito que eu possa fazer aqui, onde as regras de luta não têm tempo de envelhecer no papel. No entanto, mesmo me retirando, mesmo tendo que regressar ao meu país sem libertar meu cliente, posso, lá, escrever aos jornais, inclusive lembrando que mesmo as conclusões de um Coroner inglês são tidas aqui...

— Ah, só nos faltava esta! Que elegante, que recurso tão britânico: uma carta a *The Times*, assinada por um jurista ilustre, que ostenta título antes do primeiro nome e que arrasta depois do sobrenome toda uma cauda de letras douradas. O *Times* vai imaginar, estampando sua missiva, que voltaram os bons tempos da tirania de Britânia sobre a América Latina.

— O embaixador — disse *Sir* Cedric — e os altos representantes da justiça no país nem sequer se dignaram olhar os documentos que eu trouxe, acerca do John Cole que aqui reside, ex-bancário mas também ex-presidiário, que cumpriu pena de roubo com violência em 1937.

— Ouvi falar, quando embaixador em sua terra, na Guerra das Rosas, mas é novidade a Guerra dos Coles, sem dúvida, e…

— E esse outro Cole, que aqui reside, para fazer o que faz em relação ao meu cliente, só pode estar a soldo dos que querem a todo custo desmoralizar as posições políticas do meu cliente e talvez até…

Emiliano Rivarola se inclinou um pouco para a frente, com ar de quem está sumamente interessado no final de um caso que ouve.

— Que poderá acontecer a este *nosso* Cole, se posso falar assim?

— Poderá ter, inicialmente, seu passaporte cassado, além de…

— Misericórdia! Ele perderá, o pobre Cole, a nacionalidade britânica? Com isto será decerto levado ao suicídio. O verdadeiro Cole, segundo informações suas, está morre não morre na Inglaterra. Se o outro, aqui, morre também, quer dizer, se suicida, teremos… Ora, isto me faz pensar até no seu cliente, cujo nome não gosto de pronunciar, mas que — mesmo o demônio tem lá seus momentos iluminados — criou aquela curiosa teoria dos ingleses com seu sonho de um cadáver no tapete da sala de estar, ou no banheiro, na piscina. Só que ele, seu cliente, acabou providenciando, com as próprias mãos, um cadáver. Aliás, cadáver britânico, para não se afastar muito do modelo.

Sir Cedric Marmaduke se levantou, digno, empunhando o chapéu.

— Bem, embaixador, aqui me despeço do senhor, provavelmente do seu país também, e, uma vez mais, ainda que apenas pró-forma, reclamo a liberdade de meu cliente.

O embaixador e chefe de Polícia Rivarola também se levantou:

— Perdoe, Señor Cedric. Eu não precisava ter retido o caro amigo aqui tanto tempo, mas a verdade é que não resisti a uma prosa tão agradável, tão fecunda, às vezes grave e, ao mesmo tempo, singular como certas cartas ao *Times*. Eu poderia ter lhe dito, logo de início, que Facundo Rodríguez já está em liberdade. Sua visita foi exatamente a última que ele recebeu.

— Como assim, embaixador? Não entendo.

— E não empalideça, Señor Cedric, não dê asas à imaginação, pensando em mortos no tapete. Eu disse última visita porque pouco depois de sua saída, ou de sua subida ao meu gabinete, seu cliente de fato foi posto em liberdade.

— Bem — balbuciou *Sir* Cedric —, essa notícia...

— Pois é como o senhor está ouvindo. Encerramos, em caráter definitivo, as investigações. Isso não significa que processos não continuem sendo estudados, pois, repito, nós paraguaios detestamos a pressa, as improvisações, mas no momento achamos que seu cliente merece crédito no que diz e portanto merece a liberdade de ir e vir.

— Não sei — disse *Sir* Cedric — como lhe agradecer.

— Vá tranquilo, Señor Cedric, seu cliente é um homem livre. Mas como tudo na vida tem um lado de luz e outro de sombra, hoje, agora, quando voltar à casa do seu cliente, não mais encontrará sozinha, como tem sido o caso, Dona Isobel.

Houve, na noite desse dia, duas festas particulares em Assunção, uma modesta, mas mesmo assim farta e bem regada a vinho argentino, na chácara de John Cole, e outra sóbria e elegante, mas talvez ainda mais cheia de alegria, na casa de Rose e Arthur Forbes, que recebiam Isobel e Facundo Rodríguez, mais *Sir* Cedric Marmaduke, de partida, este último, para a Inglaterra.

— Nunca vi — disse Nena a John Cole — você assim tão lampeiro em sua vida. Espero que tenha certeza de tudo que está falando, de tudo que está contando lucrar com essa confusão em que está metido.

— Estou contando, não. Já lucrei um bom dinheiro, Nena, e com ele hei de comprar nossa primeira fazendola, a de Hernandarias. E tem mais dinheiro a caminho.

— Dinheiro da Polícia, Juan? Dinheiro que você ganha sem trabalhar? Só saindo a passeio com os tiras? Dando umas voltas por aí?

— Alto lá! Sem trabalhar mas correndo riscos, metendo meu bom nome numa jogada aí da Polícia, meu bom nome inglês, veja bem, numa jogada de paraguaios. Não, não foi sem trabalho não. Só que agora eles resolveram soltar o tal bandido paraguaio casado com uma patrícia minha, e por enquanto não precisam mais de mim.

— Soltaram o paraguaio por quê? Eles disseram a você?

— Nena querida, passe o vinho aí e fique menos curiosa. A Polícia não tinha e não tem que me dar explicações, ora essa. O que eu sei é que andou por aí um advogado inglês, ou, aqui entre nós, algum elemento da Scotland Yard, e deve ter apertado a Polícia daqui, por causa da inglesinha metida nesse angu.

— E você acha que quando os ingleses resolvem alguma coisa todo o mundo só tem é que dizer amém? Juan, eu nunca vou descobrir por que você saiu da Inglaterra.

— Entre outras coisas, para recolher, no boteco, daqui a uns dias, mais um dinheirão que lá eu não ia ganhar nunca. E para descobrir você, Nena, paixão da minha vida.

Nena engoliu, com um generoso gole de vinho, o cumprimento final, raro, bem-vindo, mas ainda aprofundou, temerosa, a primeira parte da frase:

— Por que essa história de "daqui a uns dias" e de marcar encontro num boteco de beira-rio para cobrar o dinheiro? Não gosto disso não.

— Veja se entende, pois não quero mais falar no assunto, que está ficando chato. A Polícia me paga de uma verba secreta, está na cara, e como é muito dinheiro, pois eles me pagam bem para eu não dar com a língua nos dentes, e dinheiro vivo, sem recibo, naturalmente, o tira que tem vindo aqui em casa prefere me encontrar em terreno neutro.

— Queira Deus que dê tudo certo e que a gente saia logo de Assunção.

— Assim será. E passe a garrafa aí que ainda temos duas à espera.

Quanto ao outro jantar, quem melhor resumiu a impressão que ele deixou foi o próprio anfitrião, conversando com sua mulher Rose depois que Isobel e Facundo tinham ido para casa e *Sir* Cedric se recolhera ao seu quarto, já se aprontando para partir de volta à Inglaterra, no dia seguinte.

— Parecia — disse Arthur Forbes — um concerto de música de câmara. Noite perfeita.

Sentada num sofá, taça na mão, Rose bocejou, menos de sono que de uma gostosa moleza e satisfação com as coisas em geral.

— Tudo indica — disse Rose — que Facundo Rodríguez aprendeu sua lição. Não é que ninguém deseje que ele passe o resto da vida acoelhado num canto, ou se conforme com o exílio eterno. Mas é claro que este país ainda não tem o seu habite-se, não dá para *morar* nele!

— De acordo — disse Arthur —, e Facundo precisa cuidar da mulher que tem.

Rose meteu um pouco a mão pelos cabelos dourados, sentindo a cabeça, também por dentro, toda dourada de champanha, e observou, reprimindo um risinho meio maldoso:

— Senão outros cuidam, não é, bem?

— Pobre *Sir* Cedric! Não vejo que tenha muita chance.

— Bem, quando ele disse, todo terno, que Isobel era chamada de quarta Brontë e não sei mais o quê, quando estudava não sei que ramo de Direito com ele na London School of Economics, fiquei pensando que nosso Facundo, ele sim, é que, como amante, deve ser um verdadeiro Heathcliff, com aqueles ombrões, aqueles olhos implacáveis... Ai, palavra, nunca pensei, até estar com ele assim de perto, que ele fosse tão... simpático, que simpático, empático, sei lá, absorvendo, aspirando a gente. É quase de se pedir a Isobel o marido emprestado por uns dias, um fim de semana.

— Rose! — riu Arthur. — Comporte-se.

— É que eu nem cheguei a terminar minha frase, amor, toda enrolada que fiquei rememorando Facundo Rodríguez. O que eu queria dizer é que ele, como amante, deve ser uma experiência quase fatal, um sísmico abalo de vertiginosa escala Richter. No entanto, como ninguém pode passar a vida num penedo, exposta a ventos uivantes, há algo de terno e tranquilizador em imaginar noites calmas, ao pé da lareira, na companhia de alguém, tipo *Sir* Cedric, cutucando, de vez em quando, as brasas com o atiçador e verificando se o vinho perto do fogo está bem *chambré*. Arthur, acabo de ter uma ideia excelente.

— Sobre *Sir* Cedric? Facundo Rodríguez?

— Não. A ideia de tomarmos um *brandy*.

— Nós vamos é dormir que você está bem de porre.

— Então vamos. Não precisa me insultar. Mas você promete que hoje, depois dessa música de câmara que foi o jantar, você...

O fato é que, depois do jantar, que acabara devagarinho, enquanto se esvaziava aos poucos o magnum de champanha, aberto para a sobremesa e para os brindes à libertação de Facundo e à partida de seu advogado, Facundo pareceu, tanto a Isobel quanto a *Sir* Cedric, que já conhecia bastante bem o cliente, feliz, sem dúvida, por estar em liberdade e na companhia de Isobel, mas também melancólico, numa espécie de quietude cortês que não tinha muito a ver com ele. Sua volta, é claro, tinha sido uma precipitação, e resultara num malogro, o que só podia prorrogar mais ainda, ao longo de uma perspectiva quase sem fim, o próximo retorno. Uma ou duas vezes Isobel julgou notar nos olhos dele uma chispa de revolta, muito sua conhecida e ligada a anteriores decisões dele de cair na clandestinidade, na luta subterrânea. Mas durante todo o jantar ele tinha conseguido, talvez pela primeira vez na vida, pensou Isobel espantada, quase alarmada, manter com os Forbes até essa rala, miúda conversa que passa nas festas por troca de ideias. Tanto assim que, lá pelas tantas — e ao confirmar, meio agastada, que Rose não parecia mais capaz de tirar os olhos dele —, Isobel disse:

— Olhe, *honey*, ninguém sabe melhor do que você a hora de deixarmos o Paraguai. Ou, é evidente, a decisão de *não* partir. No momento, o que a gente pode observar é que seus adversários mais ferozes, chefiados pelo eterno Rivarola, que corre atrás de você pelos continentes, feito um cão de caça, já deram o recado de que se dispõem a combater você com impostura, violência, deboche, o que for melhor no momento. Daqui em diante, acho eu, vão esperar durante um certo tempo que você defina o que pretende fazer, para agirem de novo, ou não. Portanto, e até do ponto de vista deles, quem toma a decisão é você.

Sir Cedric nada disse, mas os Forbes, era fora de dúvida, receberam as palavras de Isobel como quem pusesse em questão sua sensatez, Arthur às claras, abrindo as mãos num gesto de quem lamenta mas não concorda, e Rose meneando leve e negativamente a cabeça, como quem talvez discorde, mas sobretudo com os olhos postos nos olhos de Facundo.

— A parte da análise — disse Arthur — acho correta, isto é, houve uma nítida, brutal demonstração de força do lado deles, que de repente, e graças principalmente à atuação de *Sir* Cedric, cessou. Mas não vejo que agora estejam dispostos a aguardar que Facundo se organize, se defina, pese prós e contras. Por outras palavras, acho temerário que Facundo não abandone este país no curso dos próximos dias, de uma semana, ao mais tardar.

— Correto — disse de pronto Facundo —, infelizmente assim é. Mas quem parte antes de mim é *Sir* Cedric, e vamos uma vez mais beber à saúde dele.

E, cometendo sua única e exclusiva gafe da noite inteira, disse, erguendo a taça:

— Viva *Sir* Cedric, o bom inglês.

Quatro dias depois da despedida de *Sir* Cedric, de manhã cedo, quando ouviu o jornaleiro de todos os dias enfiar o jornal por baixo da porta, Isobel se levantou, e, antes de ir à saleta, tratou de abrir a porta de trás, que dava para o quintal, pois precisava de luz para não tropeçar nas malas já arrumadas para a partida deles. Não retornavam, no novo êxodo, à Bolívia. Iriam, isto sim, para o Chile, como hóspedes de Elvira O'Callaghan, que mandara, para La Paz, insistentes convites para que passassem um tempo em sua casa de Santiago. Isobel colocou o jornal sobre a mesa, viu que Facundo continuava dormindo, ou pelo menos quieto na cama, e foi para a cozinha ferver água para o café, mas voltou logo à sala, onde o telefone tocava. Era Rose Forbes, voz rouca, conturbada:

— Isobel, você já viu o jornal?

— Não, um instante.

Sem largar o receptor, Isobel abriu sobre a mesa ao pé o jornal, leu os títulos, olhou duas fotos, e falou de volta:

— Já vi, Rose. Vou ler. Vou desligar.

— Estou indo para sua casa. Vou pegar vocês.

— Sim, está bem.

Isobel pôs no gancho o telefone, que, de costume, usava com desconfiança, pois devia estar grampeado o tempo todo, mas que, depois de ver a primeira página do jornal, lhe infundia pavor, e disse a si mesma que precisava acordar Facundo, sem perda de tempo, pois Rose sem dúvida tinha querido dizer que vinha no carro dela, com chapa do corpo diplomático, para levar Facundo para a sede da Embaixada, já que a matéria que ocupava a primeira página do jornal era o assassinato, numa bodega da beira do rio, de um cidadão inglês, de nome John Cole, estrangulado, e cujo cadáver, como mostrava a foto, tinha sido encontrado meio dentro d'água, ou, mais exatamente, pés na barranca do rio, ombros e cabeça boiando n'água. O espaço dado à foto era enorme mas o texto da notícia, impresso em negrito graúdo, era sucinto, pois "a Polícia não deve prejudicar investigações que estão sendo feitas em caráter de grande urgência e no maior sigilo, só podendo adiantar que o morto, o dito John Cole, seria homem de antigo passado criminoso, caso seja ele de fato o John Cole que em seu país de origem, a Inglaterra, cumpriu no ano de 1937 pena de prisão por crime de assalto com violência, como informou à nossa Polícia o ilustre causídico inglês *Sir* Cedric Marmaduke, K.C. Mas ainda que seja outro esse John Cole que acaba de ser assassinado em Assunção, o fato é que estava sendo vigiado pela Polícia, suspeito de graves delitos de contrabando, e de, a troco de dinheiro, se colocar a serviço de complôs terroristas de esquerda, em conluio com ex-exilados que o Paraguai tem generosamente anistiado e acolhido de volta ao seu seio".

Isobel chegou ao quarto na esperança de que o tocar do telefone, e suas palavras a Rose, houvessem despertado Facundo, e de que ela, portanto, não precisasse agora lhe dizer que acordasse logo, que saltasse da cama para se vestir e fugir porque a Polícia noticiava o assassinato de John Cole e amanhã, ou hoje mesmo, pelo rádio, e o jornal da tarde, estaria provavelmente dando o nome de Facundo Rodríguez como, no jargão respectivo, o do indigitado homicida. Se sentindo um pouco como a mãe cujo filho já foi desenganado pelo médico mas que, mesmo assim, precisa cumprir o dever absurdo de lhe interromper o sono para dar, na hora certa, a colher do remédio inútil, Isobel se curvou para o travesseiro. Felizmente, antes que pudesse falar, ouviu de Facundo:

— Estou acordado, bem. Quem era? O telefone?

Isobel aproveitou e, cerrando um pouco os olhos, mas firme de voz como estaria de mão caso estivesse segurando a colher, ministrou de uma vez só o remédio todo:

— Foi a Rose, *honey*. Vem nos buscar para nos levar para a Embaixada. John Cole foi assassinado num botequim da beira do rio. Levante que vamos ter que sair.

— Assassinado? — disse Facundo, sentando na cama.

— Sim, pés na margem, cabeça dentro d'água. Veja a foto no jornal.

Facundo saltou da cama num salto, pegou o jornal.

— Meu Deus — murmurou —, só pode ter sido...

— Sim, só pode. Mas depressa, *honey*, que a Rose deve estar chegando.

Enquanto Facundo, silencioso, se vestia, Isobel pegou uma das malas, a mais portátil e que continha, misturadas, roupas dos dois, e foi saindo do quarto para a saleta. Sentiu, atravessando a sala de jantar, uma leve tonteira ao avistar — de repente maior, mais vazia, braços mais abertos, estupefata — a cadeira do canto, em que encontrara sentado, aquela noite, John Cole. Mas se refez rápida, prosseguiu no seu caminho, mala na mão, e, pela veneziana da porta da frente, olhou a rua, constatando que, pelo menos na área fronteira, que podia abranger com os olhos, não havia ninguém. Ali ficou, imóvel, feliz de poder suspender por um momento sua faculdade de pensar, de tomar decisões, concentrada exclusivamente em assinalar o aparecimento do carro azul de Rose Forbes. Quando o carro estacionou algumas portas adiante — como se Rose, caso houvesse algum policiamento oculto, se reservasse a desculpa esfarrapada de dizer que seu destino não era a casa dos Rodríguez — Isobel abriu a porta, foi saindo, seguida de Facundo com a mala, e, mal entraram no carro, ela ao lado de Rose, Facundo no banco de trás, a pálida Rose, que tinha mantido o motor ligado, o carro engrenado, a embreagem comprimida, começou a rodar, enquanto suspirava:

— Louvado seja Deus. Acho que ainda não estão caçando vocês não.

— Em breve estarão — disse Facundo.

— Sim, mas na opinião de Arthur, que falou com o embaixador e que nos espera no jardim da Embaixada, se a casa de vocês não estivesse ainda guardada — ou invadida, sabe Deus — isto seria sinal de que as autoridades não se incomodam que você busque asilo. Querem é que você saia do país logo, Facundo.

Fez-se silêncio no automóvel, que percorreu umas poucas ruas até que foi bruscamente freado numa esquina por Rose, que acabava, assim como Facundo e Isobel, de descortinar o casarão da Embaixada, com seu amplo jardim gradeado, e com, à frente do imponente portão, um forte destacamento de soldados paraguaios armados de fuzis com baioneta calada. Rose ficou um instante imóvel, mãos descansando no volante, o motor pulsando. Temia que soldados fossem receber ordem de se aproximar do carro, sem dúvida perfeitamente visível na rua vazia da manhã, mas não parecia ser esse o caso, como se se tratasse apenas de estabelecer, sem qualquer dúvida possível, que a Embaixada Britânica ficava vedada, estanque, no centro de Assunção do Paraguai. Rose deu uma lenta marcha à ré, e, na primeira esquina, tomou o rumo de sua casa.

— Se ela estiver também cercada, como é provável que esteja — disse Facundo —, não se preocupe. Eu me entrego à Polícia.

— Eu entro na garagem, garanto — disse Rose. — Eles não vão deter e… invadir um carro de diplomata.

— Você está sendo brava e amável, mas — acrescentou Facundo, quase ríspido — não existe automóvel extraterritorial.

A casa, porém, para certo espanto dos três, estava livre e desimpedida, e, com a aproximação do automóvel, um criado veio abrir o portão, aguardou que passasse o veículo, fechou o portão. Quando desceu do carro Rose parou um instante, riu um riso meio nervoso meio prazeroso, de puro alívio, e, postada entre Isobel e Facundo, dando o braço aos dois, falou:

— Nossa! Que aventura! Agora vamos entrar e tomar um reforçado e merecido *breakfast*. Daqui a pouco Arthur estará conosco. Ele deve ter avistado, do pórtico da Embaixada e por entre as baionetas, o automóvel, e vai chegar aí cheio de novidades.

Entraram os três, foram para a sala, e, enquanto Rose Forbes, alegre, vital, tomava o caminho da copa para encomendar o café, Facundo se deixou cair numa poltrona, cabeça contra o espaldar, braços estendidos, olhos cerrados. Isobel se sentou ao lado, deu um leve beijo em sua testa, tomou uma das mãos dele nas suas. Facundo sorriu para ela, e, num fio de voz, murmurou, por assim dizer, uma interjeição:

— Que aventura!

E emendou, balançando a cabeça:

— Que humilhação!

Rose em pouco voltava — à frente de uma empregada que empurrava um carrinho com sucos de fruta, cereais, ovos e o café — loura e rosada, animada e sem dúvida faminta, mas, ao ver Isobel tão abatida e Facundo recostado na poltrona, mirando, olhos fixos e apagados, o vácuo, disse a si mesma que, desta vez, dificilmente a reunião em sua casa seria perfeita como um concerto de música de câmara.

A chegada de Arthur Forbes, umas duas horas depois, nada fez para suspender a pesada atmosfera reinante na casa, sobretudo porque seu relato, excluída a parte (que aventura!) da chegada do pelotão do Exército, do corre-corre dos funcionários diplomáticos e dos serventes da Embaixada, deixava transparecer uma certa irritação do embaixador, seu — apesar de Arthur não chegar a dizer tanto — arrependimento de haver comprometido a representação de Sua Majestade num caso que parecia simples, de dar certa proteção e possivelmente asilar um cônjuge de súdita, mas que, de súbito, como se dele começassem a brotar, assanhados, mil rebentos e brotos de uma perversa vegetação tropical, gerava um defunto inglês e ameaças de complicação internacional. O embaixador havia imediatamente estabelecido contato com o Ministério do Exterior paraguaio, pedindo explicações para o pelotão que montava guarda ao prédio da representação de Sua Majestade, recebendo na hora, como se estivesse pronto desde a véspera, um ofício, assinado pelo ministro, alegando as ligações, "já quase provadas", do finado John Cole com o Sinn Fein e os fenianos irlandeses. Assim, e embora houvesse destacado guardas isolados para outras sedes de representação diplomática, reservara para a da Rainha um tratamento muito mais solícito e especial.

O pior, contudo, ou, para quaisquer esperanças de Facundo, o golpe de misericórdia veio no jornal governista, vespertino, que, agora, como se também tivesse tudo escrito e impresso desde o dia anterior, dava as mais amplas informações sobre a morte de John Cole e as ramificações que tal morte revelava entre esse cidadão inglês e o crime, em Londres, e as conspirações, em La Paz, de um cidadão paraguaio. Uma série de fotografias, no alto da página, em tiras superpostas, mostrava, debaixo do título de *Dois crimes e um único estilo*, uma série de fotos de Herbert Baker morto, ombros e cabeça mergulhados, corpo e pés presos à margem do lago de Aldenham House, e de John Cole, igualmente morto, em posição idêntica, no rio Paraguai. No pé da página havia fotos, duas, de Facundo e John Cole numa mesa de bar, servidos por um garçom. Quanto ao texto, lembrava, em linhas gerais, o caso de Aldenham House, "duro e vergonhoso para o Paraguai. O criminoso era um exilado paraguaio, que jamais deveria ter saído de nossas prisões, pois, como a Polícia suspeitava e ficou mais tarde comprovado, assassinara aqui um companheiro de cela", e concluía: "Há quem ache e proclame que o John Cole que testemunhou o crime de Facundo Rodríguez nos jardins de Aldenham House não é o mesmo John Cole que veio para Assunção e que teve, ontem, morte tão semelhante à de Herbert Baker. Pode até ser verdade, essa estranha proliferação de John Coles, e nossa Polícia, de novo sob o comando sereno de Emiliano Rivarola, que ostenta ainda a autoridade de ter sido embaixador de nossa pátria em Londres, está cuidando de apurar o que há de correto nas duas versões. Uma coisa, porém, não há quem possa contestar: esse homem, ora defunto, que se chamava, de fato, John Cole, e afirmava ser a testemunha do caso de Aldenham, se atravessou no caminho de Facundo Rodríguez. Aguardou seu regresso à pátria, depois de previamente haver invadido sua residência, onde ameaçou pessoalmente a senhora Rodríguez, e fez a ameaça direta de chantagem e de revelação da verdade sobre o que aconteceu em Aldenham House. Envidamos, neste momento, esforços para deter Facundo Rodríguez e saber dele quais foram, exatamente, os colóquios que manteve com o finado John Cole. Ele só não poderá é dizer que não houve nenhum encontro, ou contato pessoal entre os dois, pois nesta mesma página publicamos duas fortuitas fotografias feitas numa tasca de beira-rio, as quais, ampliadas por nós, mostram Rodríguez e Cole em noite de tratos e tragos, com o garçom, de costas, atendendo aos dois. Em suma, o inditoso John Cole desafiou, como fizera seu compatriota Herbert Baker, Facundo Rodríguez. Teve, por isso, o mesmo fim de Herbert Baker. No mesmo estilo, pois o estilo é o homem."

Epílogo

Em fins de 1946, Perseu de Souza foi, acompanhado de Maria da Penha, ao Cais do Porto, para levar a bordo dona Cordélia, sua mãe, que embarcava para a Inglaterra, e dias depois foi ao aeroporto, para levar Maria da Penha, que voava para o Chile. A mãe tinha embarcado depois de uma frenética troca de telegramas de última hora com Thames Ditton, para acertar detalhes e atender reiteradas recomendações de que não esquecesse livros e papéis referentes a tico-ticos, e Da Penha tomou seu avião uma semana depois, numa decisão meio súbita, o que levou Perseu a suspeitar que ela só esperava mesmo a partida da mãe — se adoravam as duas — para tomar o caminho de Santiago, onde, disse, ia passar uns tempos com Elvira O'Callaghan Balmaceda.

Perseu se sentiu, a princípio, muitíssimo só, sobretudo porque ainda se sentia só no próprio Brasil. Nas eleições imediatamente posteriores à queda de Getúlio Vargas, em 1945, competiam o candidato comunista, o candidato liberal (apesar de brigadeiro da Aeronáutica) e o terceiro candidato, que era ninguém menos que um general, ministro da Guerra do ex-ditador Vargas, recém-caído. Perseu, embora achasse que ganhava o candidato liberal, votou, por princípio, no candidato comunista, enquanto as eleições eram ganhas com folga pelo general. Estaria o Brasil decididamente se embrenhando pelas veredas tropicais da América Latina? Vargas, na sua estância do Rio Grande do Sul, nem parecia ter sido derrubado, tamanha a calma com que de novo aparecia nos jornais, em bucólicas fotos caudilhescas, de bombachas, poncho e esporas, cuia de chimarrão na mão, o fiel havana fumegando entre os dedos.

— Você acha, Maria da Penha — perguntou Perseu, mostrando a ela uma dessas fotografias —, que estamos de fato ficando parte da América Latina?

Da Penha, que recebia religiosamente pelo correio as resmas de cópias carbono do trabalho em marcha de Elvira, respondeu:

— Sempre fomos. Mesmo antes que existisse a América Latina propriamente dita, pois desde o ano 500 da era cristã passamos a fazer parte da Irlanda, depois de descobertos por S. Brandão.

O apartamento que tinham alugado se situava no fim da tranquila praia de Ipanema-Leblon, ao pé da montanha, voltado, portanto, para as árvores e os passarinhos do morro dos Dois Irmãos. Maria da Penha tinha comprado na florista, e pendurado nas janelas da área de serviço e do quarto de dormir, as garrafinhas de atrair beija-flor, que preparava com água, mel e um pingo de açúcar, e, praticamente de qualquer ponto da casa, se podia ouvir o zumbido das asas que mantinham os minúsculos passarinhos imóveis no espaço, sugando, com o longo bico, o mel daquelas flores de vidro que cresciam na janela. Com a partida de Da Penha, apesar de se sentir mesquinho, e vagamente responsável, diante da natureza, por diminuir a força sacarífera que mantém os colibris inseridos no espaço sem sair do lugar, Perseu deixou que se esvaziassem, uma após outra, as garrafinhas. No entanto, o telefonema matinal de Isobel, que acabava de chegar ao Rio, alegrou Perseu de tal maneira que, ao desligar o aparelho, renovou água e mel em dois dos vidros, enfeitando, além disso, o apartamento, aqui e ali, para receber o casal, o atribulado casal, a quem ele, aliás, há muito não escrevia. Os jornais do Rio tinham publicado dois ou três telegramas sobre a absurda situação que um certo Cole, ao que tudo indicava chantagista, além de contrabandista, estava criando em torno de Facundo Rodríguez e da morte de Herbert Baker. No entanto, como tudo que se informava acerca do Paraguai, eram notícias truncadas, pouco confiáveis e até mesmo pouco inteligíveis. Perseu só esperava, agora, que estivesse tudo na paz do Senhor, e, acima de tudo, que Facundo não estivesse alimentando planos de se exilar no Brasil, onde a situação da esquerda ficava mais grave, a cada dia que passava.

Isobel, que como sempre se encarregava de todas as tarefas, tinha dito ao telefone que não, não falava de nenhum hotel e sim do Consulado Britânico, e ainda que não, não se demorava nada no Rio, a caminho que estava da Inglaterra, mas não podia nem pensar em passar pela cidade sem se avistar com Perseu de Souza. Isobel chegou sozinha, e, pensou Perseu, magra como sempre, mas, logo a seguir, disse a si próprio que não, e, finalmente, resolveu que sim, porém, esta a diferença, menos menina, ar menos adolescente.

— Hum — disse Perseu, beijando Isobel nas duas faces —, botou corpo, como dizemos nós. Está uma mulher de encher a vista.

— Você está é querendo dizer que eu engordei — sorriu Isobel. — Claro. Quando nos vimos pela última vez, no Chez Doucette, almoçamos, como sempre, brisa: batata cozida e alface quente.

— Sim, mas — como dizia Facundo — a alface se chamava *coeur de laitue braisé* e tinha gosto de *boeuf bourguignon*. Perseu olhou a carinha que tinha diante de si, que era a mesma, dulcíssima, como se, de tanto acalmar e açucarar Facundo, Isobel tivesse acumulado parte do mel que produzia e passava para ele em colheradas de *yes, honey*. Segurou as mãos dela, em silêncio, e afinal continuou:

— Mas conte. Onde está Facundo? Foi ao Corcovado enquanto você visita velhos amigos ou nem se deu ao trabalho de sair de Assunção?

O lábio inferior de Isobel tremeu um instante, um tremor ligeiro, mas seus olhos se mantiveram claros, límpidos.

— Tinha que acontecer, Perseu, um dia tinha que acontecer.

— Facundo?…

— Sim, está morto.

— Foi?

— Segundo o atestado de óbito oficial, suicídio. Na prisão. Na solitária.

— Os jornais daqui deram umas notícias meio absurdas sobre uma espécie de reexame, no Paraguai, do caso de Aldenham House, mas parecia tudo tão disparatado e pouco convincente.

Isobel sacudiu, com tristeza, a cabeça, dizendo:

— Cometeram dois assassinatos, Perseu, que ficarão para sempre impunes: o desse pobre John Cole, atribuído a Facundo, e o de Facundo, igualmente atribuído a Facundo ele próprio.

Isobel, de repente, olhou tão fixamente a hora, no seu relógio de pulso, que Perseu temeu que houvesse esquecido algum compromisso e fosse se despedir, mas ela continuou, contando, contando sua história desde o instante em que encontrou John Cole na cadeira da sala, até aquele em que Facundo, escapando à sua vigilância, foi ao *Libertad*, seu jornal, ao encontro do jovem Tristán Lucientes, e lá redigiu um artigo em que se defendia, inclusive identificando nas fotos, em detalhes de mesa, de cadeira, de parede, o verdadeiro local em que se dera o único encontro dele com John Cole: a Chefatura de Polícia. O jornal teve a coragem de publicar o artigo, mas Lucientes pagou com a vida a sua coragem. Morreu também na prisão, logo em seguida a Facundo, igualmente, é claro, por suicídio.

De repente, ao tirar da bolsa a folha do jornal com o artigo assinado por Facundo Rodríguez, Isobel começou, sem soluços, sem qualquer sacudir de ombros, a chorar. Perseu, lendo o artigo, sentiu o impulso, injustificável em seu egoísmo, de pedir a Isobel que não fizesse isso, que controlasse suas emoções, pois desde o instante em que tinha sabido da morte de Facundo ele morria de medo de começar a chorar diante de Isobel. Fingiu que não via o choro dela, fingiu que se absorvia por inteiro na leitura do artigo grave, lúcido e desesperançado, e, felizmente, no silêncio da sala, ouviu, o que há algum tempo não acontecia, o zumbido à janela de asas de beija-flor. Antes de mirar os olhos de Isobel nublados de lágrimas pensou, primeiro, em Maria da Penha, a ingrata que tinha ido embora, e, por associação de ideias, e de pessoas, em Elvira, que levara Da Penha, e que, nos dias também trágicos, de Londres, dizia, olhando Isobel: *Infantina Isobel, Saintette Isabelle*. Perseu, afinal, abriu os braços e neles aninhou Isobel, como quem protege uma irmã menor.

— Há algum remédio, Perseu? — perguntou Isobel, afastando-se um pouco, mãos nos ombros de Perseu. — Eu só estou aqui, só consegui sair do Paraguai graças aos meus amigos ingleses e ao meu passaporte britânico. Tentei trazer comigo pelo menos a viúva desse belo e destemido Lucientes, que publicou o artigo de Facundo, mas foi inútil. As viúvas paraguaias continuam lá, engolindo as lágrimas que derramam. O Brasil não recebe nenhuma. Não recebe perseguidos políticos. Fronteira fechada. Não consegui sequer enterrar Facundo com seu próprio nome, no cemitério de Assunção. Censuraram as cartas dele, que vinham da Inglaterra, e censuraram agora o próprio nome dele, no túmulo.

— Têm medo, Isobel, das romarias que hão de vir — disse Perseu, procurando desesperadamente coisas edificantes a dizer, ou, mesmo, quaisquer outras coisas, que lhe tirassem a vontade quase obcecada de chorar.

Como se tivesse adivinhado o que ia pela cabeça dele, Isobel se empertigou na cadeira, uma vez mais senhora de si, enxugando as lágrimas. Em seguida olhou de novo, com fixidez, o relógio.

— Bem — disse ela —, a notícia pessoal que trago é que volto à Inglaterra.

— Mas que, como essa sua visita prova, vai manter o contato, os contatos, comigo, conosco.

— Ah, isso pretendo fazer, enquanto tiver forças. Vocês são o que me resta.

— Esplêndido! — exclamou Perseu, fingindo animação, quase alegria, e pelo menos satisfeito de poder falar, dizer alguma coisa. — Não perca a ligação conosco, com o grupo de Aldenham House.

Perseu de pronto se deteve, se conteve, em sua falsa animação, pois achou fora de propósito lembrar Aldenham House, cuja sombra tinha chegado até Assunção, mas Isobel falou logo, dissipando qualquer constrangimento dele.

— E você, Perseu, por que não volta à Inglaterra? Além de minha casa, no Yorkshire, você tem agora a de seu pai e de sua mãe.

— Thames Ditton — disse Perseu. — Não. Não quero perturbar o eterno idílio em que vivem os dois lá.

— Sua carta nos divertiu — disse Isobel —, a mim e a Facundo. Maravilhosa a reunião dos dois, o *happy ending*.

— Mas de fato foi um fim de fita de cinema — disse Perseu, de novo podendo mostrar animação. — Mal acabou a guerra o pai pôde explicar à mãe que não havia traído ela com nenhuma outra mulher, que o único caso amoroso dele tinha sido com a Inglaterra. Além disso, o velho me comunicou, faz algum tempo, que estava conseguindo implantar o tico-tico por lá, pelo menos na zona do Tâmisa em que ele mora.

— Bem — sorriu Isobel —, não deixa de ser um consolo esses casais que voltaram a pegar de novo, como seu pai e sua mãe, ou vicejaram com firmeza, como Alberoni e Judy, que são, agora, peronistas fanáticos, de escudo de Evita no peito, e como...

Aqui foi Isobel quem se deteve de repente, certa de que estava magoando Perseu, e Perseu acolheu de muito bom grado a perturbação da amiga.

— Você bem pode, Isobel, continuar sua lista dizendo que também vicejou, e pegou, o casamento de Maria da Penha e Elvira. Têm uma linda casa em Santiago, com jardim florido, quintal amplo, e uma adega funda, onde jazem aqueles deliciosos vinhos de "país magro, vinho francês", como dizia nosso Facundo, elogiando o Chile.

Essa menção natural e fortuita a Facundo não só diminuiu um pouco o tom vagamente cômico do drama de Perseu como reintroduziu, com naturalidade, o nome de Facundo nas lembranças dos dois.

— Pois é — disse Isobel, falando em tudo que podia, e olhando, uma vez mais, o relógio —, eu também tive notícias das duas, e, não sei se disse a você, Facundo e eu tencionávamos buscar exílio no Chile, quando se armou contra ele esse último cerco. Seríamos, de início, hóspedes de Maria da Penha e Elvira. Quanto ao Monygham, segundo me disseram meus amigos Forbes, da Embaixada no Paraguai, ele estaria em dificuldades, depois de uma visita pouco esclarecida à União Soviética. Ele teria voltado uma vez mais ao Brasil. Você soube disto?

— Voltou, voltou — riu Perseu —, e uma vez mais foi pedir asilo à Bahia. Veio me visitar, ao chegar. Os ingleses acharam que o Monygham estava fazendo espionagem para a União Soviética, o Monygham se aborreceu e foi para Moscou, onde ficou alguns meses, mas no fim lhe pediram que saísse de lá também. Segundo o próprio Monygham, os conhecimentos especializados dele eram sobre a América Latina e os soviéticos não acharam que valiam a cama e a comida dele.

— Ah! Quem nos mandou um belo cartão de Natal, de um endereço elegante de Mayfair, foi nosso *Sir* Charles.

— *Sir* quem?

— Você não sabia? Nosso Moura Page agora é *Sir*. Gerente de banco, em Londres.

Isobel se levantou para ir embora, recusando as sugestões feitas por Perseu de saírem para almoçar, para passear de carro pelo Rio.

— Você parece angustiada com a hora.

— Não. Não estou.

— Pelo menos um drinque, então, você toma — disse Perseu.

— Não, obrigada. Só se eu fosse tomar a água com mel desses beija-flores cariocas para, quem sabe, virar um deles e voltar a Facundo, em Assunção, voltar à buganvília que plantei no túmulo dele, sem nome.

Perseu se levantou, para segurar as mãos de Isobel.

— Está vendo, Perseu, se continuarmos conversando, vamos nos comover de novo e somos capazes de acabar chorando juntos. O melhor é dizer adeus a você, agora. Mas havemos de continuar nos vendo. Não sei exatamente como, mas assim será. Eu quero manter contato com Facundo, Perseu, com a paixão que queima, que consome. Ele me amou muito, eu sei, e esse amor ficou comigo, uma chama branda que me envolve, me consola. Mas — e o fogaréu que era o amor dele pela terra dele, pelo povo dele, pelos heróis dele? Foi só uma labareda que agora some toda no espaço, na escuridão?

— Escute, Isobel, vamos todos manter contato com Facundo. Faça a viagem à sua terra, vá ver os seus, e depois volte para nós.

— Faço, vou, volto, porque eu passei a ser uma de vocês. Na Inglaterra, agora, ou bem fico criança outra vez — e não tenho mais idade para sair de pé no chão pelos campos —, ou, em Londres, me sinto estrangeira, quase me reduzindo a só saber espanhol, como Facundo diante do Coronerzinho ruivo. Ou pondo mentalmente em espanhol o que ouço em inglês, feito a Elvira, com a tradução dela, inacabável.

— Acabou, garante que acabou a tradução do *Finnegans Wake*.

Isobel ficou um instante, já de pé, bolsa embaixo do braço, sorrindo a Perseu.

— Sabe, Perseu, acho que a principal razão, a principal corrente que me ata a vocês todos é que, no fundo, eu só sei viver em termos de literatura, igualzinha a vocês.

— Ai, Isobelina, será mesmo? Não temos jeito para nada mais sério?

— Eu antigamente queria *escrever* poesia. E sair pelos campos e montes, gritando meus versos.

— E agora?

— Estou com o poema vivido.

Para que não ficassem de novo meio silenciosos, meio comovidos, Isobel deu um beijo na ponta do nariz de Perseu, e se foi.

Emiliano Rivarola deu, ao telefone, ordens precisas ao superintendente da Alfândega no aeroporto de Assunção. Não fizesse nada, além de colocar o recém-chegado no salão de honra, com todo o conforto, e lhe oferecer café, charutos, licores, até que ele, o chefe de Polícia, chegasse. Sobretudo não se fizesse, ou não se tentasse, de novo, fazer, pois uma desastrada tentativa fora de fato feita, qualquer exame de sua bagagem de mão. Finalmente, e já que o recém-chegado, ele próprio, ainda não solicitara tal providência, a Alfândega não devia, de forma alguma, entrar em contato com a Embaixada Britânica, *vade retro*, que só servia para complicar as coisas. Quando desligou o telefone, disse ao delegado, que aguardava ordens, como sempre perfilado e atemorizado, que mandasse pôr o carro à porta pois ele ia à Alfândega, mas, antes de sair, deixou-se ficar durante alguns minutos, insolitamente pensativo, sentado à sua secretária da Chefatura, sob as patas do cavalo pintado de López.

Essa repentina chegada a Assunção de *Sir* Cedric Marmaduke, disse a si mesmo o chefe da Polícia, trazia em si uma ameaça vaga, imponderável. Logo que Facundo Rodríguez morrera, isto é, se suicidara na prisão, pouco depois da morte, isto é, do assassinato de John Cole, ele tinha previsto, quase aguardado visita do incansável, tinhoso *Sir* Cedric, que havia de querer envolver, no caso, o mais possível, a Embaixada Britânica, Scotland Yard, o *Times*, a Câmara dos Comuns, a Rainha! Transformada a bela Señora Rodríguez em viúva, o indômito causídico havia de querer mostrar serviço, mais serviço do que já prestara antes, para afinal, a consciência em paz, entrar nos sapatos do defunto e desposar a dama. Mas que podia *Sir* Cedric querer agora, mais de um ano depois da morte, isto é, do suicídio de Facundo Rodríguez?

Emiliano Rivarola já tinha praticamente no bolso sua nomeação para a Embaixada do Paraguai em Paris, pois de tal forma limpara a área mais contenciosa, mais problemática do governo, a dos ex-exilados e dos antigos prisioneiros políticos, que o próprio general-presidente lhe segredara, sorrindo, que ele seria embaixador plenipotenciário e *vitalício* em Paris. Ora, no meio, no próprio centro de suas realizações, erguia-se, feito um obelisco numa praça, o caso encerrado de Facundo Rodríguez. Ele não só livrara o governo, e livrara a si mesmo, daquele intratável, irredutível fanático, com seus apelidos chulos e seus ares arrogantes de dono exclusivo da pátria e dos heróis da pátria, como fizera, a seguir, um primoroso trabalho de capinagem, de limpeza do terreno, pensando, em grande parte, nas tricas e futricas que poderia armar o Señor Cedric, cuja ardente, crepitante paixão jurídica pró-Facundo parecia quase uma compensação pelo tíbio foguinho de lenha verde que era sua paixão de amor, tão mal alimentada, ao que se dizia, por Dona Isobel. Estimulado, agora, pela viúva Rodríguez (alguma coisa o Señor Cedric também lhe devia, ¡carajo!, e no fundo do coração teria por ele certa gratidão) o tinhoso advogado certamente voltaria a Assunção com o propósito de bisbilhotar, entrevistar pessoas, remexer papéis para em seguida escrever cartas ao *Times* e conceder entrevistas à BBC. Mas tais agouros e prenúncios, em lugar de paralisarem o chefe de Polícia, haviam feito, ao contrário, com que ele armasse seu astucioso e competente contra-ataque.

A ofensiva do Señor Cedric, tinha ele refletido, vai sem dúvida se apoiar — e divulgar o mais possível — no artigo póstumo, isto é, quase póstumo, de Facundo Rodríguez, artigo que ficara inédito, ou quase, já que o jornal fora confiscado úmido ainda da impressão, dentro da própria oficina, enquanto alguns exemplares eram contrabandeados para fora, o que determinara a detenção, e, posteriormente, a morte, isto é, o suicídio, do pasquineiro Lucientes. Ora, ao caso Herbert Baker, no dito artigo, Facundo mal se referia, mantendo aquele orgulhoso laconismo que assombrara o Coroner inglês, e isso tornava curiosamente frágil o desdenhoso retrato que traçava dos dois John Coles, esbatidas figuras se encarando em espelhos embaçados. Quanto a dizer Facundo que só vira o Cole de Assunção na Polícia, e que as fotos apresentadas como tomadas no suposto bar de beira-rio só podiam ter sido feitas nessa ocasião, por fotógrafos da própria Polícia, quanto a isso, ele, Emiliano Rivarola, tinha aliciado uma testemunha, uma aliada, esplêndida, agora chefe da criadagem feminina do palácio do governo, e ela jurava em cruz, para quem quisesse ouvir, que Facundo não só tinha estado na chácara de Cole como tinha marcado encontro com ele precisamente na taverna da beira do rio Paraguai: Cole tinha ido e tinha sido esganado. Essa mulher era Nena, que, aterrada, fora detida na chácara por ocasião da morte de Cole e trazida à presença do chefe de Polícia, que lhe dera condolências, uma pensão de viúva e a chefia da *servidumbre* geral de mulheres do palácio, com a condição de que ela aprendesse, decorasse e repetisse, no seu honesto falar de paraguaia do povo, a história da brevíssima e tempestuosa relação entre o chacareiro John Cole e o assassino Facundo Rodríguez. E, num floreio final, que dava maior respeitabilidade e confiabilidade a Nena, ela passara a ser por todos conhecida, respeitosamente, como Mrs. Cole.

No entanto, toda essa história, que marejara de lágrimas os olhos em geral duros do próprio general-presidente — tal a perfeição, o rigor de sua forma, e, sobretudo, a austera clareza da moral devidamente embutida no seu desfecho, de que a pátria, quando acusa e repudia alguém, sabe o que faz —, poderia ter sido contestada, esmiuçada, posta em dúvida na época da morte de Facundo, ou seja, um ano atrás. Como entender, como explicar, então, que só agora fosse desembarcar em Assunção um Señor Cedric sisudo, irritado, se recusando, arrogante, a deixar examinar, como era do regulamento alfandegário, a suspeita maleta de couro que trazia na mão? Na maleta estariam, sem dúvida, documentos relativos ao cansativo caso de Aldenham, enriquecidos, era de se apostar, por novos e categóricos pareceres jurídicos e laudos da medicina legal, sem falar em certidões e testemunhos relativos aos dois, ou talvez quatro, ou seis John Coles, quem saberia dizer, tudo isso, temia o chefe de Polícia, atado, embalado, disciplinado por algum milimétrico, pormenorizado levantamento biográfico, político, ideológico da vida de Facundo Rodríguez, efetuado por exilados latino-americanos com a lacrimosa colaboração de Dona Isobel Rodríguez. Era isso, era por aí, estava ficando quente, e, de súbito, num sobressalto, Emiliano Rivarola sentiu como se as patas do cavalo de López, por baixo da tela e da moldura, estivessem escarvando sua cabeça, expondo seus miolos, para que neles penetrasse, afinal, a luz da verdade, que era a seguinte: ou o Paraguai de López e Francia se curvava, se humilhava, e passava a rever o caso Facundo Rodríguez, ou o Señor Cedric lançava, se é que já não estava lançado, um livro inteiro sobre a vida, paixão e morte de Facundo Rodríguez, destinado a circular na Argentina, no Uruguai, no Brasil, na Inglaterra, na...

A trombeta que ressoasse de repente do próprio Juízo Final nos ouvidos de Emiliano Rivarola não lhe daria sobressalto e susto maior do que a campainha do telefone tilintando discreta em cima da mesa. Não era o idiota do delegado a informar de novo que o carro estava à espera, à porta da Chefatura, e sim, uma vez mais, o superintendente da Alfândega, agora com o recado macabro de que o tal Marmaduke abria mão de permanecer um dia, que fosse, em Assunção, e de sequer comunicar sua presença à Embaixada Britânica, se em troca deixassem em seu poder, inviolada, a maleta de mão, e lhe permitissem tomar um táxi para que ele fosse visitar, no cemitério de Assunção, o túmulo de Facundo Rodríguez.

Emiliano Rivarola ficou durante um instante pasmado, a boca aberta frente ao bocal do telefone, olhando, como quem olha o único caminho possível, seu corta-papel, sua espada toledana emergindo briosa do copo de couro, e afinal fechou a boca para, depois de enrijar os músculos da face, disparar:

— Exumação de corpo, não! Cadáver no tapete, jamais! Estarei aí dentro de um minuto.

O encontro com *Sir* Cedric Marmaduke no salão de honra do aeroporto foi breve, o chefe de Polícia Rivarola adotando, para o primeiro momento, um tom ligeiro e despreocupado.

— Meu caro *Señor* Cedric! É com o grande prazer de sempre que lhe dou as boas-vindas a Assunção. Lamento que nossa Alfândega, talvez fiel demais às suas instruções, aos seus regulamentos, tenha exagerado alguma formalidade no seu caso.

— Não sei, embaixador, confesso que não sei. Achei, por um lado, que se reservar alguém o direito a uma certa discrição, ou mesmo sigilo, digamos, em relação a uma maleta, eu poderia dizer uma bolsa, fosse eu uma passageira e não um passageiro, era pretensão razoável, aceitável. Por outro lado, estou pronto a ver, ou pelo menos entrever, vislumbrar o direito que teriam fiscais alfandegários de tudo revistar e revolver, em se tratando de alguém porventura suspeito, ou malvisto no país. Aqui apreciam muito a expressão *persona non grata*, não?

— Não quando se trata, como no seu caso, de gratíssima persona! Pelos sete punhais, das sete chagas de Nossa Senhora das Dores! Suspeito? Malvisto? O Señor Cedric só não se dirá amigo meu, pessoal, se recusar a parte que lhe toca nessa amizade que lhe voto.

— Pois então, caro embaixador, me facilite o desempenho de um penoso dever que venho cumprir, a pedido da Señora Rodríguez, de Dona Isobel, segundo o nome que o senhor mesmo lhe dava.

— Com todo o empenho e o maior prazer, pois ninguém compreende melhor que eu que Dona Isobel lembre com saudade o deplorável marido que teve: a dor dos que ficam nada tem a ver com o mérito dos que se foram. No entanto — prosseguiu, agora pálido, lábios brancos — o Señor Cedric me perdoará se eu lhe disser que nossa lei, a legislação paraguaia, encara com o maior... desprazer, desgosto, para não dizer repugnância, qualquer ideia de exumação, de... restos mortais perturbados em seu sossego eterno, de... exibição de cadáveres, pois a vocação, a aspiração paraguaia é no rumo da vida, dos vivos, dos...

— Perdão, embaixador, mas ninguém falou em exumação. Pelo contrário, meu objetivo é de *inumação*, sepultamento.

— Não compreendo, Señor Cedric, Dona Isobel lhe pediu...

— Que eu tratasse da inumação, do enterro dela no túmulo do marido. Eu trago nesta maleta a urna com as cinzas de Dona Isobel, que há pouco tempo faleceu em sua casa de Doncaster, no Yorkshire, norte da Inglaterra.

Emiliano Rivarola ficou por um instante mudo, bestificado, como diria depois.

— Ah... Sim... Não tenho palavras — falou afinal.

— O embaixador sabe como meu castelhano é rudimentar. Eu expliquei que a maleta só continha uma urna, e que a urna, por sua vez, só continha *ashes*. Pó, não?

— Bem. Especificamente, *cinzas*. Pó não é bem o caso. Pode ser outra coisa. Mas... Fico muito sentido, Señor Cedric. Meus pêsames. Dona Isobel deve ter sofrido muito, em sua breve passagem por esta terra.

Sir Cedric não respondeu, se limitando a mirar, com um bater de cabeça, os olhos do embaixador Emiliano Rivarola, que suspirou fundo, se curvou diante dele, e declarou:

— Vamos, então, ao cemitério. Eu lhe farei companhia, Señor Cedric em sua piedosa missão. Tomaremos juntos as providências necessárias.

Do Diário de Perseu de Souza, dezembro de 1947:

"De tanto me comprar jornais e maços de cigarro, o soldado Josefo virou camarada meu, aqui no quartel da Polícia do Exército, quase que um modesto mordomo. Já existe entre nós até um certo grau de intimidade e às vezes me divirto fazendo Josefo pensar que deveras desconfio de que ele já servia de guarda aqui em Barão de Mesquita quando me prenderam pela primeira vez. Ele me garante que sequer tinha idade, então, para haver sentado praça no Exército e eu acredito piamente no que ele diz. Mas tudo aqui me parece tão igual, que às vezes tenho a impressão de que minha cela é a mesma (a outra era melhor), de que o coronel-comandante é o mesmo, e de que, sobretudo agora que minha mãe vive também na Inglaterra, mais dia, menos dia estarei de novo embarcando para lá. A grande diferença, naturalmente, é que naquele tempo eu parecia ter cem anos menos do que tenho hoje, pois carregava menos lembranças, menos mortos, e quero me referir, falando em mortos, não a gente que morreu e sim a gente que foi deliberadamente morta, como Facundo, como Miguel. Uns dois meses depois da visita de Isobel, estava eu mudando a água dos beija-flores e pensando exatamente nela e na buganvília do túmulo sem nome de Facundo, quando a empregada veio me avisar que tinha uma moça batendo à porta.

— A mesma? — perguntei, na fagueira esperança de que Isobel estaria de retorno.

— Como a mesma, Seu Perseu?

— A inglesa, Dona Isobel, que esteve aqui.

— Não — foi a resposta meio desconfiada —, é outra. Mas gringa também.

Era, ai de mim, uma outra viúva, esta saída da prisão em que estivera, em La Paz, desde julho do ano passado, ao ser enforcado pela multidão, em plena rua, o presidente Gualberto Villarroel. Era Hortense Garbel Busch. Miguel tinha sido morto a tiros ao pé do poste em que haviam pendurado Gualberto. Ao fim de uma luta de meses com as autoridades bolivianas, a Embaixada da França tinha conseguido a libertação dela e pela fronteira, em Puerto Suárez, Hortense havia entrado no Brasil. Dei a ela o endereço de Isobel, na Inglaterra, de Maria da Penha e Elvira, em Santiago do Chile.

Mas preciso atualizar e racionalizar um pouco este abandonado Diário — agora que tenho todo o tempo do mundo, servido aqui por tantos soldados e pelos cuidados pessoais de Josefo —, em vez de misturar todos os acontecimentos. Hoje, aqui, neste reencontro com o Diário, volto a Facundo, a Isobel. Encerro a história deles, a partir do momento em que Josefo, ontem, veio me dizer que o coronel tinha me autorizado a receber visita, visita, acrescentou Josefo, de um figurão, um advogado. Resmunguei que advogado eu também era e Josefo nunca tinha me dado ideia de que me considerasse um figurão, e ele reagiu explicando que, ao falar em figurão, tinha querido descrever um advogado imponente, madurão, robusto e corado. E, como não me impressionasse demasiadamente com a descrição, resolveu fazer uma manifestação de solicitude pessoal, aliás, devo dizer, sincera.

— Seu joelho está incomodando, doutor Perseu?

— Não. Por quê?

— Nada, impressão minha. Achei que pudesse estar doendo, feito outro dia.

— É que estou ficando cada vez mais desmazelado, mais relaxado, Josefo, e me esqueço de disfarçar que manco da perna esquerda. Você se lembra, quando eu fui preso da outra vez, da surra que vocês me deram e que...

A grave e compungida expressão de agravo com que o Josefo me olhou me fez sorrir para ele, e até, creio, piscar-lhe o olho, enquanto eu me encaminhava para a porta, a caminho da entrevista marcada para mim. Quem estava à minha espera, na sala do comando, diante do coronel-comandante sentado à sua mesa, era *Sir* Cedric Marmaduke, recém-chegado de Assunção, onde fora, cumprindo pedido de Isobel, inumar, no túmulo sem nome de Facundo, a urna com as cinzas dela.

— Sim — suspirou *Sir* Cedric —, e olhe, Senhor Souza, que naquela urna tão pequena vieram de fato as cinzas de um longo incêndio.

Não duvido — e sou mesmo quase capaz de garantir — que *Sir* Cedric tenha chorado muitas vezes, e com muita amargura, a morte de Isobel, mas ele não estava preparado para assistir ao acesso de choro que me acometeu, a mim. Nem eu, aliás, e o choro veio tão fácil e espontâneo que nem admitia que eu fizesse mais do que fiz, e que foi me sentar, colocar a cabeça entre as mãos e deixar que lágrimas quentes me escorressem por entre os dedos. *Saintette Isabelle! Sir* Cedric se sentou diante de mim, o chapéu no colo, os olhos turvos, aguardando que minha dor abrandasse, fosse passando. Constatei, quando enxuguei o rosto e assoei o nariz, que minha breve choradeira não só tinha sido invejada, eu quase diria cobiçada, por *Sir* Cedric, como teve, no próprio coronel-comandante, sempre tão atento à conversa dos presos com visitantes, o curioso efeito de fazer com que virasse a cara e se agarrasse ao telefone, para me poupar o vexame e a afronta de assistir àquela demonstração de fraqueza civil. Eles só se debulham em lágrimas, pensei, quando transmitem um comando ou entram na reserva, e ainda solucei um último soluço, perfeitamente controlável, esse.

Sir Cedric me contou, então, como, ao regressar Isobel do Paraguai, depois da morte de Facundo, tinha logo tratado de escrever a ela, que estava com a mãe, no Yorkshire, sugerindo-lhe as bases de um amplo trabalho a respeito de Facundo, contando corretamente sua história, mas a resposta de Isobel tinha sido surpreendente, na sua intransigência, quase hostilidade: com o consentimento dela não se moveria uma palha para cumprir um dever que competia exclusivamente aos paraguaios, que, por pouco que se amassem, 'não podiam deixar de se amar em Facundo'.

— Esse assunto, Isobel não queria sequer discutir, mas concordou, e insistiu, que eu lhe fizesse minha visita de grande amigo e ex-professor, ex-advogado do marido.

— E — acrescentei, novamente comovido —, de permanente *chevalier servant.*

— Se quiser, sim, de certa forma, como não, mas... Ah, sim. Percebi, como qualquer amigo dela perceberia, Senhor Souza, que Isobel... estava mudada, muito mudada.

— Claro, bem posso imaginar. Desconsolada, revoltada.

— Magra, muito magra. Mas...

— Sim, magra. O natural dela, afinal, sempre...

— Mas alegre, Senhor Souza, isso é que me surpreendeu. Mais magra do que antes, e mais alegre do que jamais fora, mesmo nos tempos... anteriores a Facundo Rodríguez, digamos.

— Sim, compreendo — disse eu, embora de fato não compreendesse muito onde quereria chegar *Sir* Cedric. A alegria de Isobel era provavelmente bravura, coragem.

— Acertou! — exclamou, enfático, *Sir* Cedric.

— Ela enfrentava a adversidade afetando coragem, contentamento.

— Bem... Não. Bravura e contentamento de se despedir da vida. Se livrar da vida, eu diria melhor. Isobel estava de viagem, de partida. E com pressa, acredite. Vou lhe dizer uma coisa que pode parecer... imaginação minha, exagero, mas ouça. Tinha um tique novo, Isobel, quase um cacoete, de olhar muito, com muita frequência, no relógio, a hora, e sou capaz de jurar — mesmo lhe garantindo que não gostei da observação que fiz — que ela só esperava, mesmo, a hora...

Ah, então era isso?, disse a mim mesmo. Era isso, aquela obsessão? Aquele olhar o relógio? Bem possível, mas senti um mal-estar com o que ouvia, e armei, com um gesto de dúvida, uma resistência, que *Sir* Cedric percebeu, que fez com que parasse um instante, dando um suspiro fundo, antes de prosseguir:

— Bem. Esperei e rezei para que a perigosa alegria dela pudesse ser coisa passageira. Fiz Isobel me prometer que viria a Londres, onde, eu lhe disse, reuniríamos antigos amigos e colegas dela, iríamos ao teatro, concertos... Ela prometeu que sim, que viria, chegamos a marcar uma data, que ela alterou pouco antes, ocasião em que marcamos outra, que também não foi respeitada. Não consegui nada, a não ser que Isobel me respondesse escrupulosamente, ainda que com bilhetes, às cartas: acho que foi o meio que encontrou para evitar que eu tivesse tempo de voltar lá antes de — me perdoe — soar a hora. Quando se fez um silêncio mais longo e eu já tinha a mala feita para ir de novo ao Yorkshire, recebi, enviada pela mãe dela, a urna com as cinzas, e um bilhete de Isobel, o último, me pedindo que inumasse a urna no túmulo de Facundo, o que fiz, me valendo, ai de mim, dos bons ofícios de um homem mau. Mas não consegui, Senhor Souza, o mínimo que queria para prestar o mínimo de homenagem ao nome de Facundo Rodríguez, e como o Rio fica bem mais perto de Assunção que Londres me pareceu que, logo que se altere a situação política no Paraguai, o senhor poderia, digamos assim, completar uma honrosa tarefa.

— Diga, diga, *Sir* Cedric.

— Acha que residirá aqui durante muito tempo?

— Como assim? No Rio?

Sir Cedric lançou de soslaio um olhar ao coronel-comandante, que parecia ler interminavelmente a mesma folha de papel.

— Não. Eu me refiro... ao cárcere.

— Ah, entendo. Coisa passageira, espero. Eu fiz campanha com os comunistas, o partido foi fechado depois da eleição e... e eu também. Mas não é coisa de durar, não creio.

— Sim, claro — disse *Sir* Cedric, olhando em torno e falando mais alto, em busca, imagino, de alguma coisa a dizer que agradasse ao coronel. — O Brasil...

— Sim, o Brasil — disse eu. — Castanha-do-pará, café.

— Claro, naturalmente. É um país *grande*!

— Enorme. Mas fale.

— No momento — disse *Sir* Cedric, voltando a um tom mais discreto —, nem o senhor poderia, nem adiantaria ir a Assunção. Mas quando as coisas, como um dia há de acontecer, mudarem lá, e, sem a menor dúvida, cá, o senhor poderia tratar do problema de identificar o túmulo.

— Ah, sim, Isobel me contou que só conseguira inscrever, na lápide, *Facundo*, sem sobrenome, sem data, sem nada.

— Assim era, e só consegui do embaixador Rivarola que, além de inumar a urna, acrescentássemos à lápide, um segundo nome, *Isobel*, e...

Senti de novo, na garganta, aquele nó precursor do choro fácil da infância, e resolvi falar com rapidez e objetividade.

— Claro, conseguiu tornar o túmulo mais bonito, até romântico. Mas ainda assim, enigmático, injusto.

— Bonito e romântico de fato terá ficado, sobretudo, como eu ia lhe dizendo, depois de acrescentada a inscrição que o embaixador Rivarola aceitou, para certo espanto meu, que se fizesse.

— Ah, sim?

— Concordou com o brevíssimo epitáfio, que mandei cortar fundo na pedra, embaixo dos dois nomes. O verso *No coward soul is mine.*

— Sei.

— Cá entre nós, o embaixador preferia o túmulo quase nu, como antes, mas deve ter dado de ombros diante da ideia do verso, sem perceber sua força simbólica, que engloba, resume tão bem a vida de Isobel.

— Sim, e de Facundo também.

— Evidente, evidente. A verdade é que o embaixador se apegou mais ao idioma, como se fosse, digamos assim, um despistamento, sem perceber a força universal do dístico bronteano, não acha? Chegou mesmo a murmurar qualquer coisa no sentido de que parecia um túmulo de estrangeiros, de ingleses, no caso.

Prometi a *Sir* Cedric que, logo que caísse a ditadura no Paraguai, e no caso de estar eu solto na ocasião, iria ao cemitério de Assunção, para tornar, de alguma forma, mais explícito o túmulo de Facundo e Isobel Rodríguez. *Sir* Cedric me apertou a mão, fez um aceno, com o chapéu, ao coronel-comandante, e se retirou, enquanto eu iniciava, acompanhado de Josefo, o retorno à cela, onde escrevo tudo isso no Diário. Ou, melhor, onde encerro esta parte das minhas descosidas memórias, colocando, aqui também, uma lápide, em homenagem a minha doce rival, Elvira, e aos companheiros de Aldenham House:

ZEE END."

ESTUDO CRÍTICO

Callado e a "vocação empenhada" do romance brasileiro[1]

Ligia Chiappini
Crítica literária

Embora se alimente de episódios quase coetâneos, muitos deles tratados em reportagens do autor, a ficção de Antonio Callado transcende o fato para sondar a verdade, por uma interpretação ousada, irreverente e atual. E consegue tratar de forma nova um velho problema da literatura brasileira: sua "vocação empenhada",[2] para usar a expressão consagrada de Antonio Candido. Uma ficção que pretende servir ao conhecimento e à descoberta do país. Mas o resgate dessa tradição do romance empenhado ou engajado se realiza aqui com um refinamento que não compromete a comunicação e com um caráter documental que não perde de vista a complexidade da vida e da literatura. Busca difícil, que termina dando numa obra desigual, mas, por isso mesmo, interessante e rica.

---

[1] Este texto é a adaptação do Capítulo IV do livro de Ligia Chiappini, intitulado *Antonio Callado e os longes da pátria* (São Paulo: Expressão Popular, 2010).

[2] Essa expressão, utilizada para caracterizar o romance brasileiro a partir do Romantismo, é de Antonio Candido em seu livro clássico *Formação da literatura brasileira*, de 1959.

O jornalismo e suas viagens proporcionam ao escritor experiências das mais cosmopolitas às mais regionais e provincianas. A experiência decisiva do jovem intelectual, adaptado à vida londrina, a quase transformação do brasileiro em europeu refinado (que falava perfeitamente o inglês e havia se casado com uma inglesa) afinaram-lhe paradoxalmente a sensibilidade e abriram-lhe os olhos para, segundo suas próprias palavras em uma entrevista, "ver essas coisas que o brasileiro raramente vê".[3] É assim que ele explica seu profundo interesse pelo Brasil no final de sua temporada europeia, quando começou a ler tudo o que se referia ao país, projetando já suas futuras viagens a lugares muito distantes do centro onde vivia.

Da obra de Antonio Callado, em seu conjunto, transparece um projeto que se poderia chamar de alencariano, na medida em que seus romances tentam sondar os avessos da história brasileira, aproveitando, para tanto, junto com os modelos narrativos europeus (sobretudo do romance francês e do inglês), os brasileiros que tentaram, como Alencar, interpretar o Brasil como uma nação possível, embora ainda em formação. A ficção como tentativa de revelar, conhecer e dar a conhecer nosso país constitui o projeto dos românticos e é, ainda, o projeto de Callado, que, como Gonçalves Dias, Graça Aranha e Oswald de Andrade, redescobre o Brasil. Conforme ele próprio nos conta em vários depoimentos, os seis anos que viveu na Inglaterra foram, em grande parte, responsáveis pelo seu projeto de trabalho (e, de certa forma,

---

[3] Cf. entrevista concedida à autora e publicada em: *Antonio Callado, literatura comentada* (São Paulo: Abril Cultural, 1982. p. 9).

também de vida) na volta. As viagens, as reportagens, o teatro e o romance servem, daí para frente, a um verdadeiro mapeamento do país: do Rio de Janeiro a Congonhas do Campo; desta a Juazeiro da Bahia; da Bahia a Pernambuco; de Olinda e Recife ao Xingu; do Xingu a Corumbá, com algumas escapadas fronteira afora, para o contexto mais amplo da América Latina.

Obcecado pelo deslumbramento da redescoberta do Brasil, seu projeto é fazer um novo retrato do país, o que o aproxima de Alencar, depois da atualização feita por Paulo Prado e Mário de Andrade, e o converte numa espécie de novo "eco de nossos bosques e florestas", designação que Alencar usava para referir-se à poesia de Gonçalves Dias. Não faltam aí nem sequer os motivos da canção do exílio — o sabiá e a palmeira —, retomados conscientemente em *Sempreviva*. Tampouco falta a figura central do Romantismo — o índio —, que aparece em *Quarup* e reaparece em *A expedição Montaigne* e em *Concerto carioca*. E, nessa viagem pelos trópicos, vamos recompondo diferentes Brasis, pelo cheiro e pela cor, pelos sons característicos, pela fauna e pela flora.

Mesmo nos livros posteriores a *Quarup*, nos quais se pode ler um grande ceticismo em relação aos destinos do Brasil, permanece o deslumbramento pela exuberância da nossa natureza e as potencialidades criadoras do nosso povo mestiço. Vista em bloco, a obra ficcional de Antonio Callado é uma espécie de reiterada "canção de exílio", ainda que às vezes pelo avesso, como em *Sempreviva*, em que o herói, Vasco ou Quinho — o "Involuntário da Pátria" —, é um exilado em terra própria. O localismo ostensivo, que ainda amarra esse escritor às origens do romance brasileiro, de uma literatura e de um país em busca da própria identidade (e até mesmo a certo regionalismo, nos primeiros romances), tem sua contrapartida universalizante, desde *Assunção de Salviano*, transcendendo fronteiras e alcançando "os grandes problemas da vida e da morte, da pureza e da corrupção, da incredulidade e da fé", como já assinalava Tristão de Athayde, seu primeiro crítico. Aliás, do mergulho no local e no histórico é que resulta a concretização desses temas universais. Assim, pelo confronto das classes sociais em luta no Nordeste, chega-se à temática mais geral da exploração do homem pelo homem e das centelhas de revolta que periodicamente acendem fogueiras entre os dominados. Pela história individual do padre Nando, tematiza-se a situação geral da Igreja, dos padres e do intelectual que se debatem entre dois mundos. Pela sondagem da consciência de torturadores brasileiros, chega-se a esboçar uma espécie de tratado da maldade, que nos faz vislumbrar os abismos de todos nós.

O contato do jornalista-viajante com nossas misérias e nossas grandezas sensibiliza-o cada vez mais para a "dureza da vida concreta do povo espoliado",[4] que, presente em suas reportagens sobre o Nordeste e na luta dos camponeses pela terra e pelo pão, reaparece em seus romances. Em alguns deles, esse povo não é mais do que uma sombra, cada vez mais distante do intelectual revolucionário e do escritor, angustiado justamente com sua

---

[4] Cf. Arrigucci Jr., Davi. *Achados e perdidos*: ensaios de crítica. São Paulo: Polis, 1979. p. 64.

ausência sistemática do cenário político e das decisões capitais da nossa história.

O tratamento do nordestino pobre (em *Quarup* e *Assunção de Salviano*) ou de um pequeno comerciante de uma provinciana cidade de Minas Gerais (*A madona de cedro*) parece aproximar o escritor daqueles autores românticos que, como o polêmico Franklin Távora, defendiam o deslocamento da nossa literatura do centro litorâneo e urbano para regiões mais afastadas e subdesenvolvidas. Contudo, em Callado, isso não se manifesta como opção unilateral, mas como evidência da tensão. O caminho da reportagem à ficção feito pelo autor de *Quarup* pode ser comparado ao caminho da visão externa à do drama de Canudos, percorrido por Euclides da Cunha em sua grande obra dilacerada e trágica: *Os sertões*. Da mesma forma aqui, guardadas as diferenças, o esforço do intelectual, formado nos centros mais avançados, para entender o universo cultural do Brasil subdesenvolvido acaba sendo simultaneamente um esforço para indagar das raízes de sua própria ambiguidade como intelectual refinado em terra de "bárbaros".

No caso da abordagem do índio, as trajetórias do padre Nando e de *Quarup* são exemplares como a conversão euclidiana. Documenta-se aí a passagem do interesse livresco e do enfoque romântico, que o levam, no início, a idealizar o Xingu como um paraíso terrestre, à vivência dos problemas reais do índio, contaminado pelo branco e em processo de extinção. Nando termina chegando a um indianismo novo, em que o índio é tratado sem nenhuma idealização.

Mas Callado não só revela a miséria do índio. Aponta também, a partir de uma vida mais próxima à natureza, para valores que poderiam resgatar as perdas da civilização corrupta. Desencanto e utopia, eis aí uma contradição dialética, evidente em *Quarup*, e uma constante nos livros do escritor, nos quais a repressão, a tortura, a dominação e a morte aparecem sempre contrapostas à imagem da vitalidade, do amor e da liberdade, simbolizados geralmente por elementos naturais: a água, as orquídeas, o sol, que travam uma luta circular com a noite, os subterrâneos e as catacumbas.

É a dimensão mítica e transcendente que faz Salviano ascender aos céus (ao menos na boca do povo), em *Assunção de Salviano*; é ela que faz Delfino recuperar a calma e o amor depois da penitência, em *A madona de cedro*; é ela que permite, apesar de todas as prisões, as desaparições e as mortes com que a ditadura de 1964 reprimiu os revolucionários, que, no final de *Quarup*, Nando e Manuel Tropeiro partam para o sertão em busca da guerrilha, e que o já debilitado Quinho, de *Sempreviva*, ao morrer, uma vez cumprida sua vingança, se reencontre com Lucinda, a namorada morta dez anos antes nos porões do DOI-Codi.[5] Retomada na figura de Jupira e de Herinha, ambas também parentas da terra e das águas, Lucinda é uma espécie de símbolo dos "nervos rotos", mas ainda vivos da América Latina (alusão à epígrafe de *Sempreviva*, tirada de um poema de César Vallejo).

Essa ambivalência acha-se no próprio título do romance de 1967. O quarup é uma festa por meio da qual, ritualmente, os índios revivem o tempo sagrado da criação. Em meio a danças, lutas e um grande banquete, os mortos regressam

---

[5] Organização repressiva paramilitar da ditadura.

à vida, encarnados em troncos de madeira (kuarup ou quarup) que, ao final, são lançados na água. O ritual fortalece e renova a tribo, que tira dele novo alento, transformando a morte em vida.

Bar Don Juan, Reflexos do baile e *Sempreviva* retomam as andanças do padre Nando tentando retratar os diferentes Brasis (das guerrilhas, dos sequestros, do submundo de torturadores e torturados). O que sempre se busca são alternativas para "o atoleiro em que o Brasil se meteu", mesmo que, cada vez mais, de forma desesperançada, com a ironia minando a epopeia e desvelando machadianamente o quixotesco das utopias alencarianas. E essa busca se amplia no confronto passado-presente, interior-centro, no caso do desconcertante *Concerto carioca*. Ou, finalmente, quando se estende à América Latina, com seus eternos problemas, incluindo a terrível integração perversa que ocorreu com a "Operação Condor", nos anos 1970 (como aparece em *Sempreviva*), e, cem anos antes, com a "Tríplice Aliança" (rememorada obsessivamente por Facundo, personagem central em *Memórias de Aldenham House*).

A ironia existente já em *Assunção de Salviano* e *A madona de cedro* — ainda comedida e, portanto, mínima — vai crescendo a partir de *Quarup*, até explodir na sátira de *A expedição Montaigne*, que parece encerrar o ciclo antes referido.

Nesse romance, um jornalista, de nome Vicentino Beirão, arrasta consigo pouco mais de uma dúzia de índios (já aculturados, mas fingindo selvageria para corresponder ao gosto desse chefe meio maluco) e Ipavu, índio camaiurá, tuberculoso, recém-saído do reformatório de Crenaque, em

Resplendor, Minas Gerais. O objetivo da insólita expedição, que tem como mascote um busto do filósofo Montaigne (um dos principais criadores da imagem do bom selvagem na Europa), é "levantar em guerra de guerrilha as tribos indígenas contra os brancos que se apossaram do território" desde a chegada de Cabral, que é descrita como um verdadeiro estupro da terra de Iracema.

Depois de várias peripécias e de sucessivas perdas no labirinto de enganosos rios, conseguem chegar à aldeia camaiurá, levados pelo rio Tuatuari. A longa viagem, na verdade, conduz à morte. Vicentino Beirão, febril e semidesfalecido, é empurrado por Ipavu para dentro da gaiola do seu gavião Uiruçu, companheiro de infância com quem foge logo a seguir. O pajé Ieropé, já velho e desmoralizado, incapaz de curar os doentes desde que os remédios brancos foram introduzidos na aldeia, tendo saído de sua cabana pouco depois da fuga de Ipavu, e vendo o jornalista enjaulado, vislumbra aí a possibilidade de recuperar o seu prestígio de mediador entre os homens e os deuses, "recosturando o céu e a terra" e trazendo de volta o tempo em que suas ervas e fumaças eram eficazes. Porque, para ele, Vicentino Beirão é Karl von den Steinen renascido. Trata-se do antropólogo alemão que fez a primeira expedição ao Xingu em 1884, aqui chamado de Fodestaine.

Enquanto isso, a tuberculose, que estivera corroendo as forças de Ipavu durante toda a travessia, completa sua obra e o indiozinho também morre, reintegrando-se na cultura indígena por meio de um ritual fúnebre: a canoa que se afasta com seu corpo, rio afora, conduzida pelo gavião de penacho.

Como na maior parte dos romances de Callado, o desenlace é insólito e nos agrada na medida em que surpreende. No entanto, o grande prazer da leitura está em seguir o desenrolar da história, o contraponto das perspectivas alternadas, a escrita que nos empolga e nos faz ler tudo de um fôlego só, provocando ao mesmo tempo a expectativa do romance policial, o riso da comédia, a piedade e o terror da tragédia.

Anti-herói paródico, Vicentino Beirão é Nando, Quinho e tantos heroicos revolucionários dos romances anteriores. A dimensão utópica desaparece, persistindo somente de forma negativa, na amargura de um mundo fora dos eixos: nossa tragicomédia exposta.

A vertente machadiana, cética e irônica, que combinava tão bem com o lado Alencar de Callado (aparecendo em outros romances só quando o narrador se distanciava para olhar exaustivamente e sem piedade a miséria dos heróis e a pobreza das utopias em seus mundos infernais), agora ganha o primeiro plano, intensificando a caricatura.

A expedição Montaigne parece resumir um ciclo de modo tal que, depois dela, é como se Callado trabalhasse com resíduos. Ainda apegado ao tema do índio — tema pelo qual ele reconhece um interesse do avô, que também gostava de tratar desse assunto —, o escritor volta a ele em seu penúltimo romance — *Concerto carioca* —, mas, dessa vez, caracterizado por uma problemática histórico-social mais ampla.

A tentativa de *Concerto carioca* é, como o próprio nome aponta, a de concentrar em um cenário urbano a ficção previamente desenhada pela viagem aos confins do Brasil.

Entretanto, até isso é ambíguo, já que o Jardim Botânico, onde transcorre a maior parte da ação, é uma espécie de minifloresta que enquadra e anima de modo mítico, com suas árvores e riachos, a figura de Jaci, o indiozinho (agora citadino) vítima de Xavier, o assassino um tanto psicopata, no qual poderíamos ler o símbolo tanto dos colonizadores de ontem quanto dos depredadores da vida e da natureza de hoje, de dentro e de fora da América Latina, tornando a exterminar os índios, agora transplantados para a cidade. Ettore Finazzi Agrò[6] leu *Concerto carioca* como um concerto desafinado, um conjunto de sequências inconsequentes e de pessoas fora do lugar, umbral, paralisia e atoleiro, em um presente que arrasta o passado, feito de falta e remorso, em analogia com o ritmo desafinado da nossa existência descompassada. O mesmo atoleiro que nos obriga a arrancar-nos da lama pelos próprios cabelos, tarefa hercúlea que o próprio Callado sempre invocava, aludindo a sério aos contos do célebre barão de Münchhausen.[7]

Nesse livro, ainda bebendo nas fontes de sua própria vida (a infância passada no Jardim Botânico e o descobrimento do índio pelo menino, aprofundado anos depois pelo repórter adulto), o escritor retoma também outro tema que lhe é familiar: a temível potencialidade das pessoas. Segundo

---

[6] Cf. Nos limiares do tempo. A imagem do Brasil em *Concerto carioca*. In: Chiappini, Ligia; Dimas, Antonio; Zilly, Berthold (Org.). *Brasil, país do passado?*. São Paulo: Edusp/Boitempo, 2010.

[7] Personagem de *As aventuras do celebérrimo barão de Münchhausen*, escrito pelo alemão Gottfried August Bürger em 1786 e publicado no Brasil com tradução de Carlos Jansen (Rio de Janeiro: Laemmert, 1851). A análise da tensão temporal em *Concerto carioca*, no livro citado na nota 1, segue de perto a leitura de Finazzi Agrò (2000, p. 137).

seu próprio depoimento, isso se confunde com a tarefa do romance, que é levar a pessoa ao extremo daquilo que poderia ser: "Então, você pode acreditar em uma prostituta que é quase uma santa no final do livro, como em um santo que resulta em um canalha da pior categoria."[8] Ao longo de toda a obra, essa dimensão, que poderíamos chamar de "a pesquisa do mal no homem, na mulher, na sociedade", aparece nos momentos em que os demônios se soltam.

Concerto carioca opta por se introduzir nas vertentes pessoais da maldade e toma partido, decisivamente, pelo mito, deixando, dessa vez, a história como um distante pano de fundo. Ao debilitar-se o plano histórico e social, rompe-se aquele equilíbrio entre o particular e o geral, o contingente e o transcendente, que permitiu a *Quarup* perdurar. O resultado, embora reúna acertos e achados, é um romance no qual o próprio narrador (personificado em um menino) parece perceber um equívoco: o de destacar como herói quem deveria ser um vilão secundário e diminuir a figura central do indiozinho, tornada paradoxalmente mais abstrata.

Em todo caso, isso talvez seja mesmo o remate de um ciclo e o começo de outro, de um livro ambíguo que traz o novo latente. Finalmente, Callado chega de volta onde começou, redescobrindo o país e a si mesmo no confronto com seus irmãos latino-americanos e nossos meios-pais europeus, a partir da experiência da viagem, da vivência de guerras externas e internas e das prisões em velhas e

---

[8] Entrevista concedida à autora e publicada em *Antonio Callado, literatura comentada* (São Paulo: Abril, 1982. p. 9).

novas ditaduras. Londres durante a guerra e o ambiente da BBC são aí tematizados, lançando mão novamente de um recurso que sempre foi efetivo em suas obras: os mecanismos de surpresa e suspense dos romances policiais e de espionagem. Aqui vai mais longe, pois tenta compreender o Brasil tentando entendê-lo na América do Sul, e esta, em suas tensas relações com a Europa.

A história é narrada do ponto de vista de um jornalista brasileiro que vai para Londres, fugindo à ditadura de Getúlio Vargas, na década de 1940, e lá encontra outros companheiros latino-americanos, uma chileno-irlandesa, um paraguaio, um boliviano e um venezuelano. Estes, por sua vez, fugiram do arbítrio da polícia política em seus respectivos países. O confronto deles entre si e de todos juntos com os ingleses, no dia a dia de uma agência da BBC especialmente voltada para a América Latina, acaba denunciando tanto os bárbaros crimes latino-americanos do passado e do presente quanto o envolvimento das nossas elites com os criminosos de colarinho branco da supercivilizada Inglaterra. Não apenas denuncia, mas também expõe parodicamente os preconceitos e estereótipos dos ingleses sobre os latino-americanos e vice-versa.

Vinte anos depois dos sucessos de *Memórias de Aldenham House*, que se prolongam num Paraguai e num Brasil só aparentemente democratizados, o narrador (ex-representante brasileiro na BBC, como fora o próprio Callado) escreve suas memórias, novamente na prisão. Nesse caso, ampliando o ciclo, o território e a viagem, circulamos pela Inglaterra e França para chegar ao Paraguai, passando pela prisão ditatorial em que o narrador escreve sua história, uma história de outras ditaduras e de perseguições a líderes de esquerda menos ou mais desesperados, menos ou mais vitimizados, mas igualmente vencidos pela prepotência do autoritarismo tradicional na América Latina.

Callado rememora aí sua experiência de duas ditaduras e de duas pós-ditaduras; a experiência dos exilados que se foram e dos que voltaram para contar, tentando recuperar a face oculta da civilizada Inglaterra, que Facundo acusa e que talvez esteja muito mais próxima do Paraguai e, por que não, do Brasil, ou pelo menos de certo Brasil: aquele tanto mais visível quanto mais se encena a sua entrada plena na modernidade pós-moderna.

Perfil do Autor

O senhor das letras

Eric Nepomuceno
Escritor

Antonio Callado era conhecido, entre tantas outras coisas, pela sua elegância. Nelson Rodrigues dizia que ele era "o único inglês da vida real". Além da elegância, Callado também era conhecido pelo seu humor ágil, fino e certeiro. Sabia escolher os vinhos com severa paixão e agradecer as bondades de uma mesa generosa. E dos pistaches, claro. Afinal, haverá neste mundo alguém capaz de ignorar as qualidades essenciais de um pistache?

Pois Callado sabia disso tudo e de muito mais.

Tinha as longas caminhadas pela praia do Leblon. Ele, sempre tão elegante, nos dias mais tórridos enfrentava o sol com um chapeuzinho branco na cabeça, e eram três, quatro quilômetros numa caminhada puxada: estava escrevendo. Caminhava falando consigo mesmo: caminhava escrevendo. Vivendo. Porque Callado foi desses escritores que escreviam o que tinham vivido, ou dos que vivem o que vão escrever algum dia.

Era um homem de fala mansa, suave, firme. Só se alterava quando falava das mazelas do Brasil e dos vazios do mundo daquele fim de século passado. Indignava-se contra a injustiça, a miséria, os abismos sociais que faziam — e em boa medida ainda fazem — do Brasil um país de desiguais. Suas opiniões, nesse tema, eram de suave mas certeira e efetiva contundência. E mais: Callado dizia o que pensava, e o que pensava era sempre muito bem sedimentado. Eram palavras de uma lucidez cristalina.

Dizia que, ao longo do tempo, sua maneira de ver o mundo e a vida teve muitas mudanças, mas algumas — as essenciais — permaneceram intactas. "Sou e sempre fui um homem de esquerda", dizia ele. "Nunca me filiei a nenhum partido, a nenhuma organização, mas sempre soube qual era o meu rumo, o meu caminho." Permaneceu, até o fim, fiel, absolutamente fiel, ao seu pensamento. "Sempre fui um homem que crê no socialismo", assegurava ele.

Morava com Ana Arruda no apartamento de cobertura de um prédio baixo e discreto de uma rua tranquila do Leblon. O apartamento tinha dois andares. No de cima, um terraço mostrava o morro Dois Irmãos, a Pedra da Gávea e o mar que se estende do Leblon até o Arpoador. Da janela do quarto que ele usava como estúdio, aparecia esse mesmo mar, com toda a sua beleza intocável e sem fim.

O apartamento tinha móveis de um conforto antigo. Deixava nos visitantes a sensação de que Callado e Ana viviam desde sempre escudados numa atmosfera cálida. Havia um belo retrato dele pintado por seu amigo Cândido Portinari, de quem Callado havia escrito uma biografia. Aliás, escrita enquanto Portinari pintava seu retrato. Uma curiosa troca de impressões entre os dois, cada um usando suas ferramentas de trabalho para descrever o outro.

Havia também, no apartamento, dois grandes e bons óleos pintados por outro amigo, Carlos Scliar.

Callado sempre manteve uma rígida e prudente distância dos computadores. Escrevia em sua máquina Erika, alemã e robusta, até o dia em que ela não deu mais. Foi substituída por uma Olivetti, que usou até o fim da vida.

Na verdade, ele começava seus livros escrevendo à mão. Dizia que a literatura, para ele, estava muito ligada ao rascunho. Ou seja, ao texto lentamente trabalhado, o papel diante dos olhos, as correções que se sucediam. Só quando o texto adquiria certa consistência ele ia para a máquina de escrever.

Jamais falava do que estava escrevendo quando trabalhava num livro novo. A alguns amigos, soltava migalhas da história, poeira de informação. Dizia que um escritor está sempre trabalhando num livro, mesmo quando não está escrevendo. E, quando termina um livro, já tem outro na cabeça, mesmo que não perceba.

Era um escritor consagrado, um senhor das letras. Mas ainda assim carregava a dúvida de não ter feito o livro que queria. "A gente sente, quando está no começo da carreira, que algum dia fará um grande livro. O grande livro. Depois, acha que não conseguiu ainda, mas que está chegando perto. E, mais tarde, chega-se a uma altura em que até mesmo essa sensação começa a fraquejar...", dizia com certa névoa encobrindo seu rosto.

Levou essa dúvida até o fim — apesar de ter escrito grandes livros.

Foi também um jornalista especialmente ativo e rigoroso. Escrevia com os dez dedos, como corresponde aos profissionais de velha e boa cepa. E foi como jornalista que ele girou o mundo e fez de tudo um pouco, de correspondente de guerra na BBC britânica a testemunha do surgimento do Parque Nacional do Xingu, passando pela experiência definitiva de ter sido o único jornalista brasileiro, e um dos poucos, pouquíssimos ocidentais a entrar no então Vietnã do Norte em plena guerra desatada pelos Estados Unidos.

A carreira de jornalista ocupou a vaga que deveria ter sido de advogado. Diploma em direito, Callado tinha. Mas nunca exerceu o ofício. Começou a escrever em jornal em 1937 e enfrentou o dia a dia das redações até 1969. Soube estar, ou soube ser abençoado pela estrela da sorte: esteve sempre no lugar certo e na hora certa. Em 1948, por exemplo, estava cobrindo a 9ª Conferência Pan-americana em Bogotá quando explodiu a mais formidável rebelião popular ocorrida até então na Colômbia e uma das mais decisivas para a história contemporânea da América Latina, o Bogotazo. Tão formidável que marcou para sempre a vida de um jovem estudante de direito que tinha ido de Havana, um grandalhão chamado Fidel Castro, e que também acompanhou tudo aquilo de perto.

Houve um dia, em 1969, em que ele escreveu ao então diretor do *Jornal do Brasil* uma carta de demissão. Havia um motivo, alheio à vontade dos dois: a ditadura dos generais havia decidido cassar os direitos políticos de Antonio Callado pelo período de dez anos e explicitamente proibia que ele exercesse o ofício que desde 1937 garantia seu sustento. Foi preciso esperar até 1993 para voltar ao jornalismo, já não mais como repórter ou redator, mas como um articulista de texto refinado e com visão certeira das coisas.

Até o fim, Callado manteve, reforçada, sua perplexidade com os rumos do Brasil, com as mazelas da injustiça social. E até o fim abandonou qualquer otimismo e manteve acesa sua ira mais solene.

Sonhou ver uma reforma agrária que não aconteceu, sonhou com um dia não ver mais os milhões de brasileiros abandonados à própria sorte e à própria miséria. Era imensa sua indignação diante do Brasil ameaçado, espoliado, dizimado, um país injusto e que muitas vezes parecia, para ele, sem remédio. Às vezes dizia, com amargura, que duvidava que algum dia o Brasil deixaria de ser um país de segunda para se tornar um país de primeira. E o que faria essa diferença? "A educação", assegurava. "A escola. A formação de uma consciência, de uma noção de ter direito. Trabalho, emprego, justiça. Ou seja: o básico. Uma espécie de decência nacional. Porque já não é mais possível continuar convivendo com essa injustiça social, com esse egoísmo."

Sua capacidade de se indignar com aquele Brasil permaneceu intocada até o fim. Tinha, quando falava do que via, um brilho especial, uma espécie de luz que é própria dos que não se resignam.

Desde aquele 1997 em que Antonio Callado foi-se embora para sempre, muita coisa mudou neste país. Mas quem conheceu aquele homem elegante e indignado, que mereceu de Hélio Pellegrino a classificação de "um doce radical", sabe que ele continuaria insatisfeito, exigindo mais. Exigindo escolas, empregos, terras para quem não tem. Lutando, à sua maneira e com suas armas, para poder um dia abrir os olhos e ver um país de primeira classe. E tendo dúvidas, apesar de ser o senhor das letras, se algum dia faria, enfim, o livro que queria — e sem perceber que já tinha feito, que já tinha escrito grandes livros, definitivos livros.

Este livro foi impresso no
SISTEMA DIGITAL INSTANT DUPLEX
DA DIVISÃO GRÁFICA DA DISTRIBUIDORA RECORD
Rua Argentina, 171 – Rio de Janeiro, RJ
para a
EDITORA JOSÉ OLYMPIO LTDA.
em julho de 2015

*

84º aniversário desta Casa de livros, fundada em 29.11.1931